聲 韻 論 叢

第三輯

中華民國聲韻學學會
輔仁大學中國文學系所 主編

臺灣 學 生 書 局 印行

聲韻論叢序

　　蓋聞：學術乃公器，豈個人所得專；是非有公論，寧一己所能定。我中華民國臺灣聲韻學界，四十年來，人才輩出，後浪推前浪，新枝倚舊枝。各埋首案頭，孜孜不息；覃思音學，繩繩不已。或踵前修之步武，或擷西學之菁華，或探方言之歧分，或披聲情之條貫。莫不持之有故，言之成理，條理密察，斐然成章。《學記》有言：「獨學而無友，則孤陋而寡聞。」蓋人常善於自見，每以所長，相輕所短。所謂：「家有敝帚，享之千金」者是也。設無討論，則是非何定，得失何從乎！

　　所可喜者，今世之聲韻學者，胸襟開闊，器量寬宏。戒門戶學派之私心，祛私見而從公論。雖不抑己以從人，但亦不抑人以自高。各就理之所在，相與切磋，所論者乃以理服人，非以氣陵人也。爭持固所不免，詞言則貴平和。故八年以來，皆能雍雍穆穆，藹藹融融，聚師友於一堂，鎔眾說於一爐，論學固各有所專精，論理則斷之以是非。西諺云：「吾愛吾師，吾更愛真理。」其斯之謂乎！

　　我中華民國聲韻學會之創立也，初則由余邀約同道，相互研討；繼則由各校輪流舉辦，亦講亦評。自七十一年四月第一次研討會議以來，迄七十九年三月為止，已前後舉行八次會議，發表論文六十餘篇。會友僉議應彙集論文，刊行專集，因共商出版《聲韻論叢》，以彙集歷年來會友智慧結晶，研究成果。就教於

海內外聲韻學專家學者，以求指正。俾中國聲韻學之學術研究，發揮更大之影響力量，獲得更佳之研究成果。

　　本册所集爲中國聲韻學國際學術研討會暨第八屆中國聲韻學研討會所發表論文，共計十八篇。本次會議由輔仁大學中文系所主辦，中華民國聲韻學會協辦，輔大包根第所長及黃湘陽、金周生、李添富諸教授協力同心，黽勉從事，使會議圓滿成功，謹此致謝。而此次會議所以能按期舉行，論叢能順利出版，教育部與文建會補助款項，裨益尤大，謹代表本會敬致謝忱。本會自七十七年七月十一日正式奉准成立以來，蒙會友推愛，舉爲理事長，兩年來應聘赴香港浸會學院任教，出國講學，會務推動，皆秘書長林烱陽博士與理監事會諸君子共同努力，會中事務，因未弛廢，個人內心，尤爲銘感。論叢之編輯，則本會理事姚榮松、何大安二位年輕學人最著賢勞。臺灣學生書局秉其一貫贊助學術發展之立場，協助出版發行，尤爲不可或缺之助力，允宜致謝。本集所刊論文內容，竺家寧博士《中國聲韻學國際學術研討會紀要》一文，已詳加評述，故收入爲附錄，藉資參考。第八屆會議以前各屆論文，則彙刊於《聲韻論叢》一、二集中，亦將賡續刊行，特爲讀者諸君告。雲程萬里，欣見發軔，故樂爲之序。

中華民國八十年二月一日　陳新雄　伯元　謹序。

聲韻論叢　第三輯

目　次

聲韻論叢序 …………………………………………陳新雄… 1

目次 …………………………………………………… 3

作者簡介 ……………………………………………… 5

毛詩韻三十部諧聲表 ………………………………陳新雄… 1

庾信小園賦第一段的音韻技巧 ……………………李三榮… 25

聲韻學與散文鑒賞 …………………………………莊雅州… 41

中唐詩人用韻考 ……………………………………耿志堅… 65

談－m尾韻母字於宋詞中的押韻現象－以「咸」攝

　　字爲例 …………………………………………金周生… 85

述評鏡花緣中的聲韻學 ……………………………陳光政…125

刻本《圓音正考》所反映的音韻現象 ……………林慶勳…149

近代音史上的舌尖韻母 ……………………………竺家寧…205

古今韻會舉要疑、魚、喻三母分合研究 …………李添富…225

試析《帝王韻記》用韻－並探高麗中、末漢詩文押

　　韻特徵 …………………………………………朴萬圭…257

大般涅槃經文字品字音十四字理、釐二字對音研

　　究 ………………………………………………金鐘讚…273

論達縣長沙話三類去聲的語言層次 ………………何大安…307

麗水方言與閩南方言的聲韻比較研究…………………謝雲飛…333

從圍頭話聲母王說到方言生成的型式…………………雲惟利…381

閩客方言與古籍訓釋……………………………………羅肇錦…405

論客家話的〔Ｖ〕聲母…………………………………鍾榮富…435

漢語的連環變化…………………………………………李壬癸…457

從聲學角度看國語三聲連調變化現象……………………蘇宜青
　　　　　　　　　　　　　　　　　　　　　　　　張月琴…473

附錄

　　中國聲韻學國際學術研討會紀要……………………竺家寧…503

作者簡介

陳新雄 字伯元，江西省贛縣人。國立臺灣師範大學國文研
究所文學博士。曾任中國文化大學中文系教授兼主任，國
立政治大學中文研究所兼任教授，國立高雄師範大學國文
研究所兼任教授，輔仁大學中文系所兼任教授，淡江大學
中文系兼任教授，美國喬治城大學中日文系客座教授，香
港浸會學院中文系高級講師、首席講師，香港珠海書院文
史研究所兼任教授，香港新亞研究所兼任教授，香港中文
大學訪問學人，中國古典文學研究會常務監事。現任國立
臺灣師範大學國文系所教授，東吳大學中文研究所兼任教授，
中華民國聲韻學會理事長，中國古典文學研究會顧問。擅
長聲韻學、訓詁學、東坡詩詞、詩經等。專門著作《春秋
異文考》《古音學發微》《音略證補》《六十年來之聲韻
學》《等韻述要》《中原音韻概要》《聲類新編》《鍥不
舍齋論學集》《香江煙雨集》《放眼天下》等書。

李三榮 臺灣省臺中市人，民國三十一年生，國立政治大學
中國文學研究所碩士班畢，博士班肄業，現任教於國立高
雄師範大學國文系。歷年有關聲韻學之論著有：＜閩南語
十五音之研究＞（58年）、＜由中古到現代聲母發展的特
殊現象＞（63年）、＜大眾傳播工具國音誤讀研究報告＞
（67年）、＜董同龢擬測的中古韻母的檢討＞（70年）、

　　＜杜甫詠懷古跡之三一群山萬壑赴荆門一的音韻成就＞
　　（75年）、＜秋聲賦的音韻成就＞（76年）、《韻鏡新編》
　　（77年）等。

莊雅州 民國卅一年生，臺灣省南投縣人。國立臺灣師範大
　　學國文研究所畢業，國家文學博士。曾執教於省立新竹師
　　專、淡江大學。現任國立中正大學中文研究所教授。著有
　　《六十年來之古文》、《曾國藩文學理論述評》、《夏小
　　正研究》、《夏小正析論》等。

耿志堅 河北省固安縣人，民國四十一年生，國立政治大學
　　文學博士，現任彰化師大副教授，靜宜女子大學兼任副教
　　授，講授課程有國音、中國語言史、聲韻學。目前正進行
　　之研究計劃爲「唐宋遼金元詩人韻部演變研究」，現已完
　　成並發表有「初唐」「盛唐」「大曆」「貞元」「元和」
　　「晚唐及唐末、五代」詩人用韻考，其他尚有數篇與之相
　　關之論文，不再贅述。

金周生 民國四十三年生，浙江省海寧縣人，私立輔仁大學
　　中國文學碩士，現任輔仁大學中國文學系副教授。著有
　　《宋詞音系入聲韻部考》等。

陳光政 臺灣南投人，國立政治大學中文研究所畢業，文學
　　碩士。美國哈佛大學訪問研究，現任國立高雄師範大學國
　　文系副教授。著有《梁僧寶之等韻學》、《轉注篇》、
　　《會意研究》等書及＜歷代會意說淺評＞等文。

林慶勳 臺灣桃園人，民國三十四年生。私立中國文化大學
　　中文研究所畢業，獲國家文學博士。曾任文化大學副教授

兼中文系主任、國立東京大學文學部中語中文研究室外國人研究員，現任國立高雄師範大學國文研究所教授。著有《切韻指南與切音指南比較研究》（自費出版）、《段玉裁之生平及其學術成就》（自費出版）、《音韻闡微研究》（學生書局）、《古音學入門》（與竺家寧合著，學生書局）等書；〈論磨光韻鏡的特殊歸字〉、〈王念孫與李方伯書析論〉、〈試論合聲切法〉、〈諧聲韻學的幾個問題〉、〈從編排特點論五方元音韻現象〉、〈論五方元音年氏本與樊氏原本的音韻差異〉、〈試論日本館譯語的聲母對音〉等文。

竺家寧　浙江奉化人，民國三十五年生。國立臺灣師範大學國文研究所碩士，中國文化大學中文研究所博士班畢業，獲國家文學博士。曾任漢城檀國大學客座教授，淡江大學中文研究所教授。現任國立中正大學中文研究所教授。曾擔任聲韻學、訓詁學、語音學、漢語語言學、辭彙學、漢語語法等課程。著有《四聲等子音系蠡測》、《九經直音韻母研究》、《古漢語複聲母研究》、《古今韻會舉要的語音系統》、《古音之旅》、《古音學入門》（合著）、《語言學辭典》（合著）等書。

李添富　臺灣省臺北縣人，民國四十一年生。輔仁大學中國文學系學士、中國文學研究所碩士，國立臺灣師範大學國文研究所博士。現任輔仁大學中國文學系副教授。著有《晚唐律體詩用韻通轉之研究》、《詩經例外押韻現象之分析》、《論假借與破音字的關係》、《論五經中的『兩』

字》、《假借與引申》、《國語的輕聲》、《語音規範的問題》、《古今韻學舉要反切引集韻考》、《古今韻會舉要同音字志擬》、《古今韻會舉要研究》等文。

朴萬圭　韓國漢城人，民國四十四年四月八日生。畢業於韓國外國語大學中文系，中國文化大學研究所碩士。今就讀博士班。著作有《廣韻韻母的韓國漢字譯音音讀》（中國聲韻學國際學術研討會1990年6月香港浸會學院）等十數種。現任韓國蔚山大學中文系教授。

金鐘讚　大韓民國慶尚北道浦項人，生於西元一九五七年。成均館大學文學士、韓國外國語大學文學碩士、國立臺灣師範大學文學碩士、現肄業於國立臺灣師範大學國文研究所博士班二年級。著有《高本漢複聲母擬音法之商榷》。目前從事於《說文形聲字研究》。

何大安　男，福建晉江人，民國三十七年生，臺灣大學國家文學博士。現任中央研究院歷史語言研究所研究員，台灣大學、清華大學、政治大學兼任教授。著有《聲韻學中的觀念與方法》、《規律與方向：變遷中的音韻結構》等書。

謝雲飛　浙江松陽人，民國二十二年生。國立臺灣師範大學文學士、文學碩士，新加坡南洋大學研究院院士。民國四十八年起曾任國立政治大學講師、副教授各三年，五十四年起任教授四年，後轉任新加坡南洋大學高級講師十二年，民國六十八年返政治大學任客座教授二年後改專任教授，民國七十五任韓國成均館大學交換教授一年，七十六年返國任教至今。著有《經典釋文異音聲類考》、《中國文字

學通論》、《明顯四聲等韻圖研究》、《爾雅義訓釋例》、
《中國聲韻學大綱》、《漢語音韻學十論》、《四大傳奇及東南
亞華人地方戲》、《中文工具書指引》、《文學與音律》、
《語音學大綱》、《韓非子析論》、《管子析論》等書及
學術性論文九十餘篇。

雲惟利 一九四六年生於新加坡。原籍廣東文昌。一九七〇
　　　年畢業於新加坡南洋大學中文系，獲第一等榮譽學士學位。
　　　旋進研究院治中國古文字，獲碩士學位。後往英國里茲大
　　　學攻讀語言學，一九七九年獲博士學位。現任教於澳門東
　　　亞大學。於語言文字之學外，也醉心於詩詞。著有《漢字
　　　的原始和演變》、《海南方言》及《大漠集》（詩集）等。

羅肇錦 一九四九年生，臺灣苗栗人，國立師範大學國文研
　　　究所博士，現任省立台北師範學院語文系副教授，國立清
　　　華大學、私立淡江大學兼任副教授，著有《瑞金客方言》、
　　　《客語語法》、《國語學》、《台灣客家話》、《講客話》等
　　　書及兩漢思想論文多篇。

鍾榮富 一九五五年生於台灣省屏東縣。國立高雄師範大學
　　　英語系畢業後，任省立屏東女中英文教師。一九八五年考
　　　取教育部公費留學考試，次年赴美攻讀語言學，一九八九
　　　年取得伊利諾大學香檳校區語言學博士。現為國立高雄師
　　　範大學英語研究所副教授，講授音韻學、句法學及普通語
　　　言學方面的課程。鍾教授的專長雖是音韻理論，然而對漢
　　　語的平面音韻，也頗下功夫，特別是在客家、閩南及北京
　　　方言上。回國近二年，有關這三個方言的研究論文已近十

篇。目前正在撰寫《當代音韻理論與漢語音韻學》一書。

李壬癸　臺灣省宜蘭縣人，民國廿五年九月廿日生。四十四
　　年考入師範大學英語系，四十九年畢業，獲文學士。五十
　　一年得亞洲協會資助赴美國密西根大學攻讀一年，獲英國
　　語言與文學碩士，即回國在師範大學英語系任講師。四年
　　後再赴美國夏威夷大學進修。其間曾回國田野調查兩年，
　　在中央研究院歷史語言研究所任副研究員。六十二年五月
　　獲夏大哲學博士（語言學）學位。同年六月應新加坡南洋
　　大學之聘，任教英語一年。回國仍在中研院史語所任職，
　　同時在台灣大學考古人類學系任客座副教授。兩年後，分
　　別升任　研究員與教授。　曾任中研院史語所語言組主任
　　（ 1982～1986 ），清華大學語言學研究所所長(1986-1989)。
　　現任中研院史語所研　究員兼副所長、清華大學語言所教授。
　　五十九年七月以來，李氏在中研院從事台灣土著語言調查與
　　研究，六十三年起　先後主持幾個專案研究計劃，並數度出
　　國參加國際性之學術會議，發表論文。著有專書《魯凱語
　　結構》與《魯凱語料》兩種，有關語言學之論文五十多篇，
　　分刊於國內外學術雜誌。

蘇宜青　台北市人，民國五十五年生，台灣大學外文系文學
　　士，現就讀清華大學語言學研究所。

張月琴　浙江天台人，一九五四年十月三十一日生，法國巴
　　黎第三大學語言學與語音學系博士，現任清華大學語言研
　　究所外語系副教授。著有 *Contribution à la recherche*
　　tonale sur un des dialectes min-nan parĺe à Tai-
　　wan.（ 1985 ）等。

毛詩韻三十部諧聲表

陳新雄

一　凡例

一古韻三十部次序之先後，依拙著古音學發微。

二每部之中，諧聲偏旁之次弟，則依拙著毛詩韻譜、通韻譜、
　合韻譜出現之先後，先韻譜，次通韻譜，終合韻譜。

三諧聲偏旁收錄之標準，以出現於詩經韻腳者爲限。

四所錄諧聲偏旁，復從他字得聲，則亦補增於諧聲表。

五字之諧聲偏旁，難一覽而知者，則引說文解字以說明之，所
　引說文，列入註釋。

六說文未收，則以沈兼士廣韻聲系爲準。

七諧聲偏旁與諧聲字間古韻不同，收入何部則以詩經押韻字爲
　主。

八字之篆隸形體有異，爲避免混殽，則於諧聲表中夾注說明。

九諧聲表後所言變入廣韻某韻，則此諧聲偏旁確在此韻，非概
　括說明。

十諧聲表之註釋，爲排版方便計，概移正文之後。

二　諧聲表

第一部　歌　部

　　皮聲　它聲　冏聲　哥聲　為聲　可聲　离聲　也聲

　　義聲　加聲　宜聲　奇聲　差聲　麻聲　左聲　儺聲

　　羅聲　罹聲　化聲　吹聲　禾聲　我聲　多聲　沙聲

　　罷聲　昬聲　義聲　瓦聲

　　以上諧聲偏旁變入廣韻支紙寘、歌哿箇、戈果過、麻馬禡。

第二部　月　部

　　哉聲　寽聲　厥聲　兌聲　伐聲　犮聲　敗聲　愻聲

　　拜聲　吠聲　舌聲　昏聲隸變作舌　　𡩋聲　竷從离省聲

　　蠤聲❶　衛聲　丰聲　害聲❷折聲　歲聲　發聲　曷聲

　　薛聲　桀聲　屬聲❸帶聲　月聲　乂聲　夆聲夆隸變

　　作𡩋　𣢧聲　恆聲❹外聲　世聲　市聲　雪聲雪從彗

　　省聲　　役聲　列聲　舌聲　與從昏隸變之舌異　　末聲

　　祭聲　　最聲　蠆聲❺喙聲　大聲　戌聲　截聲❼

　　戌聲

　　以上諧聲偏旁變入廣韻祭、泰、怪、夬、廢、月、曷、末、
鎋、黠、屑、薛。

第三部　元　部

　　專聲　卷聲　巽聲　干聲　言聲　泉聲　難聲❽　𦈠聲

　　官聲　展聲　半聲　彥聲　爰聲　反聲　袁聲　閒聲

　　亘聲　寬聲　弟聲❾連聲　卷聲　夗聲　晏聲　安聲

旦聲　執聲　奴聲　亶聲　曼聲　闌聲❿　單聲　原聲

奐聲　閒聲　晨聲　肩聲　屵聲　見聲　弁聲　母聲

屚聲　閑聲　麈聲　丹聲　然聲　馬聲　肙聲　冠聲

山聲　戔聲　衍聲　憲聲　番聲　散聲　柬聲　獻聲

次聲　繁聲　宣聲　段聲　東聲　元聲　完聲⓫　丸聲

虔聲　鮮聲　延聲

以上諧聲偏旁變入廣韻元阮願、寒旱翰、桓緩換、刪潸諫、山產襉、仙獮線、先銑霰。

第四部　脂　部

妻聲　皆聲　豊聲　死聲　齊聲　弟聲　帀聲　爾聲

旨聲　夷聲　厶聲　犀聲　眉聲　比聲　次聲　几聲

耆聲　師聲　示聲　矢聲　兕聲　米聲　匕聲　氏聲

履聲　尸聲　美聲　尼聲　毘聲

以上諧聲偏旁變入廣韻脂旨至、紙、齊薺霽、皆駭怪。

第五部　質　部

實聲　至聲　吉聲　七聲　壹聲　夐聲　日聲　栗聲

桼聲　瑟聲　疾聲　穴聲　卽聲　畢聲　一聲　徹聲

逸聲　血聲　惠聲　利聲　必聲　設聲　抑聲　失聲

畀聲　彗聲　四聲　屆聲　匹聲　戾聲　節聲　替聲

棄聲　肆聲　薆聲

以上諸聲偏旁變入廣韻至、霽、怪、質、櫛、屑、薛、職。

第六部　眞　部

秦聲　人聲　頻聲　賓聲　𣶒聲　身聲　新聲　令聲
天聲　田聲　千聲　信聲　命聲　申聲　仁聲　粦聲
眞聲　年聲　因聲　勻聲　旬聲　辛聲　電聲　扁聲
𪇞聲　臣聲　臤聲　陳聲　矜聲　玄聲　民聲　㶳聲
盡聲[12]典聲　垔聲　倩聲　胤聲

以上諸聲偏旁變入廣韻眞軫震、諄準諄、臻、先銑霰、仙獮線、庚梗映、淸靜勁、靑迴徑。

第七部　微　部

𠂤聲　歸聲[13]衣聲　鬼聲　貴聲　靁聲　褱聲　妥聲
敳聲　微聲[14]飛聲　韋聲　幾聲　頎聲[15]畏聲　希聲
隹聲　水聲　非聲　火聲　枚聲[16]威聲　癸聲[17]哀聲
罪聲　頪聲　遺聲　尾聲　豈聲　回聲　毀聲

以上諸聲偏旁變入廣韻脂旨至、支紙寘、微尾未、皆駭怪、灰賄隊、咍海代。

第八部　沒　部

旡聲　既聲[18]胃聲　出聲　卒聲　朮聲　肆聲　豙聲
季聲　隶聲　尉聲　聿聲　弗聲　愛聲　夊聲　沒聲[19]

對聲　責聲　頹聲　穎聲❷位聲　內聲　孛聲　退聲
未聲　乞聲　勿聲

以上諧聲偏旁變入廣韻至、未、霽、隊、代、術、物、迄、沒。

第九部　諄　部

先聲　辰聲　昏聲　孫聲　門聲　殷聲　分聲　堇聲
西聲　免聲　夗聲　奔聲　君聲　員聲　昆聲　辜聲
辜隸變作享　萬聲　雲聲　存聲　鰥聲❷侖聲　困聲
殘聲　文聲　軍聲　斤聲　刃聲　云聲　盟聲　壹聲
熏聲　川聲　焚聲　豚聲　凡聲　壺聲　屯聲

以上諧聲偏旁變入廣韻微尾未、齊薺霽、灰賄隊、眞軫震、諄準稕、文吻問、欣隱焮、魂混慁、痕很恨、山產襇、先銑霰、仙獮線。

第十部　支　部

支聲　巂聲　知聲　斯聲　是聲　此聲　虒聲　卑聲
氏聲　圭聲　解聲

以上諧聲偏旁變入廣韻支紙寘、齊薺霽、佳蟹卦。

第十一部　錫　部

商聲　益聲　責聲　易聲　辟聲　鬲聲　臭聲　帝聲

朿聲　狄聲　脊聲

以上諧聲偏旁變入廣韻寘、霽、卦、陌、麥、昔、錫。

第十二部　耕　部

熒聲㉒成聲　丁聲　定聲　生聲　盈聲　鳴聲　青聲

星聲　殸聲　廷聲　名聲　正聲　平聲　寧聲　嬰聲

敬聲　冥聲　呈聲　領聲㉓粤聲　巠聲　壬聲　爭聲

頃聲　幵聲　屏聲㉔貞聲　靈聲　井聲　刑聲㉕嬴聲

以上諧聲偏旁變入廣韻庚梗敬、耕耿諍、清靜勁、青迥徑。

第十三　魚　部

且聲　者聲　甫聲　于聲　華聲　家聲　疋聲　楚聲㉖

馬聲　居聲　御聲㉗呂聲　父聲　下聲　女聲　與聲㉘

處聲　處聲㉙車聲　叚聲　巴聲　吳聲　羽聲　予聲

雨聲　土聲　雇聲　古聲　奴聲　舞聲　虎聲　牙聲

瓜聲　烏聲　盧聲　五聲　午聲　武聲　戶聲　穌聲

素聲　耳聲　瞿聲㉚鼠聲　黍聲　胥聲　禹聲　去聲

乎聲　巨聲　余聲　异聲　輿聲㉛鼓聲　夏聲　宁聲

股聲㉜壺聲　夫聲　圖聲　書聲　旅聲　寡聲　魚聲

徒聲　舍聲　虘聲　盧聲㉝寫聲　叚聲㉞園聲　虖聲㉟

虞聲　慮聲　如聲　罜聲　賦聲　無聲

以上諸聲偏旁入廣韻魚語御、虞麌遇、模姥暮、麻馬禡。

第十四部　鐸　部

莫聲　蒦聲❸谷聲❸罜聲　席聲❸乍聲　射聲　卻聲

夜聲❸薄聲❸郭聲　夕聲　石聲　戟聲　各聲　若聲

度聲　亦聲　烏聲　宅聲　昔聲　霍聲　炙聲　庶聲

白聲　赫聲　百聲　叙聲　毫聲❹博聲　逆聲

以上諸聲偏旁變入廣韻御、遇、暮、禡、藥、鐸、陌、麥、
昔。

第十五部　陽　部

坣聲　匡聲❹行聲　岡聲　黃聲　光聲　易聲　巟聲

月聲　永聲　方聲　皇聲　良聲　亡聲　尚聲　兵聲

臧聲　京聲　羊聲　襄聲　長聲　唐聲　皀聲　鄉聲

上聲　畺聲　兄聲　桑聲　狂聲❸兂聲　望聲❹刄聲

梁聲❹彭聲　央聲　昌聲　明聲　倉聲　相聲　享聲

王聲　爽聲　衡聲❹向聲　章聲　庚聲　卬聲　慶聲

丙聲　亨聲　喪聲　囊聲　康聲　商聲　卿聲　羹聲

往聲❹競聲　更聲　香聲

以上諸聲偏旁變入廣韻陽養漾、唐蕩宕、庚梗映。

第十六部　侯　部

婁聲　句聲㊽後聲　朱聲　禺聲　尌聲　廚聲㊾區聲
侯聲　需聲　俞聲　芻聲　后聲　冓聲　取聲　臾聲
口聲　侮聲　樹聲㊿厚聲　主聲　斗聲　漏聲

以上諸聲偏旁變入廣韻侯厚候、虞麌遇。

第十七部　屋　部

谷聲　木聲　角聲　族聲　屋聲　獄聲　足聲　欶聲
鹿聲　束聲　玉聲　賣聲　辱聲　曲聲　㱿聲　彔聲
粟聲　豖聲　蜀聲　卜聲　菐聲　僕聲(51)局聲

以上諸聲偏旁變入廣韻候、遇、屋、燭、覺。

第十八部　東　部

童聲　公聲　庸聲　從聲　逢聲　悤聲　東聲　同聲
封聲　容聲　凶聲　龍聲　充聲　雙聲　工聲　蒙聲
顒聲(52)雍聲　甬聲　丰聲　邦聲(53)空聲　重聲　邕聲
豐聲　共聲　庬聲　竦聲(54)

以上諸聲偏旁變入廣韻東董送、鍾腫用、江講絳。

第十九部　宵　部

杲聲　尞聲　肖聲　小聲　少聲　票聲　夭聲　勞聲(55)
毛聲　交聲　敖聲　喬聲　麃聲　朝聲　刀聲　兆聲
䍃聲　苗聲　要聲　肴聲　号聲　巢聲　召聲　弔聲
高聲　顤聲　肖聲(56)教聲　笑聲　堯聲　盜聲　到聲
焦聲　恔聲(57)呶聲(58)

以上諸聲偏旁變入廣韻蕭篠嘯、宵小笑、肴巧效、豪晧號。

第二十部　藥　部

龠聲　翟聲　爵聲　卓聲　較聲(59)虐聲　樂聲　鑿聲
暴聲　沃聲(60)駁聲　翯聲(61)蹻聲(62)削聲(63)弱聲　勺聲
皃聲　藐聲

以上諸聲偏旁變入廣韻覺、藥、鐸、效、號。

第二十一部　幽　部

九聲　州聲　求聲　流聲　逵聲(65)休聲　卯聲　周聲
酉聲　包聲　秀聲　舟聲　憂聲　汓聲　斿聲　游聲
冒聲　好聲　報聲　軌聲(66)牡聲(67)讎聲　隹聲　曹聲
攸聲　埽聲　道聲(68)酉聲　蕭聲(69)秋聲　造聲(70)守聲
午聲　首聲　手聲　阜聲　壽聲　老聲　翏聲　戊聲
舀聲　考聲　丑聲　保聲　丣聲　褎聲　丩聲　收聲(71)
矛聲　簋聲(72)缶聲　椒聲(73)晧聲(74)劉聲　受聲　叉聲
蚤聲　棗聲　匋聲　裒聲(75)臼聲　咎聲　早聲　孚聲

昊聲　由聲　阜聲　幽聲　留聲　臭聲　牢聲　孝聲

鳥聲　囚聲　叟聲　梳聲[76]

以上諸聲偏旁變入廣韻脂旨、蕭篠嘯、宵小笑、肴巧效、豪晧號、尤有宥、侯厚候、幽黝幼。

第二十二部　覺　部

竹聲　[illegible]聲　鞠聲[77]复聲　復聲[78]育聲　毒聲　祝聲

六聲　告聲　坴聲　軸聲[79]宿聲　匊聲　篤聲[80]奧聲

叔聲　逐聲　畜聲　尗聲　戚聲[81]迪聲[82]肅聲　翏聲

𦥑聲　學聲　覺聲[83]

以上諸聲偏旁變入廣韻屋、沃、覺、錫、嘯、宥、號。

第二十三部　冬　部

中聲　宮聲　蟲聲　冬聲　夅聲　降聲[84]宋聲　躬聲

衆聲　宗聲　戎聲　農聲

以上諸聲偏旁變入廣韻東送、冬宋、江講絳。

第二十四部　之　部

采聲　友聲　否聲[85]母聲　有聲[86]止聲　子聲　事聲

才聲　𢦏聲　哉聲[87]巳聲　以聲　每聲　李聲　里聲

己聲　絲聲　台聲　尤聲　貍聲　來聲　思聲　久聲

耳聲　其聲　某聲　　　矢聲　之聲　山聲　丘聲
右聲[38]　時聲　裘聲[39]　佩聲　吕聲　臽聲　喜聲　寺聲
又聲　臺聲　士聲　載聲　吏聲　梓聲　在聲　恥聲
疑聲　敏聲　能聲　史聲　牛聲　丕聲　負聲　茲聲
宰聲　舊聲[90]　婦聲　不聲　郵聲　龜聲

以上諧聲偏旁變入廣韻脂旨、之止志、皆駭怪、灰賄隊、咍海代、尤有宥、侯厚候、軫。

第二十五部　職　部

㝷聲　得聲[91]　㝃聲　則聲　革聲　或聲　息聲　特聲[92]
㥶聲　麥聲　北聲　弋聲　䨻聲　惠聲　食聲　飾聲[93]
力聲　直聲　克聲　棘聲　畐聲　嗇聲　穡聲[94]　意聲
翼聲[95]　㚔聲　稷聲[96]　戒聲　式聲　皕聲　䵺聲[97]　異聲
勑聲[98]　彧聲[99]　黑聲　匿聲　色聲　㠱聲[100]　賊聲　㦣聲
飭聲[101]　葡聲　備聲[102]　牧聲　囿聲[103]　伏聲　塞聲

以上諧聲偏旁變入廣韻志、怪、隊、宥、屋、麥、昔、職、德。

第二十六部　蒸　部

曾聲　薨聲[104]　蠅聲　繩聲　朋聲　弓聲　夢聲　曾聲
升聲　興聲　麦聲　恆聲[105]　承聲　徵聲　丞聲[106]　左聲
兢聲　朕聲　勝聲[107]　騰聲　冰聲　陾聲[108]　登聲　仌聲

　　　馮聲⑩雍聲　　艜聲⑩朕聲　乘聲　弘聲

　　以上諸聲偏旁變入廣韻蒸拯證、登等嶝、東送。

第二十七部　緝　部

　　　早聲　執聲　及聲　立聲　濕聲⑪及聲　合聲　軜聲⑫
　　　邑聲　隰聲⑬集聲　急聲　入聲

　　以上諸聲偏旁變入廣韻緝、合、洽。

第二十八部　侵　部

　　　林聲　心聲　三聲　今聲　凡聲　風聲⑭音聲　南聲
　　　甚聲　尤聲　金聲　斑聲　鴦聲⑮侵聲⑯念聲　晉聲⑰
　　　男聲　突聲　深聲⑱覃聲　參聲　金聲　飲聲　品聲
　　　臨聲⑲

　　以上諸聲偏旁變入廣韻侵寢沁、談、鹽、東、忝、桥。

第二十九部　盍　部

　　　枼聲　涉聲　甲聲　業聲　疌聲

　　以上諸聲偏旁變入廣韻盍、狎、葉、業、乏。

第三十部　談　部

監聲　炎聲　敢聲　嚴聲　詹聲　斬聲　函聲　毚聲

讒聲⑳甘聲

　　以上諧聲偏旁變入廣韻談敢闞、覃、鹽琰豔、銜檻鑑、咸賺陷、添忝桥、嚴儼釅、凡范梵。

附　註

❶ 說文：「蠆、毒蟲也，象形。蠚，蠆或從蚰。」按此字丑芥切。字林他割切、玄應他達切，古音皆在月部。說文：「邁、遠行也。從辵、萬聲。邁、邁或人蠆。」按邁在月部，萬在元部，邁字或體作蠆，從蠆聲。疑邁當從蠆聲，非萬聲也。說文：「萬、蟲也。從厹、象形。」萬無販切，古音在元部。

❷ 說文：「害、傷也。從宀口，言從家起也。丯聲。」按當增丯聲一諸聲偏旁入月部。

❸ 說文：「厲，旱石也。從厂蠆省聲。厲或不省。」厲力制切，古音在月部，蠆亦在月部。

❹ 說文：「怛、憯也。從心旦聲。」按此字得案切又當割切，當以得案切旦聲爲元部，而以當割切怛聲爲月部字，怛字詩二見在月部，無入元部者。

❺ 說文：「雪，冰雨說物也。從雨彗聲。」相絕切，古音在月部。說文：「彗、掃竹也。從又持𥲊。篲、彗或從竹。䔼，古文彗從竹習。」彗、祥歲切。按王力以彗聲爲質部字，雪聲爲月部，今從之。

❻ 按說文丑芥切之蠆俗或作蠆。蠆卽蠆字。說文另有蠣字云：「蠣、蚌屬，似蠊微大。出海中，今民食之。從虫萬聲。讀若賴。」力制切，亦在月部，疑此字亦當從蠆聲。蠣今讀與厲同，厲卽從蠆聲可證。

❼ 截說文作戳、云：「戳、斷也。從戈雀聲。」此字昨結切，當在月部。

❽ 說文：「歎，吟也。謂情有所悅吟歎而歌詠。從欠，鸛省聲。」又：「鸛、鸛鳥也。從鳥堇聲。難、鸛或從隹。」又：「堇，黏土也。從黃省從土。」按堇巨斤切，古音在諄部，難那干切，古

音在元部。

❾ 說文：「絲、織日絲母杼也。從絲省、卝聲。卝，古文卵字。」
按 絲古還切，古音元部。

❿ 說文：「闌、門遮也。從門柬聲。」洛干切，古音在元部。

⓫ 說文：「完，全也。從宀元聲。」完胡官切，在元部，凡元聲字
皆在此部。按當增元聲一諧聲偏旁。

⓬ 說文：「盝、器中空也。從皿桼聲。」又：「桼、火之餘木也。
從火聿省。據段注改」按當增桼聲一諧聲偏旁，凡桼聲字當入此
部。

⓭ 說文：「歸，女嫁也。從止婦省，自聲。」歸從自聲，古音在微
部。按當增自聲一諧聲偏旁。

⓮ 說文：「微，隱行也。從彳散聲。」又：「散，眇也。從人從攴
豈省聲。」按 散從彳，散又從豈聲。則散聲、豈聲古音皆在微部。
按當增微聲一諧聲偏旁。

⓯ 說文：「頎、頭佳皃。從頁斤聲。」頎渠希切，詩韻在微部，斤
聲在諄部。

⓰ 說文：「枚，榦也。從木攴。可為杖也。」

⓱ 說文：「癸、冬時水土平，可揆度也。」癸居誄切，當在微部，
王力併入脂部者，殆見大雅板五章癸與懠毗迷尸屎資師等脂都韻故
也。

⓲ 說文：「既，小食也。從皀旡聲。」凡旡聲字當入沒部。按當增
旡聲一諧聲偏旁。

⓳ 說文：「沒、湛也。從水叟聲。」又：「叟，入水有所取也。從
又在回下。」叟莫勃切，古音在沒部。凡從叟聲者皆然。按當增
叟聲一諧聲偏旁。

⓴ 說文：「類：種類相似，唯犬為甚。從犬頪聲。」又：「頪、難
曉也。從頁米。」類盧對切，頪聲字當入沒部。按當增頪聲一諧

聲偏旁。

㉑　說文：「鰥，鰥魚也。從魚眔聲。」鰥古頑切，古音在諄部。說
文：「眔，目相及也。從目隶省。」眔徒合切，古音在緝部。

㉒　說文：「縈、收卷也。從糸熒省聲。」又：「瑩，玉色也。從王
熒省聲。」又：「營，帀居也。從宮，熒省聲。」又：「熒，屋
下燈燭之光也。從焱冂。」

㉓　說文：「領，項也。從頁令聲。」按令聲在眞部，今以領聲屬耕
部。

㉔　說文：「屏、屛蔽也。從尸幷聲。」說文：「幷，相從也。從幵
聲。」屏必郢切、幷府盈切古音在耕部。說文：「幵，平也，象
二干對毒，上平也。」幵古賢切，古音在元部。按當立幵聲一根，
屛刑形銒等字從之，古音在耕部。疑幵形本具元、耕二部之音。

㉕　說文：「刑、剄也。從刀幵聲」「荆，罰罪也。從刀井，井亦聲」
二字皆戶經切，古音在耕部。凡井聲字皆然。按當增井聲一諧聲
偏旁。

㉖　說文：「楚，叢木。一名荆也。從林、疋聲。」疋聲字在魚部。
按當增疋聲一諧聲偏旁。

㉗　說文：「御，使馬也。從彳卸。」御牛據切，古音在魚部。

㉘　說文：「與，黨與也。從舁与。」與余呂切，古音在魚部。

㉙　說文：「処，止也。從夂几。夂得几而止也。處，或從虍聲。」
處從虍聲，則處字當分立二聲，処聲、虍聲古音皆在魚部。

㉚　說文：「瞿，雅隹之視也。從隹䀠，䀠亦聲。」瞿九遇切，古音
在魚部。按當增䀠聲一諧聲偏旁。

㉛　說文：「輿，車輿也。從車舁聲。」輿以諸切，古音在魚部。舁
聲亦在魚部，按當增舁聲一諧聲偏旁。

㉜　說文：「股，髀也。從肉殳聲。」股公戶切，古音在魚部，而殳
聲則在侯部，故股聲應與殳聲分列。

㉝ 說文：「盧，盧飯器也。從皿虍聲。」盧洛乎切，古音在魚部。
又：「虍，虎也。從屮虍聲。讀若盧同。」虍，洛乎切，古音在
魚部。當列虍聲一諧聲偏旁。

㉞ 說文：「羖、夏羊牡曰羖。從羊殳聲。」羖公戶切在魚部，殳聲
在侯部，當分列。

㉟ 說文：「虞、鐘鼓之柎也。飾為猛獸，從虍虞象形，其下足。鐻
虞或從金據。虞，篆文虞。」虞聲外當列虞聲均在魚部。

㊱ 說文：「隻，規隻，商也。從又持萑。一曰：視遽皃。一曰：隻
度也。彠，隻或從尋、尋亦度也。」隻、乙虢切，古音在鐸部。

㊲ 說文：「谷，口上阿也。從口上象其理。」按谷聲其虐切在鐸部
與屋部古祿切谷聲異。

㊳ 說文：「席，藉也。禮天子諸侯席有黼繡純飾。從巾、庶省聲。」
席祥易切，古音在鐸部。庶聲亦在鐸部。

㊴ 說文：「夜，舍也。天下休舍，從夕、亦省聲。」夜羊謝切，古
音在鐸部。

㊵ 說文：「薄，林薄也。一曰蠶薄。從艸溥聲。」薄旁各切，古音
在鐸部。說文：「溥，大也。從水專聲。」又：「專，布也。從
寸甫聲。」按甫聲、專聲、溥聲皆在魚部，薄聲、博聲在鐸部。

㊶ 說文：「叡，溝也。從𣦻從谷。讀若郝。壑，叡或從土。」壑呼
各切，古音在鐸部。

㊷ 說文：「匡，飲器筥也。從匚㞷聲。」去王切，古音在陽部。說
文：「㞷，艸木妄生也。從之在土上。讀若皇。」戶光切，古音
在陽部。當增㞷聲一諧聲偏旁。

㊸ 說文：「狂，狾犬也。從犬㞷聲。」巨王切，古音在陽部。

㊹ 說文：「望，月滿與日相望以朝君也。從月、從臣，從壬，壬，
朝廷也。」無放切，古音在陽部。

㊺ 說文：「梁，水橋也。從木、從水、刅聲。」呂張切，古音在陽

　　部。說文：「刅，傷也。從刃、從一。創，或從刀倉聲。」楚良

　　切，古音在陽部。當增刅聲一偏旁。

❹❻　說文：「衡，牛觸橫大木，其角從角。從大，行聲。」戶庚切，

　　古音在陽部。

❹❼　說文：「往，之也。從彳，坒聲。」于兩切，古音在**陽**部。

❹❽　說文：「句、曲也。從口丩聲。」古侯切，古音在侯部。說文：

　　「丩，相糾繚也。一曰、瓜瓠結丩起。象形。」居蚪切，古音在

　　幽部。

❹❾　說文：「厨，庖屋也。從广，尌聲。」直誅切、古音在侯部。說

　　文：「尌，立也。從壴從持之也。讀若駐。」常句切，古音在侯

　　部。當增尌聲一諧聲偏旁。

❺〇　說文：「樹，生植之總名。從木尌聲。」常句切，古音在侯部。

❺❶　說文：「僕，給事者，從人從菐，菐亦聲。」蒲沃切，古音在屋

　　部。說文：「菐，瀆菐也。從丵從廾、廾亦聲。」蒲沃切，古音

　　在屋部。當增菐聲一諧聲偏旁。

❺❷　說文：「顒，大頭也。從頁。禺聲。」魚容切，古音在東部。按

　　顒從禺聲，禺在侯部。

❺❸　說文：「邦，國也。從邑丰聲。」博江切，古音在東部。說文：

　　「丰，艸盛丰丰也。從生上下達也。」敷容切，古音在東部。

　　當增丰聲一諧聲偏旁。

❺❹　說文：「竦，敬也。從立從束。束、自申束也。」息拱切，古音

　　在東部。

❺❺❺❻　說文：「勞，劇也。從力、熒省。營，火燒冂也。」魯刀切，

　　古音在宵部。說文：「膋，牛腸脂也。從肉寮聲。脊、膋或從勞

　　省聲。」洛蕭切，古音在宵部。

❺❼❺❽　說文：「恢、亂也。從心奴聲。」女交切，古音在宵部。說文：

　　「呶，讙聲也。從口奴聲。」女交切，古音在宵部。按恢呶皆從

奴聲，奴在魚部，而恢欼在宵部。

❺⑨ 說文無較字。廣韻聲系系交聲，古岳切又古孝切，按交聲在宵部，
較聲在藥部。

❻⓪ 說文：「沃，溉灌也。從水芙聲」烏酷切，隸作沃。說文：「
芙，艸也。味苦，江南食之曰下氣。從艸夭聲。」烏酷切。按夭
聲在宵部，芙聲、沃聲在藥部。

❻① 說文：「鷽，鳥白肥澤皃。從羽高聲。」胡角切，高聲在宵部，鷽
聲在藥部。

❻② 說文：「蹻，舉足小高也。從足喬聲。」丘消切，大徐居勺切。
按喬聲在宵部，蹻聲在藥部。

❻③ 說文：「削，鞞也。從刀肖聲。」息約切。按肖聲在宵部，削聲
在藥部。

❻④ 說文：「藐，茈艸也•從艸須聲。」莫覺切。段注：「古多借用
為眇字，如說大人則藐之。及凡言藐藐者皆是。」說文：「皃，
頌儀也。從儿，白象面形。貌，皃或從頁豹省聲。貌，籀文皃從
豸。」莫敎切。說文：「豹，似虎圜文，從虎勺聲。」北敎切。
說文：「勺，枓也。所以挹取也。象形，中有實，與包同意。」
時灼切。按藐、須、豹皆從勺聲，貌或作皃，當增勺聲、皃聲。

❻⑤ 說文：「馗，九達道也。似龜背，故謂之馗。從九首。逵，馗或
從辵坴，馗，高也。故從坴。」渠追切。

❹⑥ 說文：「軌，車徹也。從車九聲。」居洧切。

❻⑦ 說文：「牡，畜父也。從牛土聲。」莫厚切。按土聲在魚部，牡
聲在幽部。

❻⑧ 說文：「道，所行道也。從辵首。」徒皓切。

❻⑨ 說文：「蕭，艾蒿也。從艸肅聲。」蘇彫切。按肅聲在覺部，蕭
聲在幽部。

❼⓪ 說文：「造，就也。從辵告聲。」七到切。按告聲在覺部，造聲

在幽部。

㉑　說文：「收，捕也。從攴丩聲。」式州切。按收從丩聲，當補丩聲一偏旁。

㉒　說文：「簠，黍稷方器也。從竹皿皀。」居洧切。

㉓　廣韻聲系椒字系於叔聲下。按叔聲在覺部，椒聲在幽部。椒，卽消切。

㉔　說文：「皓，日出皃，從日告聲。」按告聲在覺部，皓聲在幽部。

㉕　說文無裒字。廣韻聲系定作意符字，薄侯切。

㉖　說文：「旒，旗旗之流也。從㫃攸聲。」以周切。段注：「宋刊本皆作流，作旒者俗。」說文：「游，旍旗之流也。從㫃汓聲。」段注：「此字省作斿，俗作旒。」按段注則旒者流與游之俗字。當補汓聲、游聲二諧聲偏旁。

㉗　說文：「鞠，窮治罪人也。從㚔人言，竹聲。𩋃或省言。」居六切。段注：「按此字隸作鞠，經典從之。」按據段注則當補竹聲、𩋃聲二諧聲偏旁。

㉘　說文：「復，往來也。從彳复聲。」房六切。當補复聲諧聲偏旁。

㉙　說文：「軸所以持輪也。從車由聲。」直六切。按由聲在幽部，軸聲在覺部。

㉚　說文：「篤，馬行頓遲也。從馬竹聲。」冬毒切。

㉛　說文：「戚，戉也。從戉尗聲。」倉歷切。按當補尗聲一偏旁。

㉜　說文：「迪，道也。從辵由聲。」徒歷切。按由聲在幽部，迪聲在覺部。

㉝　說文：「覺、悟也。從見學省聲。」古岳切。說文：「𢘽，覺悟也。從教冂，冂、尚矇也。臼聲，學，篆文學省。」胡覺切。按當補臼聲、學聲二偏旁。

㉞　說文：「降，下也。從𨸏夅聲。」古巷切。說文：「夅、服也。從夊㞷相承不敢竝也。」下江切。按當補夅聲一偏旁。

85 說文：「否，不也。從口不，不亦聲。」方久切。

86 說文：「有，不宜有也。從月又聲。」云九切。

87 說文：「哉，言之閒也。從口𢦏聲。」將來切。說文：「𢦏，傷也。從戈才聲。」祖才切。按當補才聲、𢦏聲二諧聲偏旁。

88 說文：「右，助也。從口又。」于救切。

89 說文：「裘，皮衣也。從衣象形。求、古文裘。」巨鳩切。按求在幽部，裘在之部。

90 說文：「舊，鴟舊，舊留也。從萑臼。」巨救切。按臼在幽部，舊在之部。

91 說文：「得，行有所导也。從彳㝵聲。㝵，古文省彳。」多則切。按當補㝵聲一偏旁。

92 說文：「特，特牛也。從牛寺聲。」徒得切。按寺聲在之部，特聲在職部。

93 說文：「飾，刷也。從巾、從人、從食聲。」賞職切。

94 說文：「穡，穀可收曰穡，從禾嗇聲。」所力切。按當增嗇聲一諧聲偏旁。

95 說文：「⿱飛異，翄也。從飛異聲。翼，篆文⿱飛異從羽。」與職切。

96 說文：「稷，齋也。從禾畟聲。」子力切。按當增畟聲一諧聲偏旁。

97 說文：「奭，盛也。從大從皕，皕亦聲。」詩亦切。按當增皕聲一諧聲偏旁。

98 說文：「勑，勞也。從力來聲。」洛代切。按來在之部，勑在職部。

99 說文：「⿱巛或，水流皃。從巛或聲。」于逼切。

100 說文：「嶷，九嶷山也。從山疑聲。」語其切。按廣韻嶷魚力切訓岐嶷，引詩克岐嶷。疑聲在之部，嶷聲據廣韻入職部。

101 說文：「飭，致臤也。從人力食聲。」恥力切。

⑩　說文：「備，愼也。從人茍聲。」平祕切。按當增茍聲一諧聲偏旁。

⑩　說文：「圃，苑有垣也。從口有聲。」于救切。按有聲在之部，圃聲在職部。

⑩　說文：「薨，公侯殂也。從死瞢省聲。」呼肱切。按當增瞢聲一諧聲偏旁。

⑩　說文：「恒，常也。從心舟在二之間上下，心以舟施恒也。」

⑩　說文：「烝，火氣上行也。從火丞聲。」煮仍切，按當增丞聲一諧聲偏旁。

⑩　說文：「勝，任也。從力朕聲。」識蒸切。按當增朕聲一諧聲偏旁。

⑩　說文：「陾，築牆聲也。從自耎聲。」如乘切。按耎聲在元部，陾聲在蒸部。

⑩　說文：「馮，馬行疾也。從馬冫聲。」皮冰切。按當增冫聲一諧聲偏旁。

⑩　說文：「鷹，鳥也。從肉雁聲。」於陵切。說文：「雁，雁鳥也。從隹從人，瘖省聲。」按瘖聲在侵部，雁聲在蒸部，當增雁聲一諧聲偏旁。

⑪　說文：「濕，濕水出東郡東武門入海，從水㬎聲。」它合切。說文：「㬎，衆微杪也。從日中視絲。古文㬎爲顯字。或曰衆口兒，讀若唫唫。或以爲繭，繭者絮中往往有小繭也。」按㬎有呼典、巨錦、古典三音，分屬元、侵二部，而濕僅入緝部。

⑫　說文：「軜，驂馬內轡系軾前者，從車內聲。」奴合切，按內在沒部，軜在緝部。

⑬　說文：「隰，阪下溼也。從自㬎聲。」似入切。按㬎在元侵二部，隰在緝部。

⑭　說文：「風，八風也。…從虫凡聲。」方戎切。按當增凡聲一諧聲偏旁。

⑮　說文「鬵，大釜也。從鬲兓聲。」才林切。按當增兓聲一諧聲偏旁。

⑯　說文：「侵，漸進也。從人又持帚，若埽之進，又、手也。」七
　　林切。

⑰　說文：「晉，曾也。從曰瞀聲。」七感切。

⑱　說文：「深，深水出桂陽南平西入營道，從水窋聲。」式針切。
　　說文：「窋，深也。一曰竈突。從穴火求省。」式針切。按當增
　　窋聲一諧聲偏旁。

⑲　說文：「臨，監也。從臥品聲。」力尋切。按當增品聲一諧聲偏
　　旁。

⑳　說文：「讒，譖也。從言毚聲。」士咸切。說文：「毚，狡兔也
　　兔之駿者，從㲋兔。」士咸切。按當增毚聲一諧聲偏旁。

庾信小園賦第一段的音韻技巧

李三榮

一 原文的對應排列

　　爲了討論的方便，先將原文依節奏的對應關係排列，並標示序次於每行之前：

1. 若夫一枝之上，巢父得安巢之所；
2. 　　一壺之中，壺公有容身之地。
3. 況乎管寧藜牀，雖穿而可坐；
4. 　　嵇康鍛竈，旣暖而堪眠。
5. 豈必連闥洞房，南陽樊重之第；
6. 　　綠墀青瑣，西漢王根之宅。
7. 余有數畝敝廬，
8. 　　寂寞人外，
9. 　　聊以擬伏臘，
10. 　　聊以避風霜。
11. 雖復晏嬰近市，不求朝夕之利；
12. 　　潘岳面城，且適閑居之樂。
13. 況乃黃鶴戒露，非有意於輪軒，
14. 　　爰居避風，本無情於鐘鼓。
15. 　　陸機則兄弟同居，

16.　　　韓康則舅甥不別。

17.　　　蝸角蚊睫，

18.　　　又足相容者也。❶

二　前賢意見的檢討

　　對於這一段文字在整篇賦中的地位，歷來學者的意見，約可歸納爲兩派。第一派主張它是整篇賦體的第一段，而不是賦前的序文。所以這一段並非沒有押韻，而是押古韻。我姑且稱之爲古音說。第二派主張它是賦前的序文，而不是賦體中的第一段。因爲賦的序文有兩種：一種是賦外另寫序文；一種是序文與賦連成一體。前者照例不押韻，後者可以押韻，也可以不押韻。小園賦的第一段就是序文與賦連成一體，而序文不押韻的。我姑且稱之爲序文說。

　　古音說以倪璠的注爲代表，他的意見是：第 1 行句尾的「所」要讀成「徙」的音，就跟第 2 行句尾的「地」、第 5 行句尾的「第」押韻了。他懷疑第 4 行句尾的「眠」可能是「眠」的誤字；「眠」是「視」的古字，所以 1、2、4、5 四行是可以押韻的。從第 6 行句尾的「宅」字起換韻。第 8 行句尾的「外」要讀「魚厥切」以便押韻，而第 9 行句尾的「臘」也可以押韻。他並懷疑第 10 行句尾的「風霜」可能原來寫作「風雪」，因爲「雪」字才可以押韻。第 11 行句尾的「利」要讀「力蘗切」，第 12 行句尾的「樂」要讀成「櫟」的音，都是韻脚。從第 13 行句尾的「軒」字起又換韻。「軒」要讀成「許斤切」。 第 14 行前段

的「風」要讀「防愔切」以便押韻。他又懷疑第 14 行句尾的「鐘鼓」可能是「鼓鐘」的倒文,「鐘」要讀成「渚仍切」❷以便押韻。第 18 行的「容」要讀成「淫」的音,也是韻腳。如果第 15、16 兩行改寫成「陸機則同居兄弟,韓康則不別舅甥」的話,「甥」字也可以押韻了❸。

綜合倪璠的意見,共有兩個要點:一更改字音以求叶韻。二為求叶韻更改原文。首先對倪璠的注提出意見的是四庫全書總目提要。提要說:

> 小園賦前一段本屬散文,而璠以為用古韻,未免失之穿鑿❹。提要語焉不詳。近人王禮卿的批評較能一針見血。綜合他的意見,共有三個要點:一倪注更改字音以求叶韻的說法相當牽強。二沒有根據就隨便懷疑原文有誤,不是治學的基本態度。三懷疑「眠」字是「眠」的誤字,在文理上反而不通❺。

王禮卿既批評倪璠古音說的穿鑿附會,又從賦序的類型上說明此段應是序文,可以說是序文說的代表人物。他說:

> 古賦之序有二體:有賦外別立者,有與賦一體者。前者例不用韻,固無論矣。卽後者如宋玉高唐神女二賦,傅武仲舞賦之序,其中問對之辭有韻,(先秦文間用韻語,漢人猶然。故序中韻語,不足為賦序用韻之例證。) 而敍事處皆無韻。然則與賦一體之序亦可不韻,古人體例如是。

固不必變文易字，削足適履，强求合韻，以為賦之發端，
而謂之非序，轉違古人體例。集中哀江南賦序，亦不用韻，
是知子山之賦，槪規古賦體制。以彼例此，知此亦不韻之
序也 ❻ 。

後來許東海更從結構與內容上分析這一段是序文，作用在統攝全
賦大意，點明小園的自適自足。「爾乃」以下才是賦文的開始，
旨在承前一段序文中「余有數畝敝廬，寂寞人外」的事實，作小
園的景物描寫 ❼ 。

　　倪璠說這一段押古韻固然不對，王禮卿等說這一段是不押韻
的序文也不見得對。他們對於押韻的認定，都執著在前一句的句
尾和後一句的句尾的押韻上。對於庾信這一段文字，我們必須考
慮到它寫作於齊梁講究聲律最嚴謹的時代。他寫作時是否受到「
若前有浮聲，則後須切響；一簡之內，音韻盡殊，兩句之中，輕
重悉異」 ❽ ；或是「聲有飛沈，響有双叠，双聲隔字而每舛，叠
韻離句而必睽」 ❾ 的影響呢？雖然人工的聲律受到一些人士的反
對。像鍾嶸說：「嘗試言之，古曰詩頌，皆被之金竹。故非調五
音，無以諧會。若『置酒高堂上』、『明月照高樓』為韻之首。
故三祖之詞，文或不工，而韻入歌唱，此重音韻之義也，與世之
言宮商異矣 ❿ 。」如果作家一味在聲律上「務為精密，襞積細微，
專相陵架」，而使「文多拘忌，傷其眞美 ⓫ 」，那就是「文家之
吃」 ⓬ 了。但是一個作品「本須諷讀，不可蹇礙，但令清濁通流，
口吻調利，斯為足矣。」 ⓭ 要「韻入歌唱」，要「口吻調利」「
不可蹇礙」，一定要顧慮到文字的音樂性。劉勰說：

夫音律所始，本於人聲者也。聲含宮商，肇自血氣，先王因之，以制樂歌。故知器寫人聲，聲非敩器者也。故言語者，文章關鍵，神明樞機，吐納律呂，脣吻而已❹。

其實齊梁聲律家強調作品的音樂性者相當普遍。像沈約說：

夫五色相宣，八音協暢，由乎玄黃律呂，各適其宜❺。

他在另一篇文章中也說：

若以文章之音韻，同弦管之聲曲，則美惡妍蚩，不得頓相乖反❻。

梁元帝也說：

至如文者，維須綺縠紛拔，宮徵靡曼。脣吻遒會，情靈搖蕩❼。

所謂「吐納律呂，脣吻而已」，「八音協暢」，「各適其宜」，「脣吻遒會」，就是和諧順口的音樂性，像「古之佩玉，左宮右徵，以節其步，聲不失序。音以律文，其可忽哉！❽」

駢文是一種「麗辭」。庾信的小園賦第一段姑不論是賦的發端或是賦序，它肯定是駢文應無疑義。而庾信的「天機」與「六情」❾也為歷來的學者所肯定❿。他在中國文字具有聲韻調三種

成份的運用上，自有奧妙之處，且待下節說明。

三　音韻技巧的說明

　　駢文，除了節奏整齊對稱外，又講究音樂的和諧。押韻就是利用韻腳的去而復返，把幾段對稱的節奏維繫成為一嚴密的整體，免致散換，以達到和諧，呼應和貫串的要求。傳統的韻文押韻，有固定的規矩。如近體詩第一句或押韻或不押韻，其後奇數句不押韻，偶數句押韻。賦或駢文也是一樣，如小園賦第二段以後。而小園賦的第一段到底有沒有押韻呢？我們先看前六行。前六行自成一小段落，每行各用一個典故。「若夫」、「況乎」、「豈必」皆為提領語詞，除提領語詞外，依次每兩行節奏都相對應。在 1、3、5 行前半句的最後一個音節，依次是「上」、「牀」、「房」三字，三字皆屬廣韻下平聲十陽韻的字（聲調不計，舉平以該上去，下同）。跟傳統押韻在偶數句的規矩不同；也跟傳統押韻在句尾的規矩不同，但是同樣具有把渙散的字音聯結貫串起來，成為一個完整曲調的傳統韻腳的功用。除此之外，在每一對偶句子的第一音節，聲母也是對應的關係。即 1、2 行的「一」為影紐字；3 行的「管」和 4 行的「稅」同為見紐字；5 行的「連」和 6 行的「綠」同為來紐字。這種聲紐的對應現象和押韻的功用應無二致，同樣俱有呼應，增加節奏性和和諧的音樂性的功用。而「若夫」、「況乎」、「豈必」三個提領語詞所領的兩句，由於有聲紐的對應，所以具有和諧的音樂性與節奏的貫串性。但三個提領語詞所領的各組間如果再沒有「上」、「牀」、「房」在韻腳上的呼應，那便成為三組各自獨立的小曲調。現在，聲紐

的對應與韻腳的呼應交錯結合，所造成的音樂性與聯串性，使這六行成為一完美的樂章。如果不是庾信的高才，與他在聲律上的造詣，何能臻此境界！試將以上的精心設計取消，而依一般駢文押韻通例觀察，則聲律的優劣，不啻天淵。

　　7、8、9、10 四行可劃歸一個小段落。7、8 兩行是散句，但是第7行的最後一個音節「廬」字的聲母為來紐，有前呼後應的作用。它前承5、6 兩行的「連」、「綠」兩個來紐字，後啓9、10 兩行兩個「聊」字的來紐字。在音樂的和諧性與文句的聯串性來說，並不亞於對句。並且此一「廬」字與第9行最後一個音節「臘」字也同是來紐字，有「押聲」的性質。另外，5、6 兩行第一音節的來紐字，與9、10 兩行第一音節的來紐字也遙相呼應。因此，7、8、9、10 四行的音韻關係，跟前六行有異曲同工之妙。前六行以「上」、「牀」、「房」等同韻母的字造成和諧的音樂性，而這四行則以「廬」、「臘」等同聲母的字造成和諧的音樂性。聲母、韻母的相互轉換運用，避免了音樂性的單調，也顯示聲律技巧的創新。第9行首尾兩個音節用來紐字，也有呼應和諧的作用。而第10 行句尾的「霜」字也是廣韻下平聲十陽韻的字，又呼應了1、3、5行的「上」、「牀」、「房」，雖屬草蛇灰線，然古詩中不乏其例，江永古韻標準詩韻舉例中即有遙韻之例。遙韻的功用仍然在貫串文句，造成結構上的嚴謹與音樂性的和諧。它和一些來紐字的設計，使7、8、9、10 四行跟前六行緊緊地結合在一起。

　　在此，我要引用朱光潛詩論中音義調協的意見來說明庾信創作小園賦的心情。他說：

双聲叠韻都是要在文字本身見出和諧。詩人用這些技巧，有時除聲音和諧之外便別無所求，有時不僅要聲音和諧，還要它與意義調協。在詩中每個字的音和義如果都互相調協，那是最高的理想。音律的研究就是對於這最高理想的追求，至於能做到什麼地步，則全憑作者的天資高低和修養深淺㉑。

庾信寫小園賦是在他出使北魏，家人仍留居江陵，其後竟因梁魏交惡，羈旅長安的時期。倪璠說：「小園賦者，傷其屈體魏周，願爲隱居而不可得也。其文既異潘岳之閑居，亦非仲長之樂志，以鄉關之思，發爲哀怨之辭者也。」㉒家鄉，永遠是漂泊的旅人嚮往的歸宿，它呼喚遊子的心靈，撫慰心靈的創傷。這一段作品中用「上」、「牀」、「房」、「霜」等和聲，從「牀」所延伸出來的意義，不只是休憩、睡眠的場所，它更有溫暖與撫慰的象徵意義。「房」字也有相同的象徵效果。由聲音的聯想，「上」字也就涵蓋進去了。只要是人，都該有自己的歸屬：工作的勞累，心情的哀愁，最後都歸屬於「牀」、「房」，遠方的遊子則歸屬於故鄉。由〔-aŋ〕韻的選用，可以顯示庾信對家鄉的渴望。但是「霜」字的設計，卻產生了類似「矛盾語法」的複面呈示效果，適足以表現一種相當複雜的心理歷程。因爲「霜」的韻母也是〔-aŋ〕，在音義的聯想上就不由自主的使我們有寒冷的感覺。作者對自己處境的淒涼哀傷，當然企盼「牀」、「房」給予溫暖的陪伴與慰藉㉓。尤其來紐字的連續使用，更增加了歸鄉絕望的悲涼心情。關於來紐字的作用，程抱一在分析李白玉階

怨一詩時有精闢的詮釋，他說：

> 每一詩句裏都有以〔1-〕音為起首： luo …… la ……
> liän …… lieng liueng，它們貫穿全詩；到了最後一行且
> 以双聲出現，彷彿為了更加強其音樂效果，或是比擬無盡
> 的回音。此〔1-〕音第一次出現是第一句中的「露」字
> ·立刻，一種「涼」的感覺，一種「零落」的情調，一種「
> 亮」的影像，和這個音結合起來了。特別是「涼」的感覺，
> 逐句點出，隱隱「透露」在透明的境界裏❷。

由於第9行「臘」字的聯想，一些冰涼寒冷的感覺，擴散到其他
的來紐字，並一一湧現在字裏行間中。「因為字是多層次的。除
了實質（音、形）之外，還有含意，除了含意之外，還有象徵。
這多層的字又不是孤立的，獨自取得意義的。它的實質及含意是
和同一語言中其他的字對比時而獲得的。更有進者，這些字，由
于置于已經先具分析性的結構中，得以最精簡的方式，相互發生
牽連或對比的關係，達到開放多端的意義，尤其是在詩裏。在詩
裏，由于節奏，由于音的重複、變幻，由于字義的交錯，由于意
象的組織，字與字之間的關係不僅是直線發展的，而是按照空間
的運行規律。」❷庚信非常巧妙地運用文字的意象和語音的聯想，
將他的情緒襯托得那麼貼切，又那麼和諧悅耳。

第11、12兩行除了「雖復」為轉接連詞外，是一個對偶的
句子。這兩行的音韻型式一致，每行節奏停頓的地方都安排了双
聲字，卽「市」與「城」同為禪紐字，「利」與「樂」同為來紐

字。這種平行的關係造成另一種新的聲律感，而與前面十行的聲律大相逕庭。來紐字的一再出現，用以呼應前面兩個段落，加強音韻的和諧；而結構的轉趨緊密，表現出作者心境的悲涼越來越深，蘊蓄到了極點，所以音韻搭配最緊湊的就是第 13、14 行了。這兩行除「況乃」為轉接連詞外，音韻型式也一致：「黃鶴」雙聲詞，是匣紐字；「爰居」前一字是云紐，後一字是見紐，同是牙喉音的字，也算是雙聲詞。句尾一個是「軒」，為曉紐字；一個是「鼓」，為見紐字，不僅兩相對稱，也和句首的雙聲詞相呼應。這兩行下半句的第一個音節「非」與「本」都是幫紐字，也相對稱。這種兩行互相平行，每行首尾又相互呼應的設計，造成內部結構極為緊湊的高度技巧。而且第 13 行的「露」字為來紐，在音的和諧與義的聯想上，又能與前面有來紐字的幾行相呼應。這種音韻技巧的精心設計，意味作者羈旅北地，想望故國家園，主觀意識的活動變得更加尖銳敏感起來，他的寂寞與痛苦，自與常人不同。想到過去，想到現在，更想到茫茫無可預知的未來，這股哀怨就如洶湧的波濤，越來越澎湃。緊接著第 15、16、17 三行的前面兩個音節，除了「陸」字是來紐，用以呼應前面第 5、6、9、10 四行第一音節的來紐字外，都使用牙喉音的字：「陸機」的「機」是見紐字，「韓康」前者是匣紐字，後者是溪紐字，「蝸角」是見紐雙聲詞，就是第 18 行的第一音節「又」也是云紐字。如果我們從 13 行看起，連續六行有規律地使用牙喉音的字，除了遙遙呼應第 3、4 兩行的「管」、「秬」之外，更顯示作者極度的怨尤與強烈的痛苦，有意以沉重，激亢的吶喊來造成撼動，應視為全段的高潮 ●。第 17、18 兩行節奏上沒有

對應，聲律也鬆弛了，表現出作者對現實無可奈何的接受，憂思取代了激動的情緒。

　　這種運用牙喉音來象徵情緒的激動與作品高潮的技巧，在歐陽修的秋聲賦裏，我們再一次地看到了例證。今將秋聲賦主題呈現的一段標示於下，以見其聲律之運用，有異曲同工之妙：

> 而況思〔S-〕其力之所不及，
> 　　憂〔ʔ-〕其智之所不能；
> 宜其渥〔ʔ-〕然丹者為槁木，
> 　　黝〔ʔ-〕然黑者為星星。
> 奈何以〔O-〕非金石之質，
> 　　欲〔j-〕與草木而爭榮？
> 　　念〔n-〕誰為之戕賊，
> 　　亦〔j-〕何〔ɣ-〕恨〔ɣ-〕乎〔ɣ-〕秋聲㉗！

四　結　論

　　先將第一節原文的對應排列用音標標示，並將第三節音韻技巧的說明用符號表示，則庾信在小園賦第一段的音韻設計就一目瞭然了。

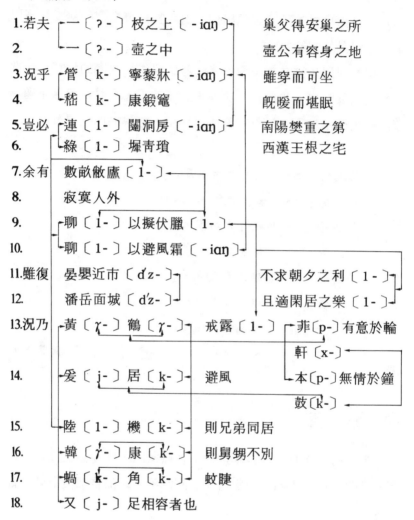

　　從此，我們應該知道小園賦的第一段雖然不押韻，但庾信所呈現出的語言的音樂性與結構的完整性，遠較押韻更和諧更嚴密。以作者的才華，這一段文字要他押韻豈不易如反掌？然而他不此之圖，而特別運用音韻技巧以造就其作品的高度藝術，寓意深遠，耐人尋思。那麼他在文學史上的偉大地位，豈是徒擁虛名之輩所能比擬的？本文僅從聲母、韻母上探討此段文字的音韻技巧，至於聲調方面，請參看丁邦新從聲韻學看文學一文 ㉘。

附　註

❶　本文所據庾信文及倪璠注，皆出自源流出版社庾子山集注許逸民校點本。

❷　許逸民校點本此處句讀有誤。

❸　倪注又以庾信喜晴應詔敕自疏韻詩也用古韻爲例證，今查該詩以「建、販、傳、憲、堰、怨、辯、獻、巽、寸、悶、萬」爲韻，不必如倪氏注此段之改字改音。韻腳亦相當整齊，不若倪注此段之參差。

❹　見集部別集類一。

❺　見王禮卿歷代文約選詳評第三冊 p 1110 ～ 1111 。

❻　同注❺。

❼　見許東海庾信生平及其賦之研究 p 184 ～ 185 。

❽　沈約宋書謝靈運傳語。

❾　文心雕龍聲律篇語。

❿　見詩品序。

⓫　同注❿。

⓬　同注❾。

⓭　同注❿。

⓮　同注❾。

⓯　同注❽。

⓰　見答陸厥書。

⓱　見金樓子立言篇。

⓲　同注❾。

⓳　沈約答陸厥書：「故知天機啓則律呂自調，六情滯則音律頓舛也。」

⑳ 許東海庾信生平及其賦之研究有「庾信辭賦歷來之評價」一節，可供參考。

㉑ 見詩論第八章 p159。

㉒ 同注 ❶。

㉓ 柯慶明試論幾首唐人絕句裏的時空意識與表現一文中，分析李白靜夜思前半段的韻母說：「這兩句在音讀上即已充分地暗示了整首詩所具現的情境：人突然在月的光亮中，意識到自己深陷在廣大無際的空間裏，感覺一種空闊無依的寒冷，與徬徨，因而想起了可以定止的固著的空間—『故鄉』。」中外文學第二卷第一期。

㉔ 見中外文學第二卷第八期「四行的內心世界」的「音韻層次」。

㉕ 同注 ㉔。

㉖ 梅祖麟及高友工在分析杜甫秋興第三首時，認爲「匡衡抗疏功名薄」一句，一再使用舌根音的字是明顯寫出詩人激動的心情。見中外文學第一卷第六期，黃宣範譯，分析杜甫的秋興——試從語言結構入手作文學批評。

㉗ 有關秋聲賦的聲律技巧參見拙著秋聲賦的音韻成就，載國立台灣師範大學國文學報第十六期。本文所用音標採自周法高論切韻音與論上古音和切韻音二文。下同。二文收入中國音韻學論文集，香港中文大學出版。

㉘ 見中外文學第四卷第一期。

聲韻學與散文鑒賞

莊雅州

一 引 言

「聲韻學枯燥而艱深，學習它有什麼用處？」這是不少中文系學生常有的牢騷。任課教師當然可以告訴他們：「聲韻學是語言文字學重要的一環，可以幫助我們分析文字、研究訓詁、運用校勘，進行辨僞……。」這些功用的確都相當重要而顯著，可惜不離考據範疇，也許還不易引起一般學生的興趣。但若進一步告訴他們：「聲韻學可以幫助我們從事文學的創作與欣賞。」則反應可能會截然不同。

在傳統觀念裏，聲韻學屬於考據，文學屬於詞章，兩者性質迥然不同，怎麼會有密切的關係呢？其實，只要我們稍想一下，這疑惑就不難迎刃而解。因爲文學是用文字來記錄思想、情感的藝術，它牽涉到文字三要素中的字音，而聲韻學正是研究字音的原理與流變的學問，兩者當然脫離不了關係。任何一篇動人的文學作品，總是意義新穎、辭藻精鍊、聲韻和諧，特別是詩、詞、曲之類的韻文，對平仄、聲調、押韻等聲律無不特別講究。我們只要隨便翻翻有關這方面的作品或論著，就可以了解，如果把聲韻之美從詩、詞、曲抽離，那麼，這些感人肺腑的作品頓時就會大爲失色了。

文學作品當中，不受聲律束縛的散文是否就與聲韻無關呢？

答案是否定的。因爲無論是文言散文或白話散文，也都是用文字撰寫的，也一樣需要聲韻和諧，只是它的聲律完全由內容來決定，隱而不顯，變化多端，較不機械，較不嚴格而已。加上歷來有關這方面的著述寥若晨星，所以容易造成一般人的錯覺。事實上，不僅創作散文必須講究無形的聲律，就是鑑賞散文，也很需要以聲韻學作爲利器，來使我們看得更廣、更深、更細。我以爲聲韻學對散文鑑賞的功用起碼有六點，卽：明通叚、辨韻語、察詞彙、鑒修辭、析音節、審文氣。下面就是我的分析。

二　本　論

㈠　明通叚

古代的散文作者因字而生句，積句而成章，積章而成篇，往往文辭炳蔚，義蘊精深。後世讀者若想領會其豐富之內容，勢必非以文字爲之津梁不可。唯文字具有形音義三個要素，其構造雖然是形符的變化，其運用則多賴聲韻的流轉。特別是在先秦兩漢，有許多文字還未構造成功，又缺乏像說文解字這樣明辨本字、本義的字書，一般人寫作時，往往在理解不深或記憶不明的情況下，以同音或音近的字來代替。甚至因受書寫工具的限制，常用筆劃較簡的同音字去代替筆劃較繁的本字，難怪同音通叚的現象在古籍中俯拾皆是。如果我們不能打破這種文字上的障礙，那就可能望文生訓，鬧出許多笑話，遑論確切把握作者的本意，鑑賞行文的美妙了。例如：

左傳宣公十二年：「前茅慮無。」杜預注：「或曰；時楚

以茅為旌識。」

茅為野草，楚縱無文，也不致以之為旗章。茅的正字應該是旄。（見王引之經義述聞卷二十四。）又如：

> 莊子逍遙遊：「野馬也，塵埃也，生物之以息相吹也。」
> 崔譔注：「天地閒氣如野馬馳也。」（陸德明經典釋文卷二十六引。）

陸宗達以為這種解釋是典型的望文生義，馬應讀為楚辭「愈霧其如塵。」（劉向九嘆・惜賢）之塵，也是塵埃之義。（見訓詁學簡論三・㈡。）又如：

> 史記刺客列傳：「此臣之日夜切齒腐心也。」司馬貞索隱：「腐，音輔，亦爛也。」

齒固能切磨，心而熬煎得腐爛，未免夸飾過度。腐應是拊之叚借，戰國策燕策正作「切齒拊心。」又如：

> 漢書元帝紀：「建昭元年……秋八月，有白蛾群飛蔽日。」顏師古注：「蛾，若今之蠶蛾類也。」

白蛾蔽日，恐為古今所未見，蛾應為蟻之叚借。禮記學記：「蛾子時術之。」鄭玄注：「蛾，蚍蜉也。」正是其證。諸如此類，

我們若膠著於字面，往往以文害辭，若讀以本字，則怡然理順了。

　　我國文字何止萬千，要從茫茫字海中，辨認通叚，尋求本字，絕非易事。古代的學者經過長期探索，終於發現一條捷徑，那就是王念孫所說的「以聲求義」。不過，大家都曉得語音每每隨時間空間轉移，我們絕對不可以根據現代讀音濫用通叚。而應具備相當的聲韻學知識，對歷代字音的演變瞭然於胸，對本字與借字的聲韻關係考察得十分清楚，並找出許多證據與例子，然後結論才可以確立無疑。例如上文所舉的茅，中古反切爲莫交切，屬明母肴韻，上古音屬明紐幽部；茆，中古反切爲莫飽切，屬明母豪韻，上古音屬明紐宵部。二者上古時代爲雙聲關係，而韻部幽宵旁轉相通，所以可以叚借。同理，在上古音中，馬、塵聲母同屬明紐，韻部則爲魚歌旁轉，也是雙聲叚借。腐屬並紐侯部，拊屬滂紐侯部，韻部完全相同，聲母也有旁紐關係，是疊韻叚借。蛾、蟻同屬疑紐歌部，則爲同音叚借。唯中古時代，蛾有五何切、魚倚切兩個讀音，所以顏師古才會誤解爲蟲蛾。黃季剛曾說：

　　　大氐見一字而不了本義，須先就切韻同音之字求之。不得，則就古韻同音求之。不得者蓋已尠。如更不能得，更就異韻同聲之字求之。更不能得，更就同韻、同類或異韻、同類之字求之。終不能得，乃校此字母所衍之字衍爲幾聲，如有轉入他類之音，可就同韻異類之字求之，若乃異韻異類，非有至切至明之證據，不可率爾妄說。（黃侃論學

雜著 • 求本字捷術 ）

這種篤實謹愼的功夫，正是明通叚的不二法門。

　　㈡　**辨韻語**

　　韻語就是劉勰所謂的「同聲相應謂之韻。」（文心雕龍聲律篇）王了一曾進一步解釋說：

> 韻就是韻脚，是在同一位置上同一元音的重複，這就形成聲音的迴環，產生音樂美。（龍蟲並雕齋文集 · 中國古典文論中談到的語言形式美 ）

我國的文體，依韻語的使用，可粗略劃分爲韻文與散文兩大類。但這種分別並非是絕對的，尤其在先秦散文中往往夾雜了一部分韻語，形成散韻兼行的現象。江有誥的群經韻讀（見江氏音學十書）所列的卽有易經、書經、儀禮、考工記、禮記、左傳、論語、孟子、爾雅等九種。先秦韻讀（亦見江氏音學十書）所列的更有國語、老子、管子、孫武子、晏子春秋、家語、莊子、列子、吳子、山海經、穆天子傳、逸周書、六韜、三略、戰國策、墨子、文子、荀子、韓非子、呂氏春秋、鶡冠子、素問、靈樞、鬼谷子、秦文等二十五種。雖然其中的家語、列子、六韜、三略、文子、鬼谷子、鶡冠子時代的認定上不無問題（詳見屈萬里先秦文史資料考辨），而韻語的採擷也常有失收、誤收之處，但仍然稱得上網羅宏富、價值不凡。龍宇純的先秦散文中的韻文詳加補苴訂正，尤便於參考。兩漢以後，散韻兼行的文章也是所在多有

，如司馬談論六家要旨、枚乘上書諫吳王、柳宗元愚溪詩序、范
仲淹岳陽樓記、歐陽修祭石曼卿文、王安石祭歐陽文忠公文、蘇
軾祭歐陽文忠公文、余光中蒲公英的歲月等皆是，可惜乏人加以
蒐羅整理而已。

　　散文行文自由，字句長短不拘，間有韻語，也不受格律羈絆，
所以韻語的辨認較爲困難。龍宇純曾舉出幾個尺度標準，卽：1.
句數的長短，2.文意的斷連，3.語句結構的相同或文句的平行相
當，4.上下文或他篇類似文句的比較。（詳見先秦散文中的韻文。）
當然，除了這些圭臬外，還得對聲韻學的研究有相當的基礎，否則，
一切尺度標準都無法施展開來。

　　古人所以在散文中夾雜韻語，主要是提醒讀者注意，並取便
記憶。但由於韻語使用了文學音律中的音色律，（詳見謝雲飛文
學與音律・語言音律與文學音律的分析研究。）顯得音韻和諧，
具有迴環往復、一唱三嘆的效果，所以無形中也使散文增添了不
少藝術價值。唯讀者亦須對韻的陰陽、開合、洪細等都有明確的
了解，對古音系統乃至音值擬測也有所認識，才能欣賞這種聲律
之美。近代學者更注意到聲韻與文情的關係，如王易云：

　　韻與文情關係至切；平韻和暢，上去韻纏綿，入韻迫切，
　　此四聲之別也。東董寬洪，江講爽朗，支紙縝密，魚語幽
　　咽，佳蟹開展，真軫凝重，元阮清新，蕭篠飄灑，歌哿端
　　莊，麻馬放縱，庚梗振厲，尤有盤旋，侵寢沈靜，覃感蕭
　　瑟，屋沃突兀，覺藥活潑，質術急驟，勿月跳脫，合盍頓
　　落，此韻部之別也。此雖未必切定，然韻近者情亦相近，
　　其大較可審辨得之。（詞曲史・構律第六・㈡韻協）

劉師培曾歸納出各古韻部中共同的含義，（詳見劉申叔先生遺書·左盦外集·正名隅論。）王了一也曾舉例說明同源詞往往具有相同的概念。（詳見漢語史稿·同類詞和同源詞。）今即以左傳鄭伯克段於鄢爲例，說明散文中韻語的妙用。左傳隱公元年云：

> 公入而賦：「大隧之中，其樂也融融。」姜出而賦：「大隧之外，其樂也洩洩。」

鄭莊公所賦，以中、融爲韻，二字在古韻中屬多部（Oŋ），聲音寬洪，正表現出莊公解脫不孝罪名，重享天倫之樂的暢快。武姜所賦，以外、洩爲韻，二字屬月部（at），聲音短促，與武姜餘悸猶存，又掛念愛子共叔段長年放逐在外的忐忑心情亦相符合。在這方面如想繼續作進一步深究，正如黃永武所云：

> 一面固可憑藉詞曲的樂理，一面也可以乞靈於訓詁學家對字音、字義的研析。（中國詩學·設計篇·談詩的音響）

可見也是非從聲韻入手不爲功的。

  （三）　**察詞彙**

　　文章的基本構成分子是字詞。我國的文字是單音綴，有時候一個字就是一個詞，有時候兩個以上的文字組合成爲複詞。站在文法的觀點，複詞可分爲合義複詞及衍聲複詞兩大類。前者姑且置之不論，後者無論是雙音節衍聲複詞、疊字衍聲複詞、帶詞頭的衍聲複詞或帶詞尾的衍聲複詞，其構成都是以聲不以義。（詳

見許詩英師中國文法講話第二章第二節。）而其中又以雙音節衍聲複詞運用最爲廣泛，不但在韻文中俯拾皆是，卽使在散文中也是屢見不鮮。

雙音節衍聲複詞就是古人所謂的聯緜字，又稱連語。它合兩個音節成爲一個詞，只有單一的意義，性質卻十分複雜，如果對聲韻學茫然毫無所知，則寫作或閱讀時常會有格格不入之嘆。此可分幾方面言之：1.雙音節衍聲複詞又可分爲雙聲雙音節衍聲複詞、（如崎嶇、參差、蒹葭。）疊韻雙音節衍聲複詞、（如徘徊、窈窕、崔嵬。）非雙聲疊韻的雙音節衍聲複詞。（如滂沱、芙蓉、科斗。）其歸類應以當時語音爲準，而不能用現代音判斷，如蕭瑟、邂逅、蟋蟀在上古都是雙聲雙音節衍聲複詞，棲遲、茉苜、蜉蝣在上古都是疊韻雙音節衍聲複詞，但在國語中已無法發現其雙聲或疊韻的關係了。2.雙音節衍聲複詞以聲音爲主，字隨音轉，字形常不固定，如委蛇有八十三形、崔嵬有十五體。我們應將它們當作標音符號看待，若還拘守表意文字的藩籬，強加分析，只會求之愈深，失之愈遠。如猶豫，孔穎達解爲「猶，獶屬；豫，象屬。此二獸皆進退多疑。」（禮記曲禮疏）狼狽，段成式釋爲「狽前足絕短，每行，常駕兩狼。」（酉陽雜俎卷十六）都曾見笑於方家。3.雙音節衍聲複詞可以摹擬聲音、圖寫形象、描繪動作，（見胡楚生訓詁學大綱第四章第五節。）對於文學創作頗有裨益。而在文學欣賞方面，我們也應特別注意到它使音節更爲和諧、辭藻更爲華美、感情更爲深入的效果。例如韓愈送李愿歸盤谷序：「足將進而趑趄，口將言而囁嚅。」中古音趑趄同屬清母，囁嚅同屬日母，由於都是雙聲雙音節衍聲複詞，讀來有一種迴環

之美。而且用辭典雅,如果易以較平凡的複詞,如「不前」、「難開」,那就頓成俗筆了。更難得的是,趑趄同屬齒音,給人細小纖弱的感覺;(見黃永武中國詩學•鑑賞篇•聲律美的欣賞。)囁嚅同屬半齒音,有表示柔弱、軟弱的概念。(見王了一漢語史稿•同類詞和同源詞。)攀附權貴者那種患得患失、躊躇難安的心情,靠這兩個聯緜字可說表現得十分傳神。

不僅雙音節衍聲複詞與聲韻有密切關係,就是以義相合的合義複詞往往也有雙聲、疊韻的關係,(如灑掃、親戚、貪婪、剛強。)甚至連隔字之詞有時也免不了雙聲、疊韻。(如優哉游哉、暴虎馮河、翻雲覆雨。)郭紹虞云:

> 雙聲疊韻是單音語孳乳演化最重要而又最方便的法門,……故用以入文,當然也能很巧妙地、很自然地成為一種天籟了。(語文通論續集•中國詩歌中雙聲疊韻)

這種妙用,一直到白話散文盛行的現代仍未稍減,鄭明娳云:

> 中國文字的雙聲疊韻最富音樂性,現成的連綿字已是取之不盡。而非連綿字造成的雙聲疊韻,作者更應用在不經意處來強化效果。鑑賞者便要從這些不經意處尋得蛛絲馬迹。(現代散文欣賞•代序)

當然,唯有通曉聲韻的人,才能深刻地去體會雙聲、疊韻的美妙。

（四）　鑿修辭

　　文章寫作時，除愼用字詞外，尙須講究修辭手法，才能使材料生動、意境清新、詞語靈活、章句遒勁，也才能使欣賞者味之亹亹不倦。我國的修辭格無慮三、四十種，（詳見陳望道修辭學發凡、黃慶萱修辭學。）其中與聲韻有直接關係的，至少有下列數種：

1.　摹　寫

　　對事物的各種感受加以形容描述，叫做摹寫。所謂感受，包含視覺、聽覺、嗅覺、味覺、觸覺等。在文學作品裏，摹寫聽覺的最爲常見，因而有人索性就稱之爲摹聲格。例如：

　　舟迴至兩山間，將入港口，有大石當中流，可坐百人。空中而多竅，與風水相吞吐，有窾坎鏜鞳之聲，與向之噌吰者相應，如樂作焉。（蘇軾石鐘山記）
　　先是料料峭峭，繼而雨季開始，時而淋淋漓漓，時而淅淅瀝瀝，天潮潮，地濕濕。（余光中聽聽那冷雨）

以最適當的聯緜字或疊字描摹鐘鼓聲之洪亮、風雨聲之多變，讀來如聞其聲，如履其境。如果不是對聲韻詳加揣摩，曷克臻此？

2.　雙　關

　　雙關是用一語詞同時關顧到兩種事物的修辭方式。也就是劉勰所謂「意生於權譎，而事出於沈急。」（文心雕龍・諧讔篇）的隱語。包括字義的兼指、字音的諧聲、語意的暗示。其中字音雙關的，例如：

秦失其鹿，天下共逐之。（史記淮陰侯列傳）

然而儘管夢斗塔湖美得那麼令人心折，心裏總覺得有層「隔」。每次我與友人通訊，下筆總不是寫「寄自梅迪生城」，而是「寄自陌地生城」。（鍾玲夢斗塔湖畔）

「鹿」除鹿獸之意外，還兼含「天祿」之「祿」；「陌地生城」除了譯音之外，還表現出作客他鄉的無奈。這些都是使用了同音或音近的字詞，而使得文章顯得更爲蘊藉、風趣而鮮活。

3. 感嘆

以呼聲表露喜怒哀樂等強烈的感情，便是感嘆。除寓感歎的意思於設問的句式或倒裝的句法外，最常見的形式是在直示句的前後添加「呵」、「呀」、「嗚呼」、「噫嘻」等感歎，例如：

夥頤！涉之爲王沈沈者！（史記陳涉世家）
嗚呼！其信然邪？其夢邪？（韓愈祭十二郎文）

司馬遷以鄉下人的土話，將陳涉小同鄉驚奇艷羨之情表現得神情畢露；韓愈以深沈的哀號、半信半疑的語氣，將喪姪的悲慟表現得十分深刻。如果我們將「夥頤」改爲「噫嘻」，「嗚呼」改爲「嗟乎」，那就韻味全失了。黃慶萱云：

於、吁、烏乎等屬於魚虞模的字，古音爲ㄚ。又古韻之、咍同部，段玉裁皆歸之於第一部。所以之韻字如噫、已、

嘻、矣等字，古讀如今咍韻，元音為ㄞ或ㄝ。這樣一來，知道古人歎聲原不異於今，對於古人的感歎，我們也就能夠如聞其聲，進而依其發音來領略他們的喜怒哀樂了。（修辭學・上篇・第一章）

這樣深刻的聲情鑑賞，當然只有精通聲韻的人才能做到。

4.　析　字

析字是在講話行文時，故意就文字的形體、聲音、意義加以分析的修辭格。是構成廋辭（又稱隱語）的重要方法。計有化形、諧音、衍義三類。其中的諧音析字又分為借音、切脚、雙反三式。例如：

南京的風俗，但凡新媳婦進門，三天就要到厨下收拾一樣菜，發個利市。這菜一定是魚，取「富貴有餘」的意思。（儒林外史第二十七回）

若以本題而論，豈非吳郡大老倚閭滿盈嗎？（鏡花緣第十七回）

或言後主名叔寶，反語為少福，亦敗亡之徵云。（南史陳後主紀）

「魚」「餘」單純諧音，一般人都可以懂。至於「吳郡大老倚閭滿盈」為「問道於盲」的切脚語，「叔寶」順反為「少」，倒反「寶叔」為「福」，則須對反切的原理與方法有所了解，才能欣賞。

5. 藏　詞

要用的詞已見於熟悉的成語或俗語中，便把本詞隱藏，單講成語俗語中另一部分，以代替本詞的，叫作藏詞。歇後語、藏頭語皆屬之。歇後語往往兼帶諧音，流行尤其廣泛。例如：俗語「豬頭三」之下隱藏「牲」字，再音轉爲「生」；「豬八戒的脊梁」之下隱藏「悟能之背」四字，再音轉爲「無能之輩」。都是利用析字的諧音方法，轉彎抹角來表達幽默的情趣，頗爲新穎。

以上所舉各種修辭實例僅是窺豹一斑，但聲韻與修辭的關係也就不難想見了。

㈤ 析音節

王了一云：

> 語言的形式之所以能是美的，因爲它有整齊的美、抑揚的美、迴環的美。這些美都是音樂所具備的，所以語言的形式美也可以説是語言的音樂美。（龍蟲並雕齋文集 • 略論語言形式美）

整齊美指對偶而言，迴環美指押韻及雙聲疊韻而言，這些都是駢文或韻文所刻意經營，而散文不甚在意的。至於抑揚美，主要是平仄、節奏等的變化，也就是劉勰所謂的「異音相從謂之和。」（文心雕龍 • 聲律篇）這是散文音節之美的主要寄託。郭紹虞云：

> 異音相從雖取其異，然於節奏之間，有時有雙聲疊韻的連綴，有時有同調的連綴，有時有應響的連綴。那麼，即於

異音相從之中也到處寓有同聲相應之實。（語文通論續編
·論中國文學中的音節問題）

又云：

利用同聲相應以求其重複，利用異音相從以見其變化，一
經一緯而後音節以成。（同上）

足見它與同聲相應是相反相成的。

1.　平　仄

　　平仄是音節之顯而易見者，它是由聲調決定的，而聲調正是
中國語言與西洋語言最重要的分水嶺。在具有入聲的古代語言或
現代南方方言裏，聲調的差異，除了音高的不同外，還牽涉到音
長及韻尾的區別，性質頗爲複雜，故異說亦多。如顧炎武、王光
祈主張輕重說，王了一、周法高主張長短說，梅祖麟主張高低說，
丁邦新則截斷衆流，提倡平爲平調仄爲非平調的說法，並云：

平仄律就是平調與非平調的組合，平調能夠曼聲吟詠，仄
聲的非平調，由於調型不平或特別短促，無法拉長。（從
聲韻學看文學）

在韻文中，平仄較有規律可循，尤其是律詩、絕句更有定式爲據，
而在散文中，則平仄十分自由，參差多變，但這並不表示散文可
以不重視平仄。江永云：

散文亦必平仄相間，音始和諧。（音學辨微・辨平仄）

劉大櫆亦云：

> 一句之中或多一字，或少一字；一字之中，或用平聲，或
> 用仄聲；同一平字、仄字，或用陰平、陽平、上聲、去聲、
> 入聲，則音節迥異。（論文偶記）

平仄不同，所表現的情感往往就有區別，音響效果也隨之而有所
差異。所以自古以來，名家無不講究平仄。像啓功詩文聲律論稿
所舉的賈誼過秦論、韓愈柳子厚墓誌銘都是平仄和諧，擲地作金
石聲的佳作。我們不妨另外看兩段例子：

> 六國破滅，非兵不利，戰不善，弊在賂秦，賂秦而力虧，
> 破滅之道也。（蘇洵六國論）
> 世皆稱孟嘗君能得士，士以故歸之，而卒賴其力，以脫於
> 虎豹之秦。嗟乎！孟嘗君特雞鳴狗盜之雄耳，豈足以言得
> 士？（王安石讀孟嘗君傳）

前者仄多平少，尤其首句四字全爲仄聲，讀來沈重異常，正足以
表露蘇洵對六國破滅的痛心，對趙宋退縮政策的憤激。後者平仄
交替十分均衡，極盡聲調之美，也能把王安石竭力爲歷史翻案的
豪情壯志表現得淋漓盡致。這兩段文字平仄迥殊，而都能曲盡其

妙，這正是散文音韻天成之處。

2.　節　奏

　　節奏是音節之隱而難定者。舉凡字句之長短、聲調之高低、語氣之輕重緩急皆與之息息相關。散文不斤斤於律、韻，所以節奏不似韻文那樣容易把握。劉大櫆云：

>　　凡行文多寡、短長、抑揚、高下，無一定之律而有一定之妙，可以意會而不可以言傳。學者求神氣而得之於音節，求音節而得之於字句，則思過半矣！（論文偶記）

有時一字之增減或更易，節奏就為之立異，例如：

>　　武帝下車，曰：「嘻！大姊，何藏之深也！」（史記外戚世家）

漢書外戚傳去一「嘻」字，聲情索然；

>　　仕宦至將相，富貴歸故鄉。（歐陽修畫錦堂記）

永叔自添二「而」字，氣脈大暢；

>　　雲山蒼蒼，江水泱泱，先生之德，山高水長。（范仲淹嚴先生祠堂記）

李泰伯改「德」爲「風」，聲調頓時響亮，都是有名的例子。有時字句的長短也會影響音節的變化，例如：

> 故大路越席、皮弁布裳、朱弦洞越、大羹玄酒，所以防其淫侈，救其凋敝。（史記·禮書）

字句曼長，顯得雍容閒雅；

> 未至身，秦王驚，自引而起，袖絕。拔劍，劍長，操其室，時惶急，劍堅，故不可立拔。（史記·刺客列傳）

詞語簡短，令人緊張萬分，都是筆墨與聲情相副的佳例。有時同一篇章之中，節奏因段而異，例如柳宗元始得西山宴遊記正如黃慶萱所評：

> 簡短的句法與登山時短促的呼吸相配合，頂真的句法與登山時緊湊的步伐相配合，駢散錯綜的句法與登山所見之自然景觀相配合。（中國文學鑑賞舉隅·始得西山宴遊記新探）

有時同一作家之不同作品，聲響亦往往不同，例如：

> 韓退之原道、與孟尚書書，固然聲大以宏，就五音而言，屬於黃鐘宮聲。祭十二郎文，其聲哀以思，纏綿悱惻，就五

音而言，屬於夷則之商聲。（馮書耕、金仞千古文通論第
十八章）

至於不同的作家，文章聲響自然更有差異，例如：

> 韓退之再與鄂州柳中丞書，其聲宏而揚；歐陽修豐樂亭記
> ，其聲清以抑。就韓與歐生平所爲比較，亦可以此視之。
> （同上）

由此觀之，散文的節奏是一種自然的語調，最重要的是要做到清
濁通流，口吻調利，要與思想、情感的變化密切配合，其餘儘可
以隨變適會，毫無定準。唯若想領略各家的音節之美，除了要在
朗誦方面多下功夫外，對聲韻知識的充實也是不可忽略的。

㈥　審文氣

散文家特別講求文氣，猶之乎駢文家之特別講究聲律。蘇轍
云：

> 文者氣之所形。（上樞密韓太尉書）

曾國藩也說：

> 古文之法，全在氣字上用功夫。（辛酉十一月日記）

所不同者，聲律是人爲的矩矱，通常可以按圖索驥；文氣則是抽

象的存在，有時簡直難以捉摸。

以氣論文，始於曹丕，他說：

> 文以氣為主，氣之清濁有體，不可力強而致。（典論論文）

所謂「氣」，究竟何所指？自古以來，眾說紛紜，莫衷一是，約而言之，可分五派：1.才性派：劉勰、陳鍾凡、朱東潤等主之。2.氣勢派：李德裕、吳曾祺等主之。3.音律派：羅根澤等主之。4.風骨派：陳延傑、劉永濟等主之。5.折衷派：郭紹虞等主之。（詳見張仁青魏晉南北朝文學思想史第六章第一節。）其中以郭紹虞之說較為圓融，他說：

> 蓄於內者為才性，宣諸文者為語勢，蓋本是一件事的兩方面，故亦不妨混而言之。（中國文學批評史第四篇第一章）

才有庸儁，氣有剛柔，作者的才性如何，讀者難以直接領略，通常都是透過作品加以體會，而最方便、最有效的鑒賞方法就是因聲求氣。劉大櫆云：

> 神氣不可見，于音節見之；音節無可準，以字句準之。音節高則神氣必高，音節下則神氣必下，故音節為神氣之迹。（論文偶記）

音節的高下，不僅是節奏變化的表現，更可以覘見作者氣勢的

盛衰，乃至作品風格的剛柔。例如孟子之文直截俊拔，令人不敢攖其鋒，就是由於有浩然之氣爲其後盾的緣故；歸有光之文清眞雅澹有餘，波瀾意度不足，就是由於病虛聲下的緣故。韓愈之文渾灝流轉，絕無纖薄之響，所以深得陽剛之美；歐陽修之文情韻不匱，頗有雍容之度，所以深得陰柔之美。諸如此類，皆可以令人一讀其文，卽如見其人，徐復觀所云：

> 文之個性、藝術性，由氣而見；氣則由聲而顯。（中國文
> 學論集・中國文學中的氣的問題）

洵非虛言。

　　因聲求氣最重要的手段莫過於朗誦，姚鼐云：

> 大抵學古文者，必要放聲疾讀，又緩讀，只久之自悟，若
> 但能默看，卽終身作外行也。（惜抱軒尺牘・與陳碩士書）

又云：

> 急讀以求其體勢，緩讀以求其神味，以彼之長，悟吾之短。
> （同上）

他所說的只是大原則而已，朗誦時，如何審辨音讀，以求字正腔圓；如何揣摩聲情，以求語勢中節；如何運用聲律原則，以求抑揚頓挫……，在在都需對聲韻有相當的了解，才能得到美讀的效

果。無懈可擊的朗誦，不僅可以體會音節、體勢之美，而且可以得其神味，直探作者心靈深處，盡得散文藝術的奧秘，文學鑑賞臻此境界，才能算是了無缺憾。

三 結 語

看了上面的例證，我們不難了解聲韻學對散文鑑賞的確大有裨益。丁邦新云：

> 把中國聲韻學應用到中國文學研究方面，不僅是科際的研究……，它們都跟語言有關，根本上有一體的意味。（從聲韻學看文學）

能從這種宏觀的角度來看問題，那就可以使得聲韻學的效用更加恢宏、文學的鑒賞更加深入，同時，也不會再有本位主義、排斥異己之類的現象，何樂而不為呢？

參 考 書 目

一　專　書

國故新探（唐鉞）　商務

古漢語通論（王力）　泰順

漢語史稿（王力）　泰順

江氏音學十書（江有誥）　廣文

訓詁學簡論（陸宗達）　新文豐

訓詁學大綱（胡楚生）　華正

中國文法講話（許世瑛）　開明

修辭學發凡（陳望道）　文史哲

修辭學（黃慶萱）　三民

中國文學論集（徐復觀）　學生

語文通論（郭紹虞）　華聯

中國文學批評史（郭紹虞）　文史哲

魏晉南北朝文學思想史（張仁青）　文史哲

中國歷代文論選　木鐸

文心雕龍注（范文瀾）　開明

文學與音律（謝雲飛）　東大

中國文學之聲律研究（王忠林）　臺灣師範大學

詩文聲律論稿（啓功）　華中

漢語詩律學（王力）　文津

詩論（朱光潛）　正中

中國詩學（黃永武）　巨流

詞曲史（王易）　廣文

古文詞通義（王葆心）　中華

古文通論（金伬千、馮書耕）　中華叢書

文章例話（周振甫）　蒲公英

怎樣閱讀古文（鮑善淳）　學海

中國文學鑑賞舉隅（黃慶萱）　東大

案頭山水之勝境（沈謙）　尚友

現代散文欣賞（鄭明娳）　東大

左傳文章義法撢微（張高評）　文史哲

司馬遷之人格與風格（李長之）　開明

漢魏六朝專家文研究（劉師培）　中華

黃侃論學雜著（黃侃）　中華

龍蟲並雕齋文集（王力）　北京中華

朗誦研究（林文寶）文史哲

二　期　刊

從聲韻學看文學（丁邦新）　中外文學月刊四卷一期

先秦散文中的韻文（龍宇純）　崇基學報二卷二期、三卷一期

散文與聲律（淦克超）　東方雜誌復刊三卷二期

中唐詩人用韻考

耿志堅

　　研究我國的語音史，正如王力在漢語史稿裡所說的：「歷代韻文本身對於漢語史的價值，並不比韻書、韻圖低些。……切韻以後，雖然有了韻書，但是韻書由於拘守傳統，並不像韻文那樣正確地反應當代的韻母系統❶。」因此，研究唐代的語音，當然也不能完全憑藉著切韻、唐韻、韻鏡……等韻書。

　　對於唐代詩人用韻之情形，本人已先後發表了初唐詩人用韻考（教院語文教育研究集刊第6期）、盛唐詩人用韻考（教院學報第14期）、唐代大曆前後詩人用韻考（復興崗學報41期）、唐代貞元前後詩人用韻考（復興崗學報42期）、唐代和前後詩人用韻考（彰化師大學報第1期），由於中唐詩人之作品甚多，且用韻通轉之現象十分普遍，在短短將近六十年之間（德宗大曆至敬宗寶曆），更有不同階段性的特色，是以將中唐詩人分爲三期，分別就其古體詩、樂府詩與近體詩作歸納與系聯。藉此，一方面瞭解近體詩用韻之規範，以及旁通之範圍，另一方面，因爲古體詩、樂府詩所受詩律的限制較寬，所以通轉的現象，不僅有倣古之作，同時又多有以當時之語音以表現於其用韻者，是以由古體詩與樂府詩之合用通轉，更可以發現許多有關中唐詩人用韻之問題，茲分別說明如後：

一　江韻字之通轉問題

　　江韻字在初唐時期僅出現二首與冬、鍾合用之作，卽張說的廣州蕭都督入朝過岳州宴餞得多字　，以「江宗逢多重」通押，奉和聖製過晉陽宮應制以「庸封龍雍蹤從重恭逢邦」通押。盛唐時期亦僅有李白的送王屋山人魏萬還王屋，以「峯雙窓瀧」通押，爲鍾江東合用。杜甫的佳人，以「谷木蓼肉燭玉宿哭濁屋𥯤」通押，爲屋燭覺合用。僅以上四條例證，未曾見及江陽唐合用。中唐以後，不僅押江韻字之作品增多，並且可以發現，江韻字的通轉可分爲東冬鍾江合用與江陽唐合用二類。在大曆前後詩人方面，有韓翃的贈別華陰道士，以「學藥酪」通押，王建的雉將雛，以「喔嗀啄脚」通押，李端的雜歌，以「濁弱寞落惡」通押，爲覺與藥鐸的合用，顧況的杜秀才畫立走水牛歌，以「象講」通押，爲上聲講與養的合用。貞元前後詩人方面，柳宗元的方城，以「功庸邦從」通押，張籍的董公詩，以「公風功宗戎兒雄躬翁恭忠顒濃空庸凶東邦重從雍容叢中同通中弓崇窮」通押，贈故人馬子喬以「中風容鴻雙」通押，爲東冬鍾江的合用。張籍的廢瑟詞，以「樂曲」通押，爲燭覺的合用。另外韓愈的鄆州谿堂詩、以「邦堂」通押，張籍的寄遠曲，以「江瑲」通押，爲江唐的合作。韓愈的汴泗交流贈張僕射，以「角削」通押，柳宗元的戰武牢，以「朔角嶽靁握縛略斲覺」通押，劉禹錫的畲田行，以「喔郭」通押，九華山歌　以「漠角岳」通押，插田歌以「漠落啄」通押，百花行以「薄樂濯角落託渥樂閣寞」通押，裴度的享惠昭太子廟樂章，以「學樂簫鶴」通押，爲覺藥鐸的合用。元和前後詩人方

面，白居易的凶宅，以「東空叢風庸中鍾翁墉功蒙從胸崇窮終攻躬邦同宮凶」通押，賀雨以「冬爐凶邦宗仲邛東功躬邕恭窮農龍衷翁胸從融風濛芃豐同通公中宮聰忠終」通押，李賀的溪晚涼，以「風空幢東鴻溶龍筒」通押，為東冬鍾江的合用。另外李賀的謝秀才有妾縞練改從於人，以「奮窗牀梁」通押，榮華樂以「房光倡郎旁雙煌」通押，李涉的寄荆娘寫真，以「江章郎長將傷湘」通押，元稹的有酒，以「江長茫江良黃昂狂藏荒」通押，為江陽唐合用。元稹的辛夷花，以「駁縛」通押，有鳥以「雀惡藥覺鶴」通押，有鳥以「鶴惡閣啄覺」通押，法曲以「角鶴閣薄作粕著落錯洛樂索泊」通押，盧仝的與馬異結交詩，以「藥覺」通押，白居易的歎老，以「寞落覺昨樂鶴鵲藥」通押，為覺藥鐸合用。（韻譜內江、覺以·表示之）

這裡面初、盛唐都是東冬鍾江合用，中唐以後，大曆詩人出現江陽唐（含覺藥鐸）合用有 4 次，未見及東冬鍾江合用之作，但是貞元詩人出現東冬鍾江合用 4 次，江陽唐合用 9 次，元和詩人出現東冬鍾合用 3 次，江陽唐合用 10 次，值得注意的是貞元的柳宗元、張籍，元和的白居易、李賀，他們都是同時出現了這兩種押韻的現象，其他詩人則只通陽唐，似乎顯示了多數詩人，對於江韻字的讀音，是與陽唐不分，另外江與東冬鍾不分的現象，也有可能是有意的仿古。

二　魚虞模三韻之通轉問題

魚虞模三韻，在初唐時期，無論在近體詩、古體詩或樂府詩裡，幾乎都是魚獨用，虞模同用，僅宋之間的雨從箕山來，以

「度樹顧趣喻悟去」通押，爲御遇暮的合用。盛唐時期由於詩人所遺留的作品比較多些，因此，發現魚與虞模（含與其所相承之上去韻）於古體詩及樂府詩之中，經常出現合用之作，次數高達65次之多，至於近體詩，亦有2次之通轉，卽唐玄宗之餞王晙巡邊，以「墟符餘盧車初除書疏敷」通押，杜甫之投簡梓州幕府，以「無書疏」通押，絕無再旁通他韻之現象。至於中唐時期，魚虞模於古體詩與樂府詩裡，已經幾乎是不分的了，唯近體詩方面，大曆詩人除去古律、古絕，僅合用3次，卽戴叔倫的口號，以「書楡」通押，敬酬陸山人以「車夫」通押，劉商的送別，以「盧墟書」通押。貞元詩人有4次，卽武元衡的題故蔡國公主九華觀上池院，以「衢居餘蕖盧如除」通押，馬異的貞元早歲，以「無魚書」通押，張籍的憶故州，以「夫書居」通押，和左司元郎中秋居以「居圖沽符鬚」通押，元和詩人有8次，卽白居易的得袁相書，以「夫鉏書」通押，楊六尙書頻寄新詩以「車夫鬚無殊」通押，楊衡的病中赴袁州次香館，以「隅株疏紆」通押，牟融的寄周韶州，以「盧儒與珠殊」通押，李德裕的海魚骨，以「魚車渠圖」通押，姚合的寄紫閣無名頭陀，以「如愚呼殊須」通押，殷堯藩的旅行，以「無疎鴣盧沽」通押，鄭巢的送韋弇，以「初吳蕪盧隅」通押。（韻譜內魚、御以·表示之。）上述之說明，顯示了魚虞模三韻的讀音，在這個時期裡已經不分了。

　　然而值得注意的是，元和前後之詩人，多有將魚虞模之上、去聲韻字、卽語麌姥與有厚通押，御遇暮與宥候通押，（韻譜有厚、宥候以·表示之。）卽盧仝的走筆謝孟諫議寄新茶，以「處去雨苦否」通押，石請客以「母父土否古」通押，白居易的念金

鑾子，「女撫所語聚苦暑母」通押，夏旱以「午畝黍苦覩雨所雨」通押，母別子以「母苦」通押，薛中丞以「遇路固度懼覆具柱互諭惡露去暮數故」通押，有木詩以「茂露去住顧妬樹賦」通押，李賀的神仙曲，以「母處去」通押，元稹的將進酒，以「酒壽母父」通押。以上所列例證，雖然僅有 9 首，但由於「否、母、畝、覆、茂」等字，就現代官話來看，它們的音讀，與語麌姥（含御遇暮）相同，似乎可以推測，在此時可能有部分有厚宥候韻字的讀音，已經開始發生變化了。

三　齊韻字的通轉問題

齊韻字在初、盛唐時期，幾乎都是獨用，例外之作僅有三次，在這三次之中，含上、去部分，有張九齡的登古陽雲臺，以「已似址祀子啓起」通押，爲止薺之合用，李白的枯魚過河泣，以「制帝勢噬誡」通押，爲祭薺怪之合用，至於平聲部分，別爲杜甫的詠懷，以「機爲危歸啼飛微非時司持施茲斯池詞」通押，爲支之微齊之合用。

中唐時期，齊韻雖然仍多屬獨用，然則合用通轉之次數增加，大多數之通轉現象爲支脂之微齊合用，顯示了它們之間的讀音逐漸相同，不過大曆的顧況，元和的李賀、白居易却多爲齊皆灰咍合用，這個情形，由王力的南北朝詩人用韻考❷、何大安先生的南北朝韻部演變研究二文❸，可以發現，南北朝時期卽是齊皆灰咍合用。因此，這如果不是作者有意的仿古，那麼或許就是在他們的讀音之中，仍保存了古音的緣故。以下將中唐時期之合用情形條列如後：（齊薺霽韻字以・表示之）

　　大曆詩人鄭錫的送客之江西，以「泥涯低西迷」通押，爲齊支合用，錢起的送李大夫赴廣州，以「脩禮水」通押，爲紙旨薺合用，顧況的酬信州劉侍郎兄，以「懷悽徊諧犁迴」通押，爲齊皆灰合用。貞元詩人韓愈的雉朝飛操，以「西飛雞妃」通押，爲齊微合用，劉禹錫的挿田歌，以「齊飛差衣枝詞嗤」通押，爲支之微齊合用，孟郊的逢江南故畫上人會中鄭方囘，以「至淚氣字位閉易」通押，爲寘至志未霽合用，元和詩人徐凝的送寒巖歸士以「衣樓溪」通押，鮑溶的鸑鶵，以「飛啼衣」通押，街西居以「衣齊墀」通押，聞蟬以「淚氣緯意淚至笲事」通押，遊山以「細世刺閉契裔歲」通押，王初的卽夕，以「衣低樓」通押，施肩吾的日晚歸山詞，以「泥溪岐」通押，姚合的楊柳枝詞，以「飛西泥」通押，過李處士山居以「扉畦溪泥齊」通押，長孫佐輔的古宮怨，以「閉地淚」通押，爲齊與支脂之微的合用，（含去聲之通押）。另外李賀的奉和二兄罷使遣馬歸延州，以「泥來灰雞悽蹊」通押，昌谷北園新筍以「開材泥」通押，元稹的連宮詞，以「帝閉廢」通押，白居易的東坡種花，以「懷西」通押，雜興以「環杯犀囘來開才灰迴魔」通押，效陶潛體以「環杯萊才媒迴梯開災灰諧來」通押，庭松以「階齊低栽臺泥悽蕤鎧儕咍來開才埃懷」通押，新豐折臂翁以「哀妻迴」通押，爲齊與皆灰咍的合用，（含去聲之通押）。又姚合的送張宗原，以「灰低歸治齊棲衣飢岐西飛期」通押，爲齊與支脂之微灰的合用。

　　齊韻字於六朝時期，在韻書方面❹，呂靜韻集、陽休之韻略，都是將皆齊合爲一韻。此外從王力與何大安先生所歸納之合韻譜來看，也幾乎都是齊皆灰咍合用，可知齊韻字之原本是與皆灰咍相

接近的。但是唐代詩人之用韻，多爲支脂之微齊合用，這也顯示了這個時代的特徵，是齊韻字的讀音，逐漸地接近支脂之微。另外在中唐時期，又再次出現齊皆灰咍之合用，由於白居易、李賀之作品，多爲古體詩或樂府詩，故多擬古之作，如白居易之「效陶潛體」，卽與南北朝時期之用韻現象相同，由此似乎可以推測，齊的音讀在中唐時期，應該是和皆灰咍稍遠，而與支脂之微較近才是。

四　欣韻字與文韻字的通轉問題

　　欣韻字在初唐時期出現 4 次，並且全部歸眞諄臻。盛唐時期，欣與眞諄臻合用共出現 24 次（含近體詩的 5 次），僅 1 首文欣合用之作，卽劉長卿的秋日夏口涉漢陽，以「濆羣勳聞雲文分軍勤紛」通押，爲唯一之特例。

　　文韻字在初、盛唐幾乎皆爲獨用，今以全唐詩爲內容作統計，可以發現初唐時期，文之獨用有 98 次❺　，然與眞諄臻之合用僅 3 次，盛唐時期，文之獨用有 184 次❻，而與眞諄臻之合用也不過 6 次而已。由前述之統計，可以發現，欣與眞諄臻的讀音相同，至少是相當接近的，而文與眞諄臻則是稍有一些區別。

　　不過這個現象到了中唐以後，似乎有了改變，就是眞諄臻與文的合用逐漸成爲常例，由於眞諄臻與欣幾乎是一體的，所以文欣二韻，也就經常同時出現於眞諄臻文欣的合用之中，因此，文欣合用，雖然仍屬罕見，但文欣同時出現已經不再是特例了。對於上述之看法，我想用幾個統計數字來說明之，大曆前後之詩人，於文韻字之獨用方面，古體詩出現 29 次　，與眞諄臻合用有 3 次，

近體詩出現 77 次，與眞諄臻合用有 2 次。到了貞元前後之詩人，於文韻之獨用方面，古體詩有 31 次，然而與眞諄臻合用出現 12 次，與眞諄臻欣合用有 5 次，與欣合用有 1 次，近體詩文獨用有 52 次 ，與眞諄臻合用出現 4 次。元和前後詩人，在古體詩方面與眞諄臻欣合用（含同時出現魂痕合用者以及入聲韻之通轉）達 85 次，在近體詩方面與眞諄臻欣之合用亦高達 18 次之多，由這些統計數字來看，眞諄臻文欣這幾個韻，在眞元以後，其讀音應該是逐漸地相同了。

五 元魂痕三韻的通轉問題

㈠ 魂痕與眞諄臻文欣的合用通轉

　　魂痕二韻於初、盛唐時期，幾乎全是與元合用，出現旁通其他鄰韻之特例甚少，以初唐時期而言，僅陳元光的漳州新城秋宴，以「新眞銀隣珍雲塵春神魂」通押，爲眞諄文魂合用，盛唐時期有王唯的送友人歸山歌，以「雲分氳聞村君」通押，爲文魂合用，岑參的日沒賀延磧作，以「沒物」通押，爲物沒合用。（魂沒以·表示之）

　　中唐時期元魂痕三韻，在近體詩之中，仍爲合用之規範，然於古體詩與樂府詩之中，正逐漸地產生變化，大曆及貞元詩人，常有元魂痕三韻的上去入部分，旁通鄰韻之作，不過亦偶有元魂痕同時與文或寒先合用的現象，說明了元魂痕的讀音雖然產生了變化，但仍然是很接近的，以下就合用通轉之情形條列如後、（魂恩沒以·表示之，痕恨以。表示之）

　　大曆詩人元結的系官引，以「鈍順陣糞運問論信印徇寸盡引

燼奴困恨近進訓分」通押，劉商的胡笳十八拍第九拍，以「問信恨近乎」通押，胡笳十八拍第十五拍以「分恨寸問信」通押，爲恩恨與震稕問焮合用，李益的六州胡兒歌，以「分雲魂君」通押，元結的酬孟武昌苦寒，以「昏雲」通押，戎昱的塞下曲，以「根門雲」通押，爲魂痕與文的合用，貞元詩人方面，韓愈的孟東野失子，以「門人均人辰因分」通押，剝啄行以「門噴」通押，柳宗元的奔鯨沛，以「垠雲昏臣鱗門根氛鈞」通押，爲魂痕與眞諄文的合用。

另外大曆詩人盧綸的樓巖寺隋文帝馬腦盞歌，以「物骨月」通押，爲物沒月合用（元月以 * 表示之），李益的大禮畢皇帝御丹鳳門改元建中大赦，以「分門孫幡元坤恩尊園」通押，爲文元魂痕合用。貞元詩文孟郊的峽哀，以「聞孫魂云猿翻言」通押，上昭成閣不得於從姪僧悟空院歎嗟以「言翻魂奔痕昏門孫存聞」通押，爲文元魂痕合用，由上述之說明，可以發現魂痕雖然與眞諄臻文欣合用通轉，但是它們之間應該是魂痕與文的音讀較近，而與眞諄臻欣較遠。再由元和詩人之用韻來看，元魂痕幾乎只在近體詩中才是合用，而於古體詩、樂府詩之中，魂痕二韻幾乎全部歸眞諄臻文欣，這個現象以白居易最爲明顯，其次李賀、元稹、盧仝之作品也多半如此，至於同時期的其他諸家，亦多有魂痕通轉眞諄臻文欣之作。根據全唐詩之內容，歸納其用韻通轉之結果，爲魂痕二韻與眞諄臻文欣合用，在古體詩與樂府詩之中，出現有 72 次 ，（詳見拙作唐代元和前後詩人用韻考）而近體詩之合用通轉亦有 12 次之多，即李賀的昌谷北園新筍，以「雲貧樽」通押，白居易的哭崔二十四常侍，以「門墳雲文君」通押，寄韜光

禪師以「門分雲聞紛」通押，故衫以「身門痕存恩」通押，初到忠州贈李六以「君昏村門恩」通押，殷堯藩的襄口阻風，以「門津塵春神」通押，經靖安里以「塵昏門」通押，牟融的水西草堂，以「存鄰淪春塵」通押，徐凝的送李補闕歸朝，以「秦門恩論」通押，汪萬於的晚眺，以「門聞分羣雲」通押，李涉的井欄砂宿遇夜客，以「村聞君」通押，姚合的偶然書懷，以「門紳親身人」通押。以上12首，爲魂痕與眞諄文之合用。

　　近體詩用韻最嚴，卽使孤雁出羣或是入群，亦必爲讀音相近之鄰，在這裡所出現的 12 首之中，包含的詩人有 8 位，出群之範圍，與文通轉有 6 次，與眞諄通轉亦爲 6 次，是以眞諄臻文欣魂痕之合用通轉，已經成爲常例。這同時也顯示了元和以後，不僅是先前所說明的眞諄臻欣文的讀音，可能已經相同，卽使魂痕二韻，也可能與現代官話相同，讀如眞諄臻文欣了。

㈡　元與寒桓刪山先仙的合用通轉

　　元與寒桓刪山先仙等七韻之用韻情形，除元以外，初、盛唐以來，都是寒桓同用、刪山同用、先仙同用，無論古體詩、樂府詩、近體詩都以此爲規範，然而單就平聲韻部分來看，它們之間也會有一些彼此間相互通轉之現象，（這個部分，因爲抄錄韻譜，須佔許多之篇幅，因此僅以統計數字，來看他們之間的分合關係。）如初唐時期寒先合用 1 次，刪寒桓合用 1 次，山寒刪合用 1 次，先山仙合用 1 次，先仙刪合用 1 次，先仙元合用 1 次，仙山先合用 1 次。盛唐時期元先合用 1 次，刪寒合用 1 次，山先仙合用 1 次，先仙元山合用 1 次，仙元先合用 1 次。

　　由於以上之統計情形，皆屬用韻之特例，考諸王力的南北朝

詩人用韻考以及何大安先生的南北朝韻部演變研究之合韻譜，可以發現，初、盛時期通轉之情形，與南北朝詩人用韻相同，因此，似乎可以推測爲作者擬古之作，或詩人之語音，在其方音之中保存了古音的緣故。

不過這個情形到了中唐以後似乎有了改變，以古體詩及樂府詩之用韻而言，押上、去、入聲的部分幾乎已經混爲一韻了，至於平聲韻的通轉部分，大曆時期所出現的有元刪合用1次，寒刪合用1次，刪寒合用1次，山先刪合用1次，先山合用1次，先仙山合用1次。貞元以後，在張籍、韓愈、孟郊的作品裡，似乎已經將元寒桓刪山先仙合併爲一韻了，而其他諸家，亦有類似之通轉，在這個時期的用韻情形，除去常例以外，有元仙桓山寒刪先合用1次、元仙山合用1次、寒元桓合用2次、寒刪合用2次、寒山合用1次、寒先合用1次、桓山寒元合用1次、刪元山仙合用1次、山寒仙元桓先合用1次、山桓刪合用2次、山先仙合用1次、先元痕寒桓合用1次、先山仙桓合用1次、先山刪合1次、先仙元魂合用1次、仙元先合用1次、仙元先山寒合用1次、仙山元先寒刪諫合用1次、仙山先合用2次、仙先山寒合用1次。元和以後，元寒桓刪山先仙等各韻部之間，合用通轉之情形更爲密切，尤其以李賀、白居易的作品，已經將此七個韻合併爲一部了，此時用韻最大的特點就是古體詩、樂府詩，幾乎半數以上都是幾個韻部同時出現於一首詩之中，如白居易的中隱，以「樊諠官閑寒錢山園筵言關前全安間」通押，就是同時包括了元寒桓刪山先仙等七個韻的合用通轉。這種幾個韻部於古體詩及樂府詩之中相互通押共有73次，其中包含有元韻字的爲43次，由這項統計

的結果，可以大膽的推測，元韻字與寒桓刪山先仙等七韻，此時的讀音已經是不分的了。

此外，再就中唐時期近體詩的通轉來看，大曆詩人張繼的明德宮，以「間寒山」通押，爲寒山合用。崔峒的送李道士歸山，以「還山間寒」通押，爲寒刪山合用。貞元詩人張籍的和盧常侍寄華山鄭隱者，以「丹冠彈蘭壇閒」通押，爲寒桓山合用。令狐楚的中元日贈張尊師，以「元間山」通押，爲元山合用。發潭州寄李寧常侍以「垣天年泉船」通押，爲元先仙合用。元和詩人李賀的馬詩，以「闌乾轅」通押，爲元寒合用。追賦畫江潭苑以「單寒錢難鞍」通押，爲寒仙合用。白居易的渡淮，以「難圓殘看」通押，爲寒仙合用。家園以「間前」通押，爲山先合用。白雲泉以「泉閒間」通押，爲山仙合用。鮑溶的秋夜對月寄僧特，以「寒圓」通押，爲寒仙合用。王初的立春後作，以「珊關間」通押，爲寒刪山合用。青帝以「還漫殘鸞乾」通押，爲寒桓刪合用。王起的贈毛仙翁，以「年間關閒山」通押，爲刪山先合用。姚合的秋晚江次，以「寒壖船煙前」通押，爲寒先仙合用。

由以上所列之韻部合韻譜，可以看出元寒桓刪山先仙，彼此之相互通轉，亦可因此而再次證明前述所云，這七個韻部在讀音上已經漸趨一致了。

六　歌戈麻三韻的通轉問題

歌戈麻三韻於初、盛唐之時，未曾見及何一首歌戈與麻合用之作，然自中唐大曆詩人以降，則不斷出現歌戈與麻之通轉，尤其元和時期之詩人，不但於歌戈麻之合用爲常例，更出現與模韻

字之通轉。

茲分別將其合用通轉之情形條列如後：（麻以‧表示之，佳以。表示之）

大曆詩人顧況的朝上清歌，以「霞娥歌多和羅邐涯車家花」通押。貞元詩人張籍的新桃竹，以「姿多摩花嘉過羅柯家」通押。柳宗元的方城之六，以「峨家」通押，方城之五以「多訛加邐」通押。孟郊的列仙文（安度明），以「和阿家華邪和過」通押。韓愈的雉帶箭，以「多加斜」通押，晚菊以「花嗟家何」通押，月蝕詩效玉川子作以「呀家河沙呀蟆筶加牙遮羅科譁瑕皤娑家」通押，讀東方朔雜詩，以「家沱訶車呀沙蹉何蛇捼科敥譁嗟珂誇衙霞」通押。元和詩人李賀的石城曉，以「羅花」通押，馬詩之十七以「禾莎牙」通押，神弦別曲以「羅過花」通押，馬詩之二十二以「家珂騾」通押。白居易的答故人，以「涯跎何歌沙花科多家耶蹉」通押，勸酒寄元九，以「花涯伽砂多嗟加和歌他波羅何」通押，蠻子朝以「何伽嗟」通押，禽蟲以「蛙蛾多」通押，小庭亦有月以「花家琶歌誇多斜酡加峨娥過哦何」通押，蝦蟆以「家芽蟆沙沱加多譁波歌娥何」通押，續古詩以「華嗟家奢珂多衰瑕跎砂河波何」通押，種桃歌以「芽花華加多何葩歌」通押。元稹的廟之神，以「車阿涯譁何歌耶花」通押。鮑溶的山居，以「蘿花沙」通押。

王力於其南北朝詩人用韻考云：「南北朝第一期歌戈與麻還是混用的，至第二期以後方才獨立❼。」由本節前面的分析，顯示出初、盛唐時期以歌戈合用，麻獨用，為承襲了南北朝第二期以後詩人用韻之特徵。然而必竟歌戈與麻的讀音相近，加上中唐

以後，詩人用韻較寬，於是歌戈麻三韻之合用卽逐漸增多了。

　　另外白居易的效陶潛體，以「酤何佳過多花斜華歌」通押，為模佳歌戈麻之合用，（·表模韻字）今由林炯陽先生魏晉詩韻考之歌部合韻譜，雖未見及陶潛有如是之作，然與其同時之詩人確實有歌部與魚部合用之現象❽，可知本首詩之用韻為傚古之作也。

七　蒸登二韻的通轉問題

　　蒸登二韻之用韻，初唐之時承南北朝用韻之舊例❾，為蒸、登獨用，經由全唐詩所歸納之結果，古體詩與樂府詩之中，僅蒸之獨用7次，近體詩之中為蒸獨用7次，登獨用1次❿，唯一蒸登合用之特例為陳子昂的登薊城西北樓送崔著作融入都，以「登能稜朋」通押，（·表蒸韻）可知初唐時期蒸登的讀音，可能仍是有其區別的。

　　盛唐以後，蒸登合用，經由統計之結果，發現古體詩及樂府詩部分其合用有15次 ，而蒸獨用為6次、登獨用為1次，近體詩之合用為6次，獨用部分為蒸4次，登6次⓫，由這項統計來看，蒸登二韻在盛唐時期之讀音，應該已經漸趨一致，其合用絕非特例了。

　　中唐以後，蒸登二韻所出現者幾乎全部為合用，再就其通轉之情形來看，大曆詩人王建的同于汝錫賞白牡丹，以「凝勝膡稜膡憎疼凌」通押，為多蒸登合用（·表多韻字）。顧況的剡紙歌，以「經僧」通押，為青登合用（·表青韻字）。貞元詩人孟郊的懷南岳隱士，以「峯騰僧稜登」通押，為鍾登合用（·表鍾韻字）。

元和詩人李涉的寄河陽從事楊潛，以「平橫陵」通押，爲庚蒸合用（‧表庚韻字）。施肩吾的旅次文水縣喜遇李少府，以「程朋舫」通押，爲庚清登合用（。表庚韻字，‧表清韻字）。

由前面所列之合韻譜，顯示出蒸登之通轉，一部分歸東多鍾，一部分歸庚清靑。前者似乎爲擬古之作 ⓬，或方音之中所保留的古音，後者若由與其所相承的入聲韻職德的通轉來看，它們全部歸庚耕清靑所相承的入聲韻陌麥昔錫。茲分別引述如下：（職以‧表示之，德以。表示之）

大曆詩人錢起的送修武元少府，以「惜色」通押。貞元詩人孟郊的長安早春，以「麥色宅」通押，遊韋七洞庭別業以「碧激覿斁適籍識石積寂淅益跡惕夕滌昔績析席」通押，擇友以「隔識德測戚棘逆得石溺惕的」通押，濟源寒食以「憶息白」通押，贈韓郎中愈以「石色飾滴」通押，秋懷以「唧錫織憶昔」通押。元和詩人李賀的南山田中行，以「白嘖石色」通押，客遊以「石客國帛」通押，夢天以「色白陌」通押，喁少年以「客百織」通押，許公子鄭姬歌以「柏客植」通押，公無出門以「索客息軛」通押，致酒行以「客識澤白呃」通押，章和二年中以「黑脈客白席」通押，漢唐姬飲酒歌以「棘飾隔益逼魄激客色柏寂白陌」通押，難忘曲以「戟色碧夕」通押，榮華樂以「宅碧力席隔食」通押，買公閭貴壻曲以「碧色」通押，老夫採玉歌以「碧色白」通押，感諷以「戟色幗力鏑墨」通押，秋來以「直客碧」通押，河陽歌以「色客」通押，江樓曲以「力白色」通押，梁臺古愁以「色脈白」通押，官街鼓以「白得色國」通押，塞下曲以「刻白」通押。盧仝的客謝竹，以「蜴澤力厄」通押。白居易的司天臺，以「色赤

坼」通押，代鶴以「客陌翼白窄格隔翮」通押，畫竹歌以「惜色
德」通押，寒食以「國食側色戚息力得」通押。劉叉的自古無長
生勸姚合酒，以「色白戚極窄脈宅籍」通押，雪車以「敵適靨阨
德賊息」通押。楊衡的宿雲溪觀賦得秋燈引送客，以「客壁側」
通押。劉言史的七夕歌，以「極色夕」通押。李涉的寄荊娘寫眞
，以「翼息壁」通押。姚合的拾得古意，以「獲側宅易隙得墨籍
拭惜」通押，答韓湘以「格得識飾直惑北息籍測臆食夕墨」通押。

　　由上述之引證，可以發現職德的讀音似乎與陌麥昔錫應該是
相同的，至少也是非常接近的。藉此以類推蒸登之用韻，其讀音
於貞元詩人以後，可能也是逐漸地與庚耕清靑相接近了。

八　n、ŋ、m三系韻尾間的通轉問題

　　n、ŋ、m三系的界線，自初唐以至於中唐時期，仍然劃分
得非常清楚，其中m韻尾與n、ŋ韻尾的通轉，尤屬鮮見。雖然
每個時期也許會有幾首例外，但是絕非常例，僅能視爲作者受其
個人方音影響偶出之作（本節爲了明瞭此三系間之合用通轉，是
否受了方音的影響，因此，在引述合韻譜之前，先列出其里籍。）
如初唐時期僅有三首n、ŋ合用之作。卽張說（洛陽－－河南洛
陽）的和張監觀赦，以「神春人聲」通押，爲眞諄清合用（·表
清韻字）。郭震（魏州貴鄉－－河北大名）的野井，以「澄輪人」
通押，爲眞諄庚合用（·表庚韻字）。韋嗣立（鄭州－－河南鄭
縣）的酬崔光祿冬日述懷贈答，以「名京城精瓊聲卿榮楹情迎眞
英鳴成清明誠平盈更幷楨」通押，爲眞庚清合用（·表眞韻字）。

　　盛唐及大曆詩人皆未曾見及任何一首三系間合用之作，至貞

元詩人僅有孟郊（湖州武康－－浙江錢塘縣）出現了 n、ŋ 韻尾之合用，以及 m、ŋ 韻尾之合用。卽寄張籍以「人辛麟臣塵京鱗神珍眞」通押，爲眞庚合用（‧表庚韻字），題從叔述靈巖山壁以「心情輕淸聲名生鳴」通押，爲庚淸侵合用（‧表侵韻字）

再至元和詩人，三系間合用通轉所出現的次數稍多了一些，亦不過 6 首而已。（ n、ŋ 合用 3 次，n、m 合用 3 次）其通轉之情形爲李賀（京北－－陜西長安）的走馬引，以「雲春冷人身」通押，爲眞諄文靑合用（‧表靑韻字）。元稹（河南河內－－河南沁陽縣）的書異，以「靑庭零霆停餅腥形醒寧局冥珍靈經刑」通押，爲眞靑合用（‧表眞韻字）。姚合（陜州硤石－－河南陜縣）的寄舊山隱者，以「新幷雲聞辛身倫文人塵鄰神分羣」通押，爲眞諄文淸合用（‧表淸韻字）－－以上爲 n、ŋ 韻尾之通轉。又盧仝（范陽－－河北大興）的竹答客，以「兄任心」通押，爲庚侵合用。劉叉（不詳）的烈士詠，以「金貪嗔人」通押，爲眞侵合用（‧表侵韻字）。牟融（不詳）的寄羽士，以「凡難壇丹桓」通押，爲寒桓凡合用（‧表凡韻字）－－以上爲 n、m 韻尾之通轉。

由前面之敍述，可以發現此時在某些地區的方音之中，或許有些是 n、ŋ 不分，有些是 n、m 不分，亦或有 n、ŋ、m 完全不分的現象了。

以上諸端，乃根據拙作唐代大曆前後詩人用韻考、唐代貞元前後詩人用韻考、唐代元和前後詩人用韻考三篇論文，所提出的一些問題，作一整體性的分析，由於韻譜、擬音以及上去通押之現象，皆已於前文詳述過，此處不再重覆。

　　總結唐代詩人之用韻，初唐詩人多延南北朝時期之舊例，或有合用通轉之作，亦不出南北朝詩人用韻之範圍，此時最大之特點爲支獨用，脂之合用，蒸獨用、登獨用。盛唐詩人，用韻最嚴，韻部通轉之範圍，與廣韻同用條例相似，唯欣歸眞諄臻，而非獨用或歸文而已，這個時期旁通鄰韻或擬古之作減少了許多。

　　中唐時期，爲唐代各階段之中，用韻變化最大的時期，大曆詩人因與盛唐詩人，有著某些程度的重疊，是以用韻雖然較盛唐爲寬，然其近體詩之用韻，尚不出盛唐之規模，鮮有例外之作。至於古體詩與樂府詩，雖然通轉之範圍較盛唐寬了許多，究竟出現之作品有限。貞元以後，各韻部合用通轉之現象增多，範圍更大，如東多鍾合用、支脂之微合用、魚虞模合用、眞諄臻文合用、寒桓刪山合用、庚耕淸靑合用，由於經常出現，已經成爲常例。此時隱約可以看出眞諄臻文欣魂痕與元寒桓刪山先仙形成了兩個合用的字羣。元和以後，在白居易、李賀、元稹等人的作品中，幾乎眞諄臻文欣魂痕與元寒桓刪山先仙就是兩個韻部，其他如有厚、宥候的一部分字與語麌姥、御遇暮合用，入聲字職德的歸陌麥昔錫，上去通押達 56 次，這些都是元和以前少見的現象，當然中唐詩人的用韻，必將影響到晚唐以後詩律的再次放寬，以及用韻範圍的再擴大。這個部分，本人己計畫連續將之完成，使唐代詩人用韻之演變研究告一段落。

附　註

❶　見王力、南北朝詩人用韻考、上冊、緒論、第 21 頁。

❷　見清華學報第 11 期，第 802 頁。

❸　見何大安、博士論文、韻譜第 323 頁。

❹　見姜亮夫、瀛涯敦煌韻輯、譜部一卷 20 第 444 、 446 頁。

❺　見教院語文教育研究集刊第六期、第 36 、 39 頁（拙作、初唐詩人用韻考）

❻　見教院學報　　第 14 期　第 148 及 150 頁（拙作、盛唐詩人用韻考）

❼　見清華學報第 11 期，第 794 頁。

❽　見師大國文研究所集刊第 16 期　第 1170 頁。

❾　見清華學報第 11 期，第 808 頁。王力云：「蒸登在南北朝沒有合用的痕迹，與它們相配的職德也很少合用的情形。」

❿　同注❺。

⓫　同注❻。

⓬　同注❾。

　　王力云：「依謝靈運雪賦看來，蒸可與東通用，同時，與蒸登相配的職德也可與屋燭通用……由此看來，蒸登與東鍾相近，而它們距離庚耕清青甚遠。」

談-m尾韻母字於宋詞中的
押韻現象—— 以「咸」攝字為例

金周生

一　-m尾韻母的演化方向及早期相關史料

漢語 -m 尾韻母的字，中古屬於深咸二攝，在現代方言裏，-m 尾韻母產生了不同的演化方向。王力先生漢語史稿分析中古山咸臻深四攝字韻尾的現代音類型時，曾做過概括性的說明：

> 中古的山咸臻深四攝，在現代方言裡有九種不同的類型。第一個類型是完整地保存中古的 - n 和 -m，並且不和 -ŋ 尾相混，如粵方言，閩南方言；第二個類型也是完整地保存中古的 - n 和 -m，但是臻攝和梗曾兩攝相混，如客家方言；第三個類型是 -m 變了 - n，但是不和 -ŋ 尾相混，如北方話；第四個類型是除 -m 變 -n 之外，臻攝還和梗曾兩攝相混，如西南官話；第五個類型是 -m，- n，-ŋ 合流為 - ŋ，如閩北方言；第六個類型是 -m，- n，-ŋ 合流為 - n，如湖北和湖南某些方言；第七個類型是 -m，- n，-ŋ 韻尾失落而變為鼻化元音，如西北方言；第八個類型是韻尾失落而變為單純的開口音節，如西南某些方言；第九個類型是山咸兩攝韻尾失落，和江宕兩攝不混，臻深兩攝唸 - n 和 -ŋ隨意，和梗曾兩攝相混。這是吳方言的一般情況。

　-m尾韻母演化爲 - n的現象，正式在韻書中出現，可溯自明末畢拱辰的韻略匯通，其序作於崇禎壬午年，當西元一六四二年。三百年後， - m尾的字呈現出上述多樣性的變化，令人懷疑這種現象的發生時代，應該更早，事實上我們也確能找出一些史料來證明這點。

　　深咸二攝 -m尾演化爲 - n的早期資料，現在依時代先後排比並略作說明。

（一）唐人胡曾戲妻族語不正詩：「呼十却爲石，喚針將作眞，忽然雲雨至，總道是天因。」

　　　按：錢大昕十駕齋養新錄「唐人辨聲韻」條下引此詩，並說明：「唐人喜辨聲韻，雖尋常言語亦不苟。」胡曾，唐才子傳作長沙人，全唐詩作邵陽人，生卒年不詳，唐僖宗乾符（ 874 － 879 ）中前後在世。胡曾妻里籍不詳，族語「針」讀「眞」，「陰」讀「因」， -m尾然已演化爲 - n。

（二）宋人劉攽貢父詩話：「荆、楚以南爲難，……荆楚士題雪用先字，後曰十二峯蠻旋旋添，讀添爲天字也。」

　　　按：劉攽（ 1022 － 1088 ）、臨江新喻人。周祖謨宋代方音一文云：「荆楚人以南爲難，……韻尾均與韻書音韻系統不同。南爲覃韻字，韻尾爲 -m，難爲寒韻字，韻尾爲 - n，以南爲難，是 -m尾已變爲 - n尾。故荆南擧子吟雪詩以添字入先字韻。」

（三）元人周德清中原音韻：深攝「品」字收入「眞文」韻，咸攝「帆、凡、範、泛、范、犯」六字收入「寒山」韻。

按：周德清，江西高安人，中原音韻成書於西元一三二四年。

㈣　元人周德清中原音韻正語作詞起例第二十一條：「依後項呼吸之法，庶無之知不辨，王楊不分，及諸方語之病矣。……

侵尋	針有真	金有斤	侵有親	深有申❶	森有莘	琛有嗔
	音有因	心有辛	歆有欣	林有隣	壬有人	尋有信
	吟有寅	琴有勤	沈有陳	忱有神	稔有忍	審有哂
	錦有緊	枕有稹	飲有引	朕有鎮	甚有腎	任有認
	禁有近	陰有印	沁有信	浸有進		
監咸	菴有安	擔有單	監有間	三有珊	貪有灘	酣有邯
	南有難	咸有閑	藍有闌	談有壇	岩有顏	感有捍
	覽有懶	膽有瘅	毯有坦	減有簡	坎有侃	斬有盞
	勘有看	淦有幹	憾有漢	淡有旦	陷有限	濫有爛
	賺有綻	鑑有澗	暗有按	探有炭		
廉纖	詹有甎	兼有堅	淹有烟	纖有先	僉有千	忺有掀
	尖有煎	掂有顛	謙有牽	添有天	搛有延	鉗有虔
	簾有連	粘有年	甜有田	髯有然	蟾有纏	鹽有延
	潛有前	嫌有賢	臉有輦	染有撚	掩有偃	撿有蹇
	險有顯	颭有展	閃有儳	忝有腆	點有典	諂有闡
	艷有硯	欠有撽	店有鈿	念有年	劍有見	僭有箭
	塹有倩	占有戰				

按：丁邦新先生與中原音韻相關的幾種方言現象一文，認爲以上各字組主要表示「韻尾-m跟-n的不同」；因爲周德清細分各音是要避免「方語之病」，倒使我們瞭解元代某些方音-m

與－n韻尾已經沒有分別了。

(五)　明人李登書文音義便考私編

按：李新魁漢語等韻學云：「書文音義便考私編，這是作韻法
橫圖的李世澤的父親李登所編的一本韻圖，書刻于萬曆丁亥年
（一五八七年），……登字士龍，……上元人。……他分韻母
爲二十二韻，即：東支灰皆魚模眞諄文元桓寒先蕭豪歌麻遮陽
庚靑尤。他把收閉口的侵覃咸鹽等韻合於眞寒先韻，這說明當
時〔－m〕尾韻已經消失而并入〔－n〕。由此可見他兒子李世澤
韻法橫圖的保留〔－m〕尾，是依據讀書音分出的。」

(六)　明人沈璟正吳編

按：沈璟（ 1553－1610 ），江蘇吳江人，著正吳編，今佚。
依據同時人王驥德方諸舘曲律云：「『崑山』之派，以太倉魏
良輔爲祖；今自蘇州而太倉、松江，以及浙之杭嘉湖，聲各小
變，腔調略同，惟字泥土音，開閉不辨，反譏越人呼字明確者
爲『浙氣』，大爲詞隱所疵，詳見其所著正吳編中。」又時人
吳江沈寵綏在度曲須知一書中云：「簪、本尋侵字眼，正吳編
兼列眞文韻，與尊字同音，是閉口字混入開口韻矣。珊、本寒
山字眼，正吳編謂『闌珊』之珊則叶三，是開口字反混入閉口
韻矣。」

(七)　明人呂坤交泰韻

按：李新魁漢語等韻學云：「交泰韵，這是明萬曆癸卯年（一

六○三年）間寧陵（今河南葵丘縣）人呂坤所作的一部韻圖。……呂氏把韻類歸爲二十一類，這是他依據當時口語讀音合幷韻類的結果。他在『辨分合』一節中說……『眞軫震質，侵寢沁緝，俱是同類，……字音多同，分之無謂，今合眞、侵爲一韻』，可見他是主張據實際語音劃分韻類的。他的二十一韻……與李登所分的二十二韻很接近。」

(八)　明人喬中和元韻譜

按：李新魁漢語等韻學云：「元韻譜，作者喬中和，……河北內丘人。……其自序作于萬曆三十九（一六一一年），書大約也刊於此時。……此書分韻類爲十二佸，佸也就是攝的意思。……奔收臻、深攝的字，般相當於山、咸攝。……這個韻類系統，反映了當時共同口語的實際讀音。」

(九)　明人王驥德方諸館曲律論閉口字：「吳人無閉口字，每以侵爲親，以監爲奸，以廉爲連。」

按：王驥德，山陰人（浙江會稽），生年不詳，約卒於一六二三年。

(十)　明人畢拱辰韻略滙通凡例：「眞文之于侵尋，先全之于廉纖，山寒之于緘咸，有何判別？而更分立一韻乎？今悉依集成例，合併爲一，用省撿覓之煩。」

按：董同龢先生漢語音韻學中說：「『緘咸』大部分併入『山寒』，少數齊齒音併入『先全』；『廉纖』併於『先全』；

『侵尋』併於『眞文』而名『眞侵』：表現 -m － -n。」

　　-m 尾韻母開始變化既然能上推至西元第九世紀，爲什麼唐、宋以來卻很少爲人所重視？我想：一方面固然是受到官訂韻書立下「標準音」的影響，另一方面是證據隱藏著，還沒有大量發現而受人注意。本文卽是想從不太受韻書影響的宋人詞韻中，說明宋詞用韻實際上已能充分表現出 -m － -n 的音變現象了。

二　宋詞「咸」攝收 -m 尾字的押韻現象

　　「咸」攝收 -m 尾的字，包括在廣韻覃、談、鹽、添、咸、銜、嚴、凡及其相承上去聲各韻中，現在以全宋詞所收有名姓可考的各家作品爲準，凡用到咸攝收 -m 尾的韻字，都一一錄出，先注明韻例編號、全宋詞頁碼，再錄韻字、作者及該闋詞的頭二字，每個韻字右下注出所屬廣韻韻目的名稱，作者初次出現並注明里籍。

㈠　-m 尾咸攝字獨用者

1.　38　灔鹽染琰劍釅厭艷。黯㬉店㮇點忝（柳永福建人「長川」）

2.　59　臉琰魘琰斂琰。敢敢臟琰點忝（張先浙江人「波堪」）

3.　71　蟾鹽添添鬏添南覃。男覃𩬊覃兼添簾鹽（作者同上者後略「寶匵」）

4.　83　拈添厭鹽簾鹽尖鹽蟾鹽（「小圓」）

5.　105　艷艷臉琰（晏殊江西人「芳蓮」）

6.　105　淡闞艷艷（「人人」）

7. 139 簞添淡闞鑑鑑灩豔檻檻。苒琰掞琰減豏黯豏感感（歐陽修江西人「八月」）

8. 142 添添簷鹽簾鹽。兼添厭鹽（「過盡」）

9. 146 颭琰染琰簞添鑑鑑減豏點忝。掩琰檻檻臉琰斂豔賺陷艷豔（「翠樹」）

10. 148 蟾鹽添添鶼添南覃男覃蠶覃兼添簾鹽（「寶奩」）

11. 152 簾鹽拈添忺嚴纖鹽。嵓咸兼添厭鹽（「風擺」）

12. 183 簾鹽拈添忺嚴纖鹽。　巖銜兼添厭鹽（杜安世西安人「風擺」）

13. 237 纖鹽匳鹽兼添添添。　慊鹽簾鹽蟾鹽檐鹽（晏幾道江西人「粉痕」）

14. 279 帆凡衫銜凡凡銜銜。巉銜巖銜攕咸攙銜杉咸（蘇軾四川人「三十」）

15. 299 纖鹽簾鹽檐鹽帘鹽髯鹽。厭鹽鹽鹽甜添潛鹽嫌添（「黃昏」）

16. 340 藍談黏覃簷鹽三談。簾鹽蟾鹽纖鹽南覃（李之儀山東人「清溪」）

17. 349 險琰占豔斂豔覽敢。灩豔濫闞檻檻點忝（「天塹」）

18. 357 尖鹽纖鹽（王齊愈四川人「玉肌」）

19. 358 讒咸南覃監銜（王齊叟河南人「居下」）

20. 414 鬖談南覃酣談。藍談攙銜衫銜（黃庭堅江西人「小桃」）

21. 445 艷豔臉琰魘琰膽敢劍釅掩琰占豔（鄭僅江蘇人「春豔」）

22. 504 衫銜匳鹽尖鹽。簾鹽厭鹽（賀鑄河南人「紫陌」）

23. 505 三談黏覃銜銜衫銜。南覃恬添帆凡（「九曲」）

24.　521　簾鹽衫銜。蟾鹽尖鹽（「朱鷺」）

25.　523　減豏慘感颭琰黶豏黶豏掩琰（「雨後」）

26.　531　藍談毵章檐鹽三談。簾鹽蟾鹽纖鹽南覃（「玉津」）

27.　531　衫銜南覃南覃銜銜。蠶覃纖鹽纖鹽三談（「著春」）

28.　533　南覃三談纖鹽簾鹽。酣談帆凡蟾鹽檐鹽堪覃（「滿馬」）

29.　536　簾鹽匳鹽纖鹽。南覃銜銜（「鸚鵡」）

30.　537　險琰占豔斂琰覽敢。灩豔濫闞檻檻點忝（「牛渚」）

31.　544　染琰艷豔占豔。黶豏點忝減豏（仲殊湖北人「清江」）

32.　548　斂豔點忝（「青條」）

33.　637　簾鹽添添（李廌陝西人「玉闌」）

34.　640　毵章衫銜南覃。髯鹽庵覃參覃（鄒浩江蘇人「有個」）

35.　644　帘鹽纖鹽鹽鹽。簾鹽簾鹽添添（謝逸江西人「泠猿」）

36.　688　簾鹽添添檐鹽。嚴嚴南覃（毛滂浙江人「遙山」）

37.　693　艷豔簟忝。臉琰點忝（劉燾浙江人「簟紋」）

38.　704　簾鹽添添（謝邁江西人「風篁」）

39.　745　尖鹽簾鹽添添。纖鹽兼添（王安中山西人「慵整」）

40.　786　點忝染琰（李光浙江人「芳心」）

41.　825　蟾鹽簾鹽厭鹽。鹽鹽纖鹽（陳克浙江人「香霧」）

42.　827　掩琰點忝（「踏車」）

43.　887　南覃參覃酣談（周紫芝安徽人「團欒」）

44.　898　簾鹽匳鹽（趙佶河北人「捲起」）

45.　962　甘談堪覃（向子諲江西人「年年」）

46.　989　酣談談談衫銜堪覃。嚴銜毵章南覃銜銜（蔡柟江西人
　　　　　「手染」）

47.　990　染琰艷豔占豔。黯謙點忝減槏（賽月里籍不詳「清江」）

48.　1055　染琰點忝（李彌遠福建人，居江蘇「小山」）

49.　1117　拈添纖鹽簾鹽。簷鹽添添（呂渭老浙江人「彩選」）

50.　1118　焰豔劍釅覘豔閃琰撼感。儉琰塹豔暗勘念桥簟忝（「頂上」）

51.　1127　掩琰斂豔。黶琰臉琰（「裙長」）

52.　1129　簾鹽厭鹽蟾鹽添添。諳覃甘談巉覃尖鹽（「雨洗」）

53.　1130　斂豔點忝。感感念桥（「眉嬀」）

54.　1138　纖鹽簾鹽櫩鹽帘鹽髯鹽。厭鹽鹽鹽甜添潛鹽嫌添（王之道安徽人「寒光」）

55.　1140　櫩鹽纖鹽炎鹽簾鹽。籤鹽漸鹽淹鹽厭鹽（「暑雨」）

56.　1153　添添忺嚴（「香鬟」）

57.　1241　南覃巖銜緘咸凡凡。潭覃參覃杉咸酣談函覃（劉子翬福建人「秋入」）

58.　1295　南覃帆凡（聞人武子寓居江蘇「晴風」）

59.　1441　嵐覃甘談南覃三談。談談柑談參覃探覃（趙彥端江西人「淦水」）

60.　1503　南覃毿覃男覃（袁去華江西人「春愁」）

61.　1524　泛梵艷豔。占豔欠釅（程大昌安徽人「春產」）

62.　1556　斂豔點忝（姚述堯浙江人「煙收」）

63.　1600　藍談三談南覃帆凡（陸游浙江人「晴山」）

64.　1621　厭鹽尖鹽（范成大江蘇人「玉簫」）

65.　1708　簾鹽厭鹽點忝。添添纖鹽斂豔（張孝祥安徽人「樓外」）

66.　1709　冉琰臉琰（「一尊」）

87. 2426 尖鹽匲鹽（徐照浙江人「綠圍」）

88. 2438 鰜添鮎添兼添甜添醃鹽。纖鹽厭鹽添添鹽鹽（劉學箕福建人「雪白」）

89. 2474 纖鹽蟾鹽匲鹽。厭鹽簾鹽添添（劉鎮廣東人「蕩紫」）

90. 2517 斂鹽占鹽颭琰鑑鑑染琰。覽敢劍釅塹鹽掩琰點忝（岳珂河南人「澹烟」）

91. 2583 慘感黲豏感感膽敢。覽敢糝感減豏檻檻（葛長庚福建人「舊家」）

92. 2619 艷鹽慊忝染琰儉琰。占鹽欠釅斂鹽漸琰點忝（劉克莊福建人「壓倒」）

93. 2666 三談參覃堪覃曇覃。嚴銜藍談南覃涵覃酣談潭覃（趙以夫福建人「客問」）

94. 2666 三談參覃堪覃曇覃。嚴銜藍談南覃涵覃酣談潭覃（「自笑」）

95. 2705 占鹽染琰。臉琰艷鹽（劉子寰福建人「秋色」）

96. 2930 嚴銜緘咸尖鹽匲鹽。潛鹽南覃纖鹽檐鹽（吳文英浙江人「憑高」）

97. 2950 纖鹽簷鹽簾鹽。忺嚴尖鹽（潘牧福建人「無端」）

98. 2963 簷鹽蟾鹽纖鹽。簾鹽忺嚴尖鹽（洪瑹里籍不詳「柳浪」）

99. 3184 纖鹽簾鹽添添。匲鹽檐鹽尖鹽（續雪谷里籍不詳「眼媚」）

100. 3217 鹽鹽嫌添（劉辰翁江西人「無花」）

101. 3226 三談探覃男覃衫銜酣談。談談南覃憸談柑談堪覃參覃（「五十」）

67. 1718 鑑鑑澹闞（「渚蓮」）

68. 1750 臉琰點忝（岳甯山江蘇人「月殿」）

69. 1760 眈覃談詀參覃南覃。喃咸貪覃酣談潭覃憨談（呂勝己福建人「丹朧」）

70. 1823 厭鹽添添簾鹽（趙長卿河北人「紫簫」）

71. 1891 衫銜驂覃南覃蠶覃。凡凡談談銜銜三談（辛棄疾山東人「寒食」）

72. 1978 酣談嵐覃三談。男覃南覃驂覃（趙善扛江西人「柳絮」）

73. 2008 衫銜三談（程垓四川人「和風」）

74. 2009 簾鹽奩鹽（「淺寒」）

75. 2030 厭鹽尖鹽（陳三聘江蘇人「飛瓊」）

76. 2104 簷鹽添添簾鹽。纖鹽厭鹽（陳亮浙江人「小雨」）

77. 2104 纖鹽簾鹽添添。蟾鹽尖鹽（「蓼花」）

78. 2164 南覃參覃簪覃（盧炳里籍不詳「玻璃」）

79. 2167 艷豔淡闞（「冰姿」）

80. 2217 淦勘泛梵（郭應祥江西人「泉江」）

81. 2222 檐鹽三談。嫌添簾鹽（「碎影」）

82. 2222 淡闞。欠釅（「碎影」）

83. 2233 三談毿覃慚談。貪覃聃談酣談（「屈指」）

84. 2262 南覃三談（韓淲河南人「春來」）

85. 2273 簪覃南覃三談談談。嵐覃參覃驂覃潭覃（易袚湖南人「自古」）

86. 2318 三談南覃庵覃。柑談藍談談談（鄒應龍福建人「壽母」）

102.　3309　男覃簪覃庵覃談談 三談。南覃甘談參覃酣談　（鄧剡
　　　　　　江西人「笑釵」）

103.　3458　炎鹽嫌添簾鹽（陳德武浙江人「呼來」）

104.　3459　南覃甘談饞咸（「三三」）

105.　3459　喃咸緘咸南覃（「黃梅」）

106.　3462　含覃三談三談嚴銜擔談擔談。簪覃南覃南覃驂覃慚
　　　　　　談慚談　（「新酒」）

107.　3520　酣談參覃三談談談（張炎浙江人「年酒」）

（二）　-m尾咸攝字與山攝字合用者

1.　84　滿緩亂換幔換遣獮歎翰減豏見霰。觀換散翰院線面線
　　　　（張先浙江人「野樹」）

2.　101　岸翰便線艷豔慢諫面線。纖旱盞產斷換晚阮亂換（晏
　　　　殊江西人「越女」）

3.　103　圓仙天先筵仙添添❷煙先。絃先船仙年先仙仙（「玉露」）

4.　180　纖鹽天先前先牽先。邊先綿仙千先煙先（杜安世山西
　　　　人「黃金」）

5.　184　斂豔院線颭琰。撿琰閃琰（「坐臥」）

6.　237　軟獮染琰淺獮。管緩晚阮展獮（晏幾道江西人「紅綃」）

7.　257　淺獮晚阮斂豔。見霰願願遠阮（「取次」）

8.　260　展獮片霰怨願艷豔面線。看翰暖緩滿緩管緩亂換半換
　　　　（王觀江蘇人「枝上」）

9.　320　染琰點忝箭線厭豔貶琰。敢敢忝忝冉琰漸琰減豏（蘇
　　　　軾四川人「些小」）

10. 401 關刪煙先凡凡斑刪。翻元山山邊先前先 (黃庭堅江西
　　　人「北苑」)

11. 414 簾鹽談談南覃。帆凡環刪 (「一葉」:)

12. 433 臉琰遠阮。遠阮斷換 (晁端禮江蘇人「遠山」)

13. 459 幔換暗勘 (秦觀江蘇人「蟲聲」)

14. 459 斂豔展獮 (「天涯」)

15. 460 院線翦獮捲獮。雁諫暖緩臉琰 (「秋容」)

16. 466 戀線岸翰漢翰伴緩掩琰翦獮怨願 (「眷戀」)

17. 498 年先編仙點忝。言元禪仙現霰 (趙令畤河北人「人
　　　世」)

18. 555 慣諫燕霰遍霰淺獮雁諫遠阮斷換。占豔箭線絆換伴緩
　　　勸願面線 (晁補之山東人「田野」)

19. 559 眼產斷換限產淺獮遠阮。豔豔見霰片霰館緩暖緩 (「
　　　年年」)

20. 574 淺獮遍霰臉琰。緩緩願願遠阮 (「二月」)

21. 576 羨線面線。魘琰見霰 (「當年」)

22. 578 蟾鹽簾鹽。纖鹽眠先 (「前時」)

23. 590 軟獮亂換染琰。倩霰見霰面線 (陳師道江蘇人「素手」)

24. 597 豔豔臉琰闞換換換見霰。薦霰蒨霰眼產點忝散願 周邦
　　　彥浙江人「穠李」)

25. 602 斷換扇線箭線遠阮。染琰變線倩霰點忝 (「水浴」)

26. 605 晚阮剪獮掩琰簟忝卷線。限產轉獮遠阮薦霰斂豔 (「
　　　綠蕪」)

27. 607 斂豔點忝見霰箭線。轉獮亂換遠阮面線 (「客去」)

28.　612　孿線淺獮遠阮怨願散翰。斷換念柘見霰難翰眼產 (「
　　　　　佳約」)

29.　613　暗勘院線爛翰見霰。面線畔換散翰館緩歎翰斷換 (「
　　　　　夜色」)

30.　614　斂豔短緩幔換滿緩遠阮婉阮岸翰。線線面線箭線見霰
　　　　　亂換展獮 (「暗塵」)

31.　617　面線遍霰亂換見霰。斂豔斷換抃線暖緩 (「逗曉」)

32.　619　晚阮懶旱探勘淺獮。戀線檻檻眼產板潸欠釅減鹽 (「
　　　　　宿霧」)

33.　639　點忝觀換晚阮燕霰。見霰盼襇怨願限產 (孔渠河南人
　　　　　「數枝」)

34.　641　殿霰燕霰見霰臉琰看翰遍霰 (阮閱安徽人「趙家」)

35.　648　簷鹽簾鹽蓮先。天先傳仙煙先 (謝逸江西人「桐葉」)

36.　659　翻元巖銜 (蘇庠江蘇人「斷崖」)

37.　662　激豔軟獮轉獮淺獮 (毛滂浙江人「天連」)

38.　663　厭豔面線線線眼產 (「杯深」)

39.　665　檐鹽簾鹽偏仙。邊先添添 (「晚色寒」)

40.　666　船仙天先簾鹽。妍先邊先 (「晚色輕」)

41.　666　年先錢仙寒寒。眠先簾鹽 (「記得」)

42.　668　添添妍先年先。連仙前先 (「日轉」)

43.　670　篆獮院線偏霰。簟忝短緩晚阮 (「西風」)

44.　670　篆獮院線偏霰。簟忝短緩晚阮 (「泥銀」)

45.　671　看寒團桓環刪。簾鹽寒寒干寒 (「庭下」)

46.　673　面線片霰見霰。亂換點忝淺獮 (「嬋娟」)

47. 673　然仙簾鹽娟仙。泉仙眠先偏仙（「古寺」）

48. 674　端桓閑山還刪關刪。慚談談談山山南覃（「金馬」）

49. 675　遠阮暖緩見霰晚阮。伴緩亂換淺獮點忝（「長記」）

50. 677　卷線燕霰晚阮院線。短緩斷換點忝畔換（「花影」）

51. 679　點忝遠阮（「玉狹」）

52. 680　點忝半換偏霰篳忝。緩緩晚阮館緩燕霰（「急雨」）

53. 698　遠阮捲獮懶旱。短緩晚阮臉琰（王宷江西人「秋闈」）

54. 713　閑山衫銜蠶覃巖銜。闌寒嵐覃庵覃龕覃（惠洪江西人「城裡」）

55. 724　厭鹽年先（葛勝仲江蘇人「杏花」）

56. 731　潛鹽喧元還刪。偏仙山山言元（米友仁居於江蘇「結廬」）

57. 737　減豏點忝怨願。燕霰冒銑轉獮（吳則禮湖北人「一片」）

58. 747　片霰見霰淺獮點忝。遠阮遍霰眩霰面線（王安中山西人「巧剪」）

59. 779　畔換面線翦獮軟獮臉琰見霰。岸翰館緩點忝宴霰看翰豔豔（葉夢得浙江人「曉煙」）

60. 791　天先簾鹽（鑑堂里籍不詳「浦南」）

61. 791　淺獮點忝（梅窗里籍不詳「點點」）

62. 840　偏霰點忝。怨願殿霰（朱敦儒河南人「溪清」）

63. 841　綻襉晚阮眼產。畔換泛梵見霰（「今年」）

64. 842　拈添闌寒山山。還刪言元賤先（「幾日」）

65. 846　間山看寒鞍寒。顏刪衫銜（「當年」）

66. 848　偏霰泫銑蔓願見霰。豔豔遠阮間襉看翰晚阮（「早起」）

67. 851　染琰健願漫換扇線勸願。散翰減豏轉獮伴緩燕霰（「鑑水」）

68. 857 山山帆凡。言元船仙（「尋花」）

69. 857 山山帆凡。言元船仙（「東風」）

70. 857 山山帆凡。言元船仙（「閒人」）

71. 858 監銜慚談。閒山年先（「無知」）

72. 861 安寒簾鹽山山。鬟刪殘寒寒寒（「一番」）

73. 861 岸翰晚阮。點忝徧霰（「碧瓦」）

74. 862 干寒寒寒厭鹽（「相留」）

75. 866 暖緩轉獮琖產點忝。念㮇短緩絆換斷換（「紙帳」）

76. 876 翻元灣刪簾鹽。纖鹽衫銜簷鹽（周紫芝安徽人「綵鷁」）

77. 879 娟仙盤桓纖鹽寒寒。圓仙眠先鴛元殘寒（「月檽」）

78. 881 遠阮占豔劍釅焰豔看翰。縣霰伴緩燕霰款緩晚阮（「休惜」）

79. 883 簷鹽眠先（「痴雲」）

80. 888 田先間山川仙。顛先巖銜山山（「山雨」）

81. 891 晚阮岸翰染琰見霰管緩怨願。漢翰滿緩點忝遠阮醆產勸願（「白首」）

82. 892 焰豔爛翰遠阮殿霰見霰。榦翰漢翰晚阮燕霰滿緩勸願（「當年」）

83. 892 天先寒寒千先干寒。邊先烟先川仙南覃（「禁烟」）

84. 914 掩琰斷換（蔣元龍江蘇人「小桃」）

85. 932 簪覃看寒（李清照山東人「賣花」）

86. 951 凡凡繁元樊元參覃。闌寒南覃山山間山寰刪（向子諲江西人「月窟」）

87. 953 先先娟仙妍先髯鹽。連仙邊先泉仙前先（「恨中」）

88. 964 面線遠阮染琰。轉獮便線卷線見霰（「冰雪」）

89. 968 閒山談談（「翠鬟」）

90. 983 淡闞淺獮遍霰面線遠阮。觀換捲獮管緩轉獮（李持正里籍不詳「星河」）

91. 1074 散翰晚阮院線颭琰線線燕霰。遣獮怨願淺獮眼產遠阮。戀線宴霰勸願短緩暖緩見霰（張元幹福建人「綺霞」）

92. 1099 殿霰遣獮善獮眷線。灩豔院線燕霰面線（「豹尾」）

93. 1113 晚阮懶旱盞產扇線。剪獮喚換掩琰遠阮（呂渭老浙江人「雨濕」）

94. 1135 館緩扇線淺獮款緩。點忝轉獮算換婉阮（林季仲浙江人「璧月」）

95. 1138 珊寒斑刪殘寒闌寒。山山衫銜關刪閒山（王之道安徽人「扁舟」）

96. 1186 見霰晚阮剪獮捲獮簟忝卷線。限產轉獮遠阮薦霰斂琰豔（楊无咎江西人「後堂」）

97. 1187 看翰剪獮徧霰。占豔斷換亂換（「玉英」）

98. 1193 半換染琰黯勘膽敢。覽敢鑑鑑斂豔檻檻減豏（「迤邐」）

99. 1201 淺獮晚阮。遠阮掩琰（「秋來」）

100. 1210 軟獮轉獮範范顯銑輦獮遠阮。滿緩管緩勸願煥換宴霰殿霰（曹勛河南人「鳳苑」）

101. 1211 絃先千先天先。嚴嚴筵仙仙仙邊先山山年先（「慶雲」）

102. 1220 殿霰劍釅晃獮。燕霰念橇怵線宴霰（「寅杓」）

103. 1234 倦線宴霰燕霰。點忝轉獮戰線（「佳時」）

104.　1270　淺獮 斂豔 見霰 斷換 伴緩。漢翰 遠阮 箭線 滿緩(史浩浙江人「莫嫌」)

105.　1294　帆凡 寒寒 淡闞。鬖談 緘咸 啖闞 (高登福建人「渺渺」)

106.　1306　晚阮 剪獮 滿緩 掩琰。斷換 燕霰 見霰 遠阮 (康與之河南人「春又」)

107.　1307　闌寒 山山 鞍寒 千先。歡桓 衫銜 連仙 寒寒 (「畫橋」)

108.　1315　捲獮 豔豔 (曾覿河南人「一聲」)

109.　1338　伴緩 殿霰 獻願。泛梵 宴霰 勸願 (王之望湖北人「玉樓」)

110.　1342　端桓 闌寒 官桓 巒桓。寒寒 團桓 幡元 聯談 (葛立方浙江人「氣應」)

111.　1347　然仙 簷鹽 轆仙。邊先 簾鹽 (「暫時」)

112.　1350　灩豔 遠阮 見霰 見霰 轉獮 (陳祖安福建人「月直」)

113.　1350　院線 卷線 半換 淺獮 面線 徧霰 豔豔。暖緩 顫線 漫換 岸翰 苑阮 戀線 蔂獮 (王十朋浙江人「深深」)

114.　1391　豔豔 面線 (韓元吉河南人「江南」)

115.　1410　暖緩 豔豔 見霰。轉獮 淺獮 煉霰 滿緩(張掄河南人「陽氣」)

116.　1468　寒寒 團桓 寬桓 簷鹽。氈仙 千寒 還刪 安寒 (王千秋山東人「同雲」)

117.　1472　倦線 捲獮 軟獮 滿緩。遠阮 願願 點忝 殿霰 (「天氣」)

118.　1475　賢先 煙先 殿霰。傳仙 緣仙 灩豔 (「四俊」)

119.　1476　看翰 線線 染琰。見霰 遠阮 勸願 展獮 (「何處」)

120.　1518　山山 簾鹽 藍談 纖鹽。珊寒 衫銜 檐鹽 躚先 (向滈里籍不詳「翡翠」)

121.　1521　面線 臉琰 展獮。遠阮 見霰 斷換 淺獮 (「蕙怨」)

122. 1522 煙先添添(「小樓」)

123. 1528 見霰泛梵。現霰面線(程大昌安徽人「鹽水」)

124. 1579 天先添添難寒。綠仙賤先(吳儆安徽人「已是」)

125. 1586 減豏遠阮畔換轉獮。院線斷換燕霰扇線見霰(陸游浙江人「樽前」)

126. 1591 店㮇占豔暗勘劍釅念㮇。遣獮釅釅豔豓厭豔點忝掩琰(「角殘」)

127. 1636 乾寒蟠桓齔潸寒寒。堪覃衫銜山山南覃(謝懋河南人「黃道」)

128. 1638 乾寒寒寒間山。南覃安寒(王質寓居湖北「雨潤」)

129. 1640 添添前先。南覃寒寒(「翠陰」)

130. 1644 天先川仙簾前先。煙先邊先原元翩仙(「江水」)

131. 1645 湍桓參覃看寒南覃。連仙倦仙鞍寒齔覃(「花上」)

132. 1648 衫銜嚴銜潭覃南覃齔覃。參覃甘談開山帆凡(「蕭蕭」)

133. 1655 年先然仙籤鹽全仙嚴嚴。言元筌仙旋仙仙仙(沈瀛浙江人「野叟」)

134. 1681 筵仙圓仙傳仙。纖鹽甜添(沈端節浙江人「燈夜」)

135. 1703 帆凡灣删間山。丹寒山山(張孝祥安徽人「穩泛」)

136. 1705 霰霰面線軟獮斂豔。慢換半換斷換顛線(「朔風」)

137. 1705 點忝淺獮(「絲金」)

138. 1710 厭鹽圓仙(「胭脂」)

139. 1710 彈寒衫銜(「江頭」)

140. 1710 展獮冉琰(「人間」)

141. 1743 燕霰院線掩琰捲獮線線喚換。遣獮斷換遠阮徧霰怨願(丘崈江蘇人「鳴鳩」)

142. 1750 珊寒慳山寒寒單寒。閒山殘寒拈添山山（「風佩」）

143. 1777 暖緩眼產斷換展獮。念桥遍霰遠阮怨願（趙長卿河北人「夜來」）

144. 1838 山山嵐覃鑑鑑。關刪帆凡斷換（廖行之湖南人「紺滑」）

145. 1840 暖緩晚阮亂換斷換斷換占豔（「應是」）

146. 1844 寰刪山山戀桓間山南覃。斑刪攀刪闌寒歡桓（京鏜江西人「看透」）

147. 1845 畔換泛梵晚阮散翰。岸翰見霰觀換戀線管緩（「錦城」）

148. 1845 畔換泛梵晚阮散翰。岸翰見霰觀換戀線管緩（「郎闈」）

149. 1853 煙先山山寒寒閒山。巖衘天先仙仙船仙（王炎安徽人「千里」）

150. 1855 點忝晚阮晚阮懶旱。管緩淺獮淺獮遠阮（「臙脂」）

151. 1861 捲獮轉獮斂豔扇線徧霰限產晚阮。釧線遠阮雁諫怨願斷換點忝（楊冠卿湖北人「翠簾」）

152. 1864 面線徧霰管緩斷換。遠阮怨願斂豔釧線（「舞處」）

153. 1865 寬桓帆凡端桓山山。闌寒蟠桓閒山看寒（「年少」）

154. 1881 年先圓仙船仙前先。衫衘天先賢先邊先然仙絃先（辛棄疾山東人「老來」）

155. 1884 邊先眠先然仙前先。尖鹽闌寒看寒圓仙（「敲枕」）

156. 1885 南覃顏刪山山（「遠床」）

157. 1901 豔豔看翰（「春到」）

158. 1903 點忝萬願遠阮怨願。面線燕霰願願勸願（「莫向」）

159. 1910 嘆翰晚阮斷換散翰。眼產簡產懶旱暗勘（「投老」）

160. 1911 潺山山山間山凡凡欄寒。餐寒寒寒間山看寒殘寒（「亂雲」）

161. 1919 簪簟藍談酣談三談參簟。環刪鬖談杉咸喃咸（「雲岫」）

162. 1944 寒寒山山減簟。慳山還刪覽敢（「一柱」）

163. 1955 晚阮遠阮展獼卷線。案翰遣獼眼產點忝（「東南」）

164. 1961 遠阮燕霰半換暖緩。雁諫斷換點忝扇線（「燕語」）

165. 1984 轉獼感感遠阮捲獼。染琰淺獼板黠短緩暖緩（趙善括江西人「傳語」）

166. 2023 眼產膽敢（陳三聘江蘇人「玉鑑」）

167. 2052 懶旱暖緩染琰剪獼半換。盼襇管緩慣諫斂豔軟獼散翰（石孝友江西人「鶯鶯」）

168. 2053 院線現霰伴緩淺獼。念忝遠阮展獼晚阮（「小花」）

169. 2053 斂豔暖緩滿緩管緩♂宴霰看翰捲獼箭線（「雪壓」）

170. 2076 遠阮展獼卷線臉琰軟獼。見霰轉獼徧霰掩琰（趙師俠江西人「枕山」）

171. 2076 染琰面線遠阮見霰。徧霰顯銑淺獼羨線（「曉風」）

172. 2078 戀線展獼燕霰苑阮。淺獼見霰軟獼點忝（「日麗」）

173. 2080 班刪男覃衫銜。彎刪南覃還刪（「玉帶」）

174. 2082 寒寒珊寒鞍寒。關刪乾寒堪覃（「料峭」）

175. 2082 觀桓寬桓寒寒。南覃山山攀刪（「矯首」）

176. 2088 院線颭琰燕霰徧霰限產。扇線染琰遠阮羨線（「清和」）

177. 2093 寒寒干寒南覃。酸桓丸桓（「玉壺」）

178. 2093 連仙兼添天先。全仙妍先言元（「天共」）

179.　2093　滿緩雁諫斂豔。晚阮點忝眼產（「亭皋」）

180.　2096　軟獮淺獮。遠阮點忝（「晴日」）

181.　2096　燕霰淺獮。遠阮豔豔（「嬌豔」）

182.　2096　嚴銜丹寒顏刪間山。開山看寒單寒寒寒（「桂華」）

183.　2110　川仙嫌添年先前先。顛先仙仙眠先天先（李誴福建人
　　　　　　「足迹」）

184.　2113　眼產染琰點忝捲獮管緩轉獮晚阮。看翰暖緩遠阮懶旱
　　　　　　半換腕換（楊炎正江西人「風光」）

185.　2121　添添煎仙全仙眠先。堅先田先仙仙元元（宋先生里籍
　　　　　　不詳「鉛汞」）

186.　2129　淡闞黯謙眼產棧產。晚阮雁諫岸翰看翰（張鎡浙江人
　　　　　　「秋淡」）

187.　2130　臉琰淺獮（「妝濃」）

188.　2134　玩換喚換範范看翰。斷換畔換管緩遣獮（「良宵」）

189.　2148　掩琰捲獮燕霰徧霰臉琰淺獮軟獮。線線戀線遠阮怨
　　　　　　願管緩斷換遣獮（劉過江西人「院宇」）

190.　2157　灣刪帆凡灘寒間山。衫銜寒寒安寒南覃（「解纜」）

191.　2163　扇線淺獮豔豔遍霰。暖緩散翰案翰勸願（盧炳廣西人「正旦」）

192.　2067　晚阮綻襉看翰染琰。遠阮段換勸願亂換（「雨洗」）

193.　2174　軟獮見霰染琰。線線遠阮管緩（姜夔江西人「燕燕」）

194.　2174　怴嚴船仙年先。眠先牽先（「釵燕」）

195.　2176　瀾寒山山冠桓環刪。看寒南覃關刪瞞桓間山（「仙姥」）

196.　2177　眼產燕霰款緩感感暖緩。限產散翰翰翰纏闞點忝遠阮
　　　　　　見霰（「看垂」）

197.　2196　山山渼山間山巖銜。珊寒看寒閒山闌寒冠桓（汪莘安
　　　　　徽人「家在」）

198.　2201　三談寒寒山山冠桓。簾鹽酣談庵覃南覃（「雲繞」）

199.　2205　晚阮滿緩捲獮軟獮。減豏懶旱管緩怨願（劉翰湖南人
　　　　　「團扇」）

200.　2206　衫銜寒寒南覃（「鴛鴦」）

201.　2206　晚阮雁諫眼產淺獮。泛梵怨願斷換卷線（趙鼎里籍不
　　　　　詳「天色」）

202.　2210　戀線院線繭銑遣獮。斂豔遠阮燕霰怨願勸願（劉仙倫
　　　　　江西人「著意」）

203.　2215　灣刪閒山。山山間山南覃（張履信江西人「雨歇」）

204.　2241　緣仙巓先前先邊先。言元簾鹽騫仙然仙（韓淲河南人
　　　　　「一枕」）

205.　2242　山山干寒衫銜。喃咸殘寒潺山（「脆管」）

206.　2243　喧元穿仙厭鹽傳仙。千先眠先（「柳嬌」）

207.　2248　殘寒干先山山。酣談間山寒寒（「羅帳」）

208.　2257　絃先天先簾鹽。前先鵑先（「錦瑟」）

209.　2275　淺獮釧線屬琰見霰院線。遠阮面線晚阮懶旱岸翰（危
　　　　　稹江西人「老去」）

210.　2278　暖緩捲獮面線展獮。灩豔囀線淺獮遠阮（吳禮之浙江
　　　　　人「悶來」）

211.　2279　囀線亂換斷換斂豔滿緩。面線傳線院線顫線勸願（「
　　　　　紅日」）

212.　2290　匳鹽鮮仙仙仙煙先（「歲貢」）

213.　2290　寬桓還刪南覃肝寒。關刪汗寒乾寒寒寒寒（程珌安徽人
　　　　　　「玉女」）

214.　2296　畔換戰線勘勘漢翰算換玷橋。羨線健願轉獮晏諫便線
　　　　　　捲獮（「袖手」）

215.　2297　見霰盼襉臉琰院線。岸翰限產看翰眼產（「嫣然」）

216.　2330　霰霰見霰淺獮點忝。苑阮遠阮怨願免獮（史達祖河南
　　　　　　人「古城」）

217.　2330　院線點忝顫線片霰。遠阮減豏淺獮見霰（「細風」）

218.　2338　歡桓關刪彎桓寒寒。緣仙壇寒間山凡凡（「花隔」）

219.　2341　見霰晚阮遠阮怨願健願。遣獮點忝軟獮散翰滿緩（「
　　　　　　犀紋」）

220.　2347　遠阮晚阮覽敢黯豏減豏。卷線軟獮觀換點忝（高觀國
　　　　　　浙江人「碧雲」）

221.　2351　怨願管緩黯豏點忝扇線。盼襉斷換面線淺獮遠阮見霰
　　　　　　（「歌音」）

222.　2353　淺獮豔豔染琰見霰。遠阮燕霰點忝晚阮（「玉壇」）

223.　2354　染琰婉阮。怨願翦獮（「蓬萊」）

224.　2362　絃先彈寒濺先簾鹽。傳仙纖鹽厭鹽邊先（「直柱」）

225.　2364　面線淺獮。怨願減豏遠阮（「玉清」）

226.　2433　半換轉獮暖緩變線。淺獮亂換眼產點忝（劉學箕福建
　　　　　　人「燈火」）

227.　2469　半換滿緩轉獮淡闞段換。娩獮眼產緩緩遠阮伴緩（洪
　　　　　　容齋浙江人「風月」）

228.　2474　院線燕霰斂豏扇線。寒寒盤桓干寒（劉鎮廣東人「柳

陰」）

229.　2480　看寒斑刪寒寒干寒。山山難寒間山南覃（韓膠里籍不詳「莫上」）

230.　2490　豔豔臉琰亂換換換見霰。薦霰蒨霰眼產點忝散翰（方千里浙江人「傾國」）

231.　2495　斷換扇線箭線遠阮。染琰變線倩霰點忝（「柳拂」）

232.　2498　晚阮剪獮掩琰簟忝卷線。限產轉獮遠阮薦霰斂豔（「碧紗」）

233.　2500　斂豔點忝見霰箭線。轉獮亂換遠阮面線（「城上」）

234.　2537　涵覃驂覃南覃。遠阮遠阮堪覃毶覃（黃機浙江人「雲容」）

235.　2538　扇線滿緩斷換怨願。轉獮見霰遠阮糝感（「碧樹」）

236.　2540　懶旱掩琰（「相思」）

237.　2540　匳鹽纖鹽看寒。斑刪尖鹽（「綠鎖」）

238.　2540　年先尖鹽邊先。山山煙先（「流轉」）

239.　2542　前先鞭仙空鹽船仙簾鹽。年先絃先然仙顛先天先（「醉來」）

240.　2544　晚阮暖緩淺獮臉琰。遍霰院線掩琰滿緩（「秋向」）

241.　2556　管緩暖緩段換卷線。淡闞淺獮滿緩換換勸願（張輯江西人「雨蕊」）

242.　2570　川仙嫌添年先前先。顛先仙仙眠先天先（葛長庚福建人「誤觸」）

243.　2650　苑阮徧霰眼產片霰岸翰淺獮豔豔。歡桓換換斷換黯豏晚阮遠阮（周端臣江蘇人「芙蓉」）

244.　2652　縑添嫌添纖鹽。添添般桓簾鹽（趙福元里籍不詳「裙曳」）

245.　2669　亂換遠阮斷換短緩。換換伴緩淡闞看翰（趙以夫福建人「長嘯」）

246.　2677　南覃巒桓寒寒漫寒。關刪間山歡桓山山（張榘江蘇人「風色」）

247.　2677　南覃巒桓寒寒漫寒。關刪間山歡桓山山（「雨過」）

248.　2693　欄寒般桓庵覃看寒。憐先南覃三談酸桓寒寒山山（吳淵浙江人「十月」）

249.　2701　南覃黲談三談看寒。漫桓干寒鞍寒難寒（李好古陝西人「古楊」）

250.　2702　灣刪南覃安寒（「清淮」）

251.　2702　山山南覃原元（「瓜州」）

252.　2710　鉛仙般桓田先筌仙。帆凡船仙牽先干寒（夏元鼎浙江人「要識」）

253.　2728　娟仙匳鹽然仙施仙邊先鮮仙眠先仙仙（吳潛浙江人「皎月」）

254.　2733　苑阮懶旱館緩暖緩捲獮。冉琰遠阮換換怨願轉獮（「綵橇」）

255.　2737　錢仙圓仙。厭鹽鵑先憐先（「襯步」）

256.　2739　檢琰徧霰戀線戀線戀線勸願（「閒向」）

257.　2741　園元旋仙圓仙。年先前先添添（「家山好負」）

258.　2741　牽先年先然仙。拈添妍先賢先（「家山好有」）

259.　2774　巖銜殮桓南覃寒寒。間山顏刪戀桓關刪（張友仁江蘇人「石屋」）

260. 2782 燕霰豔鹽（黃時龍里籍不詳「捲簾」）

261. 2797 山山開山蘭寒寒寒。鞍寒南覃看寒彈寒（李曾伯寓居浙江「萬里」）

262. 2800 天先沾鹽煎仙淵先。廉鹽埏仙然仙眠先（「之子」）

263. 2813 尖鹽𧝄仙鮮仙𣠽仙。忺嚴占鹽添添顛先（「記當」）

264. 2817 顛先簾鹽漫桓看寒天先。年先占鹽煎仙言元（「白妃」）

265. 2833 斷換扇線箭線遠阮。染琰變線倩霰點忝（「趙崇嶓江西人「隱枕」）

266. 2883 眼產斂豔甸霰店忝晚阮感感。苑阮轉獮斷換限產雁諫院線（吳文英浙江人「萬里」）

267. 2888 院線點忝怨願。遠阮染琰翦獮斷換見霰（「落葉」）

268. 2936 開山干寒薈覃。山山殘寒寒寒（「水亭」）

269. 2936 山山灣刪眼產。還刪帆凡漢翰（「江上」）

270. 2953 遠阮畔換岸翰亂換殿霰。面線怨願暗勘片霰見霰斷換倦線健願（劉瀾浙江人「御風」）

271. 2963 爛翰霰霰面線散翰燕霰限產。念忝幻禰綣願館緩見霰箭線（洪璨里籍不詳「聽梅」）

272. 2968 煙先妍先田先天先韉仙。絃先年先前先船仙邊先賤先簾鹽（李彭老里籍不詳「正千」）

273. 2969 淺獮換換晚阮。黯鹽蟬獮遠阮滿緩怨願（「雲木」）

274. 2973 煙先檐鹽顛先韉仙。前先邊先船仙眠先（李萊老里籍不詳「榆火」）

275. 2998 淺獮染琰徧霰點忝。院線傳線懶旱捲獮（黃昇里籍不詳

　　　　　　　　　「花事」）

276.　3002　豔豔臉琰亂換換換見霰。薦霰舊霰眼產點忝散翰（楊
　　　　　　　澤民江西人「韻勝」）

277.　3006　斷換扇線箭線遠阮。染琰變線倩霰點忝（「塞雁」）

278.　3009　晚阮翦獮簟忝卷線。限產轉獮遠阮薦霰斂豔（「護霜」）

279.　3011　斂豔點忝見霰箭線。轉獮亂換遠阮面線（「淚眼」）

280.　3040　間山山山還刪開山。關刪開山顏刪三談（陳著浙江人
　　　　　　　「身到」）

281.　3045　扇線展獮院線怨願歎翰片霰。見霰換換遠阮黯豏斷換
　　　　　　　（「青雲」）

282.　3046　散翰滿緩半換晚阮伴緩慣諫。範范勸願燕霰健願案翰
　　　　　　　（「閒居」）

283.　3067　前先川仙仙仙。天先船仙廉鹽（龔日昇里籍不詳「二十」）

284.　3067　遠阮淺獮院線扇線滿緩。念桥展獮徧霰懶旱轉獮（胡
　　　　　　　翼龍江西人「夢雨」）

285.　3074　懶旱暗勘淡闞斷換。展獮燕霰眼產遠阮晚阮（張紹文
　　　　　　　江蘇人「日遲」）

286.　3116　晚阮翦獮掩琰簟忝卷線。限產轉獮遠阮薦霰斂豔（陳
　　　　　　　允平浙江人「客愁」）

287.　3125　斷換扇線箭線遠阮。染琰變線倩霰點忝（「倦聽」）

288.　3128　斂豔館緩短緩幔換滿緩遠阮婉阮岸翰。線線面線箭線
　　　　　　　見霰亂換展獮（「暮煙」）

289.　3132　斂豔點忝見霰箭線。轉獮亂換遠阮面線（「愁壓」）

290.　3134　面線徧霰亂換見霰。斂豔斷換拼線暖緩（「百媚」）

291. 3138 染琰淺獮點忝轉獮遠阮。晚阮苑阮掩琰斂豏蔪獮（李珏江西人「楓葉」）

292. 3140 現霰勸願遠阮晼阮淺獮。限產灩豏娩獮健願轉獮（馬廷鸞江西人「老夫」）

293. 3143 安寒南覃完桓團桓。賢先看寒間山元山（车巘徙居浙江「表海」）

294. 3168 轉獮見霰掩琰暖緩苑阮。亂換軟獮短緩斷換遠阮（譚宣子里籍不詳「深意」）

295. 3169 院線蘚獮點忝燕霰軟獮蔪獮。卷線展獮扇線掩琰遠阮（史深里籍不詳「綠樹」）

296. 3173 淺獮扇線苒琰管緩卷線。徧霰遠阮線線蔪獮怨願（王月山里籍不詳「夜來」）

297. 3180 晚阮展獮捲獮遠阮。斷換限產淺獮滿緩剪獮染琰（黃延璹里籍不詳「駐馬」）

298. 3194 點忝軟獮染琰豔豔。臉琰颭琰魘琰轉獮（劉辰翁江西人「嬌點」）

299. 3228 寒寒衫銜安寒殘寒。官桓閒山難寒番元山山闌寒（「午橋」）

300 3229 贗諫伴緩。慘感斷換（「向來」）

301. 3264 寒寒山山閒山間山鞍寒。玕寒灣刪還刪三談闌寒班刪關刪（周密寓居浙江「覓梅」）

302. 3270 簾鹽縣先仙煙先。 懨鹽千先眠先（「燕子」）

303. 3272 懶旱臉琰見霰魘琰蒨霰染琰。減豏變線怨願掩琰豔豔遠阮（「宮檐」）

304. 3274 換換倦線幔換燕霰。院線怨願纜闋岸翰亂換斷換（「膩葉」）

305. 3276 懶旱亂換半換換換管緩。遠阮減謙眼產晚阮（「老去」）

306. 3282 寒寒山山南覃（「靜香」）

307. 3291 綻襉雁諫黯豏苑阮減謙。淺獮遠阮惋換眼產晚阮（「淺寒」）

308. 3291 淺獮換換晚阮。黯豏輦獮遠阮滿緩怨願（周密寓居浙江「松雪」）

309. 3311 山山看寒端桓間山。顏刪安寒蟠桓參覃（王沇福建人「雁蕩」）

310. 3315 點忝軟獮染琰豔豔。臉琰颭琰屧琰轉獮（彭元孫江西人「春一」）

311. 3334 闌寒彈寒翻元環刪。閒山關刪三談彎刪（劉壎江西人「簾捲」）

312. 3353 染琰徧霰淺獮片霰。燕霰點忝怨願遠阮（王沂孫浙江人「柳下」）

313. 3353 簾鹽纛覃拈添眠先。氈仙寒寒緣仙綿綿禪仙（「霜楮」）

314. 3356 豔豔淺獮蔓獮晚阮。斷換遠阮阮阮片霰（「夜滴」）

315. 3359 綻襉雁諫黯豏苑阮減謙。淺獮遠阮婉阮眼產晚阮（「蘭缸」）

316. 3364 散翰晚阮眼產懶旱。攬敢遠阮雁諫黯豏（「掃西」）

317. 3365 淺獮換換晚阮。黯豏輦獮遠阮滿緩怨願（「層綠」）

318. 3365 徧霰掩琰限產苑阮散翰。遠阮遠阮短緩檻檻晚阮婉阮（「泛孤」）

319. 3396 瀾寒鬢刪乾寒干寒寒寒。安寒閒山鸞桓桓桓南覃（仇
　　　　　遠浙江人「獨立」）

320. 3397 面線染琰遠阮淺獮黯豏䜌。遠阮臠獮院線懶旱減豏（「
　　　　　中酒」）

321. 3399 山山安寒寒寒關刪。衫銜看寒歡桓閒山難寒（「憶寒」）

322. 3400 淺獮苑阮遠阮。燕霰臠獮點忝（「岸柳」）

323. 3400 衫銜斑刪。珊寒看寒（「雲頭」）

324. 3406 園元黏鹽然仙鵑先。邊先前先千先年先（「踏青」）

325. 3463 船仙年先憐先然仙煙先。川仙邊先眠先簾鹽鵑先（張
　　　　　炎浙江人「接葉」）

326. 3470 晚阮散翰遠阮點忝眼產。苒琰怨願轉獮見霰卷線（「
　　　　　楚江」）

327. 3471 干寒丹寒寒寒顏刪南覃。慳山山山看寒間山（「倚闌」）

328. 3477 卷線淺獮面線。軟獮怨願感感見霰臠獮點忝（「雲隱」）

329. 3480 淡闞霰霰半換散翰。苑阮見霰怨願暖緩院線（「銀浦」）

330. 3486 炊嚴年先（「蕊香」）

331. 3487 圓仙懸先蟬仙園元千先。娟仙環刪簾鹽前先鵑先（「
　　　　　留得」）

332. 3494 徧霰占豔臉琰眼產掩琰。怨願見霰淺獮卷線遠阮（「
　　　　　閒苑」）

333. 3506 劍釅蘇獮苑阮。淺獮斷換片霰（「中峯」）

334. 3521 晚阮阮阮遠阮怨願轉獮。苑阮遍霰眼產懶旱卷線點忝
　　　　　（「當年」）

335. 3524 南覃山山（王去疾江蘇人「吳波」）

336. 3552 院線捲獮轉獮燕霰。見霰淺獮嘲線臉琰遠阮（曾隶里籍不詳「繡額」）

337. 3553 倦線軟獮見霰掩琰怨願。院線燕霰扇線面線線線（黃水村江西人「風樓」）

338. 3555 簾鹽天先（王從叔江西人「門外」）

339. 3557 怨願斷換。遠阮點忝（李太古山東人「盡道」）

340. 3584 千先絃先閣鹽躔仙。然仙淹鹽仙仙煙先（翠微翁里籍不詳「夢英」）

341. 3600 凡凡顏刪寰刪開山。還刪樊刪間山鬟刪（覃懷高里籍不詳「翠葆」）

(三)　-m尾咸攝字與臻、山攝字合用者

1. 648 遣獮剪獮淺獮。軟獮靨琰恨恨（謝逸江西人「個中」）

2. 1840 簟忝殿霰臉線恨恨恨恨嘲線（廖行之湖南人「雨歇」）

3. 2207 面線見霰眼產晚阮臉琰遍霰。勸願怨願戀線片霰殿霰恨恨（劉仙倫江西人「翠蓋」）

4. 2410 遠阮懶早暖緩晚阮。減豏散翰院線見霰恨恨（盧祖皋浙江人「蕩紅」）

5. 2478 團桓鬟刪南覃間山。闌寒魂魂寒寒山山（周文璞山東人「風韻」）

6. 3034 眷線本混遣獮便線案翰。電霰見霰滿緩萬願箭線。膽敢面線裀禍願願遠阮（陳著浙江人「玉宸」）

7. 3303 天先慊鹽簾鹽。亂換盡軫前銑鈿霰（吳龍翰安徽人「微雨」）

㈣ －m尾咸攝字與山、曾攝字合用者

1.　　3326　捲獮遠阮徧霰宴霰。片霰婉阮扇線見霰。淺獮轉線戀

　　　　　　線臉琰箭線染琰肯等晚阮（趙文江西人「初荷」）

㈤ －m尾咸、深攝字合用者

1.　　2890　掩琰豔豓黶琰纜闞撼感澹闞。鑑鑑減豏灩豔染琰飲寢

　　　　　　點忝（吳文英浙江人「聽風」）

三　－m韻尾與-n韻尾字通押或獨用現象的成因

　　謝雲飛先生語音學大綱、何大安先生聲韻學的觀念和方法二
書中認為：主要元音和韻尾相同是構成押韻的條件；那麼宋人詞
韻-m　-n　韻尾通押的現象，就應該可以看作是不同韻尾合而為
一的音變證據了。事實上王力、周祖謨二位也有相同的看法，王
力先生漢語詩律學中說：

　　　　在宋代，一般說起來，-n　-ng　-m　三個系統仍舊是分明

　　　　的，……詞人既可純任天籟，就不免為方音所影響。當時

　　　　有些方音確已分不清楚-n　-ng　-m　的系統了，所以它們

　　　　不能不混用了。

周祖謨先生宋代汴洛語音考中說：

　　　　南宋汴人史達祖梅溪詞杏花天以霰見淺點為韻，院點顫片

為韻，遠減淺見為韻，漢春宮以緣壇間凡為韻。則閉口諸韻皆讀為抵顎一類矣。此蓋受南方語音之影響。

從詞韻規範上看，宋人歸納詞韻似已把 -m -n 不同韻尾的字合爲一部，並不像明清詞韻作者分別爲兩類。王易詞曲史中說：

> 宋詞既盛，率用當時詩賦通行之韻而略寬其通轉，初未別創詞韻也。及朱敦儒嘗擬應制詞韻十六條，而外列入聲韻四部。其後張輯釋之；馮取洽增之；元陶宗儀議其侵尋、鹽咸、廉纖閉口三韻混入，擬為改訂，今其書不傳，目亦無考。

雖然上文「侵尋、鹽咸、廉纖閉口三韻混入」一句語義不太顯明，但今存朱敦儒詞所押深咸攝三十三個韻例中，-m 尾字獨押僅一例，與 -n 尾字合押則有三十例，另外兩例是和 -ŋ 尾字通押的❸，可見他制訂詞韻，應該是把中古漢語收 -m 尾的閉口字混入非閉口各韻內的。

再由上節所錄四百五十七個韻例看，咸攝獨押一百零七次，總數不及四分之一，咸山攝合押三四一次，卻占四分之三，他種押韻則僅及百分之二；我們以押韻常態來分析，如果說山咸二攝 -n -m 尾字音已經混同，那麼正常韻例的比例卽高達百分之九十八以上，反之，則非常態韻例超過百分之七十五。從比例上講，-m -n 尾合流的可能性應該是比較大的。

咸攝獨押的韻例比例不算少，但從作者和里籍觀察，卻找不

出獨押的特殊原因；首先就作者說，咸攝曾經獨押過的計六十九
人，其中卽有三十五人的作品咸山攝或深臻二攝也曾合押，所以
我們不能將這種現象認爲在音韻上具有特別的意義。賸餘的三十
四人，下面把姓名、籍貫及韻例數表列出來：

柳　永	福建	1.	鄒　浩	江蘇	1.	聞人武子	居江蘇	1.
歐陽修	江西	5.	劉　燾	浙江	1.	袁去華	江西	1.
李之儀	山東	2.	謝　過	江西	1.	姚述堯	浙江	1.
王齊愈	四川	1.	李　光	浙江	1.	范成大	江蘇	1.
王齊叟	河南	1.	趙　佶	河北	1.	呂勝己	福建	1.
鄭　僅	江蘇	1.	蔡　栯	江西	1.	趙善扛	江西	1.
賀　鑄	河南	9.	寶　月	不詳	1.	陳　亮	浙江	2.
仲　殊	湖北	2.	李彌遠	江蘇	1.	易　祓	湖南	1.
李　廌	河南	1.	劉子翬	福建	1.	鄒應龍	福建	1.
徐　照	浙江	1.	潘　牥	福建	1.	鄧　剡	江西	1.
岳　珂	河南	1.	繢雪谷	不詳	1.	陳德武	浙江	4.

劉子寰福建 1.

以上各家韻例數僅出現一次者，我們似可視爲偶然；唯有歐陽修、
李之儀、賀鑄、仲殊、陳亮、陳德武六人韻例數達兩次以上，
因爲他們的籍貫分散於江西、山東、河南、湖北、浙江，且如名
詞家山東人晁補之、浙江人周邦彥、河南人宋敦儒、江西人楊无
咎、湖北人王質等二攝通押次數都超過五次，所以里籍不同應該
不是構成分押的條件。王力先生漢語詩律學中說：

　　依照詩韻填詞，非但唐、五代是這樣，直至宋以後還不乏

其人。

我想咸攝獨押，尤其是北宋詞人較多，在沒有編寫出詞韻前，「照詩韻填詞」是極可能的。

王力先生又說宋人填詞用韻：

> 最嚴的竟是依照詩韻，最寬的甚至不依照一般的詞韻。這一則因為各家用韻有寬有嚴，二則因為方音所圍。既然沒有一定的規則，就不妨以意為之了。

上節九個咸攝和臻山攝、山曾攝、深攝字的特殊押韻，因為數目極少，就不妨視為作者「以意為之」的例外。

四　結　論

從唐、宋二代開始，漢語 -m 尾韻母演化為 - n 尾的現象，陸續有了蛛絲馬跡的記載，但遲至明代才見於民間自編的韻圖、韻書中。根據宋、明人的說法，-m 尾字產生音變是有地域性的，主要先出現於「荊楚」「吳」一帶，後來也延伸至「河南」「河北」「山東」；而北宋都汴梁，南宋都杭州，位置都偏南方，宋詞各作家的居所，也幾乎都處黃河以南、長江流域附近，這和 - m 尾演化的地域關係十分密切。況且詞本來是可以唱的，作者用字總不至於完全用不合口語的讀法來填詞押韻，所以宋詞大量 -m - n 韻尾字合押叶韻的現象，我認為正可以代表 -m 韻尾的字在

當時某些地區已經讀爲－n 尾了，而宋詞用韻在這裡也爲漢語音變現象提供了一些重要的線索。

附　註

❶　字旁加△號者，依李殿魁先生索引本中原音韻校補。

❷　「添」或作「壽」，則不入韻；今依萬樹詞律作「添」，入韻。

❸　朱敦儒詞深攝 -m尾韻母字入韻之韻例如下：

　　㈠、-m尾深攝字獨用者

1.　865　沈侵深侵。心侵尋侵（「芭蕉」）

　　㈡、-m尾深攝字與臻攝字合用者

1.　833　陰侵心侵金侵音侵。斟侵今侵尋侵魂魂（「白日」）

2.　841　雲文親真春諄。沈侵人真身真（「堪笑」）

3.　844　真真人真。新真塵真尋侵（「通處」）

4.　847　門魂尋侵人真。春諄昏魂（「紅稀」）

5.　853　陣震恨恨甚寢問問。暈問沁沁盡軫近隱（「雨斜」）

6.　867　韻問品寢（「深秋」）

　　㈢、-m尾深攝字與梗攝字合用者

1.　856　林侵聲清聽徑。心侵輕清靜靜（「滄滄」）

　　㈣、-m尾深攝字與梗、曾攝字合用者

1.　867　聲清沈侵城清。更庚燈登（「吟虫」）

　　㈤、-m尾深攝字與臻、梗攝字合用者

1.　833　今侵清清情清覃真。橙耕斟侵盈清明庚（「偏賞」）

2.　840　心侵人真真真情清。扃青存魂成清庭青兄庚清清（「七十」）

3.　840　緊軫盡軫暈問問問。病映枕寢信震近隱陣震（「憑高」）

4.　842　陰侵雲文城清。明庚聲清橫庚（「最好」）

5.　843　聲清人真新真。砧侵零青巾真（「唱得」）

6. 　849　平庚今侵雲文。驚庚生庚（「木落」）

7. 　855　晴清陰侵雲文痕痕。人眞人眞情清平庚（「昨日」）

8. 　856　雲文心侵命映。新眞親眞定徑（「世事」）

(六)、－ｍ尾深攝字與臻、曾攝字合用者

1. 　861　信震近隱。勝證飲沁（「陌上」）

(七)、－ｍ尾深攝字與臻、梗、曾攝字合用者

1. 　839　雲文紛文尊魂巾眞。人眞興蒸深侵平庚（「紅鑪」）

述評鏡花緣 ❶ 中的聲韻學

陳光政

序　言

　　小說是各門各類學術的大融爐，舉凡政治，科幻、商工、文學、藝術、教育、社會、哲學、歷史語文等皆可融入小說的大法門之中，宜乎梁啓超先生在其論小說與群治之關係一文中，大書特書所標榜的「小說有不可思議之力，支配人道故。」筆者也深受梁氏的影響，所習所教的科目雖然不太涉及小說，却經常把小說當作日常休閒的精神寄託，尤其中國古典小說方面是我所好。

　　李汝珍的鏡花緣是一部很特殊的小說，吸引人的不是故事情節，更非詞藻技巧，而是作者具有豐富多樣化的國學知識，一般讀者是很難完全消受得了的。筆者不才，當然也是屬於囫圇吞棗型的讀者，所幸不存研究的心態，但求欣賞而已。就在這種輕鬆消遣的翻閱過程中，無意間發現：賣弄聲韻學的知識與訣竅亦屬鏡花緣的特色之一。李氏藉噴飯的小說筆法，將令人却步的聲韻學加以簡化與趣味化，這是曠古未有的大膽嘗試，或許會影響小說的誘惑力與普及化，若站在聲韻學的推廣方法上，多少也有其獨到的貢獻吧！

　　從八十二囘至九十三囘之間，盡屬雙聲疊韻的酒令遊戲，因乏深意，所以全部不予述評。最富趣味性與啓示性的在十七囘、二十八囘、二十九囘與三十一囘，其中又以三十一囘最令識者囘

味無窮。

　　筆者不常撰寫有關聲韻學的論文，所擔任的課程也都非直屬其範圍，本文乃一時感發興起之作，疏陋殘缺在所不免，不勝誠惶誠恐之至。

李汝珍其人其書簡介

　　李氏生於乾隆二十八年（一七六三），卒於道光十年（一八三〇）。乾隆四十七年（一七八二）隨兄李汝璜從河北大興南遷海州板浦。年二十五時受業於詞曲名家凌廷堪，又常隨舅兄出海貿易，在船上講論海域奇聞，共商編書事宜，約於三十五歲開始動筆（時約嘉慶二年，西元一七九七年），歷經二十年始定稿成書（嘉慶二十二年，西元一八一七年，當時李氏年約五十五歲），再經十年兩度的修改，最後由廣州芥子園新雕，時年在六十五歲左右。

　　鏡花緣所載海外的奇聞異事，大抵以山海經的古代神話作爲引子，然後再加以編造出來，所以全書的故事都是杜撰的。可貴的是作者的思想頗爲先進，足堪啓迪後人；而篇中所穿插的各類遊戲文學，是最令讀者欣羨李氏的才高八斗，其中引入趣味聲韻學，更是曠古以來第一人。當然，對於一般性的讀者而言，本書的難度的確也太高了，這就是注定本書無法普遍與廣傳的原因。

　　板浦名士吳振勃（著有音學考源一書）、許氏兄弟（喬林、桂林）三人常與李汝珍一起討論聲韻學，李氏自言得到許桂林幫助甚多，其音鑑有言「月南（桂林字）爲珍內弟，撰說音一編。珍於南音之辨，得月南之益多矣。」而許桂林也視李氏爲知音，

他在音鑒後序上說：「松石姐夫，博學多能。方在胸時，與余契好尤篤。嘗縱談音理，上下其說，座客目瞪舌撟，而兩人相視而笑，莫逆於心。」二人並曾同讀俞杏林的傳聲正宗。

述評鏡花緣中的聲韻學

一、辨音難

讀書莫難於識字，識字莫難於辨音。若音不辨，則義不明。即如經書所載『敦』字，其音不一……按這『敦』字在灰韻應當讀堆，毛詩所謂『敦彼獨宿』；元韻音惇，易經『敦臨吉』，又元韻音遯，漢書『敦煌，郡名』；寒韻音團，毛詩『敦彼行葦』；蕭韻音雕，毛詩『敦弓旣堅』；軫韻音準，周禮『內宰出其度量敦制』；阮韻音遯，左傳『謂之渾敦』；隊韻音對，儀禮『黍稷四敦』；願韻音頓，爾雅『太歲在子曰困敦』；號韻音導，同禮所謂『每敦一几』……這個『敦』字倒像還有呑音、儔音之類……大約各處方音不同，所以有多寡之異了。（十六回）

＜述＞：此言辨音與識字是明義的先決條件，而辨音尤難，主要原因大約是各處方音不同的緣故，並以「敦」一字十來音爲證。

＜評＞：敦字分別隸屬於灰、元、寒、蕭、軫、阮、隊、願、號等韻目之下，實在有點不可思議，李氏統歸爲各處方音之變，固無須置疑。然所舉的例證，全出於先秦兩漢的古籍，這時的音韻屬於上古期的範圍，不得以中古音韻的韻目作爲規範。由此可知，李氏的辨音已注意到空間的南北通塞，却忽視了時間上的古今是非。

二、知音稀

> 要知音，必先明反切；要明反切，必先辨字
> 母，無以知切；不知切，無以知音；不知音，無以識字。
> 以此而論：切音一道，又是讀書人不可少的。但昔人有言：
> 每每學士大夫論及反切，便瞠目無語，莫不視為絕學。若
> 據此說，大約其義失傳已久。所以自古以來，韻書雖多，
> 並無初學善本。（十七回）

〈述〉：今日學子每以聲韻學為苦，其實古今皆然，古時尤甚而已！因為古時無注音符號與國際音標，只有少數聰穎人士能悟出其中三昧，因此，聲韻學常被視作「絕學」，縱使有不少韻書，却無濟於初習者，足見編輯便利於啓蒙階段的音韻之作是古今學者共有的責任。

〈評〉：從文字、聲韻與訓詁三者的發展歷史看，聲韻學的起步最晚（ 注 ），在聲韻學不發達或未有切音的先秦兩漢，讀書人却照樣識字與著述，所謂「不知音，無以識字。」「切音一道，又是讀書人不可少的。」此言未必能成立。當然，形、音、義得而兼備是最完備的囉！至於提至「自古以來，韻書雖多，並無初學善本」，所言不虛。截至現今，坊間雖多標榜入門、大綱、概論、初步等屬於聲韻學的參考書，却無一適合與迎合初習者。二百年前的李汝珍，思藉趣味十足的小說，大談適於初學的理念，良可敬也。

注：兩漢藝文志已出現文字與訓詁的著述，却無一純屬聲韻學的
　　作品，遲至魏李登聲類始有之。

三、叶古韻

多九公道：「……老夫偶然想起毛詩句子總是叶著音韻。如『爰居爰處』，為何次句却用『爰喪其馬』？『處』與『馬』、『下』二字，豈非聲音不同，另有假借麼？」

紫衣女子道：「古人讀『馬』為『姥』，讀『下』為『虎』，與『處』字聲音本歸一律，如何不同？即如『吉日庚午，既差我馬』，豈非以『馬』為『姥』？『率西水滸，至於岐下』，豈非以『下』為『虎』？韻書始於晉朝、秦、漢以前，並無韻書。諸如『下』字讀『虎』，『馬』字讀『姥』，古人口音，原是如此，並非另有假借。即如『風』字，毛詩讀作『分』字，『服』字讀作『追』字，共十餘處，總是如此。若說假借，不應處處都是假借，倒把本音置之不問，斷無此理。即如漢書、晉書所載童謠，每多叶韻之句。既稱童謠，自然都是街上小兒隨口唱的歌兒。若說小兒唱歌也會假借，必無此事。其音本出天然，可想而知。但每每讀去，其音總與毛詩相同，却與近時不同。即偶有一二與近時相同，也只得晉書。因晉去古已遠，非漢可比，故晉朝聲音與今相近。音隨世轉，即此可見。」

（十六回）

<述>：從多九公與紫衣女子的問答之中，李氏已約略將中國聲韻分作三個時期：先秦兩漢、晉與近時，又從其執著「古人口音，原是如此」與「其音本出天然，可想而知」看來，李氏是應用宋人的叶音理論以解決上古詩韻的難題。

<評>：李氏三分聲韻期，正好隱合近世的分法：上古期

（先秦兩漢）、中古期（魏晉至唐宋）與近古期（元明清），可謂
卓識。但以叶韻說改讀古韻，因證據薄弱附會，實在過於牽強，
不如清人「合音取近」與近世「音變」之說。

四、揚隱朱子在義理與小學上的功過

> 多九公見他伶牙俐齒，一時要拿話駁他，竟無從下手。因
> 見案上擺著一本書，取來一看，是本論語，隨手翻了兩篇，
> 忽然翻到「顏淵、季路侍」一章，只見「衣輕裘」之旁寫
> 著「衣，讀平聲。」看罷，暗暗喜道：「如今被我捉住錯
> 處了！」因向唐敖道：「唐兄，老夫記得『願車馬衣輕裘』
> 之『衣』倒像應讀去聲。今此處讀作平聲，不知何意？」
> （十七回）

> 多九公道：「剛才那女子以『衣輕裘』之『衣』讀作平聲，
> 其言似覺近理。若果如此，那當日解作去聲的，其書豈不
> 該廢麼？」

> 唐敖道：「九公此話未免罪過！小弟聞得這位解作去聲的
> 乃彼時大儒，祖居新安。其書闡發孔、孟大旨，殫盡心力，
> 折衷舊解，言近旨遠，文簡義明，一經誦習，聖賢之道，
> 莫不燦然在目。漢、晉以來，註解各家，莫此為善。實有
> 功於聖門，有益於後學的，豈可妄加評論。即偶有一二註
> 解錯誤，亦不能以蚊睫一毛，掩其日月之光。即如孟子
> 『誅一夫』及『視君如冠讐』之說，後人雖多評論，但以其
> 書體要而論，昔人有云：『總群聖之道者，莫大乎六經，
> 紹六經之教者，莫尚乎孟子。』……讀者不以文害辭，不
> 以辭害志，自得其義。總而言之：尊崇孔子之教，實出孟

子之力，闡發孔、孟之學，卻是新安之功。小弟愚見如此，九公以為何如？」多九公聽了，不覺連連點頭。（十八回）

〈述〉：此言朱注群經容有音韻上的小差錯，但絕不可因噎廢食，找到朱注小學上的失誤，即一竿子打翻船地否定朱子在義理學上的大貢獻，並以孟子為例，豈可因其若干誇張激烈的言辭，而害其崇儒之義呢？

〈評〉：衣讀平或去，此涉及到各地方言有殊與古今音變的問題，應無關音讀的正誤，如爭辯下去，將永無休止。至於朱注在小學上的錯誤，是否會影響他在儒學上的地位呢？這是漢宋學派之爭的關鍵所在，見仁見智，很難仲裁。不過站在求真的立場上，朱注的確很多疏略、錯誤與妄斷之處。但在求善方面，朱注確能遠邁前賢，擴大與延續儒學的影響力。由此觀之，李氏對朱注是採取隱惡（指小學）而揚善（指義理）的態度，君子人也。

五、古聲重，今聲輕

唐敖道：「……小弟還要求教韻學哩！請問九公：小弟素於反切雖是門外漢，但『大老』二字，按音韻呼去，為何不是『島』字？」

多九公道：「古來韻書『道』字本與『島』字同音；近來讀『道』為『到』，以上聲讀作去聲。即如是非之『是』，古人讀作『使』字，『動』字讀作『董』字，此類甚多，不能枚舉。大約古聲重，讀『島』；今聲輕，讀『到』。這是音隨世傳，輕重不同，所以如此。」

林之洋道：「那個『盲』字，俺們向來讀與『忙』字同音，今九公讀作『萌』字，也是輕重不同麼？」

多九公道：「『盲』字本歸八庚，其音同『萌』，若讀
『忙』，是林兄自己讀錯了。」

林之洋道：「若說讀錯，是俺先生敎的，與俺何干！」

多九公道：「你們先生如此疏忽，就該打他手心。」

林之洋道：「先生犯了這樣小錯，就要打手心，那終日曠
功誤人子弟的，豈不都要打殺麼？」（十九回）

　　＜述＞：以上風趣的對話中，首先敍述古上聲後讀作去聲的
現象（所謂古聲重，今聲輕），接着取笑世俗常見讀錯的情形，
反而見怪不怪了。

　　＜評＞：所提「以上聲讀作去聲」，是有相當學理可尋的，
今考中古「上聲全濁」的演變，全讀成國語的去聲（注），令人
不由得對李氏的卓見產生由衷的敬佩。至於將八庚的字「盲」錯
讀爲「忙」，這是標準不一的問題，從中古音系看待，當然是絕
對讀錯，不過，若站在現代國語而言，盲、忙二字本來就是同音
字。

注：根據鄭再發漢語音韻史的分期問題，頁六四三。

六、問道於盲論反切

紫衣女子聽了，望着紅衣女子輕輕笑道：「若以本題而論，
豈非『吳郡大老倚閭滿盈』麼？」紅衣女子點頭笑了一笑。
唐敖聽了，甚覺不解。（十七回）

唐敖道：「……小弟才想紫衣女子所說『吳郡大老倚閭滿
盈』那句話，再也不解。九公久慣江湖，自然曉得這句鄉
談了？」

多久公道：「老夫細細參詳，也解不出。我們何不問問林

兄？」唐敖隨把林之洋找來，林之洋也回不知。

唐敖道：「若說這句隱著罵話，以字義推求，又無深奧之處。據小弟愚見：其中必定含著機關，大家必須細細猜詳，就如猜謎光景，務必把他猜出。若不猜出，被他罵了還不知哩！」

林之洋道：「這話當時為甚起的？二位先把來路說說。看來，這事惟有俺林之洋還能猜，你們猜不出的。」

唐敖道：「何以見得？」

林之洋道：「二位老兄才被他考的膽戰心驚，如今怕還怕不來，那裡還敢亂猜！若猜的不是，被黑女聽見，豈不又要吃苦出汗麼？」

多九公道：「林公且慢取笑。我把來路說說：當時談論切音，那紫衣女子因我們不知反切，向紅衣女子輕輕笑道：『若以本題而論，豈非「吳郡大老倚閭滿盈」麼？』那紅衣女子聽了，也笑一笑。這就是當時說話光景。」

林之洋道：「這話既是談論反切起的，據俺看來：他這本體兩字自然就是甚麼反切。你們只管向這反切書上找去，包你找得出。」

多久公猛然醒悟道：「唐兄，我們被這女子罵了，按反切而論：『吳郡』是個『問』字，『大老』是個『道』字，『倚閭』是個『於』字，『滿盈』是個『盲』字，他因請教反切，我們都回不知，所以他說：『豈非「問道於盲」麼！』」 （十九回）

〈述〉：以上敘述中國三位士丈夫對於黑齒國女子以反切語

罵人的相應窘態，所謂「丈二金剛摸不着頭腦」是也。

　　<評>：李氏以絕妙的小說家筆法，將極其乏味的反切道理顯示出來。雖屬文字遊戲，却有助於一般人對反切的認識，至少已予讀者深刻且趣味化的印象。當然，有關反切上下字的去取問題，古代一般讀書人頂多只能意會所當然，而不知其所以然，後世聲韻分析之精細，遠邁古人是絕不成問題的。

七、聲韻學之鄉 —— 歧舌國

　　唐敖道：「今日受了此女恥笑，將來務要學會韻學，才能歇心。好在九公已得此中三昧，何不略將大概指敎？小弟賦性雖愚，如果專心，大約還可領略。」

　　多九公道：「老夫素於此道，不過略知皮毛，若要講他所以然之故，不知從何講起。總因當日未得眞傳，心中似是而非，狐疑莫定，所以如此。唐兄如果要學，老夫向聞歧舌國音韻最精，將來到彼，老夫奉陪上去，不過略為談談，就可會了。」

　　唐敖道：「『歧舌』二字，是何寓意？何以彼處曉得音韻？」

　　多九公道：「彼國人自幼生來嘴巧舌能，不獨精通音律，並且能鳥語，所以林兄前在轟耳，買了雙頭鳥兒；要到彼處去賣。他們各種聲音皆可隨口而出，因此鄰國俱以『歧舌』呼之。日後唐兄聽他口音就明白了。」（十九回）

　　<述>：上述若不知音韻，難免會鬧笑話，而音韻之學是有訣竅的，若乏人指點，或ＩＱ不高，必將終身不得其眞傳。善於此道者，必也嘴巧舌能，雅好音律之類，於是乎！李氏創造出他

的海外烏托邦——歧舌國。

　　＜評＞：未諳音韻而橫遭口議筆伐者，的確隨處可見。至於悟性不高的人終身不解反切之道，在國語注音符號與音標時代未來臨的時候一般讀書人也真的視反切爲畏途，常被「翻」得一楞一楞的。指點津梁的高人難尋，也是千眞萬確的。莫怪李氏思以高人一等的嘻笑怒罵筆法，一再賣弄其自以爲玄虛的聲韻之學，思達令人噴飯的意圖。可惜，自古知音稀，李氏只得孤芳自賞了。

八、學習語音由難而易的優點

　　不多幾日，到了歧舌國……只見那些人滿嘴唧唧呱呱，不知說些甚麼？

　　唐敖道：「此處講話，口中無數聲音，九公可懂得麼？」

　　多九公道：「海外各國語音惟歧舌難懂，所以古人說：『歧舌一名反舌，語不可知，惟其自曉。』當日老夫意欲習學，竟無指點之人，後來偶因販貨路過此處，住了半月，每日上來聽他說話，就便求他指點，學來學去，竟被我學會。誰知學會歧舌之話，再學別處口音，一學就會，毫不費力。可見凡事最忌畏難，若把難的先去做了，其餘自然容易。就是林兄，也虧老夫指點，他才會的。」（第二十八回）

　　＜述＞：此段託言歧舌國語音最難，一旦習會之後，其餘自然容易。

　　＜評＞：若先習會廣韻二〇六韻與四十一聲類之後，則易遠溯上古音和下推近代音；又先熟悉閩、粵繁雜的音調之後，再學其他地區的音調就益顯得簡單了。此法固然好處多多，却也可能

畏退多數人的學習興趣，尤其對於初習者而言，是一大致命傷，足堪作為從事斯文者的深思課題。

九、聲韻學是歧舌國的不傳之秘

唐敖道：「九公既言語可通，何不前去探聽音韻來路呢？」

多九公聽了……不覺點頭道：「……海外有兩句口號道得好：『若臨歧舌不知韻，如入寶山空手回。』可見韻學竟是此地出產。待老夫前去問問。」……

談了多時……唐敖趁他吐舌時，細細一看，原來舌尖分做兩個，就如剪刀一般，說話時舌尖雙動，所以聲音不一……「剛才老夫同他說幾句閒話，趁勢談起音韻，求他指教。」

他聽了只管搖頭說：「音韻一道，乃本國不傳之秘。國王向有嚴示：如果希冀錢財妄傳鄰邦的，不論臣民，俱要治罪，所以不敢亂談。」

老夫因又懇道：「老丈不過暗暗指教，有誰知道？我們如蒙不棄，賜之教誨，感激尚且不暇，豈有走露風聲之理，千萬放心！」

他道：「若要人不知，除非己莫為。此事關係甚重，斷不敢遵命。」

後來我又打躬，再三相懇。

他道：「當日鄰邦有人送我一個大龜，說大龜腹中藏著至寶，如將音韻教會，那人情願將寶取出，以作酬勞。當日我連大龜尚且不要，不肯傳他；何況今日你不過作兩個揖，就想指教？難道你身上的揖比龜肚裏的寶還值錢？未免把身分看的過高了。」

老夫因他以龜比我，未免氣惱……

唐敖不覺發愁道：「送他珠寶尚且不肯，不意習學音韻竟如此之難，這卻怎好？惟有拜求九公，設法想個門路，也不枉小弟盼望一場。」……

多九公回來，不住搖頭道：「唐兄！這個音韻，據老夫看來：只好來生托生此地再學罷！今日老夫上去，或在通衢僻巷，或在酒肆茶坊，費盡脣舌，四處探問，要想他們露出一字，比登天還難。我想問問少年人或者有些指望，誰知那些少年聽見問他音韻，掩耳就走，比年老人更難說話。」

唐敖道：「他們如此害怕，九公可打聽國王向來定的是何罪名？」

多九公道：「老夫也曾打聽，原來國王因近日本處文風不及鄰國，其能與鄰邦並駕齊驅者，全仗音韻之學……他恐鄰國再把音韻學去，更難出人頭地，因此禁止國人，毋許私相傳授。但韻學究屬文藝之道，倘國人希圖錢財，私授於人，又不好重治其罪，只好定了一個小小風流罪過。唐兄猜一猜？」

唐敖道：「小弟何能猜出，請九公說說罷！」

多九公道：「他定的是：如將音韻傳與鄰邦，無論臣民，其無妻室者，終身不准娶妻；其有妻室者，立時使之離異，此後如再冒犯，立即閹割。有此定例，所以那些少年，一聞請教韻學，那有妻室的，既怕離異；其未婚娶的，正在望妻如渴，聽了此話，未免都犯所忌，莫不掩耳飛跑。」

唐敖道：「既如此，九公何不請教鰥居之人呢？」

多九公道：「那鰥居的雖無妻室，不怕離異，安知他將來不要續絃，不要置妾呢？況那鰥居的面上又無鰥字樣，老夫何能遇見年老的就去問他有老婆、無老婆呢？」

唐敖聽了，不覺好笑起來。（第二十八回）

＜述＞：此敍歧舌人天生異稟——舌尖分作兩個，聲韻學為其傳國絕學，絕不輕易示人。

＜評＞：歧舌國的故事是虛構的，但分析其寫作的背景上得知，李汝珍雖然生於小學鼎盛的乾嘉道光時代，却仍視聲韻學為一門絕學，文中吊盡讀者的好奇心，以遂達其令人噴飯的筆法。有關誘引音韻學的妙文，本囘堪稱古今獨步，眞虧李氏想得出來唷！

十、千金難買的聲韻學

多九公……因要借此訪訪韻學消息，所以略為躭擱。過了兩日，世子雖已全好，韻學仍是杳然。唐敖日日跟著，也因韻學一事，那知各處探聽，依然無用，心內十分懊惱。

多九公向通使道：「……老夫別無他求，惟求國王見賜韻書一部，或將韻學略為指示，心願已足，斷不敢領厚賜。」通史轉奏，誰知國王情願再添厚贈，不肯傳給韻學。多九公又託通使轉求。

通使道：「韻學乃敝邦不傳之秘，國主若在歡喜時，尚恐不肯輕易傳人；何況此時二位王妃都有重恙，國主心緒不寧，小子何敢再去轉求。」……

多九公道：「……老夫雖有秘方，不知國王可肯傳授韻學？倘不吝教，老夫自當効勞。」通使卽對國王說了，國王一

心要治王妃之病，只得勉强應允，通使回了多九公。

多九公甚喜，因向唐敖道：「……倘能醫好，我們也好得他韻學。」……過了幾日，王妃病皆脫體。

國王雖然歡喜，因想起音韻一事，甚覺後悔，意欲多送銀兩，不傳韻學。通使往返說了數遍，多九公那裏肯依，情願分文不要。國王無法，只得與諸臣計議，足足議了三百，這才寫了幾個字母，密密封固，命通使交給多九公，再三叮囑，千萬不可輕易傳人。俟到貴邦，再為拆看。字雖無多，精華俱在其內，慢慢揣摹，自能得其三昧。多九公把字母交唐敖收了。（第二十九回）

〈述〉：多九公醫治歧舌國世子與王妃們的重病，分文不取，但求聲韻學而已，國王為此而召開三天的國是會議，終於打破禁忌，萬般無奈下，密抄「幾個字母」，外傳給中土人士。

〈評〉：歧舌人視聲韻學猶如絕學重器，不肯輕易示外人。由此可知，彼時非但知音無幾人，縱使有之，也是吝於傳授的，此意味行家都存着保留幾分的心態，祖傳秘方豈有不墜的道理，中國聲韻學之所以發展遲滯，是否亦受其遺殃呢！

十一、空谷傳聲圖 ❷

唐敖道：「難道不看字母麼？」……

唐敖取出字母，只見上面寫著：

昌 ○○○○○○○○○○○○○○○○○○○○○○

茫 ○○○○○○○○○○○○○○○○○○○○○○

秧 ○○○○○○○○○○○○○○○○○○○○○○

梯
秧 ○○○○○○○○○○○○○○○○○○○○○○

羌○○○○○○○○○○○○○○○○○○○○○○○○

商○○○○○○○○○○○○○○○○○○○○○○○

槍○○○○○○○○○○○○○○○○○○○○○○○

良○○○○○○○○○○○○○○○○○○○○○○○

囊○○○○○○○○○○○○○○○○○○○○○○○

杭○○○○○○○○○○○○○○○○○○○○○○○○

批秧○○○○○○○○○○○○○○○○○○○○○○○

万○○○○○○○○○○○○○○○○○○○○○○○○

秧低○○○○○○○○○○○○○○○○○○○○○○○

姜○○○○○○○○○○○○○○○○○○○○○○○

秧妙○○○○○○○○○○○○○○○○○○○○○○

桑○○○○○○○○○○○○○○○○○○○○○○

郎○○○○○○○○○○○○○○○○○○○○○○○

康○○○○○○○○○○○○○○○○○○○○○○○

倉○○○○○○○○○○○○○○○○○○○○○○○

昂○○○○○○○○○○○○○○○○○○○○○○○

娘○○○○○○○○○○○○○○○○○○○○○○

滂○○○○○○○○○○○○○○○○○○○○○○

香○○○○○○○○○○○○○○○○○○○○○○

當○○○○○○○○○○○○○○○○○○○○○○○

將○○○○○○○○○○○○○○○○○○○○○○○

湯○○○○○○○○○○○○○○○○○○○○○○

瓹○○○○○○○○○○○○○○○○○○○○○○

秧兵○○○○○○○○○○○○○○○○○○○○○○○

幫〇〇〇〇〇〇〇〇〇〇〇〇〇〇〇〇〇〇〇〇

岡〇〇〇〇〇〇〇〇〇〇〇〇〇〇〇〇〇〇〇〇

藏〇〇〇〇〇〇〇〇〇〇〇〇〇〇〇〇〇〇〇〇

張真中珠招齋知遮詁甄專 張張張珠珠張珠珠珠珠珠
鷗娟鴉遙均鶯帆窩窪歪汪

廂〇〇〇〇〇〇〇〇〇〇〇〇〇〇〇〇〇〇〇〇」。

三人翻來覆去，看了多時，絲毫不懂。

林之洋道：「他這許多圈兒，含著甚麼機關。大約他怕俺們學會，故意弄這迷團騙俺們的！」

唐敖道：「他為一國之主，豈有騙人之理？據小弟看來：他這張、真、中、珠……十一字，內中必藏奧妙。他若有心騙人，何不寫許多難字，為何單寫這十一字？其中必有道理！」……

唐敖在船無事，又同多、林二人觀看字母，揣摹多時。

唐敖道：「古人云：『書讀千遍，其義自見。』我們既不懂得，何不將這十一字讀的爛熟？今日也讀，明日也讀，少不得嚼些滋味出來。」

多九公道：「唐兄所言甚是。況字句無多，我們又閒在這裏，借此也可消遣。且讀兩日，看是如何。但這十一字，必須分句，方能順口。據老夫愚見：首句派他四字，次句也是四字，末句三字，不知可好？……首句是『張真中珠』，次句『招齋知遮』，三句『詁甄專』」……

三人讀到夜晚……林之洋惟恐他們學會，自己不會，被人恥笑。把這十一字高聲朗誦，如念呪一般，足足讀了一夜。

次日，三人又聚一處，講來講去，仍是不懂……婉如也把

「張真中珠」讀了兩遍，拿著那張字母同蘭音看了多時。

蘭音猛然說道：「寄父請看上面第六行『商』字，若照『張真中珠』一例讀去，豈非『商申椿書』麼？」唐、多二人聽了，茫然不解。

林之洋點頭道：「這句『商申椿書』，俺細聽去，狠有意味。甥女為甚道恁四字？莫非曾見韻書麼？」

蘭音道：「甥女何嘗見過韻書。想是連日聽舅舅時常讀他，把耳聽滑了，不因不由說出這四字。其實甥女也不知此句從何而來。」

多九公道：「請教小姐：若照『張真中珠』，那個『香』字怎樣讀？」蘭音正要回答，

林之洋道：「據俺看來：是『香欣胸虛』。」

蘭音道：「舅舅說的是。」

唐敖道：「九公不必談了，俗語說的：『熟能生巧。』舅兄昨日讀了一夜，不但他已嚼出此中意味，並且連寄女也都聽會，所以隨問隨答，毫不費事。我們別無良法，惟有再去狠讀，自然也就會了。」多九公連連點頭，二人復又讀了多時，

唐敖不覺點頭道：「此時我也有點意思了。」

林之洋道：「妹夫果真領會？俺考你一考：若照『張真中珠』，『岡』字怎讀？」

唐敖道：「自然是『岡根公孤』了。」

林之洋道：「『秧』字呢？」

婉如接著道：「『秧因雍淤』。」

多九公聽了，只管望著發獃。想了多時，忽然冷笑道：
「老夫曉得了：你們在歧舌國不知怎樣騙了一部韻書，夜間
暗暗讀熟，此時卻來作弄老夫。這如何使得？快些取出給
我看看！」

林之洋道：「俺們何曾見過甚麼韻書……。」多九公道：
「既無韻書，為何你們說的，老夫都不懂呢?」唐敖道：「
其實並無韻書，焉敢欺瞞。此時縱讓分辯，九公也不肯信；
若讓小弟講他所以然之故，卻又講不出。九公惟有將這
『張真中珠』再讀半日，把舌尖練熟，得了此中意味，那
時才知我們並非作弄哩！」

多九公沒法，只得高聲朗誦，又讀起來。讀了多時，忽聽
婉如問道：「請問姑夫：若照『張真中珠』，不知『方』
字怎樣讀？」

唐敖道：「若論『方』字…」話未說完，

多九公接著道：「自然是『方分風夫』了。」

唐敖拍手笑道：「如今九公可明白了，這『方分風夫』四
字，難道九公也從甚麼韻書看出麼？」

多九公不覺點頭道：「原來讀熟卻有這些好處。」大家彼
此又問幾句，都是對答如流。

林之洋道：「俺們只讀得張、真、中、珠……十一字，怎
麼忽然生出許多文法？這是甚麼緣故？」

唐敖道：「據小弟看來：即如五聲『通、同、桶、痛、禿』
之類，只要略明大義，其餘即可類推。今日大家糊裡糊塗
把字母學會，已算奇了；寄女同姪女並不習學，竟能聽會，

可謂奇而又奇。而且習學之人還未學會，旁聽之人倒先聽會，若不虧寄女道破迷團，只怕我們還亂猜哩！但張、真、中、珠……十一字之下還有許多小字，不知是何機關？」

蘭音道：「據女兒看來：下面那些小字，大約都是反切。即如『張鷗』二字，口中急急呼出，耳中細細聽去，是個『周』字；又如『珠汪』二字，息息呼出，是個『莊』字。下面各字，以『周、莊』二音而論，無非也是同母之字，想來自有用處。」

唐敖道：「讀熟上段，既學會字母，何必又加下段？豈非蛇足麼？」

多九公道：「老夫聞得近日有『空谷傳聲』，大約下段就是為此而設，若不如此，內中缺了許多聲音，何能傳響呢？」

唐敖道：「我因寄女說『珠汪』是個『莊』字，忽然想起上面『珠窪』二字，若以『珠汪』一例推去，豈非『摣』字麼？」

蘭音點頭道：「寄父說的是。」

林之洋道：「這樣說來：『珠翁』二字是個『中』字。原來俺也曉得反切了。妹夫：俺拍『空谷傳聲』，內中有個故典，不知可是？」說罷，用手拍十二拍；略停一停，又拍一拍；少停，又拍四拍，唐、多二人聽了茫然不解，

婉如道：「爹爹拍的大約是個『放』字。」

林之洋聽了，喜的眉開眼笑，不住點頭……

唐敖道：「請教姪女：何以見得是個『放』字？」

婉如道：「先拍十二拍，按這單字順數是第十二行；又拍

一拍，是第十二行第一字。」

唐敖道：「既是十二行第一字，自然該是『方』字，為何卻是『敖』字？」

婉如道：「雖是『方』字，內中含著『方、房、倣、放、佛』，陰、陽、上、去、入五聲，所以第三次又拍四拍，才歸到去聲『放』字。」

林之洋道：「你們慢講，俺這故典，還未拍完哩！」於是又拍十一拍，次拍七拍，後拍四拍。

唐敖道：「若照姪女所說一例推去，是個『屁』字。」……

多九公道：「…音韻一道，亦莫非學問，今林兄以屁夾雜在學問裏，豈不近於褻瀆麼？」…

唐敖道：「怪不得古人講韻學，說是天籟，果然不錯。今日小弟學會反切，也不枉在歧舌辛苦一場。」

林之洋道：「日後到了黑齒，再與黑女談論，他也不敢再說『問道於盲』了。」（第三十一回）

＜述＞：李汝珍託言歧舌國的祖傳秘方，實際上是介紹興於乾嘉時代的「空谷傳聲」之說❸，也許李氏有稍作改良吧！分析這個圖表的構架，其功用至少有下列五種：

(1) 可充分體會雙聲的感受：每行前十一位皆屬之。

(2) 可充分體會韻文上疊韻的感受（非為審音而設）：前十一列皆屬之。

(3) 可充分體會有音無字的感受：四行、十一行、十三行、十五行、二十八行等屬之。

(4) 可充當反切的練音圖表：交替十一列的聲母（由體驗得知），

與後十一列的反切上字皆屬之。

(5) 可充當聲調的練習：圖中每一音位皆可作聲調（陰平、陽平、上、去、入）的練習。

　　＜評＞：乍看起來，「空谷傳聲」圖不如一般等韻圖之精細明確，但是，兩者的旨趣是絕對不相同的。等韻圖意在詳審切韻系統的聲韻，特別著重在愈細愈好（如等第與清濁）；而李氏所表彰的「空谷傳聲」圖却側重於韻文之上，認知叠韻、雙聲與熟練反切就夠了，無須標示等第與清濁問題。因此，若以審音的角度評其疏漏的話，是不很公平的。李氏以韻文的實用性為目的，將傳統的等韻圖稍作改良，變成極為簡單且趣味化的實用練音圖，可見李氏是一位述中有作的人物，他嘗試把一般人視為畏途的聲韻學，藉遊戲文章的規則，不知不覺中，很自然的咀嚼出其中的滋味來，光憑這一點，已值得後人對他肅然起敬了。

結　語

　　聲韻學與小說結合者，就筆者的淺識，李汝珍應是亘古以來第一人，可以說是做到大膽的嘗試。

　　從其敍述中得知：我國在未引入音標與制作國語注音符號之前，雖然已有很多韻書與韻圖，但是，一般讀書人的音學辨微能力仍然相當膚淺，少數知音律的聰穎人士，簡直被奉為天人看待，於是乎！大膽假設而不能小心求證的叶韻說，居然也得到不少信徒。當然啦！李氏心目中的義理之學似乎遠重於小學，文人在小學上的缺失，僅被比擬為不拘小節而已，所以李氏特別推崇朱子，而不計較其在小學上的錯誤，這是李氏與一般考據學者最大的不

同點，也就是說，李氏絕不因「小學」而廢「大學」，歷來但知挑剔朱子小學之失，而忘了推崇其功者，能不愧哉！兩者的胸襟氣度是何等的懸殊啊！

又從李氏體驗出來的「音隨世傳，輕重不同」（見本文第五節），知其已辨出古今音調的演變。至其以謎語「吳郡大老倚閭滿盈」（見本文第六節）爲提及反切，進而託歧舌國大談其反切的領悟經過與方法（見本文第七節至第十一節），此皆在在證明李氏對於審音是有其獨到工夫的。截至目前，其所謂「空谷傳聲」（見本文第十一節）依然不失爲今日學子練習中古聲、韻、調的簡要圖表。

鏡花緣一書之中，有關聲韻學的表達「趣」巧是最令後人讚佩與深省的，因爲它兼具故事情節的趣味化與等韻圖表的實用化。試看今日域中，有誰家聲韻學是如此寫的？今後吾人在傳受聲韻學的方式上，可否從李文的啓示中稍作調整呢？

附　註

❶　鏡花緣根據學海出版社印行的新式標點、評註、考證版，七十四
　　年九月初版。

❷　用擊鼓、彈指、擊几、拍掌各種方法，按照字母排列的次序，作
　　出不同次數的響聲，使對方一聽就知道是指何字何音，這種方法
　　即是「射字」，也叫「空谷傳聲」。

❸　鏡花緣三十一回有云：「老夫聞得近日有『空谷傳聲』之說，大
　　約下段就是為此而設。」而作者約於嘉慶二年（時年三十五歲）
　　開始從事鏡花緣的寫作，可見所謂「空谷傳聲」之法應產生於乾
　　嘉時代。

刻本《圓音正考》
所反映的音韻現象

林慶勳

一　有關《圓音正考》的刻本

　　《圓音正考》一書，不知撰於何人？歷來因為傳本少，引述者或許未見原書之故，所以常被誤作《團音正考》❶。據馮蒸（1984：85－86）的研究，今見的《圓音正考》共有三種本子，①道光元年（1821）抄本《清漢圓音正考》，收在抄本《同音合璧》卷一，今藏於北京圖書館善本部；②道光十年（1830）三槐堂書坊龔宜古刻本；③1929年據刻本印行的石印本，惟序文行款與刻本稍有不同。以下本文所據，是今藏於國立東京大學文學部漢籍室的刻本《圓音正考》，書前載有滿州旗人烏扎拉氏文通為刻書所撰序文，可以略知此書梗概，文通所署時間為「道光十年（1830）歲次庚寅春月望日」。序文說：

　　　庚寅春，三槐堂書坊龔氏宜古，持《圓音正考》一册欲付
　　諸梓，請序於余，兼請校正其譌。斯《圓音正考》一書，
　　不知集自何人？蓋深通韵學者之所作也，前有存之堂一序，
　　向無刻本，都係手抄，未勉〔免〕有魯魚亥豕之譌。而所
　　謂見溪群曉匣五母下字為團音，精清從心邪五母下字為尖
　　音，乃韵學中之一隅，而尖團之理，一言以蔽之矣。夫尖
　　團之音，漢文無所用，故操觚家多置而不講，雖博雅名儒、

　　　詞林碩士，往往一出口而失其音，惟度曲者尚講之，惜曲
　　韵諸書，只別南北陰陽，亦未專晰尖團。而尖團之音，翻
　　譯家絕不可廢。蓋清文中旣有尖團二字，凡遇國名、地名、
　　人名當還音處，必須詳辨。存之堂集此一册，蓋為翻譯而
　　作，非為韵學而作也，明矣。每遇還音疑似之間，一展卷
　　而卽得其真，不必檢查韵書，是大有禆益於初學也。今付
　　諸棗棃，旣免日久傳寫之譌，又省還音檢查之苦。余細為
　　之校其字母，正其譌謬，雖非韵學之全，於翻譯家不無小
　　補，卽於度曲家亦不無小補云。（見原書＜序＞5-8葉）

根據文通上文所述，「三槐堂書坊」的刻本，可能是《圓音正考》
的第一次刻本，1830 年以前都是一些抄本。此書主要目的不是
為韵學而作，是為翻譯還音參考而編。雖然不知集自何人？但必
定是深通韵學的人所作無疑。最重要一點則是此書經文通「校其
字母，正其譌謬」，是一部經過校定的本子，必定比其他抄本完
善無疑。

　　文通序文之後附有「存之堂」＜原序＞一文及＜凡例＞四條，
存之堂原序撰於乾隆八年（ 1743 ）癸亥夏四月，早文通序文八
十七年。如果存之堂原序是歷來抄本所共有，而非某本所撰「原
序」則 1743 年可能就是《圓音正考》編述完成的年代。
　　＜原序＞談到《圓音正考》的體例說：

　　　爰輯斯編，凡四十八音，為字一千六百有奇。每音各標國
　　書一字於首，團音居前，尖音在後，庶參觀之下，舉目瞭

然。（見原書＜原序＞1-2葉）

拿此段文字與文通校正本的內容做一對照，兩者的確是若合符節。所謂「四十八音」，是指不同的韻母有四十八組，每組各分團音、尖音，其中當然有尖音缺而祇存團音的十一組；全書收字經過統計，總數為1,650字，其中「丘」（避孔子諱）、「玄」（避康熙諱）兩字以「○」替代，皆計算在內。各組團音、尖音列字之前，先標「國書」滿文一字以資對應。這些現象，應該可以說明三槐堂書坊刻本的確與＜原序＞所說吻合，至少是忠於原編，比較可信的本子。

二　刻本《圓音正考》的體例

　　存之堂原序（＜原序＞1b葉）及文通序（＜序＞5b-6a葉），都直接說隸屬三十六字母見、溪、群❷、曉、匣者是「團」音；精、清、從、心、邪者是「尖」音。文通序更進一步說明尖、團「漢文無所用」，所以操觚家多置而不講；但「清文中既有尖、團二字」，所以繙譯家不可廢。最後演繹出：「存之堂集此一冊,蓋為翻譯而作，非為韻學而作也，明矣。」（文通＜序＞葉7b）以當時背景來看，此話極中肯。不過雖非為韻學而作，却在近代音史上留下一份極珍貴的資料，也就是說《圓音正考》全書，極詳細的把當時已經讀音混同的尖、團音分列，正表示「顎化」已經完成（鄭錦全1980：86）。因此站在音韻史的觀點看，此書自有它的重要性，拿來分析研究並且洞澈其內容成份，似乎也是極迫切需要。

　　此書主要內容，是把團字 1098 字與尖字 552 字，分別隸屬於相關的音節中。＜原序＞說「凡四十八音」，事實上此中有十一組尖音是「漢字無」，但是照樣列爲一組。四十八組之中依順序每三組同爲一個單位，在這個單位中每組的韻母完全相同，舉例如下。爲了說明方便，將四十八組各自依序編號，團音以「A」尖音以「B」代稱，各組之後的音標，是根據原書所列滿文對音，說明詳見 四。

1 A	其欺期旗棋………秅（收74字）	kʻi
1 B	齊憯臍蠐妻………慼（收20字）	dʒi，tʃʻi
2 A	及級伋炏笈………凸（收94字）	gi
2 B	卽堅鯽唧脊………輯（收53字）	dʒi，tʃi
3 A	奚蹊谿徯嫌………餏（收64字）	hi
3 B	析哲晰蜥淅………蒗（收46字）	ʃi，ɕi
37 A	邛筇蛩藭穹………窮（收14字）	kʻioŋ，kʻiɔŋ
37 B	「漢字無」	dʒioŋ，tʃʻiɔŋ
38 A	絅扃迥泂垌………蚵（收11字）	gioŋ，giɔŋ
38 B	「漢字無」	dʒioŋ，tʃiɔŋ
39 A	匈胷洶恟詢………酗（收11字）	hioŋ，hiɔŋ
39 B	「漢字無」	ʃioŋ，ɕiɔŋ

編書者認爲所據的當時北方話讀音，A、B 兩組都已混同，爲了翻譯需要，把它們分列清楚，以便展卷卽得，省却檢查韻書的麻煩。代表清朝的兩部重要韻書，《五方元音》（ 1654－1673 ）及《音韻闡微》（ 1726 ），書中見系及精系字分列釐然，毫無混同顎化的現象。或許《音韻闡微》雖然以北方話爲基礎，但是

其中不免受康熙「存不遽變古之意」的影響❸，所以無法反映顎化。然而樊騰鳳與魏大來則以河北堯山方音為主，在《五方元音》中讓剪〔ts〕、鵲〔ts'〕、系〔s〕；金〔k〕、橋〔k'〕、火〔x〕，兩個系統涇渭分明，根本無所謂顎化。但是《圓音正考》則見其同而記其異，雖然祇是記載音史上的一個小問題，但是其價值卻是永久留存下來。

　上列舉例，1A到3B不論收字多寡，至少它們都是尖、團A、B兩組相對；37A到39B中，適巧尖字的B組全缺，此正說明漢字收〔－ioŋ〕或〔－iɔŋ〕（現代北京話是－yuŋ）的韻母，不與舌尖音相配。《圓音正考》全書共有四十八組，若以每三組為一個韻母單位計算，全部總計有十六個韻母，它們與現代北京話的韻母系統有什麼異同，留待以下討論。至於一個韻母單位中的三組，不論尖、團音，都是先列送氣（1A、1B、37A），次列不送氣（2A、2B、38A）塞音、塞擦音，最後殿以擦音（3A、3B、39A）；以及四十八組的先後次序，既非依傳統韻書，又不是類聚收音相同在一處。這兩個問題，序文及凡例皆未交代，而實際上它們是根據滿文「十二字頭」的先後排列，將一併在四節中詳細介紹。

　或許因為重視尖、團之別，並且分列韻母為十六個單位，相對地聲調的系統安排就被忽略了，〈凡例〉的解釋是：「每音字有多寡，不同字形，各從其類，庶便檢閱，平仄之序，所弗論矣。」（〈原序〉4a葉）如前舉1A從「其」字、1B從「齊」字、2A從「及」字……的確檢閱方便，但是同諧聲者聲調可能參差不齊，於是形成四聲排列雜亂無序者，幾乎是每一組共同的特色。此外

同字形是否類聚一處？從刻本來看至少不是沒有例外，如38 A從「同」得形之後列「娶、憬、潁」三字，最後又有「蛔」字；39 A情況亦相似，從「匈」形之後有「兄、芎、雄、熊」四字，最後忽又出現「酗」字。此類例外不少，或許後人傳鈔誤置抑或就已意添補，因此與＜凡例＞相左，但也不必苛責它的體例駁雜不純，因爲這是原編者取「平仄弗論」的後遺症。

三　刻本《圓音正考》的四十八組音節

《圓音正考》既然主要在分別尖、團，而且所列一千六百多字，幾乎將《廣韻》等韻書的尖、團字蒐羅殆盡❹。因此我們利用這份資料來瞭解尖、團音的分合，以及舌尖前音、舌根音的顎化現象，應該是很客觀的。以下先把全書四十八組的尖、團字羅列、再做討論。仍以Ａ、Ｂ分別表示團音與尖音，各組舉領字爲代表，數目字是該組收字總數，滿文之後列滿文讀音及現代北京音以資對照。

			拉林語	規範語	現代北京音
1. A	74	⃛	〔k'i〕		〔tɕ'i〕
B	20	⃛	〔dʒi〕	〔tʃ'i〕	
2. A	94	⃛	〔gi〕		〔tɕi〕
B	53	⃛	〔dʒi〕	〔tʃi〕	
3. A	64	⃛	〔hi〕		〔ɕi〕
B	46	⃛	〔ʃï〕	〔ɕi〕	
4. A	5	⃛	〔k'ija〕		〔tɕ'ia〕
B	0	⃛	〔dʒija〕	〔tʃ'ija〕	
5. A	44	⃛	〔gija〕		〔tɕia〕
B	0	⃛	〔dʒija〕	〔tʃija〕	
6. A	25	⃛	〔hija〕		〔ɕia〕
B	1	⃛	〔ʃïja〕	〔ɕija〕	〔ɕie〕
7. A	9	⃛	〔k'ijɔ〕	〔k'ijɔ〕	〔tɕ'ye〕
B	3	⃛	〔dʒijɔ〕	〔tʃ'ijɔ〕	
8. A	17	⃛	〔gijɔ〕	〔gijɔ〕	〔tɕye〕
B	4	⃛	〔dʒijɔ〕	〔tʃijɔ〕	
9. A	2	⃛	〔hijɔ〕	〔hijɔ〕	〔ɕye〕
B	1	⃛	〔ʃïjɔ〕	〔ɕijɔ〕	
10. A	36	⃛	〔k'iɔi〕	〔k'iɔi〕	〔tɕ'y〕
B	7	⃛	〔dʒiɔi〕	〔tʃ'iɔi〕	
11. A	56	⃛	〔giɔi〕	〔giɔi〕	〔tɕy〕
B	10	⃛	〔dʒiɔi〕	〔tʃiɔi〕	
12. A	24	⃛	〔hiɔi〕	〔hiɔi〕	〔ɕy〕
B	23	⃛	〔ʃïɔi〕	〔ɕiɔi〕	
13. A	3	⃛	〔k'ijɑi〕		〔k'ai〕
B	0	⃛	〔dʒijɑi〕	〔tʃ'ijɑi〕	
14. A	18	⃛	〔gijɑi〕		〔tɕie〕
B	0	⃛	〔dʒijɑi〕	〔tʃijɑi〕	

15. A		15	𝔷	〔 hi jɑi 〕		〔 ɕie 〕
B		0	𝔶	〔 ʃï jɑi 〕	〔 Gi jɑi 〕	
16. A		7	𝔷	〔 ḱi jəi 〕		〔 tɕ́ie 〕
B		4	𝔶	〔 dʒ́i jəi 〕	〔 tʃ́i jəi 〕	
17. A		26	𝔷	〔 gi jəi 〕		〔 tɕie 〕
B		20	𝔶	〔 dʒi jəi 〕	〔 tʃi jəi 〕	
18. A		14	𝔷	〔 hi jəi 〕		〔 ɕie 〕
B		23	𝔶	〔 ʃï jəi 〕	〔 Ɡi jəi 〕	
19. A		4	𝔷	〔 ḱioəi 〕	〔 ḱieci 〕	〔 tɕ́ye 〕
B		0	𝔶	〔 dʒ́ioəi 〕	〔 tʃ́ioəi 〕	
20. A		23	𝔷	〔 gioəi 〕	〔 giɔei 〕	〔 tɕye 〕
B		3	𝔶	〔 dʒioəi 〕	〔 tʃiɔei 〕	
21. A	穴	4	𝔷	〔 hioəi 〕	〔 hiɔei 〕	〔 ɕye 〕
B	雪	3	𝔶	〔 ʃioəi 〕	〔 Ɡiɔəi 〕	
22. A	欽	16	𝔯	〔 ḱin 〕		〔 tɕ́in 〕
B	侵	9	𝔶	〔 dʒ́in 〕	〔 tʃ́in 〕	
23. A	僅	26	𝔯	〔 gin 〕		〔 tɕin 〕
B	盡	13	𝔶	〔 dʒin 〕	〔 tʃin 〕	
24. A	欣	10	𝔯	〔 hin 〕		〔 ɕin 〕
B	辛	15	𝔶	〔 ʃïn 〕	〔 Ɡin 〕	
25. A	謙	29	𝔷	〔 ḱi jɑn 〕		〔 tɕ́ian 〕
B	千	27	𝔶	〔 dʒ́i jɑn 〕	〔 tʃ́i jɑn 〕	
26. A	間	46	𝔷	〔 gi jɑn 〕		〔 tɕian 〕
B	剪	28	𝔶	〔 dʒi jɑn 〕	〔 tʃi jɑn 〕	
27. A	閒	47	𝔷	〔 hi jɑn 〕		〔 ɕian 〕
B	先	22	𝔶	〔 ʃï jɑn 〕	〔 Ɡi jɑn 〕	
28. A	裙	2	𝔷	〔 ḱi jon 〕	〔 ḱi jœn 〕	〔 tɕ́yn 〕
B		0	𝔶	〔 dʒ́i jon 〕	〔 tʃ́i jœn 〕	
29. A	君	12	𝔷	〔 gi jon 〕	〔 gi jœn 〕	〔 tɕyn 〕
B	俊	16	𝔶	〔 dʒi jon 〕	〔 tʃi jœn 〕	

30.A	熏	14	𡨴	〔hijon〕	〔hijœn〕	
B	旬	24	𡨴	〔ʃijon〕	〔ɕijœn〕	〔ɕyn〕
31.A	綣	16	𡨴	〔kʻioɑn〕	〔kʻiɔɑn〕	
B	全	11	𡨴	〔dʒioɑn〕	〔tʃʻiɔɑn〕	〔tɕyan〕
32.A	涓	21	𡨴	〔gioɑn〕	〔giɔɑn〕	〔tɕyan〕
B		0	𡨴	〔dʒioɑn〕	〔tʃiɔɑn〕	
33.A	玄	24	𡨴	〔ʃioɑn〕	〔ɕiɔɑn〕	〔ɕyan〕
B	宣	10	𡨴	〔ʃïoɑn〕	〔ɕiɔɑn〕	
34.A	檠	16	𡧩	〔kʻiŋ〕		
B	青	9	𡧩	〔dʒiŋ〕	〔tʃʻiŋ〕	〔tɕiŋ〕
35.A	經	23	𡧩	〔giŋ〕		
B	靜	15	𡧩	〔dʒiŋ〕	〔tʃiŋ〕	〔tɕiŋ〕
36.A	幸	21	𡧩	〔hiŋ〕		
B	星	11	𡧩	〔ʃiŋ〕	〔ɕiŋ〕	〔ɕiŋ〕
37.A	邛	14	𡧩	〔kʻiɔŋ〕	〔kʻiɔŋ〕	〔tɕyuŋ〕
B		0	𡧩	〔dʒiɔŋ〕	〔tʃʻiɔŋ〕	
38.A	綱	11	𡧩	〔giɔŋ〕	〔giɔŋ〕	〔tɕyuŋ〕
B		0	𡧩	〔dʒiɔŋ〕	〔tʃiɔŋ〕	
39.A	匈	11	𡧩	〔hiɔŋ〕	〔hiɔŋ〕	〔ɕyuŋ〕
B		0	𡧩	〔ʃïɔŋ〕	〔ɕiɔŋ〕	
40.A	羌	7	𡧩	〔kʻijɑŋ〕		〔tɕiaŋ〕
B	墻	15	𡧩	〔dʒïjɑŋ〕	〔tʃʻïjɑŋ〕	
41.A	畺	20	𡧩	〔gijɑŋ〕		〔tɕiaŋ〕
B	將	8	𡧩	〔dʒijɑŋ〕	〔tʃijɑŋ〕	
42.A	鄉	15	𡧩	〔hijɑŋ〕		〔ɕiaŋ〕
B	相	20	𡧩	〔ʃïjɑŋ〕	〔ɕijɑŋ〕	
43.A	求	19	𡧩	〔kʻijo〕	〔kʻijɑɔ〕	〔tɕiou〕
B	秋	13	𡧩	〔dʒïo〕	〔tʃʻïo〕	
44.A	久	20	𡧩	〔gio〕	〔giɔ〕	〔tɕiou〕
B	就	5	𡧩	〔dʒio〕	〔tʃïo〕	

45.	A	休	14	𡨦	〔 hio 〕	〔 hiɔ 〕	
	B	脩	12	𡦪	〔 ʃio 〕	〔 ɕiɔ 〕	〔 ɕiou 〕
46.	A	喬	18	𡦪	〔 kʼi joo 〕	〔 kʼi jɔɔ 〕	
	B	俏	13	𡨦	〔 dʒi joo 〕	〔 t ʃʼi jɔɔ 〕	〔 tɕiau 〕
47.	A	交	37	𡦪	〔 gi joo 〕	〔 gijɔɔ 〕	
	B	焦	12	𡨦	〔 dʒi joo 〕	〔 t ʃi jɔɔ 〕	〔 tɕiau 〕
48.	A	效	25	𡨦	〔 hi joo 〕	〔 hi jɔɔ 〕	
	B	肖	23	𡦪	〔 ʃi joo 〕	〔 ɕi jɔɔ 〕	〔 ɕiau 〕

四　四十八組音節說明

　　滿文的創制，大約在十六世紀末葉，是仿照蒙文字母制成。兩者的字母都有單獨、詞頭、詞中和詞尾四種形式，如〔ｉ〕有：ろ、ㄋ（單獨），彳（詞頭），１、彳、彳（詞中）ㄅ（詞尾）各式的寫法。滿語和蒙古語雖屬同一語系，但畢竟分屬兩個不同的語族，差別是很大的，因此老滿文到了乾隆初年，已經有辨識困難的情形。而老滿文的改造，早在 1632 年就由達海完成。達海在改進老滿文之前，已先編創「十二字頭」，做爲教授滿文之用。歷史上在教授滿文中，「十二字頭」起過不小的作用。「十二字頭」實際上是練習滿文拼音的音表，「第一字頭」就是滿文的元音及元音與輔音結合所構成的音節總和。其他十一個字頭，分別是「第一字頭」內的各個音節和〔ｉ〕、〔ｒ〕、〔ｎ〕、〔ŋ〕、〔q'〕或〔k'〕、〔ｓ〕、〔t'〕、〔ｐ〕、〔ｏ〕、〔ｌ〕、〔ｍ〕相結合所構成的音節❼。

　　《圓音正考》的四十八組讀音，在尖、團字列字之前，都標有一個滿文，就是 4B、5B、13B、14B、15B、19B、28B、32B、37B、38B、39B 十一組所謂「漢字無」的尖音亦不例外。所以如此安排，編書者的解釋是：「國書廣大精微，無音不備；而漢字中有音無字者多。然考之諸書，有叶韵，不可謂遂無其音。故仍標國書於上，以存其音也。」（見＜原序＞4b 葉，凡例第四條）然而這些滿文的讀音是什麼呢？如果不先處理這個問題，可能以下的討論不能周全。因此有必要以滿文「十二字頭」來實際瞭解它們的讀法。以下根據滿文專門學者穆曄駿氏所撰＜

十二字頭拉林口語讀法解＞❽一文，其中「十二字頭發音對照」
列有拉林語及規範話的國際音標。拉林位於吉林省雙城縣東南。
據穆文說，拉林語的音標是以道光六年（ 1826 ）拉林學塾的十
二字頭漢語注音爲依據；而規範語的音標，則是乾隆時期編的《
御制增訂清文鑒》中的十二字頭做標準。這兩個音標所代表的時
代背景，與《圓音正考》的時代較接近，因此比較適合做討論的
依據。

　　三節所列四十八組讀音，除滿文外有三組音標，卽拉林語、
規範語及現代北京音。把拉林語列於前，其次爲規範語，若二者
相同則不重複，最後毅以現代北京音。不論是拉林語或規範語，
三節實際上依據穆文十二字頭音標的有：1A－3B （第一字
頭）、10A－12B（第二字頭）、22A－24B（第四字頭）、
34A－36B（第五字頭）、 37A－39B（第五字頭）、43A－
45B（第十字頭）。其餘雖穆文中不載，但是由滿文字形可以推
擬出讀音，如4A－6B、7A－9B（以上屬第一字頭）；13A
－15B、16A－18B、19A－21B（以上屬第二字頭）；25
A－27B、28A－30B、31A－33B（以上屬第四字頭）；
40A－42B(屬第五字頭）；46A－48B（屬第十字頭）。4A
－6B 等十組，因爲滿文書寫較複雜，但仍可從各字頭的單純形
式推繹，是一種變體，所以它們祇「隸屬」於某字頭而非某字頭收
字。我們如果觀察1A開始到48B結束的各字頭或者隸屬的各字
頭，可以發現它們的排列是依十二字頭的次序，這點可以解決《
圓音正考》的一個體例問題。也就是四十八組的尖團音排列順序，
旣不照傳統韻書「始東終乏」，也不是字書的「始一終亥」，更

不是按照《康熙字典》的部首先後❾，而是根據滿文十二字頭的次第編排。可是書中＜凡例＞或＜原序＞皆未說明，因此當翻檢全書時頗覺疑惑，何以1A至21B是陰聲、22A至42B是陽聲，而43A至48B又殿以陰聲？究竟排列的標準安在？如今可以得到一個明確的答案。又各組的順序，如1A－3B，何以先排送氣的塞音（1A）及塞擦音（1B），其次列不送氣的塞音（2A）及塞擦音（2B），最後殿以擦音（3A、3B），這個體例幾乎全書如此。所以如此安排，也是與十二字頭有關。原來各字頭中，凡有送氣不送氣之分及塞音、擦音或塞擦音、擦音之別各組，幾乎它們排列都如第一字頭的 kʻa、ga、ha；kʻɔ、gɔ、hɔ；tʻʃə、tʃə、ʃʻʃ；kʻuɔ、guɔ、huɔ……先送氣最後擦音的順序。《圓音正考》根據滿文十二字頭，而未承襲等韻家先不送氣後送氣的傳統排列，或許是不為韻學而作的最佳詮釋。

　　前表所列音標有幾個問題，說明如下。33A與33B 兩組，《圓音正考》所記的滿文都是 𝔦，而33A領字用「○」代替，滿文之下有兩行注：「此團音字，敬避，俱用尖音。」敬避是指避康熙名諱「玄」字，領字「○」以下列「袨、炫、泫、鉉、眩、衒」六個從玄得形字，可證「○」即是「玄」字無疑。而袨炫等六字，原書都缺末筆做「玄」，也表示避諱。33A既是玄字組，則其讀音應將〔ʃioɑn〕（拉林語）、〔ɕiɔɑn〕（規範語）尖音更易為團音做〔hioɑn〕〔hiɔɑn〕才符合系統。上表因與滿文相應，所以音標仍存其舊做尖音。其次43A 領字是「求」，最後三字做「○邱蚯」，其下有注：「凡遇○邱蚯等字，俱避，音ʒ。」這裏是避孔子名諱「丘」字。另外在滿文 𝔤 之下亦有注：

「此團音字，敬避，用此切音字」滿文的音標是〔kʻijo〕（拉林語）〔kʻijɔ〕（規範語），與44A〔gio〕〔giɔ〕，45 A〔hio〕、〔ciɔ〕　同韵母的兩組有異，尤其比較滿文 𢓴(43A) 𢓴（44A）𢓴（45A）可以看出43A多一個 𣏕（詞中形〔j〕），其實它本來是〔kʻio〕〔kʻiɔ〕的形式，「丘邱蚯」的注說「音 𣏕〔kʻi〕」就是這個意思。上表音標也讓它與滿文相應，不必修正，但是討論時必須還原爲避諱前讀音。43A如此，33A 也同樣處理。

綜合四十八組的讀音，若不要管其韵母的差異，每三組音節合爲一個單位來看，我們可以看出它們的聲母系統性是：

A（團音）		B（尖音）	
拉林語	規範語	拉林語	規範語
kʻ	kʻ	dʒʻ	tʃʻ
g	g	dʒ	tʃ
h	h	ʃ	c

四十八組音節依序每三組合爲一個單位，共得十六個單位，它們的滿文讀音極有規則，幾乎毫無例外如上所記。這正是文通<序>所說滿文有尖團二字，用漢文不能分。≪圓音正考≫所據的漢語北方官話把四十八組A、B的讀音混同了，根本無所謂尖團之別，而滿文能區別清楚，正好是相對的現象。

五　刻本《圓音正考》反映的顎化條件

一般觀念總認爲，見曉系（疑母除外）及精系的細音才能「

顎化」，事實究竟如何？或許《圓音正考》能告訴我們眞正情況。
除三、四等細音外，二等的洪音字照樣有顎化的現象，或許以下
的情況祇出現在十八世紀中葉的《圓音正考》，不同時期不同背
景的書，應該有不同的結果。以下不憚其煩的把《圓音正考》四
十八組全部收字所屬中古韻目及等第標出，然後再做說明。所列
韻目主要依據《廣韻》，《廣韻》不收的字多數出現在《集韻》
等書，因爲數目不多不另注明。至於開合等第，各家中古音論述
不盡相同，以下統一以修訂本《方言調查字表》爲標準 ❿。

1A－3B

支 開三　紙 開三　寘 開三　脂 開三　旨 開三　至 開三
之 開三　止 開三　志 開三　微 開三　尾 開三　未 開三
齊 開四　薺 開四　霽 開四　祭 開三　迄 開三　屑 開四
陌 開三　昔 開三　錫 開四　質 開三　職 開三　緝 開三
屋 合三　德 開一

1B 有「墄」，屬德韻開口一等，又「蹙」屬屋韻合口三等，此
兩字可能是因從「戚」而類化讀與「戚」同音。詳見 3.2.5開洪
變開細及合細變開細說明。又 2A 有「季」字，屬至韻合口三等，
《圓音正考》改讀開口細音，見 3.2.5合細變開細說明。

4A－6B

佳 開二　戈 開三　麻 開二　馬 開二　禡 開三　禡 開三
黠 開二　鎋 開二　洽 開二　狎 開二

7A－9B

覺 開二　藥 開三　藥 合三

10A－12B

虞合三　麌合三　遇合三　魚合三　語合三　御合三

屋合三　燭合三　物合三　術合三　職合三　霽開四

12B有「壻」字，屬霽韵開口四等，在此讀成合口細音，可能是從「胥」類化，見 6.5 開細變合細說明。

13A－15B

佳開二　蟹開二　卦開二　皆開二　駭開二　怪開二

16A－18B

戈開三　麻開三　馬開三　禡開三　月開三　屑開四

薛開三　葉開四　帖開四　業開三

17B有「櫛」字屬櫛韵開口三等（或說二等），聲母是照二莊母字，應該不屬尖音，所以不列入，見 6.4 tʃ→ tɕ 說明。

19A－21B

戈合三　麻開三　物合三　月合三　屑合四　薛合三　薛開三

20B有「嗟」字屬麻韵開口三等字，又 21B 有「薛」字屬薛韵開口三等。以上二字見 6.4 開細變合說明。

22A－24B

眞開三　軫開三　震開三　殷開三　隱開三　焮開三

侵開三　寢開三　沁開三　清合三

24B有「騂」字屬清韵合口三等，詳見 6.6 -ŋ→ -n 說明。

25A － 27B

元 開三　阮 開三　願 開三　刪 開二　潸 開二　諫 開二

山 開二　產 開二　襉 開二　先 開四　銑 開四　霰 開四

仙 開三　獮 開三　線 開三　鹽 開三　琰 開三　豔 開三

添 開四　忝 開四　㮇 開四　咸 開二　赚 開二　陷 開二

銜 開二　檻 開二　鑑 開二　嚴 開三　釅 開三

28A － 30B

諄 合三　準 合三　稕 合三　文 合三　問 合三　清 開三　侵 開三

恩 合一

30B有「尋、浸、煤」三字屬侵韻開口三等，蟳一字屬清韻開口
三等。「巽」字屬恩韻合口一等，以上詳見6.5開細變合細合洪
變合細及6.6 -ŋ→-n。

31A － 33B

元 合三　阮 合三　願 合三　仙 合三　獮 合三　線 合三

先 合四　銑 合四　霰 合四

34A － 36B

庚 開二　梗 開二　耿 開二　庚 開三　梗 開三　映 開三

清 開三　靜 開三　勁 開三　青 開四　迥 開四　徑 開四

蒸 開三

37A － 39 B

東 合三　鍾 合三　梗 合三　清 合三　勁 合三　青 合四

迥 合四

37A有「敻」字，《廣韻》是休正切屬勁韻開口三等，但《韻鏡》

列在三十四轉合口三等，今從《韻鏡》。

40A－42B

•江開二　講開二　絳開二　陽開三　養開三　漾開三

43A－45B

　尤開三　有開三　宥開三　幽開三　黝開三　笑開三

43B有「俅」字，《廣韻》未收，《集韻》是七肖切屬笑韻開口
三等。

46A－48B

　蕭開四　篠開四　嘯開四　宵開三　小開三　笑開三

　肴開二　巧開二　效開二

以上是1A至48B各組收字所隸屬的中古韻目，很顯然「顎化」
並不是開合口細音的專利。《圓音正考》全書收1,650個顎化字，
佔見、曉系（疑母除外）及精系字的絕大多數，因此所顯示的結
果應該極可信。上面所列韻目，屬於洪音二等的有以下三十四個
韻的開口二等⓫：

　江、講、絳、覺。佳、蟹、卦。皆、駭、怪。刪、潸、諫黠。
　山、產、襇、鎋。肴、巧、效。麻、馬。庚、梗、耿。咸賺、
　陷、洽。銜、檻、鑑、狎。

三十四個開口二等字有顎化現象，這個數目不算少數，因此顎化
條件應該改寫。

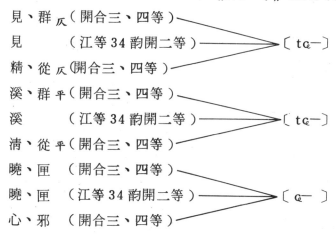

見、群 ⁿ（開合三、四等）
見　　　（江等 34 韵開二等）　　　〔tɕ—〕
精、從 ⁿ（開合三、四等）

溪、群 ᵖ（開合三、四等）
溪　　　（江等 34 韵開二等）　　　〔tɕ—〕
清、從 ᵖ（開合三、四等）

曉、匣　（開合三、四等）
曉、匣　（江等 34 韵開二等）　　　〔ɕ—〕
心、邪　（開合三、四等）

六　刻本《圓音正考》反映的實際音讀

正因爲《圓音正考》不是「爲韵學而作」，所以書中所記是實際讀音的可能性很高。許多韵書的編纂，可能把某些字照前人韵書歸隸，却不管實際讀音已生變化的大有人在。因此用《圓音正考》來分析尖團字到十八世紀中葉讀音如何演化，或許是一部很好的材料。

以下擬分從聲母和韵母兩方面分析，把讀音發生變化的字一一討論。說明時以《圓音正考》讀音爲主，比較《廣韵》以下韵書或韵圖，其有差異者詳細分析說明。至於聲調部分，因受《圓音正考》體例限制，平仄順序紛亂，根本無法明瞭編者對某字四聲的判定如何⓲？在此祇得從略。

6.1 變讀 tɕ 者

《圓音正考》的聲母，不論 A、B 組的團音或尖音，都是讀成顎化的舌面前音〔tɕ-〕、〔tɕ-〕、〔ɕ-〕，而四十八組每

三組相同的韻母單位，它們的聲母都是如上的標音順序輪迴，十六個單位沒有任何例外。尤其對照三節滿文拉林語或規範語的讀音，就可明白它們的順序是不錯的。至於何以把Ａ、Ｂ組都擬舌面前音，詳見以下九節的討論。

　　見、曉系（指見、溪、群、曉、匣五母，以下同）及精系（精、清、從、心、邪，以下同）的顎化，原則上應該是五節最後結論所顯示的情況，也就是說顎化後讀成舌面前音，是有其對應關係的。但是《圓音正考》有許多讀音，不依照規則演化，可能是當時實際讀音。

　　〔k〕→〔tɕ〕。「訖」（1A）字《廣韻》在迄韻做「居乞切」，屬見母開口三等；「鶼」（25A）字《廣韻》在添韻做「古甜切」，屬見母開口四等；「芡」（25A）字《廣韻》在琰韻做「巨險切」，屬群母開口三等（小韻是儉字）；「鏹」（40A）字《廣韻》在養韻做「居兩切」，屬見母開口三等；「摎」（43A）字《集韻》在尤韻做「居尤切」，屬見母開口三等。以上訖等五字，以其中古條件顎化後應讀〔tɕ-〕不送氣，可是《圓音正考》都歸入送氣〔tɕʻ-〕組。然而此種變化，除「芡」字在樊騰鳳原本《五方元音》（1654－1673）已隸天韻橋母去聲（全濁歸去）讀〔kʻ-〕尚有來源外，其餘各字在《廣韻》以下各韻書、韻圖，甚至清代兩部最重要韻書《五方元音》及《音韻闡微》（1726），都歸在不送氣聲母下。因此我們可以判斷，很可能是一般人已習慣（也有可能是《圓音正考》的作者）用「類化」的方式改讀這些字。比如「訖」在1A收於「乞、吃」之下；「鶼」在25A其上有「謙、歉、嗛」三字；「芡」在25A上亦有

「欠」字,「鈒」在40A其上也有「強」字;「摎」在43A其下也有「蟉、璆」兩字。既然上下字同得聲的字都讀送氣〔tɕʰ-〕,當然他們也可以類化讀成送氣。而改讀送氣的讀音,如訖、芡、鈒三字,現代北京音亦相同(鶪、摎仍讀不送氣),可能意味著現代讀音,事實上也有因「類化」而改讀的現象。

〔X〕→〔tɕʰ〕。「敻」(37A)《廣韻》收在勁韻做「休正切」,《韻鏡》歸入三十四轉合口三等。依例曉母字顎化後應讀〔ɕ〕;但敻字《圓音正考》列於〔tɕʰ〕之下。《五方元音》仍歸龍韻火母〔X〕去聲,《音韻闡微》也是讀〔X〕❸。而37A瓊字之下有「敻」字,可能也是「類化」的結果,現代北京音則不變仍讀〔ɕ〕。

〔ts〕→〔tɕʰ〕。「雀」(7B)《廣韻》做「即略切」(小韻是「爵」),屬藥韻開口三等精母。顎化後理應讀不送氣〔tɕ〕可是《圓音正考》列於送氣。《五方元音》雀字收在駝韻剪母〔ts〕入聲,《音韻闡微》也是讀〔ts〕,都屬於不送氣。此處雀讀送氣,可能是一般習慣已如此。現代方言中讀送氣的比不送氣多,祇有梅縣、廣州、陽江少數讀不送氣而已(北大中文系1989:53)。

〔s〕→〔tɕʰ〕。「韉」(25B)《廣韻》做「蘇前切」,屬先韻開口四等心母字,小韻正是「先」字。《圓音正考》讀送氣〔tɕʰ〕,可能也是類化所致,25B韉字上下收有「遷、襜、韆」三字可證。《五方元音》列在天韻系母〔s〕下做「韉」字,《音韻闡微》也仍讀〔s〕。

6.2 變讀 tɕ 者

〔kʰ〕→〔tɕ〕。「堪」(2A)《廣韻》做「渠之切」,

小韻是「其」字，屬之韻開口三等群母；「幾、圻」（2A）《廣韻》做「渠希切」，小韻是「祈」字，屬微韻開口三等群母；「劼」（5A）《廣韻》做「恪八切」，屬黠韻開口二等溪母；「确」（8A）《集韻》做「克角切」，屬覺韻開口二等溪母；「詰、鴰（17A）」二字《廣韻》做「去吉切」，屬質韻開口三等溪母；「揭」（17A）《廣韻》做「丘竭切」，屬薛韻開口三等溪母；「慳」（26A）《廣韻》做「苦閑切」，屬山韻開口二等溪母；「裰」（38A）《廣韻》做「口迥切」，屬迥韻合口四等溪母。以上瑾等十字，依例顎化都應讀送氣〔tɕʻ〕，而事實上《圓音正考》都列於不送氣〔tɕ〕。《五方元音》幾字列於地韻橋母〔kʻ〕，仍讀送氣；而慳字則在天韻金母〔k〕，倒是已改讀爲不送氣；其餘未改。《音韻闡微》以十上字仍讀送氣。我們看2A收字，瑾的上下有「基、箕、期、惎、其」；幾的上面有「幾、機、譏、饑、璣、禨、蟣、磯」。5A劼的上面也有秸。8A确之上有「角、桷」。17A鴰、詰之上有「結、拮、桔」；揭上下有「揭、碣、竭、偈、羯、楬」。26A慳上有「堅」。既然同聲符的字都讀不送氣，何以不能類化也讀成相同的不送氣？至於圻字在長沙也讀顎化的不送氣〔tɕi〕，廈門、福州、建甌都讀未顎化〔ki〕，但是不送氣（北大中文系1989：91），可能圻讀不送氣是頗有歷史的。裰字何以改讀，則情況不明。

〔X〕→〔tɕ〕。「猲」（17A）《廣韻》做「許竭切」，屬月韻開口三等曉母。《圓音正考》未依顎化後應讀舌面前清擦音〔ɕ〕，而置於17A〔tɕ〕組中，實在是同組中列有同得聲的「揭、碣、竭、偈、羯、楬」等字，因此改讀爲〔tɕ〕。

〔ɤ〕→〔tɕ〕「點」（ 5A ）《廣韻》做「胡八切」，屬
黠韻開口二等匣母字；「脛」（ 35A ）《廣韻》做「胡定切」，
屬徑韻開口四等匣母；「迥、泂」（ 38A ）《廣韻》做「戶頂切」，
屬迥韻合口四等匣母。此三字顎化後應仍讀擦音〔ɕ〕，即ɤ→
x→ɕ，而《圓音正考》都列於不送氣〔tɕ〕組中。《五方元音》
置點字於馬韻火母，脛迥兩字於龍韻火母，都是擦音〔x〕；《
音韻闡微》則點等四字也讀〔x〕。 5A 收字中點之上有「秸」；
35A脛的上下有「經、勁、頸……」等同得聲八字；38A迥、泂
之外有「絅、扃……」等六字。由此可見點等三字改讀〔tɕ〕也
是受類化影響所致。《圓音正考•凡例》說編書以《康熙字典》
為準則（原書＜序＞3葉），則「點」字很可能是從《康熙字典》:
「又叶古屑切，音結。」（點字注）來的，如果真是如此，點字
改讀不送氣的舌面前塞擦音〔tɕ〕（或者還是舌根音〔k〕），
應該是清初就有的現象。

〔tsʼ〕→〔tɕ〕。「磧」（ 2B ）同組中出現兩字，《廣
韻》做「七迹切」，屬昔韻開口三等清母；「逡、踆、竣、皴」
（ 29B ）《廣韻》做「七倫切」，屬諄韻合口三等清母。磧等五
字《圓音正考》都列在不送氣〔tɕ〕組。《五方元音》的處理不
同，逡等字歸入韻鵲母〔tsʼ〕，表示仍讀送氣；磧則改列地韻剪
母〔ts〕，顯然已經讀不送氣。《音韻闡微》則五字照舊，仍讀
〔tsʼ〕。 2B 收字磧上下有「積、蹟、績、漬、勣」；29B逡
等上下也有「俊、峻、駿、浚、晙、朘、餕、鵔」等字。此又是
受類化影響而改變讀音的例子。

〔z〕→〔tɕ〕。「賸」（ 23B ）《集韻》做「徐双切，

屬稕韻邪母。《圓音正考》則列在顎化後的〔tɕ〕組。《五方元
音》置於人韻剪母〔tɕ〕讀不送氣。可能是改讀的較早例子（未
必是先例），《音韻闡微》較保守仍然讀擦聲〔s〕。事實上23
B收字中，贐的上下有「盡、儘、藎、燼、賮」等字，應該也是
類化造成的改讀。

6.3 變讀ᴳ者

〔k〕→〔ɕ〕。「係」（ 3A ）《廣韻》做「古詣切」，
小韻是「計」字，屬霽韻開口四等見母；「懈、繲」（ 15A ）《
廣韻》做「古隘切」，屬卦韻開口二等見母；「鶪」（ 45A ）《
廣韻》做「古闃切」，屬錫韻合口四等見母；「驍、梟、澆」（
48A）《廣韻》做「古堯切」，屬蕭韻開口四等見母。係等七字
顎化後理應讀〔tɕ〕，可是《圓音正考》都歸入讀擦音〔ɕ〕組
中。《五方元音》歸係字於地韻火母、懈字於豺韻火母、驍梟澆
三字於獒韻火母，都表示已讀〔X〕清擦音。《音韻闡微》則仍
把係等七字讀〔k〕。 3A 係字之前收「系」、 15A 懈繲上下
收「解、蠏、澥、獬、邂」、45A鶪字上下有「喫、鼳、臭」等
字、 48A 驍澆字上下有「嘵、膮、髐」等字，既然這些同聲符
字都讀〔ɕ〕，自然「係」等的讀音也容易受到類化讀〔ɕ〕。

〔k〕→〔ɕ〕。「谿」（ 3A ）《廣韻》字做「豀」音
「苦奚切」，屬齊韻開口四等溪母；「芎」（ 39A）《廣韻》做
「去宮切」，小韻是「穹」，屬東韻合口三等溪母；「糗」（
45A ）《廣韻》做「去久切」屬有韻開口三等溪母；「麨」（45
A）《集韻》列在小韻「糗」下讀音全同；「闃」（ 45A ）《
廣韻》做「苦鶪切」，屬錫韻合口四等溪母。谿等五字《圓音正

考》都讀〔ʨ〕，谿在3A有「奚、蹊、徯籛」同得聲字，糗、
餱鬩在45A也有「嗅、齅、臭」等字，因此受到類化而改讀的可
能很大。至於芎之改讀〔ʨ〕，則無法理解，惟《五方元音》置
於龍韻火母〔X〕下，倒是一個讀擦音的先例。

6.4 非尖團音變來者

以上6.1到6.3都是舌根與舌尖音顎化的變讀，它們不
依照規則的演化，應該是反映當時實際讀音不成問題。上面舉
例說明因有同得聲字，所以「類化」其讀音也跟著相同，本文祇
在說明此種現象的可能性，並非說《圓音正考》是類化讀音的肇
端，因爲要一一找出每一個字何時改讀，恐非易事，本文也從未
有如此的企圖。

以下則是一些非舌根、舌尖音的字，《圓音正考》也照樣編
入尖團音各組中，顯然它們也是類化而來。

〔ʈʰ〕→〔ʨʰ〕。「郗」（ 1A ）《廣韻》做「丑飢切，
屬脂韻開口三等徹紐字。徹紐字近代多數讀〔tʂʰ〕或〔tʃʰ〕，
讀舌面音〔ʨʰ〕倒是少見，或許郗字與1A「郗、郗」兩字極
形似，所以也跟著讀〔ʨʰ〕，但僅止於推測而已。

〔ʃ〕→〔ʨʰ〕。「睄」（ 46B ）《集韻》做「所教切」，
小韻是「稍」，屬效韻開口二等疏母（審二）。依例疏母字少有
變讀爲舌面前塞擦音，《圓音正考》所以列入〔ʨʰ〕組，可能
是受到46B「俏、悄、誚、峭、鞘」都讀〔ʨʰ〕而類化的。

〔tʃ〕→〔ʨ〕。「戢、濈❿」（ 2B ）《廣韻》做「阻
立切」，屬緝韻開口三等莊母（照二）；「櫛、楖」（ 17B ）《
廣韻》做「阻瑟切」，屬櫛韻開口三等（或做二等）莊母。以上

戩等四字都非舌尖音字，《圓音正考》却歸入〔tɕ〕組，可能
2B有「輯」、17B有「節」，因此容易類化爲同音字。《五方
元音》地韻竹母下收有「㰟、戩」兩字，可見仍讀〔tʂ〕或〔
tʃ〕。《康熙字典》在戩字下引了《集韻》、《韻會》、《洪
武正韻》的反切之後，不管其屬照二莊母，定直音爲：「並音輯」；
㰟字亦復如此，定直音做：「並音節」。可見戩等字讀〔tɕ〕是
有來歷的。

　　〔ɸ〕→〔tɕ〕。「肙」（32A）《廣韻》做「與專切」，
小韻是「沿」字，屬仙韻合口三等喩母（喩四）。《圓音正考》
列在32A，與「涓、絹、娟……」等九字從肙得聲字並列讀〔tɕ〕，
顯然是類化的讀音。《五方元音》列在天韻雲母，仍讀零聲母。
不過現代方言，幾乎都讀〔tɕ〕，祇有閩、粤方言的梅縣、廣州、
陽江、廈門、潮州、福州、建甌等讀未顎化的〔k〕（北大中文
系1989：269），至少已不讀中古的零聲母。由此可見「肙」字
改讀，已是十分普遍的事。

　　〔ʃ〕→〔ɕ〕。「縰、屣」（3B）《廣韻》做「所綺切」，
屬紙韻開口三等疏母（審二）。《五方元音》已將屣字置於地韻
系母讀〔s〕，可見那時已經改讀舌尖音，往後顎化自然得以讀
〔ɕ〕。《圓音正考》將此二字在3B列於「徙、跣、葰」間，
因類化造成改讀的可能性極大。

　　〔ɕ〕→〔ɕ〕。前面的〔ɕ〕代表中古審母，後一個則是
《圓音正考》顎化以後的〔ɕ〕。「餉」（42A）《廣韻》做「
式亮切」，屬漾韻開口三等審母。中古審母的演化，後代多數讀
〔ʃ〕或〔ʂ〕，《圓音正考》讀〔ɕ〕，可能也是受同組有「

嚮、向」讀〔ɕ〕類化。《五方元音》餉字仍列在羊韻石母，還是讀〔ʂ〕或〔ʃ〕，並未變讀爲其他音。

〔nʑ〕─〔ɕ〕。「勷」（42B）《廣韵》做「汝陽切」，屬陽韵開口三等日母。中古日母字演化爲顎化的清擦音，可能例子鮮有。《圓音正考》歸勷字在〔ɕ〕組，也可能受同組「襄、鑲、驤、纕、瓖」讀音類化而來。《五方元音》勷字列在羊韵日母，仍讀〔ʑ〕或〔ʒ〕。

〔j〕→〔ɕ〕。「鴞」（48A）《廣韵》做「于嬌切」，屬宵韵開口三等爲母（喻三）。喻三演化後讀〔ɕ〕，也是少有的現象。或許《圓音正考》同組列有「喖、枵」都讀〔ɕ〕，因此類化而改讀。《五方元音》已列此字在獒韵火母下，表示讀〔X〕，正是顎化之前的舌根擦音。

以上從6．1到6．4的現象，可以看出《圓音正考》一書的排列字音，並不是依據傳統韵書去歸納，而是記載當時的實際讀音，因此造成不規則的演化。而這些演化有時在《五方元音》、《康熙字典》，甚至現代方言中可以找到前例，但是依照上文的觀察，似乎可以看出「類化」的可能性極大，因爲既然同聲符，何以不能讀音趨同，這是用字的心理作用。而《圓音正考》正好反映這種「類化」的材料，讓我們得以比較具體的觀察。至於其他未舉例的多數字，表示它們都依照規則顎化，不必一一加以說明。

6．5 介音變化

《圓音正考》的韵母，在四十八組音節中排列極有規律，每三組的韵母完全相同，總計四十八組共得十六類韵母。十六類韵母的讀音擬在下節討論，以下爲了說明演化的需要先在此引用，

至於詳細情況請參考七節的討論。

　　前面五節，從《圓音正考》中歸納江等三十四個開口二等韻依然有顎化現象。此外書中也見到一些中古的開合洪細不規則變化，這正表示《圓音正考》按實際讀音歸組，否則若按前人韻書排列，應不會有這些「例外」。

　　開洪變開細。「城」（ 1B ）《廣韻》做「七則切」；屬德韻開口一等。《圓音正考》1B 是〔 tǫi 〕組的收字，如今中古屬於開口洪音的城字，竟然變讀為開口細音，可能是受同組「戚」字讀音類化而來。又「卡」（ 4A ），《康熙字典》注引《字彙補》做「從納切、音雜」，從反切下字分析屬於合韻開口一等。《圓音正考》歸入 4A 組讀〔 tɕʻia 〕，也是洪音變細音。卡字在現代方言中幾乎都讀洪音〔 kʻa 〕（ 蘇州讀〔 kʻɒ 〕），祇有北京、濟南、西安、太原、武漢、成都、合肥官話系統才有〔 tɕʻia 〕的又讀（ 北大中文系 1989：11 ），可見卡變讀為細音，是受官話讀音的影響。

　　合洪變合細。「巽、遜」（ 30B ）《廣韻》做「蘇困切」，屬恩韻合口一等。《圓音正考》 30B 組讀〔 ɕyn 〕，是合口洪音變讀合口細音的例子。《五方元音》仍將巽、遜讀合口洪音（ 人韻系母 ），現代北京音兩字則改讀細音，與 30B 讀同音。至於何以要改讀、情況不清楚。

　　開細變合細。「壻」（ 12B ）《廣韻》做「蘇計切」，小韻是「細」字，屬霽韻開口四等。《圓音正考》12B 組讀〔 ɕy 〕，則壻字是開口細音變合口細音。《五方元音》壻字仍讀開口細音與細同音（ 地韻系母 ）。現代方言中改讀為合口細音，全是官話

方言區，惟西安、成都及武漢白話讀音不變仍讀開口細音（北大中文系 1989：136）。12B 有「胥、湑、醑、糈、諝、稰」都讀合細，壻字受此類化的可能性很高。「嗟・罝」（20B）《廣韻》做「子邪切」，屬麻韵開口三等。《圓音正考》20B 組讀〔tɕye〕，則嗟、罝兩字也是開細變合細。《五方元音》此兩字仍讀開細（蛇韵剪母），現代北京音也有讀合細一音。究竟爲何要改讀，情況不明。「薛」（21B）《廣韻》做「私列切」，屬薛韵開口三等。《圓音正考》21B 組讀〔ɕye〕，也是開細變合細的例子。《五方元音》還是讀開細（蛇韵系母），現代方言的官話系統多數也變合細，祇有西安、武漢及太原白話讀音未變，官話系統之外除南昌及双峰白話讀音外，其他也仍保持開細（北大中文系 1989：53）。薛字爲何要變，也是不明所由。「尋、潯、鐔、鱏」（30A）《廣韻》做「徐林切」，屬侵韵開口三等。30A《圓音正考》讀〔ɕyn〕，尋等四字也是開細變合細。《五方元音》此四字仍讀開細（人韵系母），現代方言中與《圓音正考》相同讀合細〔ɕyn〕的有北京、成都、合肥、南昌（文讀），濟南讀〔ɕyɛ〕也可以算，仍然是以官話系統爲主，不過北京也有開細一讀（北大中文系 1989：299）。至於何以變讀，也是情況不明。

　　合細變開細。「蹙」（1B）《集韵》做「七六切」，屬屋韵合口三等。《圓音正考》1B 組讀〔tɕʻi〕是開口細音。因此蹙字之變讀可能受同組「戚」的讀音類化而來。「季」（2A）《廣韻》做「居悸切」屬至韵合口三等，3A 讀〔tɕi〕是開口細音。現代方言官話系統多數也讀開細，祇有廣州、陽江、厦門、

漳州保有合口讀音，但是未顎化，蘇州讀〔tɕy〕（北大中文系
1989：88）是既顎化又是合細，不過與中古亦有差異。≪五方
元音≫則改讀開細，與≪圓書正考≫相同。

6.6韻尾變化

〔－ŋ〕→〔－n〕。「騂」（24B）≪廣韻≫做「息營切」
屬清韻三等，≪韻鏡≫列於三十三轉開口。此字韻尾收〔－ŋ〕
舌根鼻音，≪圓音正考≫24B組讀〔ɕin〕，却是舌尖鼻音尾。
或許此字也是受同組「辛、莘」讀音而類化。≪五方元音≫還是
讀舌根鼻音列在龍韻系母，現代北京音也是讀〔ɕiŋ〕。「蟳」
（30B）≪康熙字典≫注引≪正字通≫反切「徐盈切」，則屬清
韻開口三等（也是開細變合細的例子）。≪圓音正考≫30B 組
讀〔ɕyn〕，又是舌根鼻音尾變舌尖鼻音尾的例子。30B 有「
尋、潯、燖」等字讀舌根鼻音，因此也類化讀成相同。

〔－ɸ〕→〔－ŋ〕。「酗」（39A）≪廣韻≫做「香句切」，
小韻是「昫」，屬遇韻合口三等。≪圓音正考≫39A組讀〔ɕyŋ〕，
是陽聲韻尾。39A 有「匈、胷、洶、恟、詾、兇」等字，所以
酗字也類化讀成舌根鼻音。≪五方元音≫酗字收在地韻火母，仍
讀陰聲字，現代北京音也讀〔ɕy〕。

6.7 與現代北京音韻母不同者

除6.5與6.6兩小節指出的異讀外，在《圓音正考 》全
書中，也發現與現代北京音讀法相異的，如「劇」（2A），
≪廣韻≫在陌韻屬開口三等群母字。2A ≪圓音正考≫讀〔tɕi〕，
韻母是舌面前展脣高元音，而現代北京話甚至官話系統的方言絕
大多數讀〔tɕy〕，此外長沙及南昌也是讀圓脣高元音〔y〕（

北大中文系 1989：133)。《五方元音》仍保存舊讀，置於地韻
金母下讀〔ki〕。「漬、齜」（ 2B ），《廣韻》在寘韻屬開口
三等從母，《圓音正考》2B也讀〔tɑi〕，但是現代北京都讀舌
尖元音〔tsï〕，其實《五方元音》列在地韻剪母早就讀〔ï〕，
連保守的《音韻闡微》都讀〔ï〕（ 林慶勳 1988：130 ），而稍
晚的《圓音正考》反而讀〔i〕，難道也是受同組「蹟、績、勣」
等字的類化嗎？「俠」（ 18A ），《廣韻》在帖韻屬開口四等匣
母，《圓音正考》18A讀〔ɕie〕，而現代北京音讀〔ɕia〕，
元音低化了。《五方元音》列在蛇韻火母，讀音與《圓音正考》
較接近。

　　本節所舉例子雖然不多，但可以說明現代北京音與二百多年
前的《圓音正考》又有差異。因爲語音是發展的，所以中古到十
八世紀會變化，《圓音正考》到二十世紀何獨不然。明白這個道
理，則《圓音正考》是當時讀音的寶錄，應該是更明確了。

七　刻本《圓音正考》的十六組韻母

　　以下先列《圓音正考》與《五方元音》、《音韻闡微》兩書
之韻母音節比較，最後再殿以現代北京音做參考。所以取該二書
做比較，主要是清代較具代表性之韻書。《五方元音》以北方官
話爲基礎編纂，與《圓音正考》系統可能較接近；《音韻闡微》
雖然也以北方官話爲基礎，然其中不免參考其他方言成份，以及
受康熙「存不遽變古」的影響，與《圓音正考》系統反而較遠。

　　以下比較，《五方元音》與《音韻闡微》兩書祇取見系、精
系與細音相配之音節，其餘一概省略。兩書多數取領字爲代表，

故多陰平字，其有非「常用字」者，則換字時不論其聲調所屬。
《五方元音》以寶旭齋刊本爲據，代表字之後爲字母與韵別，如
「溪橋地」表示溪字收在橋母地韵之下。≪音韵闡微≫原書標目係
以傳統之三十六字母與一百零六韵，不易見其實際音系，不得以
採用拙作≪音韵闡微研究≫（台北：學生書局，1988）第三章
＜單字音表＞擬音。以上≪五方元音≫與≪音韵闡微≫二書，見
系與精系各自分列並未「顎化」，故以斜線分開，左列屬舌根音，
右列爲舌尖前音。

　　≪圓音正考≫仍以Ａ、Ｂ代表團音及尖音，代表字與本文三
節所列相同，惟爲歸納同韵母群，在每三組前各以數字加圈表
示區別。至於現代北京音祗供參考用，除非有必要，否則不再說
明。

《圓音正考》1743	《五方元音》1654-1673	《音韻闡微》1726	現代北京音
① 其 1 A／齊 1B	溪 橋地／姜 鵲地	欺 kʻi／嗞 tsʻi	tɕʻi／tɕʻi
及 2 A／即 2B	幾 金地／濟 剪地	基 ki／屉 tsi	tɕi／tɕi
奚 3 A／析 3B	希 火地／西 糸地	檿 xi／西 si	ɕi／si
② 恰 4 A	恰 橋馬	髂 kʻia	tɕʻia
家 5 A	加 金馬	嘉 kia	tɕia
暇 6 A／斜 6B	鰕 火馬	煆 xia	ɕia
③ 殼 7 A／鵲 7B	卻 橋駝／皆 鵲駝	確 kʻiak／鵲 tsʻiak	tɕʻye
覺 8 A／爵 8B	角 金駝／爵 剪駝	覺 kiak／爵 tsiak	tɕʻye
學 9 A／削 9B	學 火駝／削 鵲地	學 xiak／削 siak	ɕye／tɕʻy
④ 區 10 A／趣 10B	驅 橋地／趣 剪地	墟 kʻy／趣 tsʻy	tɕʻy
居 11 A／疽 11B	居 金菊／疽 糸地	居 ky／苴 tsy	tɕy
⑤ 虛 12 A／胥 12B	虛 火虎／須 糸地	虛 xy／胥 sy	ɕy
楷 13 A	泚 火虎／楷 橋釵	楷 kʻiai	kʻai
皆 14 A	皆 金釵	佳 kiai	tɕie、tɕia
懈 15 A	鞋 火釵	諧 xiai	ɕie
⑥ 茄 16 A／且 16B	癲 橋蛇／且 鵲蛇	茄 kie／且 tsʻie	tɕʻie、tɕʻye
結 17 A／節 17B	結 金蛇／節 剪蛇	迦 kie／嗟 tsie	tɕie、tɕia
韻 18 A／洩 18B	頡 火蛇／些 糸蛇	／些 sie	ɕie
⑦ 缺 19 A	闕 橋蛇	瘸 kʻye	tɕʻye

tɕye
ɕye
tɕʰin

tɕin

ɕin

tɕʰian

tɕian

ɕian

tɕʰyn
tɕyn
ɕyn
tɕʰyan
tɕyan
ɕyan
tɕiŋ
tɕʰiŋ
ɕiŋ

		親 ts'in		
		侵 ts'im		
		津 tsin		
		浸 tsim		
		辛 sin		
		心 sim		
		千 ts'ian		
		籤 ts'iam		
		箋 tsian		
		尖 tsiam		
		先 sian		
		心 siam		
		浚 ts'yn		
		俊 tsyn		
		荀 syn		
		詮 ts'yan		
		鐫 tsyan		
		宣 syan		
		清 ts'iŋ		
		精 tsiŋ		
		星 siŋ		

韡 xye		
勤 k'in		
欽 k'im		
巾 kin		
今 kim		
欣 xin		
歆 xim		
牽 k'ian		
謙 k'iam		
健 kian		
兼 kiam		
掀 xian		
嫌 xiam		
羣 k'yn		
均 kyn		
薰 xyn		
權 k'yan		
涓 kyan		
喧 xyan		
卿 k'iŋ		
京 kiŋ		
馨 xiŋ		

決 20A ／絕 20B
穴 21A ／雪 21B
⑧欽 22A ／侵 22B
董 23A ／盡 23B
欣 24A ／芊 24B
⑨謙 25A ／千 25B
間 26A ／煎 26B
閒 27A ／先 27B
⑩裙 28A
君 29A ／俊 29B
薰 30A ／旬 30B
⑪絹 31A ／全 31B
涓 32A
玄 33A ／宣 33B
樂 34A ／菁 34B
經 35A ／精 35B
牽 36A ／星 36B

序號	A字	A字組	B序號	B字	B字組	團音字	IPA	尖音字	IPA	音值
⑬37A	邛	穹橋龍				穹	k'yŋ	梌	ts'yŋ	tɕ'yuŋ、tsuŋ
38A	絧	局金龍				局	kyŋ	跤	tsyŋ	tɕyuŋ、tsuŋ
39A	匈	兄大龍				匈	xyŋ	嵩	syŋ	ɢyuŋ、suŋ
⑭40A	羌	腔橋羊	40B	牆	槍橋羊	腔	k'iaŋ	蹌	ts'iaŋ	tɕ'iaŋ
41A	重	江金羊	41B	將	將金羊	江	kiaŋ	將	tsiaŋ	tɕiaŋ
42A	鄉	香火羊	42B	相	相火羊	香	xiaŋ	襄	siaŋ	ɕiaŋ
⑮43A	求	丘橋牛	43B	秋	秋橋牛	邱	k'iou	秋	ts'iou	tɕ'iou
44A	久	鳩金牛	44B	就	酒金牛	鳩	kiou	啾	tsiou	tɕiou
45A	休	休大牛	45B	修	羞大牛	休	xiou	愀	siou	ɢiou
⑯46A	喬	敲橋羮	46B	俏	整橋羮	曉	k'iau	鍫	ts'iau	tɕ'iau
47A	交	交金羮	47B	焦	焦金羮	驕	kiau	焦	tsiau	tɕiau
48A	效	囂火羮	48B	肖	消火羮	囂	xiau	蕭	siau	ɢiau

八　刻本《圓音正考》的韵母系統討論

從七節所列的比較，可以看出《圓音正考》韵母幾個特點：第一，⑧、⑨兩組，《音韵闡微》各小組皆收〔－n〕與〔－m〕，可見《圓音正考》〔－m〕鼻音尾與《五方元音》一樣都消失，分別歸入相關的各組尖團音中（22A到27B六組）。第二，《五方元音》的入聲字雖然沒有獨立成韵，但仍以〔－ʔ〕收尾附在相關的陰聲各韵之後；《音韵闡微》則獨立入聲爲十七韵。《圓音正考》的入聲，完全變同陰聲字，除⑧、⑨、⑩、⑪、⑫、⑬、⑭陽聲韵及⑮⑯陰聲韵未雜有中古入聲外，其餘①至⑦陰聲韵，多數陰聲字與入聲字同收，惟其中6B、10B、11B、13A、14A、15A 各組，雖是陰聲韵却沒有入聲字。

8.1③與⑦組、⑤與⑥組的對立

就上列十六組韵母比較，可以看到①、②、④及⑧至⑯十二組，《圓音正考》、《五方元音》、《音韵闡微》及現代北京音等的韵母分佈，極規則且少重複。《五方元音》①、④⑮兩組都是「地」韵，那是地韵的收字有〔－i〕、〔－ei〕、〔－y〕〔－ï〕四類韵母（趙蔭棠1936：79、李新魁1983：306），如「系」母收有西〔－i〕、雖〔－ei〕、須〔－y〕、思〔－ï〕四組字，因此①「溪」〔－i〕與④「驅」〔－y〕是有區別的；至於⑧、⑩是人韵，⑨、⑪是天韵，⑫、⑬是龍韵，並非重複而是介音有別的兩組音，比較現代北京音可以看得很清楚。《音韵闡微》因有拙著擬音對照，也可以看到它們之間是未有重複的，甚至現代北京音亦是如此。

	7A 却	7B 瞿譽	8A 覺	9A 學	9B 削	19A 缺	20A 決	20B 絕	21A 靴	21B 雪
北京	tɕye꜄	tɕ'ye꜄ / tɕ'iau꜄	꜀tɕye文 / ꜀tɕia	꜀tɕye文 / ꜀tɕiau白	ɕye文 / ɕiau白	꜀tɕ'ye	꜀tɕye	꜀tɕye	꜀ɕye	꜀ɕye
濟南	꜀tɕ'ye	꜀tɕ'ye	꜀tɕye	꜀tɕye	꜀ɕye	꜀tɕ'ye	꜀tɕye	꜀tɕye	꜀ɕye	꜀ɕye
西安	꜀tɕyo	꜀tɕyo文 / ꜀tɕiau白	꜀tɕyo	꜀tɕyo	꜀ɕyo	꜀tɕ'yo	꜀tɕye	꜀tɕye	꜀ɕye	꜀ɕye
太原	tɕyəʔ꜄ / tɕ'yeʔ꜄文 / tɕie꜅白	tɕ'yeʔ꜄文 / tɕ'iaʔ꜄白	tɕye꜄ʔ	꜀ɕyeʔ꜄文 / ɕie꜅白	꜀ɕyeʔ꜄文 / ɕie꜅白	tɕ'yeʔ	tɕyɔʔ	tɕyə	꜀tɕye	꜀tɕyɔʔ
武漢	꜀tɕio	꜀tɕio	꜀tɕio	꜀ɕio	꜀ɕio	꜀tɕ'ye	꜀tɕye	꜀tɕie	꜀ɕye	꜀ɕie
成都	꜀tɕyo	꜀tɕyo	꜀tɕyo	꜀ɕyo	꜀ɕye	꜀tɕ'ye	꜀tɕye	꜀tɕye	꜀ɕye	꜀ɕye
合肥	tɕye꜌ʔ	tɕye꜌ʔ	tɕye꜌ʔ	ye꜌	ɕye꜌ʔ	tɕ'ye꜌ʔ	tɕye꜌ʔ	tɕye꜌ʔ	꜀ɕy	ɕy꜌
揚州	tɕ'ia꜌ʔ	tɕia꜌ʔ	tɕia꜌ʔ	ɕia꜌	ɕia꜌ʔ	tɕ'ye꜌ʔ	tɕye꜌ʔ	tɕye꜌ʔ		ɕye꜌ʔ
蘇州	tɕ'iɤʔ꜌	tɕyoʔ꜌文	tɕioʔ꜌文	tɕioʔ꜌文		tɕ'yɤʔ꜌	tɕyɤʔ꜌		꜀ɕio	
溫州	tɕ'ia꜍	tɕia꜍	tɕia꜍	tɕia꜍	ɕia꜍	tɕ'y꜍	tɕy꜍	tɕye꜍	꜀ɕy	꜀ɕy
長沙	tɕio꜍	tɕio꜍	tɕio꜍	ɕia꜍	ɕio꜍	tɕ'ye꜍	tɕy꜍	tɕye꜍	꜀ɕye	꜀ɕie
雙峰	tɕiʊ꜍	tɕiʊ꜍			꜀ɕiʊ	tɕ'yɔ꜍		tɕya白	꜀ɕio / ꜀ɕia白	꜀ɕye文 / ꜀ɕia白
南昌	tɕiɔk꜋	tɕiɔk꜋	tɕioʔ꜋文	tɕiɔk꜋白	ɕiɔk꜋	tɕ'yɔt꜋	tɕyɔt꜋	tɕyɔt꜋	꜀tɕiɔt꜋	꜀ɕyɔt꜋

185

所餘四組③、⑤、⑥、⑦，現代北京音③與⑦、⑤與⑥讀音多數雷同。《圓音正考》之前的《五方元音》，③是駝韻⑦是蛇韻，⑤是豺韻⑥是蛇韻，却是有分別，其中⑥⑦蛇韻是開細與合細的不同。再看《音韻闡微》這四組的擬音，也是完全不同，③因爲《圓音正考》全收覺、藥兩韻入聲字，因此《音韻闡微》相對的③組擬音是收〔－k〕的入聲字。由以上的觀察可以看到這四組的輪廓，那就是《圓音正考》分做四組是有道理的，尤其之前的《五方元音》及《音韻闡微》已經有分爲四組韻母的前例，《圓音正考》明明白白的分出四組，當然是可信的。雖然不可像現代北京音一樣，把它們合併成兩組韻母，不過現代北京音也提供③與⑦、⑤與⑥之間的讀音關係讓我們去思考，顯然地③與⑦、⑤與⑥，在《圓音正考》應該是對立的，否則豈不是像北京音一樣讀成相同嗎？

8.2 ③與⑦組討論

③包括7A至9B，三節所列滿文拉林語和規範語的韻母是〔－ijo〕（〔－ïjo〕）、〔-cjo〕；⑦包括19A至21B，韻母則是〔－ieoi〕（〔－ïeoi〕）、〔－icci〕。儘管滿文讀音與十八世紀初漢語北方官話有差距，但是從對音來看③與⑦有相同元音〔o〕、〔ɔ〕，也有⑦獨有的韻尾。因此③與⑦有某些區別，滿文似乎也說明了此種現象。至於現代漢語方言的情況如何？以下列一些例字說明（見前頁）：

以上讀音據北大中文系（1989:52—54）記音，凡是已經顎化讀舌面音的字才列。19B在《圓音正考》是「漢字無」，8B收「爵、嚼、皭、爝」四字北大中文系記音都未收，因此兩組例字

從缺。7A至9B（③）及19A至21B（⑦），北京、濟南、太原、合肥等官話系統幾乎都讀成相同。但是西安、成都同有〔－yo〕與〔－ye〕的對立；武漢、長沙也同有〔－io〕與⊢ye〕的對立。其他方言固然③與⑦也有不同，但是比較分歧。從漢語現代方言看，③與⑦的確有不同讀音的事實。

依據《圓音正考》收字觀察，③中古的開合都有，⑦則絕大多數是合口。究竟把③擬成〔－yo〕或〔－io〕，確實有些猶豫。如果我們從《圓音正考》的北方官話背景來考慮，現代北方話的方言如北京文讀、濟南、西安、太原（文讀），幾乎一致把③讀成合口細音，因此擬成〔－yo〕似乎比較合理。⑦無庸置疑應據多數方言讀〔－ye〕。

8.3 ⑤與⑥組討論

⑤組包括13A至15B，三節滿文拉林語、規範語韻母讀做〔－ijɑi〕（〔－ïjɑi〕）；⑥組包括16A至18B，韻母是〔－ijəi〕（〔－ïjəi〕）。兩組滿文的差異祇在元音〔ɑ〕及〔ə〕，一個後低、一個中央，但兩組同時都有韻尾〔－i〕。現代北京音則兩組韻母幾乎相同，祇有少數字如楷、揩、鍇（13A），駭、駴（15A），讀〔－ai〕有韻尾〔－i〕。其他現代漢語方言的情況如下（見次頁）：

以上據北大中文系（1989：45－50）記音，非顎化的舌面音都省略不錄。13B、14B、15B 三組《圓音正考》是「漢字無」；13A收「楷、揩、鍇」三字，北大中文系收有「楷」字（1989：151），但各方言都讀〔k'-〕不是顎化，所以上表都從缺：14A與15A 之⑤組讀音，與16A至18B之⑥組韻母對立

方言	14A 皆	15A 鞋	16A 茄	16B 且	17A 結	17B 節	18A 歊	18B 謝
北京	₌tɕie	₌ɕie	₌tɕie	⁰tɕʰie	₌tɕie	₌tɕie	₌ɕie⁰	ɕie⁰
濟南	₌tɕiɛ	₌ɕiɛ	₌tɕie	tɕʰie	₌tɕie	₌tɕie	₌ɕie	ɕie⁰
安安(西安)	₌tɕiɛ / ₌tɕiɛ新		₌tɕʰie	⁰tɕʰie	₌tɕie	₌tɕie	₌ɕie	ɕie⁰
太原	₌tɕie	₌ɕie	₌tɕʰie	⁰tɕʰie	₌tɕie	₌tɕie	₌ɕie	ɕie⁰
武漢	₌tɕiɛi文		₌tɕʰye / ₌tɕʰie新	⁰tɕʰie	₌tɕie?	₌tɕie?	₌ɕie?⁰	ɕie⁰
成都	₌tɕiɛi文		₌tɕie	⁰tɕʰie	₌tɕie	₌tɕie	₌ɕie	ɕie⁰
合肥	₌tɕiE	₌ɕiE	₌tɕʰye	⁰tɕʰi	tɕaiʔ?	tɕaiʔ?	ɕiaʔ?⁰	ɕiʔ⁰
揚州	₌tɕiɛ	₌ɕiɛ文	₌tɕʰia	⁰tɕʰiI	tɕieʔ?	tɕieʔ?	ɕieʔ?⁰	ɕiIʔ
蘇州	₌tɕiɒ				tɕiIʔ?⁰		ɕiIʔ?	
溫州					tɕi⁰	tɕi⁰	ɕi⁰	
長沙			₌tɕie文 / ₌tɕia白	⁰tɕʰie	tɕie⁰	tɕie⁰	ɕie⁰	ɕie⁰
双峰							₌ɕie文 / ₌ɕia白	
南昌			₌tɕʰia	⁰tɕʰia	tɕiɛt⁰	tɕiɛt⁰	ɕiɛt⁰	ɕia²

的有：濟南〔－iɛ〕與〔－ie〕、西安〔－iæ〕與〔－ie〕、
成都〔－iɛi〕與〔－ie〕、合肥〔－iE〕與〔－ye〕〔－i〕〔－iɐ〕、
揚州〔－iɛ〕與〔－ia〕〔－iI〕〔－ie〕、蘇州〔－iɒ〕與〔－iI〕，
以上多數屬於元音高低及前後的對立，祇有成都比較特別，⑤組
有韻尾〔－i〕⑥組則無。如果我們再仔細觀察上列14A、15A
例字的其他方言，未顎化而有韻尾〔－i〕的極多，「皆」梅縣讀
〔ₑkiai〕，長沙、南昌、廣州、陽江、廈門、潮州、福州、建甌
都讀〔ₑkai〕；「鞋」武漢、成都、長沙讀〔ₑxai〕，南昌、梅
縣、廣州、陽江及廈門文讀都是〔ₑhai〕（以上見北大中文系，
1989:45.49）。可見⑤組讀成有韻尾〔－i〕是許多方言所共有。

如果我們祇管北方方言，這個與《圓音正考》相同背景的讀
音，幾乎⑤⑥兩組沒有什麼大區別，因此不能不注意北方方言之
外的其他方言。袁家驊等（1983:31）說：「古見母匣母的蟹
攝開口二等字『皆階街解介界戒屆諧鞋械懈』等，字數不多，但
它們代表的語音現象卻是重要的。這些字的聲母❶北方話大部地
區類似或相同于北京的讀法－ tɕie，ɕie° 讀為 kai（或tɕiai），
Xai（或ɕiai）是西南方言的一個特徵 。」這個理論正好提供
我們區別⑤、⑥兩組的依據。《圓音正考》⑤組的全部收字共三
十六字，合乎袁氏所說蟹攝開口二等見匣二母條件的有三十三字，
其餘三字全在13A，卽「楷、揩、鍇」都是蟹攝開口二等溪母字，
楷字在北京、太原、武漢、成都、長沙、南昌、廣州、陽江、廈
門、潮州、福州、建甌都讀〔ₑkai〕，梅縣讀〔ₑkɔi〕（北大中
文系1989:151），可見楷等三字雖是溪母也應與14A、15A同
樣處理。

　　由方言的觀察，⑤可以如西南方言一樣讀〔－iai〕，⑥則據多數方言擬成〔－ie〕。此外《五方元音》⑤組是有韵尾〔－i〕的「豺」韵，⑥組是開尾的「蛇」韵；以及《音韵闡微》⑤、⑥分別是〔－iai〕及〔－ie〕。都可以支持《圓音正考》⑤組讀〔－iai〕、⑥組讀〔－ie〕的擬音。

　　據8.2與8.3所得的結論，③讀〔－yo〕❶、⑤讀〔－iai〕、⑥讀〔－ie〕、⑦讀〔－ye〕。《五方元音》⑥、⑦都是「蛇」韵，《音韵闡微》⑥、⑦也都是〔－e〕，並且兩書都是⑤⑥開細③⑦合細，如此現象正可以說明《圓音正考》的擬音是比較可信的。

8.4 其他各組

　　討論了③、⑤、⑥、⑦以後，剩下十二組都比較容易解決。除以《圓言正考》各組收字爲據外，現代漢語方言讀音、滿文對音，基至《五方元音》的韵部以及《音韵闡微》的韵類，都可以提供很好的擬音依據。以下就不必一一做討論。僅將結果記在下面，比較上面幾種材料自然可以明白。

①〔－i〕、②〔－ia〕、④〔－y〕、⑧〔－in〕、⑨〔－ian〕、⑩〔－yn〕、⑪〔－yan〕、⑫〔－iŋ〕、⑬〔－yŋ〕、⑭〔－iaŋ〕、⑮〔－iou〕、⑯〔－iau〕

這些讀音與二百後的北京音，幾乎是一樣的，所不同祇有前面討論的③〔－yo〕及⑤〔－iai〕而已。

九　刻本《圓音正考》的聲母與聲調

　　聲母和聲調可以簡單的討論，因爲受《圓音正考》本身材料

的限制，事實上也不可能做更詳細的分析。

有關聲母，儘管書中刻意分尖團，並不代表〔ts〕系與〔k〕系仍然對立，相反的A、B兩組的團音與尖音，《圓音正考》所據的方言、讀音已完全雷同❸。存之堂＜原序＞感歎「第尖團之辨，操觚家闕焉弗講」，所謂「闕焉弗講」，不正就是尖團已混的事實說明嗎？如果當時尖團分得清清楚楚，存之堂沒有必要說這句話，更不必編這部書，因爲一般人都能分得清楚的話，編書豈不是無謂。文通的刻本＜序＞也說：「夫尖團之音，漢文無所用。」他並且演繹出《圓音正考》「蓋爲翻譯而作」，因爲滿文分尖團漢文却無所用，如果漢滿文互譯，一個有尖團之分一個則完全不分，如何能對譯得精確，因此存之堂編書是爲檢索漢文何字是尖何字是團而作。不論存之堂＜原序＞或者文通刻本＜序＞，都在強調當時漢語尖團已混，也就是A、B兩組讀音已經完全雷同了。

其次中古的舌根濁塞音羣母〔g′〕、濁擦音匣母〔ｒ〕，以及舌尖前濁塞擦音從母〔dz′〕、濁擦音邪母〔z〕，在各組中都分別與清聲字相併，參看五節就可以明白，今舉①組爲例說明：

1 A 欺谿觭（溪母平聲）、綺起杞啓企（溪母上聲）、契氣憩器（溪母去聲）、乞隙（溪母入聲）、其奇祇祈謦（羣母平聲）。

1 B 妻（清母平聲）、砌（清母去聲）、戚七緝（清母入聲）、齊（從母平聲）。

2 A 機雞姬（見母平聲）、紀掎（見母上聲）、記旣（見母去聲）、吉急戟（見母入聲）、跽技（羣母上聲）、忌

偈（群母去聲）、及極劇（群母入聲）。

2 B　齋（精母平聲）、濟（精母上聲）、齋祭（精母去聲）、
　　　卽積（精母入聲）、薺（從母上聲）、嚌（從母去聲）、
　　　籍疾寂（從母入聲）。

3 A　希僖犧（曉母平聲）、豨喜（曉母上聲）、嬉戲（曉母
　　　去聲）、吸闚（曉母入聲）、携奚（匣母平聲）、徯（
　　　匣母上聲）、系（匣母去聲）、檄（匣母入聲）。

3 B　西（心母平聲）、徙洗（心母上聲）、細（心母去聲）、
　　　息錫（心母入聲）、兕（邪母上聲）、席（邪母入聲）。

可見中古的群、匣、從、邪四母，都併入相關的清聲組中，因此
全濁音清化在《圓音正考》是很明顯的。

　　綜合上述兩點，再加上現代方言的舌根、舌尖前音顎化以後
變成舌面前音的現象，我們可以將①至⑯組，每組的三小組（如
1A、B，2A、B，3A、B）分別擬成清音〔tɕ-〕、〔tɕʰ-〕、〔
ɕ-〕。

　　有關聲調情況如何？至少我們能曉得中古的入聲已併入陰聲
韻中，因此《圓音正考》沒有入聲是可以確定的，其他的平、去、
如何就不得而知。先看以下例子：

29A　君平掘去窘上郡去均平鈞平囷平菌上麕平
　　　麏平軍平箘上

35B　靜上精平靖上睛平靚去菁平箐平蜻平鶄平井上
　　　穽上阱上淨去旌平晶平

29A與35B 兩組例子列字先後，完全依照原書，所記四聲都是
中古，它們何以如此零亂？〈凡例〉說得很清楚：「每音字有多

寡，不同字形，各從其類，庶便檢閱，平仄之序，所弗論矣。」
正因為它祇在從其類檢閱方便著想，因此平仄順序祇得犧牲。顯
然地文通刻本＜序＞說此書非為韻學而做是有道理的，如果是為
韻學而做必定注意到聲調的安排。或許編者認為觀書者能自己分
別聲調，根本不必記載，果真如此它不是為韻學而做確實可以說
得通。從漢語音韻的演化，加上《五方元音》、《音韻闡微》已
有陰陽平的事實，我們寧可相信《圓音正考》也是陰平、陽平、
上去四調、祇可惜從本書中無法證明而已。

十 結 論

　　《圓音正考》所處的時代是十八世紀初期，存之堂是以北方
官話為基礎而編纂應是無疑。此書因非為韻學而作，所以編書體
例前無所承。細繹之不論全書四十八組音節的次第，或者每三組
同韻母的先送氣次不送氣最後殿以擦音，都是依仿滿文十二字頭
的先後順序而來，可見此書與滿文的關係極為深厚。在刻本中各
組不論有無收字，必定列有滿文以資對照，滿文對音祇能做為參
考，並非當時漢語是如此讀法，因此拉林語或規範語儘管語音系
統與漢語有別，那也是極自然的事，畢竟兩種語言本來就不屬於
同一語系。

　　刻本全書收有1,650字，經－－查核中古音，以《廣韻》為
主《集韻》等為輔做歸納，發現《圓音正考》所收集顎化的舌面
前音字，其中除三、四等的細音外，也有數量不少的二等洪音開
口字置於其中。這些二等洪音總數有三十四個韻（見五節），都
是開口字而且祇出現在A組的見、溪、曉、匣四個聲母，群母及

精系則完全沒有。刻本《圓音正考》所收的字，幾乎是舌面前顎化音的絕大多數，其餘非常用字雖然不收，應不至於影響統計結果。如今我們對二等洪音字的顎化條件，可以用刻本《圓音正考》所反映的：a 江等三十四韻；b 見、溪、曉、匣；c 開口二等韻，這三個條件來說明。

　　任何韻書的編纂，應該以能反映當時讀音才有意義，否則祇做存古的重編，在音韻史上必定被淘汰。《圓音正考》編書的目的並不在為韻學而作，因為這層關係，它沒有必要去遷就某些舊的或傳統的讀音，正好相反它可以記錄當時真正的實際讀音，所以此書所反映的十八世紀初讀音應該是可信的。歷來因同聲符而「類化」的讀音極多，如「捐」《廣韻》與專切，讀如「沿」字，但是同諧聲的「涓、絹、猖、鵑」都已讀見母字，捐字如何能不受影響而類化。不過各字類化的時間不一，也很難考察。《圓音正考》適巧在體例上類聚同得聲字於一組，因此很容易觀察類化現象。而《圓音正考》反映實際讀音的各字，不論聲母或韻母與中古差異而改讀者，大多數都可能是類化造成的。這個現象可以說明歷來多數字的改讀，除語音演化避諱等之外，類化也是極重要的因素之一。

　　最後要提到《圓音正考》讀音的問題，經過七節到九節的討論，我們可以列刻本《圓音正考》的擬音如下：

① 1A － 3B　　　tɕi　　　tɕʻi　　　ɕi

② 4A － 6B　　　tɕia　　　tɕʻia　　　ɕia

③ 7A － 9B　　　tɕyo　　　tɕʻyo　　　ɕyo

④ 10A － 12B　　tɕy　　　tɕʻy　　　ɕy

⑤ 13A－15B　　tɕʻiai　　tɕiai　　ɕiai

⑥ 16A－18B　　tɕʻie　　tɕie　　ɕie

⑦ 19A－21B　　tɕʻye　　tɕye　　ɕye

⑧ 22A－24B　　tɕʻin　　tɕin　　ɕin

⑨ 25A－27B　　tɕʻian　　tɕian　　ɕian

⑩ 28A－30B　　tɕʻyn　　tɕyn　　ɕyn

⑪ 31A－33B　　tɕʻyan　　tɕyan　　ɕyan

⑫ 34A－36B　　tɕʻiŋ　　tɕiŋ　　ɕiŋ

⑬ 37A－39B　　tɕʻyŋ　　tɕyŋ　　ɕyŋ

⑭ 40A－42B　　tɕʻiaŋ　　tɕiaŋ　　ɕiaŋ

⑮ 43A－45B　　tɕʻiou　　tɕiou　　ɕiou

⑯ 46A－48B　　tɕʻiau　　tɕiau　　ɕiau

（本文初稿「論《圓音正考》四十八音」，曾於1990年1月12日在東京大學中文系平山久雄教授的中國語言學討論課上做過報告，當時承平山教授指正，事後又蒙提供馮蒸撰「《圓音正考》及其相關諸問題」等文，對本文撰寫極有參考價值。又友人林巽培君惠借許多滿文資料，使本文得以順利完成。謹向二住致謝，1990.1.22林慶勳記於東京蒼生寮。）

引 用 書 目

中國社會科學院語言研究所

1958　＜官話區方言尖團音分合的情形＞，《方言和普通話
　　　　叢刊》1：141－148，北京：中華書局。

1988　《方言調查字表》（修訂本），北京：商務印書館。

北京大學中國語言文學系語言學教研室（簡稱北大中文系）

1989　《漢語方音字滙》（第二版），北京：文字改革出版
　　　　社。

李新魁

1983　《漢語等韵學》，北京：中華書局。

季永海、劉景憲、屈六生（合著）

1986　《滿語語法》，北京：民族出版社。

周祖謨

1960　《廣韵校本》，北京：中華書局。

林慶勳

1988　《音韵闡微研究》，台北：學生書局。

袁家驊等

1983　《漢語方言概要》（第二版），北京：文字改革出版
　　　　社。

渡部溫（訂正）

1977　《標注訂正康熙字典》，東京：講談社。

馮　蒸

1984　＜《圓音正考》及其相關諸問題＞，《古漢語研究論
　　　　文集》2：83－102，北京：北京出版社。

樊騰鳳

　　　　《五方元音》，寶旭齋藏板，國立台灣師範大學國文
　　　　研究所藏。

趙蔭棠

1936　《中原音韵研究》，台北：新文豐出版公司（1984
　　　　影本）。

穆曄駿

1987　＜十二字頭拉林口語讀法解＞，《滿語研究》4：16
　　　　－50，哈爾濱：黑龍江省滿語研究所。

鄭錦全

1980　＜明清韵書字母的介音與北音顎化源流的探討＞，《
　　　　書目季刊》14.2：77－87，台北：學生書局。

藤堂明保

1960　＜ki-と tsi-の混同は18世紀に始まる＞，《中國
　　　　語學論集》167－171，東京：汲古書院（1987出
　　　　版）

撰人不詳

1830　《圓音正考》，三槐堂書坊刻本，國立東京大學文學
　　　　部漢籍室藏。

撰人不詳

　　　　《韵鏡》，寬永五年（1628）本，東京：勉誠社（
　　　　1977影本）。

附　註

❶　或許另有「團音正考」一書亦未可知，暫存疑。惟據馮蒸 (1984) 所舉，稱「圓音正考」的有：① 趙蔭棠《中原音韻研究》，② 王力《漢語音韻》，③ 藤堂明保＜北方話音系的演變＞，④《中國語學新辭典》松本一男解說條，⑤ 李新魁《漢語語音發展概況》等。

❷　＜原序＞做「郡」，可能是受《康熙字典》書前韻圖的影響。

❸　見林慶勳 1988：26。

❹　＜凡例＞說：「是編五經之字，十載八九；其見於子、史諸書，字涉怪僻者，概芟不錄。」（＜原序＞3b葉）

❺　15A領字是「解」為避免與解釋之解相混，改用第二字「懈」。

❻　33A領字原作「○」，係避康熙諱，今還原作「玄」字。

❼　本段內容參考季永海等（ 1986：6—13 ）撰寫。

❽　穆文見《滿語研究》，1987.1：16—50，哈爾濱：黑龍江省滿語研究所。又穆氏任黑龍江省滿語研究所所長。

❾　＜凡例＞第一條說：「字書林立，最著者如《玉篇》、《廣韻》《集韻》、《韻會》諸書，音義互有異同。惟《〔康熙〕字典》集群書之大成，折衷至當。是編恪遵《字典》以為準則。」（＜原序＞3葉）可見《康熙字典》對本書有極大影響力。

❿　中國社會科學院語言研究所編，北京：商務印書館，1988。

⓫　各組之下說明的特殊字，如德韻開口一等搪、恩韻合口一等㟴等，屬於少數例外，因此不包括其中。

⓬　見二節有關刻本《圓音正考》體例說明。

⓭　《音韻闡微》擬音見林慶勳 1988：130—220，下同。

⓮　2B中㵁字出現兩次，又同組輯情況相同，不知何故？惟不同組的重出字未必是錯誤，馮蒸（ 1984：86 ）舉「騫」字見于 25

A又見于27A，認爲是刻本之誤。殊不知25A讀〔 tɕʰ〕，27A讀〔 ɕ〕是兩個不同音，27A是從《康熙字典》引錄的俗讀哯《康熙字典》馬部騫注。

⑮　爲了說明方便表列的《五方元音》、《音韵闡微》、現代北京音，都以與《圓音正考》相對的組別稱呼。

⑯　聲母疑爲聲韵母之誤。

⑰　藤堂明保（ 1960：169 ）將③組擬成〔 - io 〕開細。

⑱　據中國社會科學院語言研究所（ 1958：142 ）的調查，官話區不分尖團的方言佔 79.7％，分尖團的方言佔 20.3％，可見尖團不分，還是佔多數。

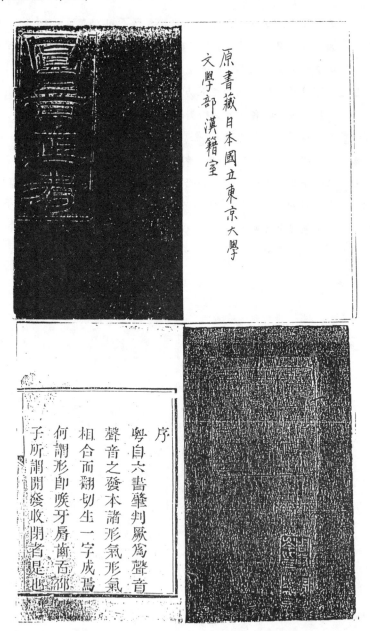

原書藏日本國立東京大學
文學部漢籍室

序

學自六書肇判厥爲聲音
聲音之發本諸形氣形氣
相合而翻切生一字成爲
何謂形卽喉牙脣齒舌郎
子所謂開發收閉者是也

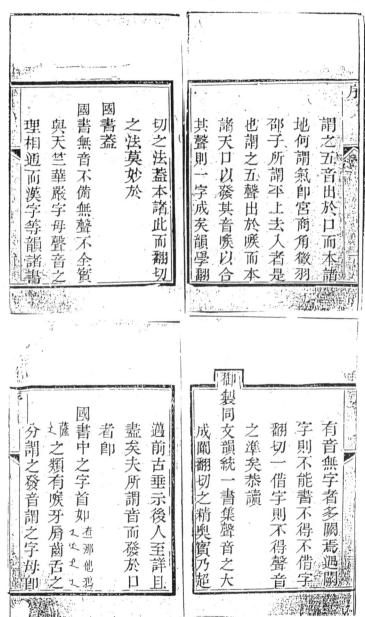

謂之五音出於口而本諸
地何謂氣卽宮商角徵羽
邵子所謂平上去入者是
也謂之五聲出於喉而本
諸天口以發其音喉以含
其聲則一字成矣韻學翻

切之法蓋本諸此而翻切
之法莫妙於
國書焉
國書無音不備無聲不全寶
與天竺華嚴字母聲音之
理相通而漢字等韻諸書

御製同文韻統一書集聲音之大
成闡翻切之精與寶乃起
之準矣恭讀
翻切一借字則不得聲音
字則不能書不得不借字
有音無字者多闕焉過闕

過前古垂示後人至詳且
盡矣夫所謂音而發於口
者卽
國書中之字首如查那他鴉
薩之類有喉牙脣齒舌之
分謂之發音謂之字母卽

以爲準則．
一是篇五經之字十載八九
其見於子史諸書字涉怪僻
者概芟不錄一字有數音而
義同者多從首音若音異而
義亦不同則分收其字於各

字中有音無字者多然考之
諸書有叶韻不可謂遂無其
音故仍標
國書於上以存其音也

音之內
一每音字有多寡不同字形
各從其類庶便檢閱平仄之
序所弗論矣
一
國書廣大精微無音不備而漢

圓音正考

音ㄍ

其欺期旗棋麒騏祺
淇綦萁蜞琪僛奇騎
綺犄錡欹琦碕觭
㪔蘄溪鴻谿玘芑屺

起跂攲頍蚑乞吃訖
岐杞芪祇祈肵頎旂
啟綮綮契鍥喫氣炁
棄弃祁隙愒憩亓夵
企器豈檯泣耆鬐郤
郄郗

尖音 ㄐ
齊懠臍蠐妻棲萋淒
悽戚慽七桼緝葺咠
刺砌漆蹷
圓音 ㄋ

及級伋岌笈芨汲已
記紀忌跽奇寄掎剞
畸羇踦騎觭几飢肌
麂基箕期惎瑻萁幾
機譏饑鐖璣禨蟣磯
譏吉佶姞髻技伎妓

屐屐芰既暨塈概蔇
溉鷄季悸冀兾穊驥
亟殛極㥛洎垍襋棘
稽繼急計激姬薊擊
劇羈戟撠覬笄偈圻
衛罽歷給瘈乩

近代音史上的舌尖韻母

竺家寧

一　前　言

　　近代漢語的舌尖元音〔ï〕，在《詩經》、《楚辭》所代表的上古音，和《切韻》系韻書所代表的中古音裏，不見它的踪迹。那麼，這個韻母是什麼時代形成？它的演化過程又如何呢？

　　國語的／ï／實際上包含了〔ɿ〕（只出現於 tʂ、tʂʻ、ʂ 的後頭，如「資、此、司」等字）、〔ʅ〕（只出現於 tʂ、tʂʻ、ʂ、ʐ的後頭，如「知、吃、食、日」等字）、〔ɚ〕（都是零聲母，並以單元音作韻母，如「兒、耳、貳」等字）。這類元音的產生，可以推到宋代，但不是所有的國語這類字都在同一個時候一起出現，而是經歷了相當時間，逐步形成的。下面我們透過各種語音史料觀察，看看舌尖韻母在近代音史上的遞變痕迹。

二　聲音唱和圖

　　北宋邵雍（ 1011～1077 ）作《皇極經世書》，其中的聲音唱和圖是反映當時語音的音韻表，所列的「十聲」就是十個韻類，但只有前七聲有字，其他三個是用來湊數的。周祖謨＜宋代汴洛語音考＞一文❶認為「聲五」有舌尖韻母。「聲五」的字表是這樣的：

妻	子	四	日
衰	〇	帥	骨
〇	〇	〇	德
龜	水	貴	北

周氏說：

> 圖中止攝精組皆列為一等，其韻母必由 i 變而為ɿ，同時知組字亦必變而為ʅ，故今擬為 i、ɿ、ʅ 三類❷。

這個字表的直行，由左而右是平、上、去、入；橫行由上而下是開、合、開、合。依邵雍的體例，同一橫行的字，韻母總是相同的。

依周祖謨先生的看法，「妻、子、四」都是ɿ韻母（舌尖前元音），那麼，同一行的「日」是否也是舌尖前韻母呢？其中的「妻」為什麼今天反而不屬舌尖韻母了呢？他所謂的「知組字」都念為ʅ韻母（舌尖後元音），應該指的是「衰、帥、水」等字了，為什麼韻母相同，卻沒有放在同一行呢？若依周氏的擬音，則聲音唱和圖的排列竟是如此雜亂（例如「龜、貴、北」是 i，「水」是ʅ，卻列在同一行）。

顯然，聲音唱和圖的韻母情況並不如周氏所猜想的。拙著＜論皇極經世聲音唱和圖之韻母系統＞一文❸曾對這個問題作深入討論，改擬一、三行（由上而下）為﹣i 韻母，二、四行為-uei 韻母。同時，周氏把上下四行看作是四個「等」的區別，也是錯

誤的。因此，聲音唱和圖的時代並沒有舌尖韻母產生。

三 韻 補

薛鳳生先生＜論支思韻的形成與演進＞一文 ❹ 認爲吳才老的
《韻補》裏，支韻日母「人」字後，破例列出「資、次、斯、私、
茲」等字，是舌尖元音出現的痕迹。吳才老爲宣和六年（1124 ）
進士，如果這項證據成立，那麼北宋末年就已經產生舌尖元音。
但是，我們重新翻查《韻補》支韻（原註：古通脂之微），其中
有：

智　珍離切　　雌　千西切

志　真而切　　試　申之切

是　市支切

這些都是後世念舌尖韻母的字。再看看「人」字後，有下列
各字：

資　津私切　　齊　才資切

斯　相支切　　私　息夷切

茲　子之切

這裏旣有後世念舌尖韻母的，也有後世念〔i〕韻母的。可
見《韻補》並沒有把後世念舌尖韻母的字歸在「人」字之後集中
安置的現象。而且「智、雌、私」等字的反切下字都是舌面元音
（《韻補》反切並非沿襲《廣韻》或《集韻》）。因此，《韻補》
中並沒有舌尖元音產生的痕迹，後世念舌尖元音和舌面元音〔i〕
的字，《韻補》是混雜在一起而不加區別的。

四　朱熹詩集傳

　　朱子（ 1130～1200　 ）《詩集傳》所用的叶音代表了當時
的活語言，許世瑛先生曾利用這些資料證明了舌尖韻母的產生。
他說：

> 朱子口中讀資、茲、雌、思、斯、祠的韻母是舌尖前高元
> 音，所以改叶為讀舌面前高元音的字做切語下字。例如思
> 字朱子改叶為新齎反，斯字改叶為先齎反，不就是改以齊
> 韻的齎字為切語下字嗎❺。

許先生考訂當時變讀舌尖韻母的字有：

精母－－資、茲、鼒、子、姊、梓、籽

清母－－雌、刺

心母－－思、絲、私、斯、師、死

邪母－－嗣

　　可知原屬「支、脂、之」韻的精系字都變為舌尖韻母了。雖
然「從」母無實例，亦可類推之。至於「師」字原為審母二等字，
國語念捲舌音，許先生認為朱子是讀為心母的。王力《漢語語音
史》也主張《詩集傳》時代已有舌尖韻母❻，除了許先生所列之
外，他又增加了「兕、姒、俟、涘、耜、汜、似、祀」等字。後
四個邪母字許先生認為讀為零聲母（朱子叶「養里反」），韻母
仍是舌面元音而非舌尖元音。王力在書末的＜歷代語音發展總表＞
中，宋代念舌尖元音的，另外還有「賜、四」二字。

由上面的資料看，南宋產生的舌尖韻母是由 ts-、ts'-、s-類字先開始的。

五　切韻指掌圖

根據趙蔭棠的考訂，《切韻指掌圖》成書於南宋 1176 ～ 1203 年間❼。董同龢《漢語音韻學》說：

> 《切韻指掌圖》以支脂之三韻的精系字入一等，表明舌尖前元音在宋代產生❽。

趙蔭棠《等韻源流》說：

> 在等的方面，指掌圖給我們一點很可注意的現象，就是茲、雌、慈、思、詞數字的位置。這幾個字在《韻鏡》及《四聲等子》上，俱在四等，所以它們的元音都是〔i〕。而《指掌圖》把它們列在一等，這顯然是在舌尖前聲母之 ts ts'……後邊的元音，顎化而為〔ɿ〕的徵象。……所可惜者，《指掌圖》格於形式，不能告我們所追隨舌尖後聲母之元音，是否變為〔ʅ〕耳❾。

《指掌圖》第十八圖齒頭音精系下，列於一等而變讀為舌尖韻母的字有：

平——茲、雌、慈、思、詞

上——紫、此、○、死、兕

　　去－－㳂、裁、自、笐、寺

這些變爲舌尖韻母的，也都是 ts、ts′、s 的字。

六　古今韻會舉要

　　元代熊忠的《古今韻會舉要》成書於 1297 年。書中所注的「字母韻」是當時的語音實錄。拙著《古今韻會舉要的語音系統》一書❿曾歸納「貲字母韻」，認爲這是一個專爲舌尖韻母而設的韻。其中包含了《廣韻》支、脂、之三韻的字，聲母方面絕大部分是 ts、ts′、s 的字：

　　1.咨資姿玆孳輜仔紫姊子恣字自。

　　2.雌慈疵詞祠辭此刺次。

　　3.私思絲司斯廝死似耜俟賜四肆伺寺嗣馶

　　4.徙璽積

　　上面第 4 條的「徙、璽」二字，《廣韻》是紙韻 s-母字，國語是〔i〕韻母，《韻會》時代音「死」，念舌尖韻母。「積」國語也是〔i〕韻母，《韻會》則已變〔ɿ〕。

　　《韻會》值得注意的是有一群知系字（《韻會》的知、照兩系字已合併爲「知徹澄審禪」五母）歸入「貲字母韻」：

　　知－－菑滓茝

　　徹－－差廁

　　澄－－漦士事

　　審－－釃師躧史駛㩮

　　這幾個字我們不能假定其聲母是 ts、ts′、s ，因爲《韻會》清清楚楚的注明它們是知系字（這些字屬原「莊系字」）。

因此，我們可以假定《韻會》時代開始有了〔ʅ〕類舌尖元音。

上面所列的 14 字，在《韻會》中實爲 14 個音，連各音所統的字計算，共有 59 字（平 19，上 24，去 16）。

《韻會》的「羈字母韻」是〔i〕韻母，有許多國語念〔ʅ〕韻母的字見於這個韻裏，例如「支、知、翅、池、詩」等，也有國語念〔ɚ〕的字，如「貳、餌……」收入「羈字母韻」，可見《韻會》時代這些字還念爲〔i〕，也表明了當時〔ʅ〕韻母的範圍比國語小得多，而〔ɚ〕韻字根本還沒有產生。

這些國語是 i 而《韻會》尚未變讀舌尖韻母的知照系和日母字，共有 245 字（平 90，上 86，去 69）。

七　中原音韻

元周德清的《中原音韻》作於 1324 年。這是一部純粹依據實際語音系統而編成的韻書，所謂「韻共守自然之音，字能通天下之語」 ❶。其中的「支思」韻正代表了〔ʮi〕韻母。國語 ts、ts′、s 的〔ʮi〕韻字全在此韻，例如：

平聲陰－－貲、兹、孳、滋、資、咨、姿、秄

　　　　　斯、嘶、撕、颸、思、司、絲、雌

平聲陽－－慈、鷀、磁、兹、茨、疵、詞、祠、辭

上　聲－－此、泚、子、紫、姊、梓、死

入作上－－塞（原注：音死）

去　聲－－似、兕、賜、似、汜、祀、嗣、笥

　　　　　耟、涘、俟、寺、食、思、四、駟

　　　　　次、刺、字、漬、自、恣、廁

其中的「食」字國語是捲舌音，《中原音韻》與「寺、思」並列，當是「飼」字的讀法。

至於知照系的字變〔ï〕韻母的，《韻會》只有五十九個字，《中原音韻》則多達九十字，例如：

平聲陰－－支、枝、肢、之、芝、脂、差

　　　　　施、詩、師、獅、尸、屍、鳲

平聲陽－－兒、而、時、匙

上　聲－－紙、旨、指、止、沚、趾、祉、址、咫

　　　　　爾、邇、耳、餌、珥

　　　　　史、駛、使、弛、豕、矢、始、屎、齒

入作上－－澀、瑟（原注：音史）

去　聲－－是、氏、市、柿、侍、士、仕、示、諡

　　　　　恃、事、嗜、豉、試、弑、筮、視、噬

　　　　　志、至、誌

　　　　　二、貳、翅

這裏所列的字，只是舉例，全部 90 個 知照系字的分佈是：平聲陰 22 字、平聲陽 7 字、上聲 30 字、入作上 2 字、去聲 29 字（據《音注中原音韻》，廣文書局）。值得注意的，是入聲之有舌尖韻母，自《中原音韻》始，但數量還很少。

〔ï〕韻母的知照系字雖然增加了，但是範圍還是比國語小，因為在「齊微」韻中仍有一些國語屬〔ɿ〕韻母的字，它們在「齊微」韻中仍念為〔i〕。例如：

平聲陰－－笞、癡、蚩、鴟、絺

平聲陽－－池、馳、遲、持

入作平－－實、十、什、石、射、食、蝕、拾

直、值、姪、秩、擲

上　聲－－耻、侈

入作上－－質、隻、炙、織、汁、只

失、室、識、適、拭、軾、飾、釋、濕

去　聲－－製、制、置、滯、雉、稚、致、螽、治

智、幟、熾

入作去－－日

　　這些字都是知照系字，沒有精系字，精系字之舌尖前韻母很早就演化完成了，只有知照系字的舌尖後韻母是逐漸擴展，經過漫長的歲月才完成演化的。

　　上表所列也只是舉例性質，《中原音韻》中全部尚未變 ｉ 韻母的知照系和日母字，實際上共有73字（平聲陰10、平聲陽6、入作平13、上聲2、入作上23、去聲17、入作去2）。

　　我們觀察舌尖後韻母的演化，可以用《韻會》（首先產生舌尖後韻母的材料）和《中原音韻》作一個比較：《韻會》已變舌尖後韻母和未變舌尖後韻母的字，比例是59：245，《中原音韻》的比例是90：73。可以看出，在《韻會》裏，舌尖後韻母字相對之下只是極少數，到了《中原音韻》則超過了未變 ｉ 的字（這些未變 ｉ 的字留在齊微韻，而未歸入支思韻）。換句話說，國語 ｉ 韻母的知照系字，在《中原音韻》裏已大體形成了❷。

　　入聲字的情況稍有不同，在《中原音韻》裏，已變舌尖後韻母的入聲字和未變的，其比例爲2：38。國語是舌尖韻母而《中原音韻》還沒變 ｉ 的入聲字還是佔多數。

至於國語的〔ə〕韻母，在《中原音韻》中還不存在，因爲
「兒、而、二、貳」等字顯然是念作〔ʐ〕的，聲母尚未失落，
和其他日母字沒有兩樣。

在《韻會》裏念〔i〕的「徙、璽、積」三字，《中原音韻》
見於齊微韻，可知和國語一樣是舌面元音〔i〕。

八　韻略易通

明蘭茂作《韻略易通》，書成於1442年。其中有舌尖韻母
的「支辭」韻，和舌面音的「西微」韻對立。國語 ts、ts'、s
的〔i〕韻母字全入「支辭」，知照系的〔i〕韻母字則分散在
兩韻裏，情況和《中原音韻》相同，例如在「支辭」的有：

　　枝母－－支、枝、肢、卮、脂、之、芝、淄、緇

　　　　　止、芷、址、趾、指、紙、旨、咫、沚

　　　　　至、志、誌、贄、志、寘、鷙、躓

　　春母－－差、蚩、嗤、鴟、齒、翅

　　上母－－師、獅、尸、屍、施、詩、鳲

　　　　　時、匙、漦

　　　　　史、使、始、矢、弛、豕、屎

　　　　　士、仕、是、氏、事、侍、示、市、恃

　　　　　視、諡、豉、嗜、試、弒、寺

　　人母－－而、兒、耳、爾、邇、餌、珥、二、貳

尚未變〔ʐ〕而留在「西微」韻的如：

　　枝母－－知、蜘、智、致、制、治、値、置、滯

　　　　　螽、雉、痔

春母——癡、絺、答、遲、池、恥、侈、祉、熾

絺、馳

上母——世、逝、噬、誓、筮、勢

國語〔ｉ〕韻母知照系在「支辭」和「西微」的比例是 130 字比 49 字，和《中原音韻》90 字與 73 字之比，可以看出兩書相隔的一百年間，知照系字由〔ｉ〕轉〔ʅ〕的一直在增加，逐漸走向國語音系的痕迹是很明顯的。

至於「人母」的「而、兒…」等字，仍然未像國語一樣變〔ɚ〕。

入聲字變入支辭韻的，仍然很少，只有兩、三個。例如「廁」（與「翅」同音）、「失」等字，這種情況和《中原音韻》類似。

玖　等韻圖經

明末徐孝（ 1573 － 1619 ）撰《重訂司馬溫公等韻圖經》，也是完全依據實際語音編成的，共分十三攝，其中的「止攝第三開口篇」含有〔ｉ〕韻母的字：

精照　資子自○　支止至直　齎擠積集

清穿　雌此次慈　蚩齒尺池　妻泚砌齊

心稔　思○○○　○疿蒂○　○洗○○

心審　思死四禗　詩史世時　西洗細席

影　　○爾二而　　　　　　衣以義宜

這個字音表，左邊兩行列的是字母，右邊有三大排例字，由左至右分別是〔ʅ〕、〔ʅ〕、〔ｉ〕三類韻母。字母中的「稔」母就是日母，爲「審」母之濁音。又心母在他的「字母總括」中

說：「⬚心二母剛柔定」，其凡例又說：

> 「惟心母脫一柔母，見吳楚之方，予以□添心字在內為
> 母。」

可知心母是南方音相對於心母的濁音〔ʑ〕。徐孝的「剛柔」
就是「清濁」之意。

徐孝的《等韻圖經》最值得注意的，就是「爾、二、而」等
字歸入了零聲母的「影母」之下，表示這些字已經和別的日母字
分途發展，失落聲母而成為〔ɚ〕了，這是近代音史上〔ɚ〕韻
母出現的最早資料，在近代音史上有其重要的意義。

這個現象也出現在稍遲的《西儒耳目資》中（1626 年）❸。
其中的〔ul〕自成一攝， 代表的正是〔ɚ〕韻母❹。

拾　五方元音

清康熙時代的《五方元音》為山西人樊騰鳳作於 1654 ～
1673 年間。書分兩部分，前為韻譜，後為韻書。分二十字母，
其中「竹、虫、石、日」四母相當於蘭茂之「枝、春、上、人」，
也就是知、照系聲母。趙蔭棠、李新魁、王力都擬為捲舌音 tʂ、
tʂ'、ʂ、ʐ❺ 。可是十二韻中的「地韻」，「竹、虫、石、日」
各母下似乎都有〔i〕、〔ʅ〕兩型韻母，因此，tʂ、tʂ'、ʂ、
ʐ的捲舌程度應該比較小，也許近乎 tʃ、tʃ'、ʃ、ʒ，故能兼
配細音〔i〕和洪音〔ʅ〕。各母配合的情形如下：

竹－－ 1.知、智、致、制、治、置、滯、彘、雉

痔、執、汁、質、秩、只、姪、帙、隻

摭、炙、職、織、陟、擲（以上〔i〕）

2.支、枝、肢、卮、脂、芝、之、淄、輜

止、芷、址、指、紙、祉、旨、咫、沚

峙、至、志、誌、贄、寘、鷙、躓、側

嘖、蚱（以上〔ɿ〕）

虫－－1.癡、笞、池、遲、恥、侈、祉、熾、尺

赤、斥、敕（以上〔i〕）

2.鴟、差、蚩、嗤、齒、翅、廁、叱（以上〔ɿ〕）

石－－1.噬、筮、世、逝、誓、勢、石、碩

射、食、蝕、釋、適、殖、植、實

螫、識、飾、式、拭、軾、室、失

十、什、濕（以上〔i〕）

2.師、獅、尸、屎、施、時、濾、史

使、矢、屍、豕、舐、士、仕、是

事、侍、示、市、柿、恃、視、謚

敳、試、弑、失、寺、瑟、蝨、色

索、嗇、穡（以上〔ɿ〕）

日－－而、兒、耳、爾、餌、珥、二、貳

日（以上〔ɿ〕）

由這些字的分佈看，和≪韻略易通≫十分近似，可知≪五方元音≫受其影響很深。〔ɚ〕韻母一樣沒有分出來⑯。

拾壹　結　論

由上面的語料觀察，我們可以把舌尖韻母的演化過程作成這樣的描述：

1.北宋時代的語料中，被人懷疑有可能產生舌尖韻母的，有《聲音唱和圖》和《韻補》，本文的分析認爲其中的證據不夠充分，故寧可持保留態度，不認爲北宋時代已有任何形式的舌尖韻母產生。

2.南宋初（十二世紀）的精系字後，已有舌尖前韻母產生。朱子《詩集傳》是最早呈現舌尖韻母痕迹的史料。

3.元初（十三世紀）有一部分知照系字開始產生舌尖後韻母，這些字主要是中古的莊系字。國語的〔ɚ〕韻字仍讀爲〔i〕韻母。國語的〔ʅ〕韻母則全部演化完成。

4.十四世紀的元代，念舌尖後韻母的字和國語〔ʅ〕而當時仍讀〔i〕的比例，已由原先的 59：245 變成 90：73 。也就是說，〔ʅ〕韻母的範圍繼續擴大，已經不止包含中古的莊系字了。入聲字之變〔i〕，自《中原音韻》始。國語〔ɚ〕韻字這時已由〔i〕轉爲〔ʅ〕韻母。

5.十五世紀的明代，念〔ʅ〕韻母的字和國語〔ʅ〕而當時仍讀〔i〕的比例爲130：49，〔ʅ〕韻字的範圍擴大得 接近國語了。

6.十六世紀末的明代，〔ɚ〕韻母終於誕生了。反映這種變化的最早語料就是《等韻圖經》。但是在某些北方官話地區仍保留聲母，韻母還是〔ʅ〕，例如《五方元音》卽是。

　　所用的各種語料，收字的範圍固然會有不同，有的只收常用字，有的兼及罕用字，但這一點並不影響上面所提出的演化的比例。因爲變舌尖後韻母與未變舌尖後韻母的比例數是就同一部語料比較的，同一部語料的收字體例是一定的，作者不至於故意在已變舌尖韻母的部分收字特別廣，而在未變部分收字特別窄，或者另外一部語料的作者又正與此相反，這是不可能的，因此，比例數應大致可以反映演化的狀況。

　　在舌尖後韻母字的逐漸增加過程中，偶而也可以從語料中發現幾個相反的例子，例如《中原音韻》支思韻去聲有「笫、噬」，念舌尖後韻母，而在較晚的《韻略易通》裏，這兩個字卻見於西微韻，尚未變舌尖後韻母，這是各語料之間所代表的語言，在先後的演化傳承關係上稍有參差，不完全是直線的關係，因而顯現這樣的幾個相反情況。若就整個情勢看，舌尖後韻母字逐漸擴展的軌迹是相當明顯的。

　　舌尖後韻母字的演化過程，可以爲「詞彙擴散」（lexical diffusion）理論提供了一個語史上例證。也就是說，在許多情況下，語音是突變的，在詞彙上的擴散是逐漸的。當某一類音變發生，並非所有這個音的詞彙同時都變，而是經歷一段長時間，逐漸由一個詞彙擴散到另外一個詞彙。

附　註

❶　見《問學集》，河洛出版社，1979 年，台北。原作發表於 1942
　　年。

❷　見《問學集》602 頁。

❸　見《淡江學報》第二十期，1983 年，台北。

❹　見《書目季刊》14 卷 2 期，1980 年，台北。

❺　見＜朱熹口中已有舌尖前高元音說＞，《淡江學報》第九期，
　　1970 年。收入《許世瑛先生論文集》第一集，引文見第 310 頁。

❻　見其書第 301 ～ 303 頁。書作於 1985 年。

❼　見＜切韻指掌圖撰述年代考＞一文，收入《等韻源流》第 94 ～
　　107 頁。文發表於 1933 年。

❽　見其書第 197 頁。

❾　見其書第 94 頁。

❿　台灣學生書局出版，收入中國語言學叢刊。1986 年，台北。

⓫　見周德清自序。

⓬　〔i〕變〔ʅ〕的，以莊系字最早，因此，支思韻多莊系字，而
　　齊微韻中，國語念〔ʅ〕韻母的，一個莊系字也沒有。〔i〕未
　　變〔ʅ〕的，大部分是入聲字，這可以由國語念〔ʅ〕而歸入齊
　　微韻的情形看出來。可知入聲的〔i〕>〔ʅ〕較晚。

⓭　作者金尼閣（Nicolas Trigault ），這是傳統音韻史料唯一注明
　　音標的書。

⓮　見陸志韋＜金尼閣西儒耳目資所記的音＞，燕京學報第三十三期，
　　124 頁。

⓯　趙蔭棠擬音見其《等韻源流》210 頁；李新魁擬音見《漢語音韻學
　　》78 頁；王力擬音見《漢語語音史》393 頁。

⓰　《五方元音・自敍》：「因按《韻略》（指《韻略易通》）一書，
　　引而申之，法雖淺陋，理近精詳。」趙蔭棠也說此書係根據《韵
　　略易通》而加刪增者。

⓱　見王士元“ Competing Changes as a Cause of Residue ”一文。

參 考 書 目

鍾露昇　　1966　《國語語音學》　語文出版社

董同龢　　1970　《漢語音韻學》　王守京發行

邵　雍　北　宋　《皇極經世書》

周祖謨　　1979　《問學集》　　河洛出版社

吳　棫　北　宋　《韻補》

薛鳳生　　1980　〈論支思韻的形成與演進〉　《書目季刊》
　　　　　　　　14卷2期

陳彭年　北　宋　《廣韻》

丁　度　北　宋　《集韻》

朱　熹　南　宋　《詩集傳》

許世瑛　　1974　《許世瑛先生論文集》　弘道文化公司

王　力　　1985　《漢語語音史》中國社會科學出版社

司馬光（託名）　南　宋　《切韻指掌圖》

趙蔭棠　　1974　《等韻源流》　　文史哲出版社

熊　忠　元　代　《古今韻會舉要》

周德清　元　代　《中原音韻》

劉德智注音　　1966　《音注中原音韻》　廣文書局

方師鐸　　1971　《增補國音字彙》　台灣開明書店

蘭　茂　明　代　《韻略易通》

徐　孝　明　代　《等韻圖經》

金尼閣　明　代　《西儒耳目資》

樊騰鳳　　清　代　《五方元音》

李新魁　　1986　《漢語音韻學》

竺家寧　　1983　＜論皇極經世聲音唱和圖之韻母系統＞

　　　　　　　　《淡江學報》　20 期

　　　　　1986　《古今韻會舉要的語音系統》　學生書局

王士元　　1969　＜Competing Changes as a Cause of Resi-

　　　　　　　　due ＞ Language　45

古今韻會舉要疑、魚、喻三母分合研究

李添富

一 前 言

韻會聲類，據其自稱，則凡三十有六。平聲一東公字下案語曰：

> 「聲韻之學，其傳久失。韻書起於江左，謬舛相承，千有餘年，莫之適正；近司馬文正公作切韻，始依七音韻，以牙舌脣齒喉半舌半齒，定七音之聲，以禮記月令四時，定角徵宮商羽半商徵半徵商之次。又以三十六字母，定每音清濁之等，然後天下學士，始知聲音之正。」

又曰：

> 「舊韻之字，本無次第，而諸音前後互出，錯糅尤甚。近吳氏作叶韻補音，依七音韻用三十六母排列韻字，始有倫緒。每韻必起於見字母角清音，止於日字母半商徵音。三十六字母周徧為一韻。」

是韻會三十六母者，實據自切韻指掌圖；而其韻字之排列有序，則來自七音韻也。今考韻會三十六字母為：

　　牙音角

　　　　見母　　角清音

　　　　溪母　　角次清音

　　　　群母　　角濁音

　　　　疑母　　角次濁音

　　　　魚母　　角次濁次音

　　舌音徵

　　　　端母　　徵清音

　　　　透母　　徵次清音

　　　　定母　　徵濁音

　　　　泥母　　徵次濁音

　　脣音宮

　　　　幫母　　宮清音

　　　　滂母　　宮次清音

　　　　並母　　宮濁音

　　　　明母　　宮次濁音

　　　　非母　　次宮清音

　　　　敷母　　次宮次清音

　　　　奉母　　次宮濁音

　　　　微母　　次宮次濁音

　　齒音商

　　　　精母　　商清音

　　　　清母　　商次清音

　　　　心母　　商次清次音

從母　商濁音

邪母　商濁次音

知母　次商清音

徹母　次商次清音

審母　次商次清次音

澄母　次商濁音

娘母　次商次濁音

禪母　次商次濁次音

喉音羽

影母　羽清音

曉母　羽次清音

么母　羽次清次音

匣母　羽濁音

合母　羽濁次音

喻母　羽次濁音

半舌音

來母　半徵商

半齒音

日母　半商徵

　細究上述三十六母，則與等韻三十六母不相吻合，蓋以知、照二系合流而新添「魚」、「么」、「合」三母也。大體而言，「么」母自「影」母來，「合」母由「匣」母分；其脈絡較爲明晰；至於「魚」母則或屬舊韻疑母，或爲舊韻喻母，且舊韻「疑」、「喻」二母亦多有相涉，故取「疑」、「魚」、「喻」三母韻字

析研之，期其能得韻會聲母系統之一偶。

二　疑、魚、喻之分合

韻會「魚」母係傳統三十六母所無，若依七音三十六母通考言之，「疑」母屬角次濁音，「魚」母屬角次濁次音，又平聲四支「宜」字注云：「蒙古韻略宜字屬疑母，舊音屬魚母；今依蒙古韻更定。」是知作者心中疑，魚二母當有別，故卷內多有更動音切以合聲紐者，並附注「舊音」於其後者，如：

宜　疑羈切。　　舊音魚羈切。

疑　疑其切。　　舊音魚其切。

銀　疑巾切。　　舊音魚巾切。

齗　疑斤切。　　舊音魚斤切。

卬　疑剛切。　　舊音魚剛切。

迎　疑京切。　　舊音魚京切。

凝　疑陵切。　　舊音魚陵切。

尤　疑求切。　　舊音于求切。

牛　疑尤切。　　舊音魚尤切。

嚴　疑枕切。　　舊音魚枕切。

嵒　疑咸切。　　舊音魚咸切。

巖　疑銜切。　　舊音魚銜切。

顎　疑豈切。　　舊音語豈切。

五　疑古切。　　舊音阮五切。

听　疑謹切。　　舊音語謹切。

劓　疑器切。　　舊音魚器切。

毅　疑既切。　　舊音魚既切。

憖　疑僅切。　　舊音魚僅切。

傲　疑到切。　　舊音魚到切。

仰　疑向切。　　舊音魚向切。

迎　疑慶切。　　舊音魚慶切。

釅　疑窆切。　　舊音魚窆切。

以上改魚母作疑母之例。

魚　魚居切。　　舊音牛居切。

嵬　魚回切。　　舊音五回切。

頑　魚鰥切。　　舊音五鰥切。

語　魚許切。　　舊音偶許切。

麌　魚矩切。　　舊音五矩切。

御　魚據切。　　舊音牛據切。

外　魚會切。　　舊音五會切。

以上為改疑母作魚母之例。

　　為令音切與實際聲紐相符，是以作者不憚其煩而更定舊切，甚且有「疑，疑其切。」、「魚，魚居切。」一類以本字為切之例，於是益如韻會「疑」、「魚」二母之有別也。

　　魚、疑二母既別，其不同何在？董同龢先生漢語音韻學、竺家寧先生古今韻會舉要的語音系統並以為疑母包含中古疑母一等、三等開口以及喻三開口字；魚母包含疑母二、三等合口字以及喻三合口字；喻母則為疑母二、四等開口字以及喻四全部。以下試依次臚列韻會魚、疑、喻三母韻字，並注明其所屬字母韻以及等

第開合，期能得其分閾：

平聲	疑	魚	喻
東			融余中（弓）喻四開
多	顒魚容（弓）疑三合		容餘封（弓）喻四合
江	峮吾江（江）疑二開		
支	宜疑羈（羈）疑三開		移余支（羈）喻四開
	疑疑其（羈）疑三開		夷延知（羈）喻四開
			飴盈之（羈）喻四開
			惟夷佳（惟）喻四合
		危虞為（媯）疑三合	
		帷于龜（媯）喻三合	
		為于媯（媯）喻三合	
			蠵勻規（規）喻四合
微	沂魚衣（羈）疑三開		
		韋于非（媯）喻三合	
		巍語韋（媯）疑三合	
魚		魚魚居（居）疑三開	余羊諸（居）喻四開
虞		虞元俱（居）疑三合	
		于雲俱（居）喻三合	俞容朱（居）喻四合
	吾訛胡（孤）疑一合		
齊			倪研奚（羈）疑四開
佳	厓宜佳（該）疑二開		
灰	皚疑開（該）疑三開		
		嵬魚回（媯）疑一合	

韻	疑母	喻三	喻四
眞			勻兪倫（鈞）喻四合
	銀疑巾（巾）疑三開		寅夷眞（巾）喻四開
文		管于倫（筠）喻三合	
	齦疑巾（巾）疑三開		
		雲于分（雲）喻三合	
元	垠五根（根）疑一開		
		元愚袁（涓）疑三合	
		袁于元（涓）喻三合	
	言魚軒（鞬）疑三開		
寒	岏吾官（官）疑一合		
山	頑魚鰥（關）疑二合		
	顏牛姦（干）疑二開		
先		員于權（涓）喻三合	沿余專（涓）喻四合
	妍倪堅（鞬）疑四開		延夷然（鞬）喻四開
			焉尤虔（鞬）喻三開
蕭	鴞于嬌（驕）喻三開		遙餘招（驕）喻四開
			堯倪么（驕）疑四開
肴	聱牛交（高）疑二開		
豪	敖牛刀（高）疑一開		
歌	莪牛何（歌）疑一開		
	吪吾禾（歌）疑一合		
麻	牙牛加（牙）疑二開		
			邪余遮（迦）喻四開
陽	卬疑剛（岡）疑一開		陽余章（岡）喻四開 ●

韻			
		王于方（光）喻三合	
庚	迎 疑京（京）疑三開		盈 怡成（京）喻四開
		榮于營（弓）喻三合	營 維傾（弓）喻四合
蒸	凝 疑陵（京）疑三開		蠅 余陵（京）喻四開
尤	尤 疑求（鳩）喻三開		
	牛 疑尤（鳩）疑三開		由 夷周（鳩）喻四開
	齵 魚侯（鉤）疑一開		
侵	吟 魚音（金）疑三開		淫 夷針（金）喻四開
鹽	嚴 疑杴（箝）疑三開		
	炎 疑廉（箝）喻三開		鹽 余廉（箝）喻四開
咸		嵒 疑咸（甘）疑二開	
		巖 疑銜（甘）疑二開	
上聲			
腫			甬 尹竦（拱）喻四合
紙	螘 語綺（己）疑三開		以 養里（己）喻四開
	擬 偶起（己）疑三開		酏 演爾（己）喻四開
	矣 于己（己）喻三開		洧 羽軌（詭）喻三合
	頠 五委（詭）疑三合		蔿 羽委（詭）喻三合
			蹪 尹棰（詭）喻四合
			唯 愈水（唯）喻四合
尾	顗 疑豈（己）疑三開		
	韙 羽鬼（軌）喻三合 ❷		

語 麌	五 疑古（古）疑一合	語 魚許（舉）疑三開	與 演女（舉）喻四開
		麌 魚矩（舉）疑三合	
		羽 王矩（舉）喻三合	庾 勇主（舉）喻四合
薺	倪 吾禮（己）疑四開		
蟹	騃 語駭（改）疑二開		
賄			隗 五賄（軌）疑一合
軫			引 以忍（謹）喻四開
			尹 庾準（稛）喻四合
		隕 羽敏（隕）喻三合	
吻	听 疑謹（謹）疑三開		
		抎 羽粉（隕）喻三合	
阮	齴 語偃（蹇）疑三開		
	阮 五遠（畎）疑三合		
	遠 雨阮（畎）喻三合		
	限 魚懇（懇）疑二開		
旱	輨 五管（管）疑一合		
潸	眼 語限（等）疑二開 ❸		
銑	齴 語寒（繭）疑三開		
			沇 以轉（畎）喻四合
			演 以淺（蹇）喻四開
篠			㳕 以紹（矯）喻四開
巧	齗 五巧（杲）疑二開		
哿	我 語可（哿）疑一開		

馬	瓦五寡（寡）疑二合		
	雅語下（雅）疑二開		
			野以者（她）喻四開
養	駚語朗（眈）疑一開		養以兩（眈）喻四開
	仰語兩（講）疑三開		
		往魚兩（廣）喻三合	
梗			郢以井（景）喻四開
			涅以郢（景）喻四開
		永于景（拱）喻三合	穎庚頃（拱）喻四合
有	有云九（九）喻三開		酉以九（九）喻四開
	偶語口（耇）疑一開		
寢	吟疑錦（錦）疑三開		
感	領五感（感）疑一開		
琰	儼疑檢（檢）疑三開		琰以冉（檢）喻四開
去聲			
宋			用余頌（供）喻四開
寘	義宜寄（寄）疑三開		易以豉（寄）喻四開
	劓疑器（寄）疑三開		肆羊至（寄）喻四開
			異羊吏（寄）喻四開
			遺以醉（恚）喻四合
		偽于睡（媿）疑三合	位喻累（媿）喻三合
			爲于偽（媿）喻三合
未	毅疑既（寄）疑三開		

韻			
		胃于貴（塊）喻三合	
		魏虞貴（塊）喻三合	
御		御魚據（據）疑三開	豫羊洳（據）喻四開
遇		遇元具（據）疑三合	
		芌王遇（據）喻三合	裕俞戍（據）喻四合
	誤五故（顧）疑一合		
霽	劓牛例（寄）疑三開		曳以制（寄）喻四開
			詣研計（寄）喻四開
			藝倪祭（寄）疑四開
		衛于歲（塊）喻三合	叡俞芮（塊）喻四合
泰	艾牛蓋（蓋）疑一開		
		外魚會（塊）疑一合	
卦		聵魚怪（卦）疑二合	
隊		磑魚對（塊）疑一合	
	礙牛代（蓋）疑一開		
	乂疑刈（寄）疑三開		
震	憖疑僅（靳）疑三開		胤羊進（靳）喻四開
問	近語靳（靳）疑三開		
	運王問（運）喻三合		
願	願虞怨（眅）疑三合		
	遠于願（眅）喻三合		
	諢吾困（睔）疑一合		
翰		岸疑旰（旰）疑一開 ❺	
	諺五旦（旰）疑三開		

韻			
	玩 五換（貫）疑一合		
諫	薍 五患（慣）疑二合		
霰			衍 延面（見）喻四開
	瑗 于眷（睊）喻三合		掾 俞絹（睊）喻四合
		彥 疑戰（建）疑三開	硯 倪甸（建）疑四開
嘯	顪 五吊（叫）疑四開		
	齴 牛召（撟）疑三開		燿 弋笑（撟）喻四開
效		樂 魚教（誥）疑二開	
號		傲 疑到（誥）疑一開	
箇	餓 牛箇（箇）疑三開		
	臥 五貨（箇）疑一合		
禡	訝 五駕（訝）疑二開		
			夜 寅謝（藉）喻四開 ❻
漾	㭋 魚浪（鋼）疑一開		漾 餘亮（鋼）喻四開
	仰 疑向（絳）疑三開		
	旺 于況（誑）喻三合		
敬	迎 疑慶（敬）疑三開		硬 喻孟（敬）疑二開
		詠 為命（供）喻三合	
徑	凝 牛孕（證）疑三開		孕 以證（敬）喻四開
宥	宥 尤救（救）喻三開		狖 余救（救）喻四開
	偶 牛遘（冓）疑一開		
沁	吟 宜禁（禁）疑三開		
豔	釅 疑窆（劍）疑三開		豔 以贍（劍）喻四開

入聲			
屋		囿于六（舠）喻三合	育余六（舠）喻四開
沃		玉虞欲（舠）疑三合	
		欲俞玉（舠）喻三合	
覺	嶽逆角（各）疑二開		
質		顈越筆（舠）喻三合 ❼	
			逸弋質（託）喻四開
			律以律（聿）喻四合
勿		疙魚乞（託）疑三開	
		颶玉勿（舠）喻三合	
		崛魚屈（舠）疑三合	
月		月魚厥（玦）疑三合	
		玩王伐（玦）喻三合	
	鑶語訐（許）疑三開		
	兀五忽（穀）疑一合		
曷	峜牙葛（葛）疑一開		
黠	齾牛轄（許）疑二開		
	刖五括（刮）疑二合		
屑			齧倪結（結）疑四開
	擘魚列（許）疑三開		孼羊列（許）喻四開
			悅欲雪（玦）喻四合
藥			藥弋約（脚）喻四開
	虐逆約（脚）疑三開		

		籰 越縛（矍）喻三合	
陌	咢 逆各（各）疑一開		
	額 鄂格（額）疑二開		
	逆 宜戟（訖）疑三開		睪 夷益（訖）喻四開
			役 營隻（聿）喻四合
錫	鶂 倪歷（訖）疑四開		
職	嶷 鄂力（訖）疑三開		弋 逸織（訖）喻四開
緝	岌 逆及（訖）疑三開		熠 弋入（訖）喻四開
葉	曄 疑輒（許）疑三開		
	業 逆怯（許）疑三開		葉 弋涉（許）喻四開

計得疑母角次濁音一百零七例，其中疑母一等開口一十四例、合口一十一例，疑母二等開口一十四例、合口三例，疑母三等開口四十五例、合口五例，疑母四等開口四例；喻三開口六例、合口五例；其與董先生、竺先生之說除疑母二等開口幾全入此而外（硬字入喻），大抵相符，其未相吻合者有：

多韻　顒，魚容切　疑三合

山韻　頑，魚鰥切　疑二合

先韻　妍，倪堅切　疑四開

紙韻　頠，五委切　疑三合

尾韻　韙，羽鬼切　喻三合

阮韻　阮，五遠切　疑三合

　　　遠，雨阮切　喻三合

馬韻　瓦，五寡切　疑二合

問韻　運，王問切　喻三合

願韻　願，虞怨切　疑三合

　　　遠，于願切　喻三合

諫韻　薍，五患切　疑二合

霰韻　瑗，于眷切　喻三合

嘯韻　顤，五弔切　疑四開

漾韻　旺，于況切　喻三合

黠韻　刖，五刮切　疑二合

錫韻　鷁，倪歷切　疑四開

　　魚母角次濁次音共五十例，其中疑母一等開口二例、合口三例，疑母二等開口三例、合口一例，疑母三等開口三例、合口一十二例，喻母三等合口二十六例；其與董先生、竺先生所訂而有參差者為：

魚韻　魚，魚居切　疑三開

灰韻　嵬，魚回切　疑一合

咸韻　嵒，疑咸切　疑二開

　　　嚴，疑銜切　疑二開

語韻　語，魚許切　疑三開

御韻　御，魚據切　疑三開

泰韻　外，魚會切　疑一合

隊韻　磑，魚對切　疑一合

翰韻　岸，疑旰切　疑一開

霰韻　彥，疑戰切　疑三開

效韻　樂，魚教切　疑二開

號韻　傲，疑到切　疑一開

勿韻　疙，魚乞切　疑三開

至於羽次濁音喻母則凡八十三例，其中疑母一等合口一例，疑母二等開口一例，疑母四等開口四例；喻母三等開口一例、合口四例，喻四開口四十九例、合口二十一例。除疑母二等開口僅硬字以改切入喻之外，餘亦大抵與董先生、竺先生之所考訂同，其未相符者有：

先韻　焉，尤虔切　喻三開

紙韻　洧，羽軌切　喻三合

　　　蔿，羽委切　喻三合

賄韻　隗，五賄切　疑一合

寘韻　位，喻累切　喻三合

　　　為，于僞切　喻三合

由上述分析可知韻會以中古疑母一等開合、二等開口、三等開口以及喻三開口屬疑母；以中古疑母二、三等合口以及喻三合口屬魚母；以中古疑母四等以及喻母四等屬喻母。唯亦有三十七字係屬例外，而此三十七字中「喦、巖、傲、魚、頑、語、御、外、鬼、硬」等乃屬更改舊切之例，今若去此十字則僅二十七例外耳；以下試依次臚列此二十七字之相承四聲韻字，以見其聲紐之相承關係：

多韻　顊、○、○、玉　疑三合

支韻　危、頠、僞　疑三合

　　　帷、洧、位　喻三合

　　　為、蔿、為　喻三合

（凡韻會卷內注云魚母則加○以示，喻母則加□以示，未加注者屬疑母。）

微韻　㉖、㉖、㉖　　喻三合
賄韻　㉖、㉖、磑　　疑一合
文韻　㉖、听、近、㉖　疑三開
　　　㉖、㉖、運　　喻三合
元韻　㉖、阮、願、㉖　疑三合
　　　㉖、遠、遠、㉖　喻三合
寒韻　○、○、㉖、㪏　疑一開
山韻　㉖、○、亂、刖　疑二合
先韻　㉖、○、瑗、　　喻三合
　　　妍、○、㉖、㉖　疑四開
　　　㉖、○、○、○　喻三開
　　　○、巘、㉖、孽　疑三開
蕭韻　㉖、○、顤、　　疑四開
肴韻　聱、㉖、㉖、　　疑二開
麻韻　○、瓦、○、　　疑二合
陽韻　㉖、㉖、旺、㉖　喻三合
青韻　○、○、○、鵙　疑四開

　　本師陳先生陳澧系聯切語上字補充條例補例以為凡四聲相承
之音，其切語上字聲必同類，今顤、頷等二十七字其相承四聲竟
不同紐，未合音理也，以下試依四聲相承、同音佐證以及參照字
母通考、蒙古字韻等方式逐字論述之。㉖

(1)　顤，魚容切。角次濁音。疑母。

　　　今考與顤相承之入聲為「玉，虞欲切。音與囿同。」而一
　　　屋「囿，于六切，角次濁之次音。」且字母通考、蒙古字

韻皆以頤字屬魚母，是頤字注云「角次濁音」者，當係「角次濁次音」之誤也。

(2) 頠，五委切。角次濁音。疑母。

今考與頠相承之平聲爲四支「危，虞爲切。角次濁次音。」去聲爲四寘「僞，危睡切。角次濁次音。」通考、蒙古字韻亦皆以「頠」屬魚母，然則卷內謂之角次濁而屬疑母者，當亦以沿用舊切而致誤者也。

(3) 洧，羽軌切。羽次濁音。喻母。蒙古韻音入魚母。

(4) 位，喻累切。羽次濁音。喻母。蒙古韻音入魚母。

案「帷」、「洧」、「位」爲四聲相承之音，平聲四支「帷，于龜切。舊音與危同。」而「危，虞爲切。角次濁次音。」屬魚母。若以「帷，舊音與危同」推之，則帷字當不屬魚母，唯今以危、帷二字相次，並居魚母位次，復以韻會除此而外，並無「舊音與某同」之例，故疑此「舊」字誤衍，而「帷」字則屬魚母也。至於與帷相承之上聲洧、位二字若依帷字以推，或當亦屬魚母，唯今以卷內既已註云「蒙古韻音入魚母」，又居喻母位次，復以韻會已易「位」字舊切「于累」爲「喻累」，則其字非屬魚母明矣。故以爲此二字當係喻三變入喻母之例也。又此三字通考、蒙古字韻皆作魚母，蒙古韻略則以平去作喻母，上聲作魚母，與鄭再發先生所云「蒙古韻音所稱係指韻略而言」有異，然則韻會所稱蒙古韻音者，或未盡皆蒙古韻略之所載也❾。

(5) 蔿，羽委切。音與洧同。

(6) 爲，于僞切。音與位同。

案「爲」、「蔿」、「爲」爲四聲相承之音，平聲四支「爲，于僞切。音與危同。」上聲四紙「蔿，羽委切，音與洧同。」去聲四寘「爲，于僞切。音與位同。」平、上、去相承三聲與上述危、洧、位盡皆同音，其於通考、蒙古字韻、蒙古韻略所呈現象復又相同，故以爲「蔿」、「爲」二字亦喻三變入喻母者也。

(7) 𩓘，羽鬼切。音與頠同。

案韋、𩓘、胃爲四聲相承之音，平聲五微「韋，于非切，音與危同。」去聲五未「胃，于貴切。音與僞同。」而亡、頠、僞既皆屬魚母，是韋、𩓘、胃亦當皆屬魚母也。通考、蒙古字韻𩓘字亦皆屬魚母。

(8) 隗，五賄切。音與紙韻洧同。

(9) 磑，魚對切。音與僞同。

案嵬、隗、磑爲四聲相承之音，平聲十灰云：「嵬，魚囘切，音與危同。舊韻吾囘切。」是嵬字已由疑母變入魚母矣。其相承去聲「磑」字音與僞同，而僞屬魚母，且磑字已更易集韻「五對切」而爲「魚對切」，當屬魚母而無疑也。至於上聲「隗」字音與紙韻洧同，而洧字屬喻母也，唯今以通考、蒙古字韻、蒙古韻略「隗」字皆入魚母，復因韻會以隗字居於賄韻之首，後接徵次清音透母之「腿」字，且小韻中所收之「嵬」、「頠」等字依其又讀推之，皆當定作魚母，是知此謂音與紙韻「洧」同者，或「頠」之訛也，或「洧」字本屬魚母而變入喻母，作者不察而仍以魚母視之也。

⑽ 疙，魚乞切。角次濁次音。魚母。

案齦，听、垽、疙爲四聲相承之音，平聲十二文「齦，疑斤切。舊音魚斤切。音義與眞韻齦同。」上聲十二吻「听，疑謹切。角次濁音。舊音語謹切。」去聲十三問「垽，語靳切。角次濁音。」而平聲十一眞「齦（銀），疑巾切，角次濁音。」且齦字既係改切之例，當屬疑母也；然則相承平、上、去三聲皆屬疑母也。今考蒙古字韻、字母通考並以疙字屬疑母，於是依四聲相承關係推之而定疙字亦屬疑母也。卷內作角次濁次音者，或沿用舊切而致誤也。

⑾ 運，王問切，角次濁音。疑母。

案雲，抎、運爲四聲相承之音，平聲十二文「雲，于分切，角次濁次音。」上聲十二吻「抎，羽粉切。音與隕同。」而「隕，羽敏切，角次濁次音。」是平、上二聲皆屬魚母也，今以通考、蒙古字韻皆定運屬魚母，於是依四聲相承關係而定運字亦屬魚母也。

⑿ 阮，五遠切。角次濁音。疑母。

⒀ 願，虞怨切。角次濁音。疑母。

案元、阮、願、月爲四聲相承之音。平聲十三元「元，愚袁切，角次濁次音。」屬魚母，入聲六月「月，魚厥切，角次濁次音。」亦屬魚母；今以元、阮、願、月相承四字通考、蒙古字韻皆入魚母，於是依四聲相承關係而皆定以爲魚母也。

⒁ 遠，雨阮切，音與阮同。疑母。

⒂ 遠，于願切，音與願同。疑母。

案袁、遠、遠、越爲四聲相承之音，而其音讀正與前述元、阮、

願、越同，通考、蒙古字韻所見亦同，故亦當依四聲相承關係
而定爲魚母也。

⒃　岸，疑旰切。舊韻魚旰切。角次清次音。

案角次清次音無義，此或當作角次濁次音而屬魚母也。唯考諸
韻會以岸、諺爲次，而「諺，五旦切。角次濁音。」屬疑母，
若以岸字屬魚母則不合始見終日三十六母之次第也；韻會「岸，
疑旰切」下統「騝」、「犴」、「矸」三字；「諺，五旦切」則僅
一字，而集韻併於「岸，魚旰切」之下，故今以爲韻會既已更
易「岸」字之舊切作「疑旰切」當屬疑母矣，其又以「諺」字
獨立而屬疑母者，是其疏也，蓋諺字係據禮韻續降而補者，且
通考只錄岸字而不見諺字，其相承之入聲「嶭」字屬疑母，亦
可用爲佐證也。

⒄　薍，五患切。角次濁音。疑母。

⒅　刖，五刮切。角次濁音。疑母。

案頑，薍，刖爲四聲相承之音❿，平聲十五山「頑，魚鰥
切。角次濁次音。舊韻五鰥切。」是中古疑母改切入魚之
例也，據之以推刖薍、刖二字當亦魚母也。通考、蒙古字
韻並以刖字屬魚母。至於薍字蒙古字韻未錄，而通考作疑
母者，或沿蒙古韻略之舊，以頑、薍相承而皆入疑母也。
今則以爲頑、薍、刖三字相承而皆屬魚母。

⒆　瑗，于眷切。音與願同。

案與瑗相承者爲平聲一先「員，于權切。音與元同。」屬
魚母；前已證得元韻「願」字亦屬魚母，則瑗字自當屬魚
也。通考與蒙古字韻瑗字亦皆屬魚母。

⒇　妍，倪堅切。音與言同。蒙古韻音入喻母。

案平聲十三元「言，魚軒切，角次濁音。」屬疑母，其相
承四聲言、巘、钀、皆屬疑母，然則妍字亦當疑母也。唯
與妍相承之四聲爲去聲十七霰「硯、倪甸切，羽次濁音。」
入聲九屑「齧，倪結切，羽次濁音。」去、入二聲皆屬喻
母。今通考置妍於喻母位置而與蒙古字韻同屬喻母，雖符
四聲相承其聲母則同之音理，而卷內既云音與言同，居疑
母位置，復言蒙古韻音入喻母，於是可知此正通考所云吳
音、雅音相淆混者也，故定妍字屬疑母，而爲中古疑母尚
未盡失 ŋ - 母變入喻母之例也。

(21)　焉，尤虔切。音與延同。蒙古韻音疑母。

案焉字無相承字音可供推考，唯今以卷內既注云蒙古韻音
疑母，當可推知此與延字並皆喻母也。又通考、蒙古字韻、
蒙古韻略焉字並皆疑母，卷內則居喻母位置。

(22)　彥，疑戰切，角次濁次音。魚母。

案巘、彥、孽爲四聲相承之音，上聲十六銑「巘，語蹇切，
角次濁音。」入聲九屑「孽，魚列切，音與钀同。」而钀
字角次濁音，亦屬疑母，若依四聲相承其聲紐必同以推，
則彥字亦當疑母也。蒙古字韻、通考亦皆以彥字屬疑母也。
又彥字集韻、廣韻並皆魚戰切，今既易其上字爲疑，其屬
疑母亦可知也，然則卷內注云角次濁次音者，誤衍次音字也 ❶。

(23)　顤，五弔切。角次濁音。疑母。

案堯、顤爲四聲相承之音，下平二蕭「堯，倪幺切。音與
遙同。」而遙字「羽招切」，羽次濁音屬喻母，今遙、堯

相次而居喻母位置，是堯字屬喻而無疑也。又蒙古字韻不見顤字，蒙古韻略、字母通考則皆以顤字屬疑，且卷內亦以顤字居於疑母位置，復以韻會已改集韻舊切「倪弔切」而爲「五弔切」，於是可知顤字雖亦疑四開口韻字，而未變入喻母也。

㉔ 樂，魚教切。角次濁次音。蒙古韻音入喻母。魚母。

案聱、齩、樂爲四聲相承之音。下平三肴「聱，牛交切，角次濁音，蒙古韻音入喻母。」上聲十八巧「齩，五巧切，角次濁音。蒙古韻音入喻母。」是相承三字皆入喻母者也。今考卷首音例云：「吳音角次濁音即雅音羽次濁音，故吳音疑母字有入蒙古韻喻母者。今此類並注云蒙古韻音入喻母也。」覆諸卷內其以疑母入喻者所在皆是，以魚入喻者則僅此一例耳，是以疑此樂字當係角次濁音，但以沿用舊切而誤衍次音字也。又通考、蒙古字韻、蒙古韻略並皆作喻母。

㉕ 瓦，五寡切。角次濁音。疑母。

案瓦字屬少數蒙古字韻、蒙古韻略歧異之例也。今考字韻以之屬魚母，韻略及通考則以之屬疑母。今以瓦字並無相承四聲或同音之字可資推尋，故雖疑母二等合口多變入魚母，於此則僅能依卷內所注七音清濁以及通考而定爲疑母也。

㉖ 旺，于況切。角次濁音。疑母。

案王、往、旺、𥐟爲四聲相承之音。下平七陽「王，于方切。角次濁次音。」上聲二十二養「往，魚兩切，角次濁

次音。」入聲十藥「韄，越縛切。角次濁次音。」平上入
三聲並皆魚母，蒙古字韻、字母通考亦皆以眶字屬魚母，
於是以爲此云角次濁音者，誤脫次音字也。

(27)　鶂，倪歷切。音與勿韻疙同。蒙古韻音入喻母。
　　案鶂字亦無相承四聲可供推尋。唯今考鶂字蒙古韻音既入
　　喻母，復以疙字已經考知係屬疑母，則鶂字之於韻會當屬
　　疑母也。

　由上項分析說明可知韻會除洧、位、蔿、爲、姸、焉、頠、
鶂等八字卷內已注明特殊音變以及未可確切推考之瓦字等九例外，
確以中古疑母一等開、合口，二、三等開口以及喻三開口屬疑母；
疑母二、三等合口，喻三合口則屬魚母；至於疑母四等開口以及
喻四之全部則作喻母也。另由上項分析說明，更可得出以下幾項
結論：

（一）疑、魚二母未曾於同一字母韻中並列出現，竺家寧先生以
　　　爲不同韻母將影響聲母之變化，今復以作者不煩更定切語
　　　上字之例推之，董同龢先生「疑，魚可以認作一個聲母」
　　　之說，恐有待商榷。

（二）董先生、竺先生之所以謂中古疑母開口二等入喻母者，蓋
　　　就今本韻會卷首所附通考分析研究之故也，如厓、顏、聱、
　　　牙、騃、皦、雅、訝、嶽、額等十字皆屬角次濁音而蒙古
　　　韻音入喻母者，已逾疑母二等開口總數十八例之半，而近
　　　疑母開口二等屬疑母十四例之八成，故而二先生謂之屬喻
　　　母。

（三）韻會疑、魚、喻三母雖大抵以中古來源不同而別，復因仍

有些許例外，可知其分化尚進行之中也。

　　竺家寧先生古今韻會舉要的語音系統一書以為疑、魚之分列，乃因：

「在韻會時代，有不少疑母失落了聲母，凡是失落聲母的開口字就歸入喻母，凡是失落聲母的合口字就單獨成立一母，這就是『魚』母。正因為『魚』母容納了零聲母的合口字，所以本來屬『喻』母的合口字也併入了這個新的『魚』母。屬『喻』的合口字主要都是這些中古早期的『喻三』，因此『魚』母的成立，就專門收容這些零聲母的合口字了。」

更引董同龢 先生的說法，以為韻會仍有疑母，乃是尚未完全消失之過渡階段。至於疑、魚、喻三母之關係則如是：

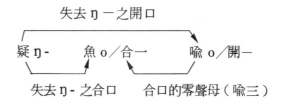

　　今考竺先生之分析，係乃依據卷首所附通考，是以疑母開口二等多入喻母；唯今雖從卷內所注以及同音關係重新擬定疑母二等開口之聲紐，有關魚母之來源、喻母之改變以及疑母之消失則又大抵與竺先生所定相合，且由堯、顜、硬、額等四聲相承而疑

喻有別之例，亦可推知疑母正處消失之過渡階段，非屬無稽。至
於喻三開口變爲疑母，當係喻三合口與疑母三等合口同入魚母之
類推，由此亦可見得疑喻之相近也。

三 結 語

　　韻會疑、魚、喻三母之分合，雖如上述，而上平聲東韻公字
下案語則云：「孫愐唐韻、禮部韻略與許愼說文、陸德明釋文所
注之字，反切互異，其音則同，惟司馬文正公諸儒所作集韻，重
定音切，最爲簡明。如本韻公字，說文君聰切，唐韻古紅切、集
韻沽紅切，今依集韻，後皆仿此。」余嘗遵高師仲華之指示而比
對集韻與韻會之音切撰成古今韻會舉要反切引集韻考，得知韻會
切語確係大抵承自集韻，而今於疑、魚、喻三母之分合又多有以
音切承自集韻而至淆亂之現象；且依其等第來源而分之疑、魚、
喻三母復與反切上字系聯之所得多有參差，是以未能無疑也。

　　董同龢先生漢語音韻學以爲韻會一書係以「舊瓶新酒」方式
表現迥異於切韻音系之當代語音系統，竺家寧先生承其說而不以
系聯切語上、下字之方式探求韻會之語音系統，但依卷首所附通
考之聲紐、字母韻考校求得當代之實際語音系統。今依卷內注語
以及卷內多所更定音切言之，董先生之說非屬無稽，竺先生之所
得亦可信也，於是以爲韻會一書乃兼承古今之韻書，一則以切語
承傳切韻一系之音韻，復以新定三十六母，二百一十八字母韻表
現當代音系❷，故有系聯所得與實際情形不相吻合者也。

　　魚母爲舊韻所無，今據前項論述可以得知魚母之切語上字以
舊屬疑母之魚、語、仡、逆、鄂、偶、虞、元、愚以及本屬爲母

之于、雲、云、羽、雨、王、為、越等組合而成，二系以下平七
陽「王，于方切。」、上聲二十二養「往，魚兩切。」、去聲二、
漾「旺，于況切。」入聲十藥「籰，越縛切。」四聲相承而系聯
成為一類，唯今考據以系聯二組之上聲「往」字，廣韻、類篇並
作「于兩切」而集韻作「雨兩切」，于、雨二字與王、旺、籰之
切語上字于、干、越同屬舊音喻三（為母）一組，故疑韻會以「
魚」切往者，當以韻會魚、于、雨皆屬魚母，於是亦引改切之例
而作「魚兩切」者也。除此之外，可據以系聯舊音疑、為二組為
一類者，則為支韻「危」字及其相承四聲之字也，其切語為：

　　　平聲支韻　　　　上聲紙韻　　　　去聲寘韻

　　危，虞為切　　　頠，五委切　　　偽，于睡切

若依四聲相承以推，危頠偽三字之切語上字虞、五、于當同屬一
類，唯若此則韻會魚母諸字又當與疑母諸字系聯而為一類矣。於
是可知魚母之新立為合於實際語音系統，其更定舊切改疑作魚，
易魚為疑而又注明舊音者，乃傳承切韻一系者也；是以若由實際
語音系統言之，疑、魚確有不同，若由切韻一系以及系聯所得推
之，魚母則不存在也。

　　魚母若不存在，則其以魚、語、仡、逆、鄂、偶、虞、元、
愚為切諸字固可依其舊音以及系聯所得而歸於疑母，其以于、雲、
云、羽、雨、王、為、越為切諸字，則似可因「偽，于睡切」而
與疑母諸字系聯，於是又令舊韻疑、為二母併合為一也。案四支
「危，虞為切」、四紙「頠，五委切」、四寘「偽，于睡切」為
四聲相承之音，卷內並皆注云「角次濁次音」，屬魚母；廣韻、
集韻、類篇則皆歸於疑母；其切語分別為：

	危	頠	僞
廣韻	魚爲切	魚毀切	危睡切
集韻	虞爲切	五委切	危睡切
類篇	虞爲切	五委切	危睡切
韻會	虞爲切	五委切	于睡切

集韻爲求開合一致而更易平上二聲之切語上字爲「虞」、爲「五」，至於去聲僞字則廣韻切語開合已與韻字相符，故未更動；今韻會既已同意集韻切語於前，其平聲危字、上聲頠字之切語復承集韻而未改，無由而於去聲僞字之切語獨作更定也，於是以爲韻會以「于睡」切僞者當有誤也。考韻會「僞，于睡切」、「爲，于僞切」並皆媿字母韻，聲母又同，不煩分爲二切也；且若以僞、爲爲同音，卷內「位」、「爲」相次而注云同音，「僞」字則獨立而未加注語，亦可證知僞字切語有誤，今从廣韻、集韻、類篇正作「危睡切」，然則于等八字本屬喻三爲母者依然獨立而不與疑母混也。

　　又以「尤」字爲切語上字者凡二：下平一先「焉，尤虔切。音與延同。蒙古韻音屬疑母。」去聲二十六宥「宥，尤救切，角次濁音。」「焉」字爲喻三入喻而蒙古韻音入疑之例，「宥」字則純爲喻三開口入疑之例。今以尤、有、宥爲四聲相承之音，下平十一尤「尤，疑求切。角次濁音。舊音于求切。」上聲二十六有「有，云九切。角次濁音。」亦皆以喻三開口而入於疑母，今亦依四聲相承關係而定其切語上字「于」、「云」、「尤」並同一類而屬「爲」母。

　　據此則知韻會切語亦承切韻一系韻書仍以疑、爲、喻三母並

列也；其有淆亂者乃當時語音重新整合分立爲疑、魚、喻故也，且就其新立三母言，疑母用魚母字爲切者，大抵皆屬舊音疑母開口三等字，除此之外，如硬、鵝、捖、妍、焉等則因蒙古韻音影響而致淆亂也，唯此數十淆混之例，作者均不憚其煩，逐一加註，益可見其切語之未嘗汩亂也。

於是重爲離合韻會疑、魚、喻三母之切語上字表爲：

疑母：疑、五、牛、宜、牙、吾、訛、倪、研、魚、語、吃、
　　　逆、鄂、偶、虞、元、愚。

爲母：于、雲、云、羽、雨、王、爲、越、尤。

喻母：余、羊、餘、容、俞、勻、欲、諭、延、夷、兪、維、
　　　營、以、養、演、弋、逸、盈、怡、尹、庾、勇、愈。

附　註

❶　「陽，余章切，羽濁音。」屬匣母者未合音理也。通考、蒙古字韻、蒙古韻略並作喻母，其相承四聲養漾藥亦皆喻母，是知此「羽次濁音」之誤也。

❷　齓，音與頠同，而齓屬軌字母韻，頠屬詭字母韻，今考上聲四紙「軌，矩鮪切，角清音，詭字母韻。」「詭，古委切，音與軌同。詭字母韻。」是軌、詭當無別也。此或作者之疏而以「詭」字爲善。

❸　「眼，語限切。角濁音。」屬群母者，當係角次濁音之譌也。案與眼相承之入聲八黠「齾」字屬疑母，蒙古韻略、蒙古字韻、字母通考並以眼屬喻母，是知此乃吳音疑母，蒙古韻音喻母之例也，今據正。

❹　「愁，疑僅切，角濁次音。」角濁次音無義，今以其相承平聲「銀」字角次濁音，蒙古字韻、字母通考皆屬疑母，定以爲「角次濁音」之誤乙也。

❺　「岸，疑旰切，角次清次音。」角次清次音無義。疑或「角次濁次音」之譌也。唯作「角次濁次音」亦與音理未合，詳見正文說明⑯。

❻　「夜，貪謝切，次角次濁音。」屬娘母者誤，今考與之相承平、上二聲「邪」、「野」二字並屬喻母，通考、蒙古韻略亦以夜字屬喻母，今據正作「羽次濁音。」

❼　「肥，越筆切。」韻鏡置諸外轉十七開喻母三等位置，今從康世統先生廣韻韻類考正移入外轉十八合喻母三等。

❽　廣韻頑屬刪韻而以頑、薍相承，切三、全王、集韻則以頑字屬山韻而頑、刪相承，今考韻會頑、薍、刪三字分屬關、慣、刮字母韻，而關慣爲相承之字母韻，是頑、薍當係相承之音。又蒙古字

韻、蒙古韻略並以入聲配陰聲，竺先生則陰、陽、入各自獨立，唯

其擬構關韻作〔—uan〕，擬構刮韻作〔—ua？〕，是其介音、主要

元音全同也，於是據以推論韻會頑、薍、刖爲相承之字音也。

❾ 蒙古韻略已佚，今所用以參校者，俞昌均先生依據崔世珍所纂定

四聲通解之引用表再構者也。又鄭再發先生以爲字韻、韻略皆元

入主中國用以教學之啓蒙韻書，雖皆雅言而稱有岐異也。

❿ 詳見註 ❽。

⓫ 鄭再發先生謂彥字蒙古韻略、字母通考皆屬魚母，然今之所見則

皆疑母也。

⓬ 參見花登正宏禮部韻略七音三十六母通考韻母考。

試析《帝王韻記》用韻

並探高麗中、末漢詩文押韻特徵

朴萬圭

一 引 言

《帝王韻記》初刊于西元一二八七年（高麗朝忠烈王十三年），作者是李承休（一二二四～一三〇〇），用七言的韻文敍述中國（上卷盤古至南宋、金，凡二千三百七十言）和韓國（下卷、古朝鮮、高句麗、百濟、新羅，凡一千四百六十言，加上高麗本朝五言凡七百言）歷代世朝及帝王事蹟，是一本僅存至今的最古書之一，當然，無疑是一部研究當代韓先人運用借來的漢字實際情形的非常寶貴的材料。

研究本文的目的，不外乎是觀察十三世紀高麗人創作詩文時用韻寬嚴之尺度如何，他們對漢詩文所持之態度和認知程度又怎麼樣，順便談談其同時的宋（唐）詩家用韻情形與之有何異同耳。

構想的次序是：剖析、看清韻式之後，把整個韻脚字摘出，系聯起來，爾後依照十六攝統領廣韻的韻目，探索其中的獨用、同用的唐功令將在《帝王韻記》裏怎麼樣吸收、溶化或變質，這就是我們的最大關心所在。

這裏應當附帶指點的一則是：李承休帝王韻記的韻式非常不尋常。有句句押韻者、隔句押韻者（平上去混押卽在這裏出現），首句入韻者，在同樣的韻式裏又有首句入韻或不入韻者，樣樣都有，非常不整齊。總的說來，他對韻文的了解和認識遠遠不及於

漢人對漢人自己詩文的運筆之自由和水平。

二 本 論

㈠ 止 攝

本攝韻腳字爲：子（上六止）裏（止）地（去六至）始（止）死（上五旨）氏（上四紙）燧（去六至）氏（紙）起（止）理（止）俾（紙）衞（去十三祭）率（註爲“協韻讀”，至）屭（至）企（紙）魏（去八未）媿（至）似（止）累（紙）伺（去七志）巳（止）畏（未）捶（紙）髓（紙）幾（上七尾）臂（去五寘）靡（紙）爾（紙）易（寘）矣（止）涘（止）季（至）智（寘）以（止）未（未）食（志）邇（紙）粹（至）貴（未）致（至）喜（止）悴（至）棄（至）雉（五旨）豸（紙）恃（止）瑞（寘）否（旨）僞（寘）齒（止）慰（未）弛（紙）貼（上平七之）水（旨）試（志）穗（至）意（未）矢（旨）彼（紙）市（止）異（志）兕（旨）屨（去十二霽）備（至）峙（止）器（至）已（止）恥（止）泗（至）祀（止）只（紙）吏（志）旨（旨）李（止）四（至）二（至）軌（旨）忌（未）倚（寘）鄙（旨）史（止）巳（止）祉（止）綺（紙）避（寘）唯（旨）誼（寘）履（旨）置（志）賜（寘）利（至）紀（止）貳（至）遂（至）戲（寘）刺（寘）義（寘）委（紙）耜（止）尾（尾）士（止）視（至）事（志）美（旨）毅（未）墜（至）位（至）偉（尾）里（止）移（上平五支）醉（至）媚（至）自（至）蟻（紙）帥（至）淚（至）璽（紙）扆（尾）匱（至）彙（彙、未）寺（志）庇（至）冀（至）毀（寘）尉（未）樱（旨）議（寘）寄（寘）茬（

至）次（至）熾（志）轡（至）旎（紙）嗣（志）徒（紙）騎（

眞）躓（至）緯（未）止（止）味（未）鬼（尾）洎（至）已（

止）幟（志）肆（至）壘（旨）愧（紙）跽（旨）志（志）指（

旨）翠（至）氣（未）使（志）沸（未）疊（寘、志）彼（紙）

贄（至）譬（眞）畀（至）址（止）藟（旨）趡（尾）涘（至）

侍（未）類（至）記（志）字（志）擬（止）至（至）此（紙）

耳（止）以上是上卷。七言、首句入韻、隔句爲韻脚。類（至）

異（志）水（旨）趾（止）美（旨）比（旨）蟻（紙）止（止）

議（眞）鷙（至）以（止）此（紙）矣（止）彼（紙）矢（旨）

裏（止）豕（紙）涘（止）智（眞）謂（未）氏（紙）寄（眞）

地（至）揆（旨）帥（至）熾（至）沸（未）墜（至）四（至）

義（眞）位（至）騎（眞）喜（止）軌（旨）備（至）子（止）

苢（至）吏（志）是（紙）祀（止）涘（至）起（止）嗣（志）

瑞（眞）事（志）醉（至）紀（止）委（紙）已（止）士（止）

李（止）次（至）始（止）癸（旨）避（眞）肆（至）爾（紙）

自（至）尒（紙）意（未）理（止）置（志）偉（尾）通（紙）

耳（止）使（志）衞（祭）器（至）齒（止）試（志）利（至）

祉（止）緯（未）貳（至）漬（眞）只（紙）貴（未）轡（至）

幾（尾）記（志）以上是附于下卷的本朝君王世系年代。五言、
首句不入韻、隔句爲韻脚。

　　分析其韻脚之歸屬無一不爲紙旨止尾、眞至志未之間的混押
（上聲紙旨止尾117　次；去聲眞至志未129次）以及平聲之支
（各一次）和去聲霽祭（各一次）的通押。針對如此的跨攝押韻
現象（止攝和蟹攝）加上全盤（平）上去混押一色的怪現象，我

們的解釋只好是這樣：

　　根據我們所了解的，隋代詩文，平上去入四聲分押（李榮、隋韻譜），初唐四傑亦然，杜甫詩韻有少量上去通押現象（張世祿、杜甫與詩韻），韓愈古體詩二百多首，上去通押僅八例（荀春榮、韓愈的詩歌用韻），白居易古體詩占上去聲押韻總數的 11.5％（趙銳，白居易的詩歌用韻），晚唐詩人用韻中，上去通押的數量要多些（賴江基・從白居易詩用韻看濁上變去）。到了宋代，宋詩中有相當代表性的歐陽修詩上去通押已占上聲、去聲押韻總數的 27％（程朝暉、歐陽修詩詞用韻研究），遠遠超過唐詩。講到這兒，得要提醒的一點：宋詞押韻特點是平聲字互押，入聲字互押，上去聲混押。在這一點上，帝王韻記正與宋詩一樣混押。但話雖這麼說，還是叫人難以理解的，就是這篇古體詩裏止攝用韻 250 次當中，除了 4 次（ 2 次為用平聲韻脚字； 2 次為與蟹祭通押）之外，竟全盤均為上去混押一面倒的局面，未免太離譜了。

　　再來看跨攝問題。止攝和蟹攝之間通押的現象，雖說次數 “微不足道”，且初唐已有先例（微之支與蟹攝齊韻通押：劉堅、大唐三藏取經詩話寫作時代蠡測），但在李白、杜甫、元稹、白居易、韓愈詩中，支脂之微都不與齊同用。到了宋歐陽修古體詩和詞裏卻出現了支脂之微齊（詞又另有祭韻）通押的現象。這與帝王韻記韻例有相似之處。

　　最後需要解釋的是支脂之微（舉平該上去）同用。廣韻支脂之同用，微獨用。但古體詩用韻很寬，且一般唐代古體詩支脂之微同用，應該沒有什麼問題。

㈡　遇　攝（附效、流攝）

韻腳字爲：祚（去十一暮）　考（上三十一皓）　渡（去十一暮）
膴（上九麌）具（去十遇）茂（去五十候）闙（去五十候）度
（暮）討（皓）雨（麌）浦（上十姥）祐（去四十九宥）撫（麌）圃
（姥）乳（麌）虎（姥）戍（遇）哺（暮）羽（遇）五（姥）父
（麌）步（暮）祖（姥）路（暮）就（宥）。主要是遇攝跟效流
攝間跨攝和上去通押的情形。總韻數二十五個字內，上聲（皓麌
姥）占十二次，去聲（遇暮宥候）占十三次，可說是平分秋色、
不相上下了。這種情形明白地告訴我們唐功令到高麗中葉對詩文
家已不起什麼特別的約束作用了。再從皓麌姥之間的通押情形（
唐功令麌姥同用、皓獨用）跟遇暮宥候之間的通押情形（功令遇
暮同用、宥候幼同用）來看，更談不上「官學大振、嚴守功令」
了。

　　何以有如此不尋常的現象？個人認爲除非是近體律絕，高麗
先人是不曾刻意按功令（韻書）作詩文的。這個話並不是憑空說
話的。個人曾經做過有關三國遺事贊用韻現象的探討（三國遺事
贊用韻考。中國語文論叢第五集），帝王韻記和三國遺事作書時
期也恰好同一時代（一爲一二八〇年，一爲一二八七年），贊用韻
裏，時有上去通押，甚至出現陰陽入互押現象，且爲數亦不少。
唐詩文傳到韓土已久，功令照理隨之而至，更值於古時韓人亦急
於模仿唐人文藻之際，其顯現於高麗中葉詩文裏卻已面目全非、
不得同日而語了。眞叫人想不通，仿古乎？抑根本不懂（或忽視）
四聲之別乎？韓人之語言根本不存在什麼聲調這個東西。自然使
得韓人做起韻文來，沒有唐宋人注意和在意四聲分押，獨用、同

用等之惱人的約束了。若事情假使眞的會如此，那其餘（全韻次387，除掉250次上去互押的88次）以平聲字充到底韻脚字的部分又如何視之？對於中古音系統的演變規律和韻書的了解愈多，對高麗詩文之掌握和理解愈覺沒信心，這話倒是眞的。

（三）　蟹　攝

本攝韻脚字爲：世（去十三祭）系（去十三霽）繫（霽）啓（上十一薺）界（去十六怪）繼（霽）弊（祭）閉（霽）製（祭）遞（霽）濟（霽）藝（祭）譽（去九御）契（霽）隸（霽）禮（薺）吠（去二十廢）計（霽）陛（薺）袂（祭）制（祭）裔（祭）替（霽）例（祭），韻脚字共有24字，其中上聲十一薺韻有三次，其餘21次分別爲去聲九御（一次）、去聲十二霽（十次）、去聲十三祭（八次）、去聲十六怪（一次）、去聲二十廢（一次）都是去聲字。上去混押的現象占12.5％，比例不算弱。

再談遇（御）和蟹之間跨攝現象：雖在唐宋詩文並無遇蟹跨攝現象出現，而且本攝御韻僅有一次跟蟹攝諸韻相押，是否看成用韻太寬的仿古之類，或許偶然，不然就不好解釋了。從如上諸韻相押情形看，廣韻所註獨用、同用功令之限至少在作古體詩已不復存在、蕩然無幾了。

（四）　臻　攝

韻脚是：坤（上平二十三魂）分（上平二十文）；雲（上平二十文）君（上平二十文）；辰（上平十七眞）宸（眞）神（眞）因（眞）臣（眞）春（上平十八諄）綸（諄）倫（諄）民（眞）淳（諄）人（眞）。韻式與衆不同，句句押韻，每二句換韻（所屬之韻脚以；隔開）。廣韻眞諄臻同用、文欣同用❶、元魂痕同

用。這裏見的是文魂同用、眞諄同用。至于文魂二韻同用，亦可視爲唐宋詩文一般的押法：在杜甫、韓愈詩韻裏廣韻眞諄文欣元魂痕寒桓山刪先仙十三韻分割不開，元稹、白居易的古體詩中分成三組，卽眞諄文欣魂痕，元寒桓刪山，先仙。宋代歐陽修的詩韻中十三韻皆出現，分成兩組：眞諄文欣魂痕爲眞文部，其餘爲寒山部。可見唐宋詩韻雖不與唐獨用、同用之功令一致，一般的通押是所容許的。因爲詩文押韻的標準究竟比韻書的功令寬一些，何況是古體詩了。這裏的文魂同用亦視如是般。

(五) 山　攝

本攝韻脚字爲：面（去三十三線）線（線）；鮮（下平二仙）天（下平一先）；燕（下平一先）年（先）惒（仙）焉（仙）然（仙）編（先）偏（仙）安（上平二十五寒）韓（寒）間（上平二十八山）。本攝雖去聲字（面、線）夾在其間，但這並不是一直叫人頭痛的平去、上去、平上去混押的例子了。因爲面和線是一個韻式裏的獨立一組。

再來是用韻現象：正如臻攝所說，唐詩元寒桓刪山，先仙各爲一組；宋蘇軾跟歐陽修眞諄文欣魂痕和寒山各爲一組。既然如此，與宋同時的高麗詩文，先仙寒山通押，更不足爲奇了。

(六) 假　攝

本攝只有二次韻脚出現，就是家（下平九麻）華（麻）。廣韻也是麻獨用，應該沒有問題了。

(七) 宕　攝

韻脚是：商（下平十陽）梁（陽）唐（下平十一唐）皇(唐)，與廣韻獨用、同用例符合。平聲互押，絕對正確。

㈧ 梗 攝

韻脚字爲：明（下平十二庚）名（十四清）甥（庚）汀（十五青）迎（庚）晶（清）英（庚）駉（十六蒸）橫（庚）城（清）丁（十五青）晴（清）成（清）爭（十三耕）誠（清）輕（清）軠（青）塋（清）卿（庚）淸（清）貞（清）傾（清）情（清）征（清）警（照詩義卽驚字・庚）平（庚）幷（清）聲（清）行（庚）擎（庚）桂（廣韻無・庚）萌（十三耕）兵（庚）旌（清）京（庚）更（庚）生（庚）；榮（庚）城（清）名（清）京（庚）卿（庚）成（清）。總韻次數是43個，庚耕淸青同用42次，蒸韻夾了一次。這個情形正好跟曾攝情形成對。曾攝裏蒸登同用佔 $\frac{9}{10}$，卽只有一次是青韻混入在一起的。我們的看法又與對曾攝的解說一樣。換言之，庚耕淸青同用、青獨用、蒸登獨用之唐功令不再見於高麗朝，正如唐宋詩文愈到晚期愈會忽視韻書的束縛一樣，更自由地發揮據於實際語音上的創作空間。

㈨ 曾 攝

本攝韻脚字爲：凌（下平十六蒸）徵（蒸）稱（蒸）膺（蒸）承（蒸）能（下平十七登）應（蒸）蒸（蒸）興（蒸）零（下平十五青）。十個韻脚中青韻有一次。其餘九次合于功令和唐宋詩文用韻之範圍。唐詩人李白、杜甫、白居易、韓愈詩韻中，庚耕淸青與蒸登是截然分開的（程朝暉、歐陽修詩詞用韻硏究、中國語文、第四期），沒有一次是通用的。至於歐氏古體詩，卻出現了庚耕淸青同用，另外蒸登見十七次，十六次都與庚耕淸青同用，足證宋人仿古的詩文裏梗曾兩攝是隨便可以跨押的。如是看待高麗人的用韻法，自然比較容易解決了。

三 結 論

　　研究過中國聲韻的許多學者們的觀察和討論，都告訴我們漢
人的詩文最能表現該時期的語音狀態。其對在中國聲韻學上之價
值並不亞於韻書。若韓人把這種注意力轉移到韓先人已輸入很久
而借以發抒情感的韓土漢詩文身上去，看看某個時代的運用漢文
的情況如何，同時拿這個來對比看看跟它同代的中國韻文實際創
作法之間的相差又何許？相信這將是對志於研究中國聲韻學的韓
人學者不可輕而廢棄的好研究材料和活方法。

　　我們現在從上面觀察到的幾種語音現象獲得這樣的結論：

　　由於韓人自己本身的韓語裏根本沒有平上去入這個難以摸
透的東西，對聲調的區分和運用，韓詩文家似乎很少暢所欲為，
不自在得很。此話怎麼說呢？若他們不刻意或不加以細心的辨列
平仄並選用韻腳字，稿出來的詩文，會是一踏糊塗，目不忍睹。
上去混押佔絕大部分（不是偶爾混押幾次），更有平上去通押（
至於上去互押這個現象是否與宋詩的發展有關，個人認為是有可
能的）。不過平聲字間的押韻，反而是非常整齊：雖有跨攝通押
的，在切韻系統裏看起來顯然是仿古的現象屢次出現，但平聲
字之間的通押是可以理解的，可以過得去的。這兩個層次互相矛
盾的情形，正可以支持我們在上面的看法：平聲字可以硬記進在
自己的語言裏，拿出來作詩文，發揮得很自由、盡情，不會那麼
吃力。但上去仄聲字背來用在押韻上，彆扭得很，總會是礙手礙
腳地，乾脆平上去混押而不分了（不僅是本研究裏用仄聲韻腳完
全如此，在已發表的拙稿三國遺事贊用韻考的情形亦復然。此文

更出現了東屋同用，支脂泰同用，眞諄霽同用，先過同用，歌隊
同用，唐暮同用等的不只是平仄，上去互用，更是陰陽通押、陽
入互押之上古語音的餘跡統統出籠，眞可謂五花八門、無奇不有
了。因此我們若想要把一二八〇年代高麗漢詩文家用韻的尺度討
論（上揭兩篇剛好是同一個時代、卻身分不同的，傳世僅有的幾
本之二：一爲作過大官的，一爲出家和尚的），不得不把平上去
入一槪而論，同視爲一個音調。這樣才能得出當時韓人實際運用
漢字音韻的來龍去脈了。基於這樣的認識和了解，我們擬出來的
韻譜是這樣子的（舉平該上去入，無韻的無法構擬）：

　　止攝：支脂之微（蟹攝齊祭）同用。

　　遇攝：虞模（效攝豪）（流攝尤侯）同用。

　　蟹攝：齊（遇攝魚）（皆）祭（廢）同用。

　　臻攝：眞諄文魂同用。

　　山攝：寒山先仙同用。

　　假攝：麻獨用。

　　宕攝：陽唐同用。

　　梗攝：庚耕清青（曾攝蒸）同用。

　　曾攝：蒸登（梗攝青）同用。

參 考 書 目

杜甫與詩韻、張世祿、張世祿語言學論文集、學林出版社。

白居易的詩歌用韻、趙銳、北方論叢一九八〇、第五期。

歐陽修詩詞用韻研究、程朝暉、中國語文一九八六、第四期。

韓愈的詩歌用韻、苟春榮、語言學論叢一九八二、第九輯。

隋韻譜、李榮、商務印書館一九八二。

隋韻譜、昌厚、中國語文一九六一、一九六二。

戴震考定廣韻獨用同用四聲表、朱星、語文彙編十九。

宋代蘇軾等四川詞人用韻考、魯國堯、語言學論叢一九八一、

第八輯

初唐四傑詩韻、李維一等、語言學論叢一九八二、第九輯。

帝王韻記、李承休、亞細亞文化社。

三國遺事贊用韻考、朴萬圭、一九八九。

中國語文論集第五輯

大唐三藏取經詩話寫作時代蠡測、劉堅、中國語文一九八二。

附　註

❶　據戴震考證，眞正的唐功令乃文獨用、欣獨用。

帝王韻紀上卷　并序

頭陁山居士臣李　承休製進

自古帝王相承授受興亡之事經世君子
所不可不明也然古今典籍浩汗無涯而
前後相紹如也苟能撮要以詩之不亦便
於覽乎謹撮古圖抹諸子史而廣焉若
夫今之未者方策者姑以彰爭耳目所熟
為擾播于諷詠其善可為法惡可為誡者
輒隨其事而春秋為名之曰帝王韻紀九

　　韻紀上

二千三百七十言蓋忠臣孝子衛於君父
之義也

混沌形狀如雞子○盤古生於混沌裏
生後一萬八千歲上清下濁分天地又
萬八千歲之後擗提之歲元氣始
始氣擗頭為五岳青為海眼為日月盤古死爰有

三皇次第作○天皇

　　韻紀上

二千三百七十言蓋忠臣孝子衛於君父

氏○○有樂○伏羲
神農
初興火熟名為燧
地皇
始作樂居
人皇

○黃帝是
○小昊
顓頊

○唐堯
帝嚳

及帝嚳

夏○八殷○夏○

相繼理周封懿親藩屏之有功異姓焉牽侔
曾○姬姓爵燕伯姬爵○齊侯姜爵○晉姬爵○吳于姬爵○楚子爵○陳媯姓暨○曹姬姓爵○蔡姬姓爵
○鄭伯姬爵并○宋公子爵○衛侯姬爵於此十二諸
侯中執主其盟為伯率
齊桓晉文與宋襄諡或曰閔於閒用是五霸者
泰穆楚莊相盟彊北士方
侯中執主其盟為伯率
弱吐強吞成七雄
泰○魏○此亦不敢廢周禮至於問鼎皆知媿
五伯而下每每愈定雖屈強猶向宗周共勤企
○韓○趙○燕○齊○秦○
楚○

韻紀上
五

従茲周家享國長來無近似蓋自后稷
至文王世世功仁能積累○秦王名嬴昭襄撥
都函周之失序嘗親伺名於祓輔因誠之都彼
咸陽年乙巳九以丙午合四十九年水德下傳之大子嬰衿
斯高為柄夫何為投棄祖龍鞭揣焚書坑儒
強衛大至始皇名正元起兵叱
煎生靈九土嗷嗷瘡痍入髓莫築防胡萬里城秦
家歲月曾無愁陳勝吳廣叫函關群雄蜂起叱
攘臂龍虎走皆欲王○項王名籍元元起兵叱

韻紀上
六

叱俱風靡拔山盖世氣力豪顧視鴻溝誰敢爾
典漠中分天下立強弱不同成敗易然王剖印
棄范增取威定霸真踈失虞兮飲泣楚歌多霸
葉虞棄烏江涘○漢高為...益...
諸侯崩益覇...聖...賢...
而龍顔娃劉名邦字則李亥元年起沛中蕭
又在幄翰謀智五星分度各自殊聚於東井良
張...
有以子嬰素眼迎八關元以是年當乙未誅至

帝王韻記紀卷下

東國君王開國年代 幷序

頭陁山居士臣李 承休製進

謹據國史旁操各本紀與夫殊異傳所
載恭諸堯舜已來經傳子史去浮辭取
正理張其事而冰之以明興亡年代九

一千四百六十言

遼東別有一乾坤斗與中朝區以分洪濤萬頃
圍三百於此有陸連如線[一作中方千里是朝]

鮮江山形勝名敷天耕田鑒井禮義家華人題

作小中華

初誰開國啓風雲釋帝之孫名檀君[本紀曰上有桓因謂帝釋也庶子曰雄云云謂率鬼三千而降太白山頂神檀樹下是謂檀雄天王也云云令孫女飲藥成人身與檀樹神婚而生男名檀君據朝鮮之域爲王故尸羅高禮南北沃沮東北扶餘穢貊皆檀君之壽也理一千三十八年入阿斯達山爲神不死故也]

都又復能君人

八年理遺風餘烈傳熙淳至乃移居金馬郡立

四十一代孫名準校入侵奪[指衛満也]去民九百二十

範九疇問彝倫[尚書云武王訪箕子箕子爲陳洪範九疇在周之十三年也已下現於傳者皆不注]

自立國周虎遜封降命編禮難不謝乃入覲[云周武王之封箕子之朝鮮立箕子因立謝入覲虎王因封之因]

後朝鮮祖是箕子周元年己卯春逾[適]來至此

父子継襲有[一作傳]

六十四年雖有君臣

因却後一百六十四七人聊復開君臣[一作一百]

漢將衛満生自燕高帝十二丙午年来逐準

乃奪國至孫右渠盈欣怒漢虎元封三癸命

将出師来討焉[國人殺右渠也師]

漢遂準殃宜然

因分此地爲四郡各置郡長綏民編真番臨屯

在南北樂浪玄菟東西偏胥匡以生理自絕風

俗斷鬪閧民未安

随時合散浮沉隙自然今界成三韓三韓各有

幾州縣蚩ヶ散在湖山間

各自稱國相侵凌數餘七十何足徵稱國者馬有四十辰有二十并有十二於中何者是大國先以扶餘檀君本紀曰與非西岬河伯之女婚而生男名夫婁東明本紀日扶餘王夫婁老無子祭山川求嗣所御馬至鯤淵見大石流淚王怪而使人轉石有小兒金色蛙形王曰天錫我令胤乎立爲太子名曰金蛙其相阿蘭弗曰日者天降我曰將使吾子孫立國於此汝其避之東海濱有地號迦葉原土宜五穀可都也勸王移都號東扶餘云云臣嘗使於上國至遼濱路傍有立墓其人曰扶餘駙馬大王墓也又賈耽曰大原南鴨緑血扶餘舊地則北扶餘者宜在遼濱其開國蓋自後朝鮮而至此幾矣沸流稱東明本紀曰沸流王松讓謂曰予以仙人之後累世爲王今君造國日淺爲我附庸可乎則此亦疑檀君之後也次有尸羅與高禮南

韻紀下　三

北沃沮穢貊膺此諸君長問誰後世系亦自檀
君承其餘小者名何等於文籍中推未能今之
州府別號是諺說那知應不應想得漢皇綏遠
意定黎蒸處害黎蒸
辰馬弁人終禺峙羅與麗濟相次興自分爲郡
至羅起計年七十二算零
新羅始祖奕居世所出不是人間系有卵降自
蒼蒼來其大如瓢紅縷繫筒中長生因姓朴羅人呼瓠爲朴此豈非爲天所啓漢宣五鳳元甲子開國

高句麗紀

辰韓定疆界風淳俗美都爲平聖君賢相臨相
繼羲皇上世何以加朝野熙穆無其弊士女熙
々分路行々不費糧門不閉花朝月夕携手遊
別曲歌詞隨意製或感鳩林或金櫝昔氏金氏
相承遞二十九代春秋王請兵於唐平麗濟庚
信金公是功臣得妙兵書精虎藝文章何人動
中華清河致遠方延譽釋爲元曉與相師心與
古佛相符契弘儒薛侯製吏書俗言鄕語通科
隷聖賢雖還來贊襄蠢々黔蒼皆踐禮瓜綿椒

韻紀下　四

遠葉將衰裔萱向主行狂吠群情洶洶未知歸
金傅大王能遠計後唐末帝清泰二乙未仲冬
朝我陛我大祖十八年也自檀君元年戊辰至此九三千二百八十八年妻以
長主樂浪公主也封尚父衣冠亦使朝連袂賜羅臣皆以本職諸朝仕九百九十二年來五十六王能稱制至今
餘慶猶不窮鑾臺鳳閣流苗裔知幾能弱信多
哉我嘆未足處臣無替臨書點撿開闢來爲有
千古無斯例
麗祖姓高王初誕而舉國高之曰以爲姓諡東明善射故以朱

大般涅槃經文字品字音十四字理、釐二字對音研究

金鐘讚

一 前 言

因爲中國文字不是標音字母的關係，中國人向來對於語音的分析以及研究方面，難免常有困惑。但自從佛教傳入中國以來，受到印度梵文的標音方法的影響，結果在審音方面，有了新的認識。後來在譯經中開始出現附着字母的佛經（最古者爲西晉竺法護的光讚經，以佛理爲序；其以音理爲序而時代較古者則爲東晉法顯的大般泥洹經）。自此之後，附着字母的佛經陸續出現，但如羅常培的梵漢對音表所示，各家的對音標準不一樣，故才產生了各種「根本字」說法，或用 51 字，或用 50 字，或用 49 字，或用 47 字，或用 46 字，或用 45 字，或用 38 字。

至於 ḷ l̄ r r̄ 音，各家意見紛紜，甚至有人不把它們當成母音來看，乃因此四音的性質頗爲獨特的緣故吧！至於玄應，因爲他在「一切經音義卷二第八卷」中只提到字音 14 字，對於他的理、釐二字並沒有明確說明，所以後人爲了此理、釐二字，爭論不已。到底此二字所對譯的是 r r̄ 呢？還是 ḷ l̄ 呢？

我在本文中先介紹玄應 14 字的來歷，進而探討玄應的理 釐二音，在沒有評論此二音問題之前，先討論諸家對梵語 51 字母的認識如何，然後闡明我個人對玄應理釐二字的淺見。

二 玄應十四字音的來源

中國人最先和印度文字發生關係，當然是翻譯佛經。梵文字母與它們的拼法，大概是東漢時跟着佛教進入了中國，而翻譯的佛經當中附着字母的，最古者却爲西晉竺法護的光讚經，以佛理爲序；其以音理爲序較古者則爲東晉法顯的大般泥洹經。佛經中所附的字母有以佛理爲序和以音理爲序的兩種。

錢大昕謂「唐人所撰之 36 字母，實采涅槃之文，參以中華音韵而去取之；謂出於華嚴則妄矣；」（參見錢氏養新錄卷五）只是就涅槃經文字品所錄字母，屬於以音理爲序的一類，和 36 字母的排次很多相合而言，華嚴經入法界品所錄以佛理爲序的當然和他們不相合。故張世祿在他的中國音韵學史一書（ p 26 ） 中說：

「所謂以音理爲序的，據吳稚暉的考證，以爲就是『14音』的順序；原初所謂 14 音 ，是賅括聲勢和體文的，和宋本廣韵元本玉篇附錄的辨 14 聲例法很可以相比合；高僧傳釋慧叡傳所謂謝靈運『著 14 音訓敍，』和佛經中所謂『 14 音，名爲字本，』以及隋書經籍志所云『 14 字貫一切音，』原來都是指這 14 聲 例法的，大概到了玄應把涅槃經文字品引入一切經音義內，而謂『某 14 字，如言 33 字如是合之，』才把許多體文屏出於 14 音之外，而以 14 勢專指聲勢。」

吳稚暉也在他的國音沿革一書中說：

> 「玄氏此注，即於 14 音為字本之理，一筆句銷。不幸 12
> 摩多加上理、釐二母，名曰字音 14 ，又成字面上之糾紛。
> 且理、釐兩母加入之故，不能說明，被陳蘭甫拉向來母，
> 尤落十丈雲霧。」

智廣悉曇字記於『悉曇 12 字』下云：

> 「舊云 14 音者，即於悉曇 12 字中甌字之下，次有紇里、
> 紇梨、里、梨四字，即除前悉曇中最後兩字，謂之界畔字
> ，已餘則為 14 音；」

根據吳氏的說法，我們可以斷定智廣的舊 14 音和玄應的字音
14 ，並不是原初賅括「聲勢」（母音）「體文」（子音）分列
的 14 音 ，而是後來才產生的學說。後來辨別的能力以及觀察的
能力越來越進步，不但把音素上和聲紐上的問題分作兩方面來論
列，而且知道辨別各種音素，又可以根據其發音部位與發音情狀
來規定它們的性質，更根據此點來進行各種音素的分組與排次。
於是玄應音義所錄涅槃經字母分為「字音」14 ，「比聲」25字，
「超聲」8 字三大類，把許多體文列出於 14 音之外，再依「比
聲」的五組分為「舌根聲」「舌齒聲」「上顎聲」「舌頭聲」「
唇吻聲」五種；較從前分析得更為精細。

三　玄應對音以及丁福保的佛學大辭典

　　唐玄應一切經音義（唐貞觀末年約西元六四九年撰）卷二、
大般涅槃經文字品音義說：

> 「文字品字音 14 字裹阿壹伊塢烏理釐黳藹污奧菴惡此聲
> 25 字迦吐伽呬俄舌根聲遮車闍膳若舌齒聲吒咃茶吒拏上
> 顎聲多他陀馱那舌頭聲波婆婆摩唇吻聲虵邏羅縛奢沙婆呵
> 此八字超聲。」

我們根據此記載做成梵漢對照表（參看中國聲韻學通論 p92），
則如下：

比聲 25 字

舌根聲：

迦 ka 見，呿 kha 溪，伽 ga 群，𠵃 gha 群，俄 ṅa 疑

舌齒聲：

遮 ca 照，車 cha 穿，闍 ja 牀，膳 jha 牀，若 ña 日

上顎聲：

吒 ṭa 知，咃 ṭha 徹，茶 ḍa 澄，咤 ḍha，拏 ṇa 娘

舌頭聲：

多 ta 端，他 tha 透，陀 da 定，馱 dha 定，那 na 泥

唇吻聲：

波 pa 幫，頗 pha 滂，婆 ba 並，婆 bha 並，摩 ma 明

超聲八字：

半元音：

蛇 ya，邏 ra，羅 la，縛 va

磨擦音：

奢 'sa，沙 ṣa，娑 sa，呵 ha

字音 14 字：

哀 a，阿 ā，壹 i，伊 ī，塢 u，烏 ū，理 ṛ，釐 r̄，

黳 e，藹 ai，汚 o，奧 au，菴 aṁ，惡 aḥ

其實梵語中母音有 16 個，羅常培認爲玄應的理、釐是對譯 ṛ、r̄ 音的，周法高認爲是對譯 ḷ ḹ 音的。到底哪個說法對？言歸正傳之前，我們先探討一下玄應對他文字品的態度。

我先介紹一下各家對此 14 字音的認識

林炯陽先生在他的中國聲韵學通論（ p92 ）中說：「以上十四字皆前聲短後聲長。……」林氏的見解與羅常培的一樣，此外有些與羅氏有不同意見者。日本安然悉曇藏卷五載云：

「其 12 字兩聲中相近。就相近之中，後有別義。前 6 字（案、黳、藹、汚、奧、菴、惡）中無有長短之異。…」（案安然不把 ṛ、r̄、ḷ、ḹ 四音列在母音，但此四音無疑是母音，本文不贅述。）

對於此 14 字音，周法高先生在他的中國語文論叢一書（ p23 ）中說：

「我們可以看出玄應用上聲『袞、塢、理』，入聲『壹』，
代表梵文短音；用平聲『阿、伊、烏、鷔、黳』代表他所
謂長音。義淨用上聲『枳、矩』，去聲『計、告』，入聲
『脚』，代表他所謂短音，用平聲『迦、雞、俱、孤』代
表他所謂長音。都是兩兩相對，不得不分別的。而兩家代
表短音的，都是仄聲字，代表長音的，都是平聲字。短音
字中上聲最多，義淨也說明『脚等 33 字，皆須上聲讀之，
不可看其字而為平去入』，也好像認為仄聲中上聲最適宜
代表短音似的。」

周氏從四聲的立場去觀察此 14 音 ，頗為獨特，在沒有做任
何判斷之前，先看一下此 14 字音的反切。

袞（烏可，哿韻），阿（烏何，歌韻）

壹（於悉，質韻），伊（於脂，脂韻）

塢（安古，姥韻），烏（哀都，模韻）

理（良士，止韻），鷔（力之，之韻）

黳（烏奚，齊韻），藹（於蓋，泰韻）

汙（烏故，暮韻），奧（烏到，號韻）

菴（烏合，覃韻），惡 ⎰哀都，模韻
　　　　　　　　　　⎱烏路，莫韻
　　　　　　　　　　　烏各，鐸韻⎰

周氏的這種見解很合乎單母音的長短音情形，至於雙母音「
黳 e、藹 ai、汙 o、奧 au」，其情形則有所不同。但他在中國

語文論叢中只提合乎自己理論的「阿ā、伊ī、烏ū、釐r̄、嫛e、衷a、塢u、理ṛ、壹i」等九字（案「嫛e」的反切是烏奚切，根據周氏理論，此嫛e應是長音，但此嫛e眞是長音嗎？奄aṁ也不是平聲字嗎？難道此奄aṁ也是長音？」。至於不合乎自己理論的「藹ai、奧au、奄aṁ、惡aḥ」等字音，乾脆不提。（案我曾向台大梵文教授釋恒淸法師請教過此問題，知道了單母音才有長短之別，雙母音無長短之別，恐怕周氏忽略梵語這方面的分別吧！）

周氏又說：

> 「此外，要辨別梵文聲韻相同而長短不同的兩字時，在七世紀，也用聲調來區別它。玄應一切經音義卷三說：『秋露子：梵言舍利佛，舊言利子，或言奢利富多囉，此譯云鴝鵒子。從母爲名；……舊云身子者謬也。身者舍梨，與此奢利，聲有長短，故有斯誤。』」（參見中國語文論叢 P 23）

諸家意見紛紜，各有利弊。但現在我們知道了前四組八字音（也就是單母音），除了長短之差別外，還有平仄之區別。由此可見，玄應認爲字音14中的單母音8個，需要分別長短音時，就用平仄來區分，他決不是隨便選定中國的對音字。這麼一個謹愼的玄應，他在對音時，會不會一樣的愼重？我在下面隨便挑個漢字對音字來商榷吧。

大家都知道玄應的「衷」是對譯短音A的，「阿」是對譯長

音A的。現在我把佛學大辭典卷二所出現的以「A、Ā」二音起
首的整個玄應對音字收錄在下面：

　　合乎玄應的約定者有五

Āmalaka　　　阿末羅　　　　（玄21.）

Ācārya　　　　阿遮利夜　　　（玄15.）

Āriṇya　　　　阿剌㑲　　　　（玄3.）

Āranya　　　　阿蘭拏　　　　（玄1.）

Ārāma　　　　阿藍磨　　　　（玄2.）

　　不合他的約定者有六

Aśvagarbha　　阿輸摩竭婆　　（玄23.）

Aparagati　　　阿波那伽低　　（玄4.）

Apramānābha　阿鉢羅摩那婆　（玄3.）

Anāthaindadasyaārama阿那陀賓荼馱寫那阿藍磨　（玄3.）

Avalokiteśvara　阿婆盧吉低舍婆羅　（玄5.）

Avalokiteśvama　阿婆盧吉低舍婆末　（玄5.）

　　玄應在他的「大般涅槃經文字品字音十四字」中，雖然把「
裒」與「阿」分得很清楚（一是短音，一是長音），但在實際的
對音上根本不遵守此規定，只用一個「阿」字對譯「A、Ā」二
音。有這種情形夾在裏面，故我們簡直沒有辦法知道他的「阿」
是對譯短音A的呢，還是對譯長音Ā？故周法高先生在他的中國

語文論叢一書（ p22 ）中說：

> 我在唐初（西元第七世紀）和尚翻譯梵文的記載裏，曾經
> 找出一點與四聲有關的記錄。他們普通翻譯的長短元音，
> 並沒有什麼區別：同是一個字，可以譯長音，也可以譯短
> 音。但是當聲韵方面的條件都一樣，只有長短音的區別，
> 而又有分別的必要時，就用聲調來區別牠們。」

　　不僅「阿」如此，別的母音也無法從他的對音中辨別得出其
長短。這種情形會不會牽涉到子音方面？

　　子音字母單獨寫出來的時候，總是一音綴，而這音綴的母音
一律是「阿」。但一個子音字母，譬如 l（或 r）下面接上的韵
母分別是「o」、「i」、「am」時，其漢字對音可以變為「
盧」、「利」、「藍」不等。但我在這兒暫且不管這些，因為其
漢字對音不但在佛學大辭典有混淆之現象，而且玄應也並沒有明
確的指定它們的漢音對音字。我們只管一些跟 a 母音配合的例子。
先去看一下「va」的對音情形（下面所摘錄的例子是在佛學大辭
典卷二所出現的玄應的整個 va 對音情況）：

Avalokite'svara	阿婆盧吉低舍婆羅	（玄 5.）
Avacara	阿縛遮羅	（玄 23.）
A'svagarbha	阿輸摩竭婆	（玄 23.）
Cakravāka	斫迦羅婆	（玄 2.）
Cakravarti - rāja	遮迦羅伐辣底過羅闍	（玄 3.）

Gandharva	健達縛	（玄 3. ）
Cakravartin	斫迦羅剌底	（玄 4. ）
Musargalva	牟娑羅寶	（玄 23. ）
Musaragalva	牟娑洛揭婆	（玄 21. ）
Musaragalva	目娑囉伽羅婆	（玄 22. ）
Pancavārsika	般遮婆要史迦	（玄 17. ）
Śrāvasti	室羅伐	（玄 3. ）
Sālavana	沙羅	（玄 2. ）
Visvakarman	毘濕縛羯磨	（玄 25. ）
Varsika	婆使迦	（玄 21. ）
Vāraṇasi	波羅疕斯	（玄 21. ）

　　我們知道玄應爲了對譯「va」音而選定的是「縛」字，但實際上他用了「婆、寶、伐、摩、縛」。我們細察一下他所用的這些字。（「寶」「伐」二字暫且不管，因爲玄應所選定的四十七個漢音對音字中沒有此二字。）

　　玄應爲了對譯「ba」「pa」「ma」，分別選定了「婆」「波」「摩」不等。但他居然用這些「婆」「波」「摩」字來對譯「va」一音。這意味着什麼？玄應的一切經音義中，只有漢音對音字，並沒有任何梵語，他居然這樣弄混，我們怎麼能夠從他的對音「婆、波、摩」中辨別得出它們所對譯的不是「ba、pa、ma」，而是「va」呢？由此可見，子音方面也跟母音一樣有混淆之處。

　　除此之外，還有一個問題使人困惑，那就是佛學大辭典本身

的問題。一切經的編纂始於印度，在佛滅度不久，便已開始進行。經過數百年間，四次之結集，印度文字之藏經，乃漸完備，但梵文經典在流傳的數百年之間，眾多散佚。故周一良先生在他的論佛典翻譯文學一書（ p440 ）中說：

「嚴格說起來，當然沒有一部翻譯作品能代替原文。但中國翻譯佛典從後漢到北宋，有一千多年的歷史。參加的人那麼眾多，所譯佛典的內容那麼廣泛。同時，這些經典原本存在的更是鳳毛麟角，完全靠着譯本流傳。」

梵文佛典原本一大半早已亡佚掉了，現存的也恐怕是跟玄應不同的鈔本，佛學大辭典是近代（ 1920 ）才面世的，著作者（丁福保）又是根據日本學者織田的佛學辭典，取織田之書迻譯而增刪之（參見「佛學大辭典序」（ p3 ）。他們所收集的鈔本不見得跟玄應所參看的鈔本一樣，資料又不全。職是之故，他們把漢字對音還原成梵語時，難免會有錯誤。

又有一點我們不能忽視的是佛學大辭典印刷上的問題。藍吉富在他的中國的梵文研究（ p449 ）一文中說：

「梵文還有兩個跟其他印度語不同之點：第一是喜歡用長的複合語（ compound ），第二是連音變化律（ sandi ）。就是說，某字母與某字母聯在一起，就要發生變化。」

我們去參考一下吳汝鈞編的梵文入門（ p15 ）。

a：一字的末尾母音與後一字的開首的相同母音相連，不
管其中有否長音，悉變成長音。

a，ā＋a，ā→ā；如 na＋api → napi

i，ī＋i，ī→ī；如 hi＋iti → hiti

u，ū＋u，ū→ū；如 sādhu＋uktam→ sādhūktam

b：當a，ā與a，ā以外的母音相連，不管是長音抑短
音，都變成該母音的二次母音。

a，ā＋i，ī→e；如 ca＋iha＋ceha

a，ā＋u，ṛ→ar；如 ca＋ṛsih → carsih

c：a，ā 與複合母音看連，則變成後者的三次母音。

a，ā＋e→ai；如 ca＋eti → caiti

a，ā＋o→au；如 sā＋oṣadhih → sauṣadhih

a，ā＋ai→ai；如 sena＋aiśvaryam → senaiśva-
ryam

a，ā＋au→au；如 iha＋aunnatyam→ ihaunnatyam

d：a，ā以外的母音與不同母音或複合母音相連，該母
音變成其相應的半母音。

i，ī＋V→yV；如 yaditapi → yadyapi

u，u＋V→vV；如 bhavatu＋evam→ bhavatvevam

ṛ，ṛ＋V→rV；如 hotṛ＋oṣadhih → hotroṣadhih

　　以上我們看過這兩種資料，梵文決不允許兩個元音合在一起
（雙母音除外），合在一起時必有語音變化。雖有些例外的情形

存在，但那時必定要分開來寫，決不能聯寫。但佛學大辭典居然有些聯寫的辭彙，這一定有問題，把那種例子摘錄在下面，以供參考。

Anāthapiṇḍadasyaārāma	阿那陀賓馱寫那阿藍磨	（玄 3 ）
Bhandhiasura	婆推阿修羅	（卷二）
Jāliniprabhākuināra	惹哩寧鉢囉婆俱摩羅	（卷二）
Māilākhaāda	摩羅呵羅	（卷二）
Namoārya	那謨阿哩也	（卷二）
Pravarīāmraavana	波婆梨奄婆	（卷二）
Puraaka	分那柯	（卷二）
Pippalāyāua	畢鉢波羅延	（卷二）
Strtaàpanna	窣路多阿半那	（卷二）
Vadi'saawra	波利阿修羅	（卷二）

還有一點我們要注意，也就是說梵語間或有三個子音（半母音包括在內）在一起的，但幾乎沒有四個子音群的現象。我們把在佛學大辭典卷二所出現的這種異常的辭彙摘錄在下面，以供參考。

Balādrtya	婆羅阿迭多	（卷二）
Mrdvikā	蔑栗墜	（卷二）
Strtaapanna	窣路多阿半那	（卷二）
Vrtti - sutra	芯栗底蘇呾羅	（卷二）

在這些辭彙中，「r」下面必定有一小點，該把此「r」寫成「ṛ」才對。

我在上面提出了一些問題，並對「玄應對音以及丁福保佛學大辭典」有了一點概念。在研究梵漢對音問題，佛學大辭典並不是一個理想的資料，但目前我們手邊的資料，莫過於佛學大辭典，故不能不依靠它。但我們既然已對「玄應對音以及佛學大辭典」有了新的概念，我們以此概念進入正軌吧！

四　玄應來母的對音情況

印度梵語中的 ṛ r̄ ḷ l̄ 是一種母音，並不等於中國的「來」母字，但因為其發音比較接近中國的「來」母字，故歷來中國人差不多都用「來」母字來對譯此四母音，結果跟對譯 l r 的那些「來」母字發生混淆的現象。在下面先全盤地調查一下「來」母字對音情況（案下面所摘錄的例子是在「佛學大辭典卷二」所出現的玄應的整個來母對音情形。梵語音節的分法是跟釋恒清法師學的。）

羅

用「羅」對譯 la 音者如下：

Āmalaka	阿末羅	（玄21.）
Bala-pṛthag-jana	婆羅必栗託仡那	（玄3.）
Bṛhatphala	惟干頗羅	（玄3.）
Caṇḍāla	㫄陀羅	（玄3.）
Gandhālaya	乾陀羅耶	（玄3.）
Kunala	鳩夷羅	（玄5.）

Kausthila	俱瑟祉羅	（玄23.）
Kapila	迦比羅	（玄23.）
Kāmalā	迦末羅	（玄23.）
Kala	歌羅	（玄4.）
Kusumamāla	俱蘇摩羅	（玄1.）
Kusūla	瞿修羅	（玄4.）
Mahaśāla	大沙羅	（玄23.）
Musaragalva	目娑囉伽羅婆	（玄22.）
Palaśa	波羅奢	（玄23.）
Sālavana	沙羅	（玄2.）
Vimalakirti	鼻磨羅難利帝	（玄8.）

用「羅」對譯 ra 者者如下：

Avalokiteśva	阿婆盧吉低舍婆羅	（玄5.）
Apramāṇābha	阿鉢羅摩那婆	（玄3.）
Avacara	阿縛遮羅	（玄23.）
Āmra	奄羅	（玄8.）
Brahman	婆羅賀摩	（玄2.）
Cakravāka	斫迦羅婆	（玄2.）
Cakravartin	斫迦羅伐剌底	（玄4.）
Cakravarti - rāja	遮迦羅伐剌底過羅闍	（玄3.）
Gṛdhrakuṭa	姞栗陀羅矩吒	（玄6.）
Indra	因陀羅	（玄3.）
Indranilamuktā	因陀羅尼羅目多	（玄23.）
Kumbira	宮毗羅	（玄5.）

Kṣetra	差多羅	（玄 1.）
Ktudra	周羅	（玄 2.）
Kṣarapāniya	差羅波尼	（玄 14.）
Musargalva	牟娑羅寶	（玄 23.）
Nārāyaṇa	那羅	（玄 24.）
Nemindhara	尼陀羅	（玄 24.）
Pārā jika	波羅闍巳迦	（玄 23.）
Paramita	波羅蜜多	（玄 3.）
Purva - dvitiya	褒羅那地耶	（玄 14.）
Ratnarara	剌那那伽羅	（玄 3.）
Śi śumara	失獸摩羅	（玄 17.）
Śrāvasti	室羅伐	（玄 3.）
Śariputra	奢利富多羅	（玄 21.）
Sara	舍羅	（玄 21.）
Śudra	戌達羅	（玄 18.）
Tagaraka	多伽羅	（玄 1.）
Tara	多羅	（玄 2.）
Uśira	烏施羅	（玄 25.）
Vimarāja	毘摩羅闍	（玄 26.）
Vāraṇasi	波羅痆斯	（玄 21.）

藍

用「藍」對譯lam者如下

Ullambana	烏藍婆拏	（玄 13.）

用「藍」對譯 ram者如下

Ārāma	阿藍磨	（玄 2.）
Anāthapiṇḍadasyaārāma	阿那陀賓荼駄寫那阿藍磨	（玄 3.）

利

用「利」對譯 li 者如下：

Kali	歌利	（玄 3.）

用「利」對譯 ri 者如下：

Ācārya	阿遮利夜	（玄 15.）
Gārṣapaṇa	羯利沙鉢拏	（玄 21.）
Maitrimanas	每怛利末那	（玄 6.）
Puṇḍarika	奔荼利	（玄 21.）
Pancavārsika	般遮跋利沙	（玄 17.）
Sārikā	舍利	（玄 21.）
Sariputra	奢利富多羅	（玄 21.）
Sāri	設利	（玄 6.）
Śirisa	尸利沙	（玄 3.）
Vimalakirti	鼻磨羅難利帝	（玄 8.）

盧

用「盧」對譯 lo 者如下：

Avalokiteśvara	阿婆盧吉低舍婆羅	（玄 5.）
Śloka	輸盧迦	（玄 17.）

用「盧」對譯 ru，ro 者如下：

Kro'sal	句盧	（玄 18.）
Virūdhaka	毗盧宅迦	（玄 1.）

梨

用「梨」對譯 li 者如下：

| Kalika | 迦梨迦 | （玄 4.） |
| Pāṭaliputra | 波吒梨耶 | （玄 25.） |

用「梨」對譯 ri 者如下：

Ācārya	阿遮梨耶	（玄 15.）
Ārya	梨耶	（玄 16.）
Gandhāri	健馱梨	（玄 23.）
Khāri	佉梨	（玄 24.）

剌

用「剌」對譯 lat 者如下：

| Laṭṭhj | 剌瑟低 | （玄 1.） |

用「剌」對譯 rar、ra 者如下：

Nirarbuda	尼剌部陀	（玄 24.）
Pārasi	波剌私	（玄 24.）
Ratnākara	剌那那伽羅	（玄 3.）

邏

用「邏」對譯 lo 者如下：

| Mahaśāla | 大婆羅 | （玄 23.） |

用「邏」對譯 ro 者如下：

| Markatabrada | 末迦吒駕邏馱 | （玄 14.） |

lo

用「路」對譯 lo 者如下：

| Lokavit | 路伽備 | （玄 3.） |
| 'Sloka | 室路迦 | （玄 17.） |

用「盧」對譯 lo 者如下：

| Avalokite'svara | 阿婆盧吉低舍婆羅 | （玄 5.） |
| Śloka | 首盧 | （玄 5.） |

ra

用「囉」對譯 ra 者如下：

Kuśinagara	拘尸那迦羅	（玄 21.）
Naraka	泥囉夜	（玄 23.）
Saṁvara	三跋囉	（玄 20.）

用「㜊」對譯 ra 者如下：

| Tagaraka | 多伽㜊 | （玄 20.） |

其他

用「鼇」對譯 li 者如下：

| Pāṭaliputra | 波吒鼇 | （玄 25.） |

用「勒」對譯 lak 者如下：

| Balakṛti | 伐勒迦梨 | （玄 23.） |

用「蘭」對譯 ran 者如下：

| Karaṇḍa | 迦蘭陀 | （玄 19.） |

用「栗」對譯 r 者如下：

| Pancavārṣika | 般遮婆栗史迦 | （玄 17.） |

用「落」對譯 ra 者如下：

| Naraka | 那落迦 | （玄 7.） |
| Rākṣasa | 阿落迦婆 | （玄 24.） |

用「黎」對譯 ra 者如下：

| Naraka | 泥黎耶 | （玄 17.） |

用「洛」對譯 ra 者如下：

| Musaragalva | 牟娑洛揭婆 | （玄 21.） |

用「隸」對譯 re 者如下：

| Maireya | 米隸耶 | （玄 23.） |

用「楞」對譯 ram 者如下：

| Śuraṁgama | 首楞伽摩 | （玄 23.） |

用「纜」對譯 ra 者如下：

| Sutra | 素怛纜 | （玄 23.） |

用「那」對譯 ra 音者如下：

| Aparagati | 阿波那伽低 | （玄 24.） |

玄應所對譯 ṛ 音的華音對音字的情況如下：

Bala - pṛthag - ja - na	婆羅必栗託仡那	（玄 3.）
Balakṛti	伐勒迦梨	（玄 23.）
Dṛṣti	達利瑟致	（玄 6.）
Gṛdhrakūṭa	姞栗陀羅矩吒	（玄 6.）
Matṛgrama	摩怛理伽羅摩	（玄 25.）
Mṛgamatṛ	蜜利伽磨多	（玄 18.）
Matṛka	摩怛理迦	（玄 14.）
Pitṛ	卑帝利	（玄 3.）
Śṛgāla	悉伽羅	（玄 24.）

（由於每個子音根據它從面接上的韵母，其念法也會不同，念法不同了，我們用來對譯的漢音對音字也應該不同，我在這兒不要探討這些情形，因為佛學大辭典有混淆之處。）

　　知道玄應的邏、羅在反切上沒有任何差異（一爲盧舸反、一

爲李舸反），但是他的用意是用此二字來區別 ra 音與 la 音的差
異。按道理講，玄應該用邏來對譯 ra 音，用羅來對譯 la 音。但
在上述的對音中，玄應用來對譯 ra 音的總共有四個（婁、囉、
邏、羅），用來對譯 la 音的共有二個（羅、邏）。在這種互相
混淆之情況之下，我們就是有天大的本領也無法辨別出他的「羅」
（或着是「邏」）是用來對譯 la 呢，還是對譯 ra。尤其是「來」
母字中加上「口」偏旁的，在別人的文字品中確有特定的意思，
但有「口」偏旁的「來」母字並不是玄應文字品系統的字，這是
後人鈔寫時誤把「口」加上玄的呢？或着有什麼特定的意義？我
們從現有的資料上無法得知其原因。不過很明顯的是玄應雖然在
他的「一切經音義第八卷」中列有此二字眼（羅、邏），但在對
音時並沒有嚴格地遵守他的約定。

至於 r 音的華音對音字，其字眼共有四個（理、栗、梨、利）。
這四個華音對音字又經常對譯半母音 r l 類音。由此推測，玄應
用「理、釐」來對譯梵語時，也必定有這種混淆的情形，我們決
不能想玄應爲了我們後代的人研究「理、釐對音」方便起見，規
規矩矩地遵守他的約定。故我研究「大般涅槃經文字品字音十四
字理釐二字」時，不以「理、釐」二字爲主，而以「r r̄ ḷ ḹ」
四音爲主。

五　玄應十四字音中理釐二字對譯之淺見

上面粗略地探討過玄應「來」母的對音情況。現在我們去看
一些各家對 r r̄ ḷ ḹ 四音的認識情形，我把羅常培的「四十九根
本字諸經譯文異同表」中的 r r̄ ḷ ḹ 鈔錄下面，以便探討此問題。

次　　　　序	7	8	9	10
羅馬字註音	ṛ	ṝ	ḷ	ḹ
法顯譯大般泥洹經文字品	釐	釐	釐	釐
曇無懺譯大般涅槃經如來性品				
慧嚴修大般涅槃經文字品	魯	流	盧	樓
僧伽婆羅譯文殊師利問經字品	釐	釐長	梨	梨長
闍那崛多譯佛本行集經卷十一				
玄應音義大般涅槃文字品	理重	釐力之友		
地婆訶羅譯方廣大莊嚴經示書品				
義淨南海寄歸內法傳英譯本敍論	頡里	蹊梨	里	離
善無畏譯大毗盧遮那成佛神變加持經百字就持誦品				
不空譯瑜伽金剛頂經釋字母品	哩	哩引去	呬	嚧引
不空譯文殊問經字母品	呬	呂引上	力	嚧引
智廣悉曇字記	紇里	紇梨	里	梨
慧琳一切經音義大般涅槃經辨文字功德及出生次弟	乙上聲微彈舌	乙去聲引(乙難重用取去聲引)	力短聲	力去聲長引不轉舌
空海悉曇字母釋義	哩彈舌乎	哩彈舌去聲引呼	呬彈舌上聲	嚧彈舌上聲
惟淨景祐天竺字源	哩	黎	魯	盧
同文韵統天竺字母譜	利哩伊切彈舌	喇伊彈舌	利力伊切半舌	利伊半舌

如上表所示，有人用四字來對譯「ṛ ṝ ḷ ḹ」音，有人用二字來對譯，也有人根本不管此四母音。這意味着什麼？是因為他們佛典原文中根本沒有此四母音（或只有其中二音）的關係呢？還是各家對梵語的認識不同所引起的現象呢？

我們暫且不要管此問題，把眼光放遠一點，先看一下梵語51字到底有些什麼，並考察一下各家對梵語 51 字的認識如何（根據羅常培的「四十九根本字諸經譯文異同表」，把 51 個梵語字收錄在下面）：

a，	ā，	i，	ī，	u，	ū，	ṛ，	ṝ，
ḷ，	ḹ，	e，	ai，	o，	au，	aṁ，	aḥ，
ka，	k'a，	ga，	g'a，	n̄a，	ca，	c'a，	ja，
j'a，	ña，	ṭa，	ṭ'a，	da，	d'a，	ṇa，	ta，
t'a，	da，	d'a，	na，	pa，	p'a，	ba，	b'a，
ma，	ya，	ra，	la，	va，	śa，	ṣa，	sa，
ha，	kṣa，	llaṁ					

此 51 個字當中較為特殊者有 ṛ ṝ ḷ ḹ，aṁ aḥ，kṣa llaṁ（關於 ṛ ṝ ḷ ḹ 四音下面有探討，在此從略）。至於 aṁ aḥ 二音，唐玄應一切經音義（唐貞觀末年約西元六四九年撰）卷二大般涅槃經文字品音義謂：

「〔菴惡〕此二字是前惡（此惡是哀的誤記）阿兩字之餘者，若不餘音，則不盡一切字，故復取二字以窮文字也。」

對於此二音，吳汝鈞先生在他的梵文入門（ p3 ）中說：

「現在只想說的是：在梵文中，一些字母須隨其前後周圍
的字母的分佈情況而改變。例如，當一語句的最後字母是
－s 時，須變成送氣音 ḥ」

他又在 p9 中說：

「一字的最後字母若是鼻音 m，而後一字的最先字母若為
子音，則轉成特殊鼻音 ṃ」

至於 kṣa llaṃ 二音，印度梵語子音中唯有此二音 kṣa llaṃ
是複合子音，跟單子音有所不同，故主張四十七根本字的人不給
此二複合子音另立漢音對音字。但在文獻上又有別的見解。日本
安然悉曇藏卷五載云：

「惠均玄義記云：宋國謝靈運云，大涅槃經中有五十字以
為一切字本。」

他的五十個根本字又是怎麼回事？其實他的五十個根本字是
四十九根本字加上「kṣa」一音。我們知道 kṣa llaṃ 都是複合
子音，那麼他為什麼只給 kṣa 音另立漢音對音字呢？我把梵中英
泰佛學辭典（頁一至二六四）中所出現的 kṣa llaṃ 計如下：

Kṣ 有 90 →

llam 有 3 →

從統計數字上我們不難發現 kṣa 的出現次數遠此 llaṃ 的出

現次數多得多，簡直不能相比。由此可見，他只給多數出現的
kṣa 音另立漢音對音字，把極少數出現的複合子音 llaṃ 音置之
不理。

但又有人却欠缺 kṣa 音的漢音對音字，反而給極少數出現的
llaṃ 另立漢音對音字（參見羅常培的「四十九根本字諸經譯文異
同表」）。這並不是 kṣa llaṃ 二音出現不出現的問題，而是各家
對此二音的認識問題。其實此二音雖然都是複合子音，但一爲開
尾音，一具有鼻音韻尾，而且其音節的分法又不一樣。（譬如
Rākṣasaḥ Apayakoṣallaṃ）

由此可見，對梵語子音 kṣa llaṃ 的認識不同，除了其音之
出現次數之外，還有其音本身性質夾在裏面。這種情形會不會也
牽涉到 r r̄ l l̄ 四字音呢？

現在我們考察一下各家對梵語五十一字的認識如何：

次　序	1.	2.	3.	4.	5.	6.	7.	8.	9.	10.	11.	12.	13.	14.	15.	16.	50.	51.
羅馬字註音	a	ā	i	ī	u	ū	ṛ	ṝ	ḷ	ḹ	e	ai	o	au	aṃ	aḥ	kṣa	llaṃ
法顯譯大般泥洹經文字品																×		
曇無讖譯大般涅槃經如來性品					×	×	×	×										×
慧嚴修大槃涅槃經文字品																×		
僧伽婆羅譯文殊師利問經字品																×		
闍那崛多譯佛本集經卷十一	×		×		×	×	×	×			×			×	×	×	×	×
玄應音義大般涅槃經文字品									×	×						×	×	
地婆訶羅譯方廣大莊嚴經示書品					×	×	×	×										×
義淨南海寄歸內法傳英譯本敍論																		
善無畏譯大毗盧遮那成佛神變加持經百字成就持誦品	×				×	×	×	×									×	×

不空譯瑜伽金剛頂經釋字母品	×
不空譯文殊問經字母品	×
智廣悉曇字記	
慧琳一切經音義大般涅槃經辨文字功德及出生次第篇	×
空海悉曇字母釋義	×
惟淨景祐天竺字源	×
同文韵統天竺字母譜	×

　　如上圖所示，各家的對音情況有分歧之處。規規矩矩地用五十一個漢音的對音字的也有，缺 llaṃ 音漢音對音字的也有，缺 kṣa 音的漢音對音字的也有……

　　我們細察上圖表，這種分歧之處正如所料都跟較爲特殊的 ṛ ṝ ḷ ḹ，aṃ aḥ，kṣa llaṃ 有密切的關係。有這種特殊的 ṛ ṝ ḷ ḹ kṣa llaṃ aṃ aḥ 等夾在 51 個梵語字裏面，才產生了各種根本字說。（在「闍那崛多譯佛本行集經卷十一」中，不但沒有給此八個較爲特殊的 ṛ ṝ ḷ ḹ aṃ aḥ kṣa llaṃ　另立漢音對

音字，而且也沒有給梵文長音另立華音對音字，我認爲這跟這些梵音在他的經文中出現不出現一點關係都沒有，這完全跟他個人對梵文的認識有關係。）

那麼我們的 r r̄ 與 l̤ l̤̄，其性質如何呢？有什麼差別嗎？梵語本來有十六轉，後來爲什麼不稱十六轉，而稱十二轉了呢？趙憩之先生在他的等韻源流一書（ p16 ）中說：

> 「鄭氏雖不稱『十六』二字，而我們由張氏的話也可以知
> 道七音略的精神是受梵文的十六轉的影響的。實在梵文十
> 六轉之名，與實際也不相符合；蓋除去世俗不常用之四字
> （案 r r̄ l̤ l̤̄ 四音），只餘十二之數也。」

我們將梵中英泰佛學辭典（頁一至二六四）中所出現帶 r 的辭彙與帶 ai au 的辭彙統計如下，以便探討此一問題。

帶 r 的總共有 126

帶 ai 的總共有 48

帶 au 的總共有 9

趙憩之先生認爲「槪除去世俗不常用之四字，只餘十二之數」。不曉得他參考的是什麼樣的辭典，但我所查的辭典中 r 音的出現次數反而比 ai au 二音多很多，假如取不取某個子音（或母音）的標準只在於「出現次數」的話，那麼我們應該取 r 音，而把較少出現的 ai au 二音去掉才對。前面已經探討了 kṣa llaṃ 的性質問題。其實諸家取不取某音，這不僅跟「出現次數」有關，而且也跟其音的性質有密切關係，只有性質相同時，才能以「出現

次數」做爲取捨某音的標準，恐怕趙先生忽略了此點吧！

現在我們從十二轉以及羅氏的圖表（諸家對於四元音，要麼給它們另立四個漢音對音字（ 11 位 ），要麼乾脆把此四音置之不理（四位 ），由此可見諸家也認爲此四音在性質上非常相似）中得到了一個重要的暗示，也就是說此四 ṛ r̄ ḷ l̄ 音在其性質上有密切關係。

ṛ r̄，ḷ l̄ 的性質如下

①都是母音

②兩組各有長短之別

③都是中國所沒有的音

④都是來母字對譯它們

在這種性質相似的四元音的對音上，唯有玄應一人用理釐二字。這意味着什麼？

現在我們囘頭看一下玄應的一切經音義第八卷。他說：

「凡有四十七字爲一切字本其十四字如言三十三字如是合
之以成諸字……」

此四十七字意味着什麼？周法高先生在他的中國語言學論文集一書（ p155 ）中說：

「以上介紹神氏詳密的考證竟。我們可以概括的說：玄應
是唐代長安大總持寺的沙門，可能又是『禮泉沙門，』對
於字學很有研究。貞觀十九年 645 A.D 參加了玄奘的譯

場，做『正字』的工作。他又做了大慈恩寺的沙門。他著
了一切經音義（從貞觀末年到他死前寫的）　，此外還為
玄奘所譯的論部作疏。大概受玄奘的影響很深，也可以說
是玄奘的弟子了。」

我們都知道在中國佛經譯史上，最突出、最有成就的人就是
玄奘。玄奘所譯各籍，因為他對梵文的造詣精深又親自主譯，他
花了十九年的時間，共譯出經論七十五部（除『大唐西域記』一
種不計入外）總一千三百三十五卷。這麼一個傑出的玄奘在他
的大唐西域記一書（ p36 ）中說：

「詳其文字，梵天所製，原始垂則，四十七言。寫物合成
，隨事轉用，語其大較，未異本源。」

玄奘就是玄應的老師，他的「四十七言」必定跟玄應所說的
四十七字有關係。他精通梵文，博覽梵書，難道他只看到四元音
（ r r̄ l l̄ ）中的二個，才說四十七言這句話嗎？我把玄應與玄
奘的四十七個根本字做個比較，就得到了一個概念，也就是說玄
應只用理、釐二字並不僅是他的一切經音義中四個元音不全的關
係，而是他們對梵文四元音的認識問題。

上面已經初步地考察過此四元音的性質問題，在此種性質相
似的四元音中，玄應無疑的給多數出現的音另立理、釐二漢音對
音字。但不管是佛學大辭典，或是梵中英泰佛學辭典，只有 r 音
出現，l 音一個都沒出現，這到底什麼緣故？

Robert p. Goldman 等所著的「Introduction to the Sanskrit language 」一書（p12）中有如下的記載

2.1：The script with its correct transliteration is as follows：

Svara：

अ or ऄ = a   आ or ऄा = ā
इ = i   ई = ī
उ = u   ऊ = ū
ऋ or ऋ = ṛ   ॠ or ॠ = ṝ
ऌ = ḷ*

ए = e   ऐ = ai
ओ or ओ = o   औ or औ = au

l * This sound（ḷ），vocalic l，is articulated as an l preceding the vowel ṛ。It is almost non‑existent in Sanskrit and you need not be concerned with it。

George L. Hart Ⅲ也在他的「A rapid Sanskrit method」一書（p2）中說：

ṛ like the ‑er in butter，but rolded。

ṝ like ṛ，but ietter is rare。

ḷ like ‑le in little。This letter is rare。

ḹ like ḷ，but longer。This letter occurs only in gramatical treatises。」

從此二資料中，我們可以得知，ṛ 音在梵文裏常見，其他的音很稀有。這是什麼緣故？倘若我們能把其內在情形弄明白，那

我們的問題就可以迎刃而解了。對於此問題，季羨林先生在他的
「論梵文 ṭ ḍ 的音譯」一文（ p11 ）中說得較詳細，他說：

「 在用古代俗語（ Prākṛta ）寫成的碑刻裏，也有 ḷ 這樣
一個字母，同 ḍ 同時存在，在寫成文學作品的古代俗語裏，
也有 ḍ＞ḷ 的現象，譬如在新疆出土的古代佛敎戲裏，梵
文 dāḍima 就變成 dāḷima（ 參見 H. Lüderg Bruchstücke
buddhistischer Dramen, Berlin 1911，P 44 ）不過在
很早的時候 ḷ 就常寫成 l。）

又說：

「 這種 ḍ＞ḷ 的現象在中世俗語裏還繼續存在（ 參見 R .
pischel，Grammatik der prakrit - Sprachen，Strass-
burg 1900，∫∫226，240 ）不過在北方鈔本裏 ḷ 這字
母已經漸漸消逝了，普通都是用 la 來代替。……在「梨
俱吠陀」裏，兩個元音中間的 ḍ，ḍh，也正象在巴利文
裏一樣，變成 ḷ，ḷh。pāṇini 文法裏沒有 la 這個字母。
自從「阿闥婆吠陀」以後，ḍ 多半都變成 l。……ḍ＞ḷ
這個現象只見於北方的鈔本。在北方，一直到紀元後四世
紀末，ḷ 還存在；但在這以後就沒有了。」

現在我們更明白了 ḷ 音大部分早就變成 l 音。但 r 音仍然有
很多。玄應不是不知道此四元音在性質上頗爲相似，但是他不肯

把多數出現的 ṛ 與極少數出現的 ḷ 一視同仁，故把極少數出現的
ḷ 置之不理，而只給多數出現的 ṛ 類音，另立漢音對音字理麤了。

六　結　論

　　以上我們初步討論過此四元音 ṛ r̄ ḷ l̄ 的問題，因爲佛學大辭典本身
有混淆之現象、以及玄應的對音本身不嚴密的關係，故我們目前
在研究梵漢對音時，只能知道其大概的情形。

　　但經過全盤地調查羅常培先生的「四十九根本字諸經譯文異
同表」之後，就發現了各家在對音上有紛紜之處無不跟較爲特殊
的 kṣa llaṃ，ṛ r̄ ḷ l̄，aṃ aḥ 此八音有關。因爲有這種特殊
的八個音夾在五十一個梵語字裏面，所以才產生了各種根本字說。
他們在漢音對音上有這麼參差不齊，這跟個人對梵語五十一個字
的認識有關。

　　在性質不同的兩個音中，選擇某一音時，根據各人對那兩個
音的看法，會有不同的選擇法。但在性質相同或相似的二音中，
取一音時，只有一個選擇標準，也就是說以出現次數爲主（ ṛ r̄
ḷ l̄ 性質差不多，在此不贅述）。故我斷定「大般涅槃經文字品
字音十四字理麤二字」所對譯的一定是 ṛ r̄ 的。

論達縣長沙話三類去聲的語言層次

何大安

一

　　達縣長沙話，是四川境內的一種湘方言。這支方言由湖南湘方言區遷居四川的時間，是在明末清初。入川後，定居在以達縣安仁鄉爲中心的地區。說這種方言的居民，大多自稱是長沙人的後代。因此這種方言，就稱爲長沙話。至於達縣以及附近地區普遍流行的，則是西南官話。

　　我們對於達縣長沙話的認識，完全得自崔榮昌先生（1989）的《四川達縣"長沙話"記略》這篇文章。在這篇文章裡，崔先生說明了達縣長沙話的形成背景，並且對達縣長沙話聲韻調的特徵，作了詳細的描述。讓我們感到最有興趣的，是這個方言的聲調系統❶：相當於中古去聲的那些字，在達縣長沙話裡，分讀入三個不同的聲調，也就是崔先生所說的「去聲甲」、「去聲乙」、和「去聲丙」。去聲調三分，在現代漢語方言之中，並不多見❷。我們很想知道這種三分是怎麼造成的。因此在這篇短文裡，我們就根據崔先生所發表的材料，對這個問題進行一點討論。

二

　　去聲甲、去聲乙、去聲丙，並不只有中古的去聲字。崔先生曾將達縣長沙話的三種去聲字，依其來源及實際調值，分類列表

（崔榮昌 1989 ： 27 ）如下：

		去聲甲 ⌐55.	去聲乙 ⌐21.	去聲丙 ⌐24.
上	全濁	負仗在件紹幸	簿伴弟斷坐舅	近祉下杏婦重 靜部
去	清 濁	在拜醉借歲 蔗耗愛 暴吠樹隊賣 鬧右遇	大地飯豆妹 內路夜	派套醋課靠 漢臭壯 辦份電共壽 墓二驗
入	清 濁	筆不壁百福 答鐵七 食局雜學襪 落肉滅	劈澀匣罰莫葉	卜作蕭辱幕育

並且指出：

去聲甲 ⌐55.　　多來自古去聲與古入聲字，其中以古去聲、入聲的清聲母字爲最多，……也有部分古上聲全濁聲母字今讀去聲甲，……

去聲乙 ⌐21.　　多來自古去聲的濁母字，……部分古上聲與古入聲的濁母字今讀去聲乙，……

去聲丙 ⌐24.　　多來自古去聲字以及古上聲的濁聲母字，……只有少數入聲字今讀去聲丙，……

這裡的敍述，只是一般性的。所涉及的音韻條件，有互補、也有互相對立的地方。爲了仔細分別其中的關係，我們檢讀了所有去

聲甲、去聲乙、和去聲丙的例字，作成附錄 1、2、3，並且依
中古聲母的清濁條件，重新製成以下表 1、表 2、表 3 的三種統
計：

表 1　　中古去聲字在三種去聲調裡的分佈

		去聲甲	去聲乙	去聲丙
全	清	56	2	11
次	清	3	1	11
全	濁	6	29	15
次	濁	16	18	10
總	計	81	50	47

表 2　　中古上聲字在三種去聲調裡的分佈

		去聲甲	去聲乙	去聲丙
全	清	2	0	0
次	清	0	0	0
全	濁	8	17	26
次	濁	4	3	0
總	計	14	20	26

表3　　中古入聲字在三種去聲調裡的分佈

	去聲甲	去聲乙	去聲丙
全　清	35	2	10
次　清	4	1	1
全　濁	16	4	7
次　濁	11	7	5
總　　計	66	14	23

統計的結果，和崔先生的觀察大體相符。只有崔先生對去聲丙的文字敍述，要作一點補充。就是入聲字讀去聲丙的，多於入聲字讀去聲乙。整個看起來，中古去聲字在今天三種去聲調裡最有意義的分佈上的現象，是：

(1)　去聲乙幾乎沒有中古清聲母字；中古清聲母字只有三個，而濁聲母字則佔了90％以上。

(2)　去聲甲的中古清聲母字，比中古濁聲母字多了兩倍半（59：22）以上。

(3)　去聲丙的中古清、濁聲母字，數量上大致相當（22：25）

(4)　去聲甲、去聲乙、去聲丙都有爲數不少的中古濁聲母字，分別是22、47、25。

從中古清聲母字來看，去聲乙和去聲甲、去聲丙都有互補的可能。如果屬實，那就表示互補的一對，可能是因聲母的清濁而分化的。但是從中古濁聲母字來看，則甲、乙、丙三種去聲在分佈上顯然

是互相對立的。這又表示去聲三分,一定還有清濁以外的原因。

現代漢語方言的聲調分化,多與聲母的清濁、送氣有關,因此我們很自然地會注意聲母上的條件。其實達縣長沙話的去聲三分,即使是同韻攝、或同開合等第、或同聲母的字,聲調的走向也可能互不相同。例如表4中的六組字便是這樣:

表4　三種去聲字音韻條件的比較

例　字	今去聲	音韻條件
暴	甲	效開一去號並
帽	乙	效開一去號明
導	丙	效開一去號定
布	甲	遇合一去暮幫
路	乙	遇合一去暮來
慕	丙	遇合一去暮明
邁	甲	蟹開二去夬明
敗	乙	蟹開二去夬並
稗	乙	蟹開二去卦並
派	丙	蟹開二去卦滂
雁	甲	山開二去諫疑
硯	乙	山開四去線疑
驗	丙	咸開三去艷疑
隊	甲	蟹合一去隊定
地	乙	止開三去至定
第	丙	蟹開四去霽定

因此三分的原因，不能只從音韻條件上求解。

三

　　達縣長沙話既是一個寄居在西南官話區中的湘方言，那麼我們可以從「方言接觸」的角度來思考這個問題，而「長沙」和「達縣」則是兩個最基本的參考點。

　　根據楊時逢先生（ 1974 ）的≪湖南方言調查報告≫，許多湖南的湘方言在白話中都分別兩種去聲：陰去和陽去，前者來自中古清聲母的去聲字，後者來自中古濁聲母的去聲字；而文讀則僅有陰去一種去聲調，中古的清、濁聲母字都讀陰去，這個陰去調和白話的陰去調完全相同。長沙，尤其是這種方言的代表❸。今天的長沙方言，陰去的實際調值是45，陽去的實際調值是21。那麼一個中古清聲母的去聲字，在今天的長沙方言只有一種讀法。就是陰去（ 45 ）；而一個中古濁聲母的去聲字，在今天的長沙方言就可能有兩種讀法：在白話音中讀陽去（ 21 ），在文讀音中讀陰去（ 45 ）。也就是說，這兩個去聲調，都有中古的濁聲母字。濁聲母字在這兩個去聲調的分佈是對立的，但是中古清聲母字在這兩個去聲調的分佈，却是互補的。

　　作為西南官話的達縣，相當於中古的去聲，它只有一個調，13，就稱作去聲調❹。它並沒有因為聲母清濁的不同，把中古的去聲分化成兩個調（ 參見楊時逢1984 ： 475 - 490 ）。因此這個去聲調裡，既有中古清聲母的去聲字，也有中古濁聲母的去聲字。

　　我們發現：長沙的陰去、陽去、和達縣的去聲，在調值和分

佈的特點上，與達縣長沙話的去聲甲、去聲乙、去聲丙非常相似。
請比較表5和表6：

表5　長沙、達縣去聲的調值和分佈

	長沙陰去	長沙陽去	達縣去聲
調　　　值	⌐45	⌐21	⌐13
中古清聲母字	＋(文、白)	－	＋
中古濁聲母字	＋（文）	＋（白）	＋

表6　達縣長沙話去聲的調值和分佈

	去　聲　甲	去　聲　乙	去　聲　丙
調　　　值	⌐55	⌐21	⌐24
中古清聲母字	＋	－	＋
中古濁聲母字	＋	＋	＋

　　於是我們可以有這樣的假設：達縣長沙話的去聲甲、去聲乙、
去聲丙，分別相當於長沙陰去、長沙陽去、和達縣去聲。去聲甲、
去聲乙是入川之前就已有的文白之分，去聲丙則是在入川之後受達縣西
南官話的影響所新形成。從歷時的觀點看，去聲甲、去聲乙、去
聲丙代表三個語言層。從共時的觀點看，甲、乙、丙的共存便造
成了去聲的三分。

四

　　現在要證明這個假設。

　　如果這個假設爲眞，那麼甲、乙、丙之間原本具有語言層的先後關係，甲、乙在前，丙在後。因此我們期待材料中有能反映這種關係的異讀字。如果能符合這種先後關係的異讀字的比例相當高，那麼這個假設就可以獲得證明。

　　達縣長沙話的異讀字並不多，但是大部分的異讀字都和去聲甲、去聲乙、去聲丙有關。我們現在先把來自古去聲調的異讀字列在下面❸：

(5)、去聲丙：去聲乙　　大 ta　　　　: ta

　　　　　　　　　　　謝 śie　　感～: tśia　　姓

　　　　　　　　　　　號 hau　　　　: he

　　　　　　　　　　　念 nĩ　　　　 : nĩ

　　　　　　　　　　　認 zən　　　　: śin

　　　　　　　　　　　問 uən　　　　: uən

　　　　　　　　　　　上 śion　　　 : śioŋ

　　　　　　　　　　　定 tin　　　　: tiaŋ

　　　　　　　　　　　夢 moŋ　　　 : moŋ

　　去聲丙：去聲甲　　漚 o　　　　 : u

　　　　　　　　　　　種 tsoŋ　　　: tśioŋ

　　　　　　　　　　　貢 koŋ　　　 : koŋ

　　　　　　　　　　　漢 hã　　　　: hã

　　去聲乙：去聲甲　　樹 śy　　　　: sɣu

去聲丙，去聲丙：去聲乙

　　　　　　　　　　秘 mi 　，pei 　：pai

(6)、去聲甲：去聲甲　　　背 pe 　：pa

　　　　　　　　　　灶 tsau ：tse

　　　　　　　　　　教 t͡sie ：ke

　　　　　　　　　　正 tsən ：t͡sin

去聲乙：去聲乙　　　會 ʑei ：ʑai

　　　　　　　　　　字 sʅ 　：zʅ

去聲丙：去聲丙　　　去 t͡shy ：t͡shie

這些異讀字排列的先後，都遵照崔先生原來的辦法：「前文後白」。在「：」號之前的是文讀音，之後的是白話音。其中第(6)組是同調間的異讀，跟這裡的討論沒有直接關係。我們主要要觀察的，是第(5)組。

　　第(5)組共有十五對中古去聲的異調文白異讀字，其中十四對裡的去聲丙都當作文讀音使用；而在與去聲丙對舉時，去聲甲和去聲乙都被當作白話音。另外一對表現去聲甲和去聲乙的關係，則是前者白而後者文。因此從文白的區別來看，三種去聲調的關係是：

　　表7　三種去聲調的文白關係

去聲甲	去聲乙	去聲丙
白		文
白	文	

這些異讀所透露的最明顯的消息，當然是：去聲甲和去聲乙為一組，代表大多數的白話音；去聲丙為另一組，代表大多數的文讀音。

現代漢語方言中的文讀音，一般地講，反映的是某一區域所通行的標準語的音讀，白話音則是各地方固有的音讀。在時間上，是白話音形成的早，文讀音形成的晚。這樣看來，達縣長沙話的去聲丙，應該是後起的文讀音；相對地，去聲甲和去聲乙則是原本就有的白話音。就這一點而言，這個結論和我們的假設，完全相符。

五

上一節的討論，還有兩點需要澄清。

第一，去聲甲與去聲乙，以其相當於長沙的陰去與陽去而言，本來也有文白後先之分。但是在入川與一個新的語言系統，即達縣的西南官話，發生接觸的時候，去聲甲、去聲乙是在共時共存的狀況下出現的。固有的兩層，已化為一個系統與第三者抗爭。因此音讀的取代，並沒有一成不變的程序。一個新的文讀音讀，可以先取代原有的白話音，也可以先取代原有的文讀音。

第二，就僅有的一對表現去聲甲與去聲乙關係的異讀來看，也就是「樹 ś y ⏋：s ʐu ⏋」這一對異讀，去聲甲（⏋）是白話，去聲乙（⌐⌐）是文讀。但是根據我們的假設，去聲甲相當長沙陰去、去聲乙相當長沙陽去的話，恰應是去聲甲文讀，而去聲乙白話。這是一個不能不進一步考究的疑點。對於這個問題，我們提出以下的說明。

「樹」是遇攝三等合口章系禪母字。遇攝三等合口章系字的韻母，今天湖南境內的方言，大多讀-y或-u。四川境內除了彭山為-o之外，其餘各地全讀為-u。這兩省都沒有將之讀為-ɤu或-əu的。因此我們可以確定去聲乙的-y和去聲甲的-ɤu，都不是入川後的產物。事實上「樹」讀ȿy，在湘方言之中是十分普遍的。可是如果ȿy是文讀，那麼sɤu的白讀又何從而來呢？在兩湖地區的西南官話和湘語區內，我們都找不到這樣的音讀。

在達縣長沙話的內部，以-y為文讀韻母的文白異讀，還有以下三對：

(7)、去 tȿhy ⟋（ 24 ，去聲丙 ） ： tȿhie ⟋（ 24 ，去聲丙 ）

　　宿 ȿy ⟋（ 24 ，去聲丙 ） ： ȿiɤu ⟌（ 21 ，去聲乙 ）

　　削 ȿy ˥（ 55 ，去聲甲 ） ： ȿiɤu ˥（ 55 ，去聲甲 ）

「宿、削」是入聲字，「去」是遇攝三等合口溪母字。「去」與「樹」雖然前者在御韻、後者在遇韻，可是二者同攝、同等、同開合，就現代漢語方言的一般情形看，它們的韻母不應相差太遠。現在這兩個字的文讀韻母都是-y，頗符一般常理。但是白話音的韻母，一個是-ie，一個是-u，這就顯得非常特別。我們是不是能找到一個這樣的方言，作為白話層呢？

這樣的方言，在湖南境內，目前還找不出來。但是湖北的一支贛方言，崇陽方言，恰巧有相近的反映。崇陽「樹」讀 səu ┤（ 33 ，陽去 ），「去」有 ʑi，xɤ，ʑie ⟋（ 35 ，陰去 ）三讀，「肅」（與「宿」中古同音）讀 ȿieu ˥（ 55 ，入聲 ），「削」讀 ȿioʔ（ 55 ，入聲 ）。崇陽的ʑ包括中古溪母、清母的細音字在內，如「輕、千」等字，因此「去」的 ʑie 一讀，正相當達

縣長沙話的 tŝhie。

這並不是說，達縣長沙話在入川前較早的一層語言層，就是崇陽方言。但是遇攝三等合口的 -ɤu（əu）：-ie 的對比，是如此的特別而又湊巧，不能不引起我們格外的注意。此外我們不可不知道，崇陽是一支贛方言，而說達縣長沙話的居民，大部分「都曾經在江西省吉安府泰和縣境內聚居，……並且分別于元末明初遷往湖南，……他們入川時間在明末清初」（崔榮昌 1989：24）。江西吉安，今天也正在贛語區內（何大安 1984，顏森 1986）。當然，方言的分佈，自會隨時變化。可是畢竟有這些線索可尋，而我們對這支方言入湘前的來歷，也不能完全置之不顧。那麼配合歷史文獻與音韻特點，推測達縣長沙話在入湘之前，曾經受過某支贛方言的影響，而崇陽正爲這一類型贛方言的代表，似乎不爲無稽。果眞如此，達縣長沙話的「樹 sɤu˥」、「去 tŝhie˧」、「宿 ŝiɤu˩」、「削 ŝiɤu˥」的一讀，也許就是入湘前的語言層的遺跡。比之入湘後所吸收的「樹 ŝy˩」「去 tŝhy˧」、「宿 ŝy˧」、「削 ŝy˥」一讀，自然就是更早的白話音了。

六

現在我們可以對§2中對中古去聲字分佈上的四點觀察，也就是(1)－(4)，作一個通盤的解釋。

達縣長沙話的前身在入川以前，白話層中的去聲就已經二分爲去聲甲和去聲乙。二分的原因，是中古聲母的清濁。中古清聲母的去聲字入去聲甲，中古濁聲母的去聲字入去聲乙。所以去聲

乙之中幾乎沒有清聲母字（以上解釋(1)）。達縣長沙話在入川之前，去聲還有一層文讀的讀法。文讀去聲只有一種相當於去聲甲的聲調，不論中古聲母是清是濁，都併入了去聲甲。因此去聲甲除了有白話層的清聲母去聲字之外，還有文讀層中清、濁聲母的去聲字。去聲甲當中，清聲母字的數目所以大大地超過了濁聲母字，這當是一個重要的原因（以上解譯(2)）。去聲丙是達縣長沙話入川後，受達縣西南官話影響所新發展出來的去聲調。由於達縣西南官話只有一個去聲調，中古去聲的清濁聲母字都兼容在內，所以達縣長沙話的去聲丙就既有清聲母字，又有濁聲母字（以上解釋(3)）。最後，去聲甲有入川前文讀層的濁聲母去聲字，去聲乙有入川前白話層的濁聲母去聲字，去聲丙有入川後新獲西南官話的濁聲母去聲字，所以去聲甲、去聲乙、去聲丙都各有為數不少的中古濁聲母去聲字；因為它們各來自不同的語言層（以上解釋(4)）。

　　一個語言社群中，如果語體（variety）的社會分工並不那麼苛細而嚴格，那麼各個語言層必定不可能保持得很完整；互相取代，乃成為無可避免的事實。在達縣長沙話裡，雖然至少有來自三個語言層的去聲系統，可是就目前的資料來看，去聲甲的字數目最多，去聲乙、去聲丙則相伯仲，可見佔優勢的，是入川前的文讀層。而西南官話層，在發揮了影響力四百年後，僅只取代了大約四分之一的去聲字，似乎也可見出達縣長沙話的保守性。

七

　　達縣長沙話的三種去聲裡，除了有中古的去聲字之外，還有

六十個中古上聲字。其中除了「點、揞」之外，其餘五十八個都是中古全濁和次濁的上聲字。我們可以說，這是一種「濁上歸去。」這些濁上字入去聲甲的有十二個，入去聲乙的有二十個，入去聲丙的有二十六個。它們的分化，是否也有層次的關係呢？

　　文白異讀的存在，支持了這個想法。中古的濁上字有幾對這樣的去聲異讀：

(8)、去聲丙：去聲乙　　　后 hɤu ㄱ : he ˩

　　　　　　　　　　　　厚 hɤu ㄱ～薄 : he ˩ 人名

　　　　　　　　　　　　徛 tʻshi ㄱ : tʻsi ˩

　　　　　　　　　　　　錠 tin ㄱ : tiaŋ ˩

　　　　　　　　　　　　跪 kuei ㄱ : khuei ˩

　　　去聲丙：去聲甲，去聲乙

　　　　　　　　去 tsai ㄱ : tsai ㄱ : tai ˩

這些例字一樣是前文後白。可以看得出來，去聲丙總是當文讀用，而去聲甲、去聲乙則當白話用。這和中古去聲字的情形一樣，去聲甲、去聲乙是原有的，去聲丙是後起的。

　　如果去聲甲、乙是入川以前就形成的，而且都已有了中古的濁母上聲字，這表示四百年以前「濁上歸去」在某些湘方言中就已經完成了。

八

　　今天的長沙話還保持入聲調一類，調值 24；雖然已經沒有了任何形式的輔音韻尾。達縣長沙話的入聲字却已經混入了其它聲調之內，可見它在這方面的發展較長沙話要快。達縣長沙話中古

入聲字現在分別唸成陽平、去聲甲、去聲乙、和去聲丙，已見二
表3。從聲母條件看，似乎清、濁都有。於是問題就變成：這種
四分，是怎麼造成的？

　　文白異讀仍然是最有效的線索。入聲字有以下的異調文白異
讀：

(9)、去聲丙：去聲乙　　宿 ŝyˊ：ŝiɤuˋ

　　去聲丙：去聲甲　　鉢 poˊ：paiˉ～公

　　　　　　　　　　別 pieˊ：peˉ

　　　　　　　　　　膝 ŝiˊ：tʃʰhiˉ

　　　　　　　　　　學 ŝyoˊ：hoˉ

　　　　　　　　　　菊 tŝyˊ：tŝyˉ

　　去聲丙：去聲丙，去聲甲

　　　　　　　　　　日 zlˊ：ŝiˊ～本，niˉ～光

　　去聲乙：去聲甲　　物 uˋ～理：uˉ～件

　　　　　　　　　　狹 ŝiaˋ：haˉ

(10)、陽平：去聲甲　　白 phoˊ：paiˉ

第(9)組是去聲間的異讀。這裡的情形和中古去聲、中古濁上一樣，
去聲丙總是文讀。去聲甲、去聲乙之間如有對立，則是前者白，
後者文。第(10)組僅有一個例字，文讀爲陽平，白讀爲去聲甲。那
麼似乎是陽平後起，去聲甲在前。

　　四川、湖北、湖南的西南官話，入聲有入陽平的，有入去聲
的。湖南的湘方言，如果入聲不獨立成調，也有入陽平的，也有
入去聲的。但是入聲同時兼入陽平和去聲，而又沒有音韻條件可
分別的，在這兩種方言區內，都還不曾聽說過。因此此地所謂四

分，可能正是入歸陽平和入歸去聲兩種類型層疊的結果。那麼達縣長沙話究竟是入歸陽平在前呢，還是入歸去聲在前呢？

如果入歸陽平在前，我們就要解釋何以入聲還會兼入三種去聲。這時會遭遇到以下的困難。第一，達縣當地的西南官話入歸陽平，因此不可能影響達縣長沙話入歸去聲。第二，從崔先生文章所引達縣長沙話居民的族譜來看（pp.21-24），他們的祖先在入川的過程中，不曾在中途有過若干世代以上的停留；並且入川後即世居達縣附近。因此即使路過入聲歸去的地區，諒必不能在短時間內即有如此多的陽平入聲字改讀爲去聲。

反過來，如果假設達縣長沙話是入歸去聲在前，那麼解釋起來就比較順當。首先，因爲去聲乙中的入聲清聲母字很少，主要是入聲濁聲母字，這種情形和中古去聲字變入去聲乙的情形類似；我們可以假設入聲字在去聲甲和去聲乙的分佈，和中古去聲字一樣：文讀入聲入去聲甲，白讀入聲分入去聲甲和去聲乙。等到入川以後，一方面隨著已爲同一類的去聲字從去聲甲、去聲乙中分化出新的去聲丙，一方面受到當地西南官話入聲字歸類不同的影響，已歸入去聲甲、去聲乙的入聲字有一部分又脫離了去聲字而轉入陽平。入川後去聲丙和陽平調中的入聲字，無疑都是受當地達縣西南官話影響的結果。我們可以推測入聲字轉入陽平的過程，也許先經過一個兩讀的階段，現在留下來的異讀就是證據。其實整個去聲丙的產生，也正可作如是觀。

第⑩組的文白異讀，雖然只有一個字，很明顯地支持歸去在前的假設。因爲去聲甲是入川前已有的讀法，所以在前，是白話；而陽平是入川後的新歸類，所以在後，是文讀。

這樣說來，不但濁上歸去，甚至入聲歸去，在入川之前，也已經完成了。

九

綜合上述各節的討論，我們可以得到以下幾點結論。

第一，今天的達縣長沙話，它的形成，根據文獻，可以分成入湘前、在湘、入川後三個階段，而與之相應的則有四個語言層：

⑾	第一階段	入湘前 元末（十四世紀以前）	贛語層
	第二階段	在湘 元末明初至明末（十四至十七世紀）	湘語白話層 湘語文讀層
	第三階段	入川後 明末清初至今（十七至二十世紀）	西南官話層

這些語言層的痕跡，可以從文白異讀中看出。對當地人而言，凡是有異讀對立的，屬於較早層的，既為口語習誦已久，便稱為白話；屬於較晚層的，因係文教之所加，便稱之為文讀。因此所謂文白，就層的早晚而言，乃是相對的。

第二，去聲甲、去聲乙、去聲丙的三分，大部分是第二、第三兩階段中三個語言層交疊取代所造成的。相形之下，音韻條件所起的作用反而很小，僅有去聲乙之缺少清聲母一端而已。濁上、入聲在第二階段卽已與去聲同變化，因此到了第三階段，才會同受西

南官話的影響。

第三，去聲甲、去聲乙調値與今天長沙話的陰去、陽去相近，可見調値經歷四百年猶能保持穩定。去聲丙調値與達縣去聲相近，當是因類相及之故。由於達縣去聲一「類」多讀13，因此達縣長沙話凡此「類」中之字亦因而改讀24——不能讀爲13，否則即混入陽平——並因此「無中生有」地創造出一個新的去聲「類」：去聲丙。一般認爲音韻系統中「値」易變，「類」不易變。達縣長沙話則提供了一個反面的例子。

第四，入聲字的走向，爲方言接觸的研究提供了更爲有趣的範例。入聲字在入川前既已歸入去聲甲、去聲乙，則在此方言系統內，入聲字已與去聲字爲一類。因此當去聲字受外力影響改讀爲去聲丙之同時，部分入聲字亦隨之而去。這是入聲字遵守「系統內」同一「類」字同變化的表現。但是外力復有「入歸陽入」的影響，而達縣長沙話另一部分的入聲字亦因而逐漸經由兩讀而脫離了原屬的去聲類，無論這個類是去聲甲或去聲乙，隨「系統外」的「類」而走入陽平。系統內的類，與系統外的類，在方言的演變上，各發揮了旗鼓相當的作用，使同一範疇產生了毫無音韻條件可循的分裂。這使我們對語言結構變化的本質，有了更深刻的認識。

自有文字歷史以來，我們就看到說漢語的民族，在同一片土地上，或因天災，或因人禍，流離遷徙了四千年。我們很難想像今天會有一支方言，從來不曾受到語言或方言接觸的影響。達縣長沙話並不是一個多麼特別的例子。許多漢語方言都有程度上或多或少的類似的經驗，所以我們才隨處見到一些不可解的例外。

方言接觸所帶來的語言層的交替以及種種出人意表的演變方向，不能僅僅從音韻條件的「規則性」來加以考慮。拋開了「社會」和「系統外」的角度，我們恐怕無法完整地了解語言歷史的眞象。

附錄一❻　中古去聲字在三種去聲調裡的分佈

	去聲甲	去聲乙	去聲丙
幫／非 滂／敷 並／奉 明／微	報布拜背背／付 賦廢富奮憤 ／肺費副 暴／吠 邁賣	秘 稗敗抛／飯復 俸縫 帽罵妹夢／萬問	秘秘／非放 派／泛 辦／份 墓暮夢／問
端 透 定 泥 來	帶到釘帝 隊 鬧 賴癩	大地豆定 內尿念 路累料	套 大電導定第 念 澇
知 徹 澄	罩脹賬 召賺	住鄭	中 治
精 清 從 心 邪	精醉借灶灶箭 歲	字字賤 謝	清 謝
莊 初 崇 生	 稍稍瘦曬	事	壯

章昌船書禪日	少扇試 樹 任潤閏	處 剩順射 上樹 認讓	種 臭秤串 舜 壽上邵 二貳認
見溪群疑	箇告窖覺教教貢 傲艾礙岸雁藝遇	 轎櫃 硬餓硯	貢 課靠去去 共 驗
曉匣云以影	漢化耗 右 隘暗按案晏慪愛漚	 號縣會會 夜藹	漢 恨號 漚

附錄二：中古上聲字在三種去聲調裡的分佈

	去聲甲	去聲乙	去聲丙
幫／非 滂／敷 並／奉 明／微	／負	抱簿伴／犯 麼	部／婦范
端 透	點		

定泥來	奶奶	弟斷道鋌 你 裡	稻鋌
知徹澄	仗	丈杖	重趙兆
精清從心邪	在	坐在	靜踐在
莊初崇生			
章昌船書禪日	紹		社受善氏是是
見溪群疑	件技妓咬蟻	舅徛跪 ❼	近跪徛
曉匣云以影	幸 揞	厚后	下下杏浩厚后

附錄三：中古入聲字在三種去聲和陽平調裡的分佈

	去聲甲	去聲乙	去聲丙	陽平
幫／非 滂／敷 並／奉 明／微 端 透 定 泥 來	別鱉筆不壁百鉢／ 髮發蝠幅福法 別❽白／乏 滅摸／襪物 答 鐵 落	劈 ／罰 莫沒沒／物 跌 轟 獵	卜鉢／複腹 ／覆 別／服伏	匹 白❾ 讀
知 徹 澄	竹		姪姪	
精 清 從 心 邪	七 雜 削削膝	宿	作 蕭宿膝	節
莊 初 崇 生		澀		察
章 昌 船 書	織織 出 舌實食蝕術 叔濕失室識釋			祝

禪日	十拾石 日熱肉		辱褥日日	勺 入若弱
見溪群疑	脚脚覺骨菊 殼 局 月月		菊	曲 樂逆業
曉匣云以影	鑊學狹 躍 一鴨壓押	匣狹 葉	活學 育	

＊本文初稿曾經丁邦新師、李壬癸師、龔煌城先生、黃居仁先生
　、林英津小姐、洪惟仁先生賜閱指正，並承張次瑤先生影贈參
　考資料，謹此致謝。

附　註

❶　達縣長沙話共有六個聲調：陰平　33　、陽平　13　、上聲　41、
　　去聲甲　55　、去聲乙　21　、去聲丙　24　。

❷　有一些方言的去聲調三分，是先受聲母清、濁的影響分爲陰、陽
　　兩調；再因陰調中聲母的送氣、不送氣分爲次陰調和全陰調。這
　　種去聲三分，是受音韻條件制約的（參見何大安 1989 ），與本文
　　所討論的情形，並不相同。

❸　今天的長沙話也有六個聲調，分別是陰平　323　、陽平　13、上
　　聲　53　、陰去　45　、陽去　21　、入聲　24　。以上的調值描述，
　　都採嚴式記音。

❹　達縣有四個聲調：陰平　55　、陽平　31　、上聲　42　、去聲
　　13　。

❺　有一些異讀字有詞義上的差別的，已經排除在外。例如「正」作
　　「正月」的平聲一讀，「釘」作名詞的平聲一讀都是。其實這些
　　用法，在中古音裡就已經不是去聲。

❻　以下的三個附錄，係根據崔榮昌（1989）所提供的資料加以排列，
　　一字兩讀或三讀的，分繫各聲調下。一字如中古即有異調，其歸
　　屬則依崔先生判讀爲準。若崔文無說，則依常讀。

❼　「跪」字崔文二十八頁倒數第九行有 khuei　一讀，但二十八　頁
　　特別列於「去聲乙」21　」項下，則聲調　係誤植，當改爲　，故
　　列於此。

❽　「別」字薛韻幫，並兩見：「分別」義爲「方別切」，「離別」
　　義爲「皮列切」。今暫置並母下。

❾　崔文二十八頁引「白」之文白異讀爲 pho（ 24 ）：pai（ 55 ），
　　但二十七頁繫「白」於陽平下，調爲　（ 13 ）。則　（ 24 ）誤，
　　當改爲　（ 13 ）。

參 考 書 目

丁聲樹，李榮

1966 《古今字音對照手冊》，香港，太平書局。

何大安

1984 ＜論贛方言＞，《漢學研究》5.1：1－28。

1989 ＜送氣分調及相關問題＞，《中央研究院歷史語言研究所集刊》60,3（印刷中）。

崔榮昌

1989 ＜四川達縣"長沙話"記略＞，《方言》1：20 - 29。

楊時逢

1974 《湖南方言調查報告》，二冊，中央研究院歷史語言研究所專刊之66。台北，中央研究院。

1984 《四川方言調查報告》，二冊，中央研究院歷史語言研究所專刊之82。台北，中央研究院。

趙元任，丁聲樹，楊時逢，吳宗濟，董同龢

1948 《湖北方言調查報告》，中央研究院歷史語言研究所專刊之18。上海，商務印書館。

顏 森

1986 ＜江西方言的分區（稿）＞，《方言》1：19－38。

麗水方言與閩南方言的聲韻比較研究

謝雲飛

一 引 言

　　麗水方言，一直沒有人調查研究過，因此這一個方言的資料，也就無從被人引為研究參考之用。作者本人因出生於麗水，成長於麗水，而本身又是從事於中國聲韻研究工作的，因此特別感到有責任要把這一個方言的資料紀錄下來，作為中國語音研究上的分析比較之用。

　　本來，在十多年前，便已開始零零星星地隨手紀錄了一些資料。1986年開始，直到1987 年的九月間整整一年的時間，學校裡輪到我休假了，於是我開始了積極整理麗水方言的工作，其間除了有十一個月在南韓擔任交換教授，負擔了幾個小時的輕鬆課務以外，囘國以後也儘量不多上課，直到1988 年的二月，差不多是用全副的精神來整理這套音位系統的，而至該年的三月二十九日底於完成。四月十六日，在國立高雄師範學院召開的「第六屆全國聲韻學學術討論會」中發表。

　　沒想到，這一套音位資料被很多的專家學者視為很有價值的音韻資料。原因是這一套音位資料中的「口語音」部分，保存了許多較為古老的語音資料，使人更有理由來相信閩語與吳語有着密切的關係。因為曾有人揣測 ❶：閩語的主要淵源應該是東漢末至三國時期的吳語，因為福建的漢人主要是這一時期開始從浙江

一帶遷入的。

　　當然，現在的閩語跟吳語的差別很大，那是因為在東漢末三國時期傳入閩地的吳語，與當地的閩越族語言經過一段時間的交融起了新的變化，而居於吳地的吳語則又受到北方漢語的融會，也起了不同的變化，於是兩種不同的方言便顯示出很大的差異了。但麗水地處浙南，與閩地相鄰，且是較為偏僻的山區，語言受外界的干擾很少，而其在吳語之中，是屬於吳語的邊區方言，它本身與正統的吳語已有很大的差別，與閩語當然也有一定程度的差別，但在這種相互有差別之中，很可能會顯示出它可能是居於正統吳語與閩語之間的一個橋樑，使本來沒有明顯資料可以聯接的吳閩之間，逞現出一個明顯可相聯接的現象，則其在語音歷史的研究上所顯示的價值，就真的是很可貴的了。

　　1988 年 12 月 27 日在「第二屆世界華語文教學研討會」中，中央研究院歷史語言研究所所長丁邦新院士曾提出一個演講❷，其中特別提到了吳語與閩南語有密切關係的一些線索及移民南徙的歷史因素，徵引了許多麗水方言❸的資料，與閩南語音作為對照，出現了一些很有意義的現象。因此也就促使筆者下定決心來為麗水方言和閩南方言的音韻作一比較。閩語不止閩南而已，只因目前身居台北，閩南語俯拾可得，是比較切身的一種方言，因此先來比較這兩種方言，異日得暇，當然也應把麗水方言與閩北方言作一比較，慢慢來吧。

二　麗水方言的音位

　　本文所引用的麗水方言資料，係採自本人所作發表於 1989

年 4 月「中華學苑」之「麗水西鄉方言的音位」一文❹的聲韻資料，茲抄錄該文的聲韻系統如下❺：

（一）聲母系統

唇　音：	P	P′	b′	m	f	v
舌尖音：	t	t′	d′	n		l
	ts	ts′	dz′		s	z
舌面音：	tɕ	tɕ′	dʑ′	ȵ	ɕ	ʑ
舌根音：	k	k′	g′	ŋ		
喉　音：	ɸ				h	ɦ

（二）韻母系統

```
ꟲ
i                    iŋ                        iʔ
y                    yn                        yʔ
ɛ  iɛ   ɛi ɛu iɛu uɛi        iɛ̃ uɛ̃ yɛ̃    ɛʔ iɛʔ uɛʔ yɛʔ
ɿ                   ɿŋ  uɿŋ                    ɿʔ  uɿʔ
u  iu                                         uʔ iuʔ
o  io uo             oŋ ioŋ                    oʔ ioʔ
a       ai au iau    aŋ iaŋ uaŋ      ãĩ uãĩ   aʔ          aiʔ uaiʔ
ɒ  iɒ uɒ             ɒŋ iɒŋ                    ɒʔ iɒʔ uɒʔ
ə̃
n̩
```

(三) 聲調系統

陰平：□ ⌐ 35 ⟶ ⌐55 ∨41 （詩梯天光）

陽平：□ ∨213 ⟶ ∨31 （同徒啼皮）

上聲：□ ⌐ 22 ⟶ ∨41 （底攏動母）

陰去：□ ∖ 51 ⟶ ⌐35 （試替破快）

陽去：□² ⌐ 31 ⟶ ⌐21 （事地洞共）

陰入：□₂ ⌐ 4 ⟶ ⌐4 （滴篤谷閣）

陽入：□₂ ⌐ 23 ⟶ ⌐2 （敵毒鹿目）

在上列的韻母系統中，須特別在此強調的一點是：麗水方言中的韻母，鼻音韻尾只能算一個音位，但在〔－yn〕和〔－uan〕兩個韻母中的鼻音韻尾比較接近舌尖，而聽起來也是近於舌尖鼻音的音色，因此在上列的音位系統表中就把它們寫成舌尖鼻音〔－n〕，不過，這個音位的韻母與其餘的舌根鼻音韻尾剛好是逞互補作用，而無絲毫衝突的。在韻母音位系統中，除了一個互補的鼻音音位以外，剩下的就是鼻化音，見前表卽可詳知，不勞贅述。

三 閩南方言的音位

在閩南方言的音位系統方面，已見而有名的著作很多，計有羅常培（ 1930 ）先生的「廈門音系」、周辨明（Chiu 1932 ）先生的「The phonetic Structure and tone behaviour in Hagu and their relation to certain questions in Chinese linguistics」、王力（ 1957 ）先生的「閩音系」 ❻ 及（ 1985 ）「廈門的聲母及韻部」 ❼、董同龢（ 1960 ）先生的「四個閩南方言」、

顏祥霖（Yan 1965）的「Studies in the phonological history of Amoy Chinese」、宋嚴棉（Sung 1973a，b）的「A Study of literary and Colloquial Amoy Chinese」、筆者自己（1987）的「廈門方言」❽等多種，這些著作，多多少少都有一點兒出入，但大體來說，差異不會太大，而從音位學的觀點上來看，可說沒有什麼差異。且本文把麗水方言和閩南方言作一比較，主要是看兩個方言所具有的語音特點，細節方面的音素小異，如果不是特點之所在，根本可以不必顧慮。而且，以閩南方言所在的區域之大，不同的縣分，必然會有一些差異的，目前常見的資料，計有廈門方言、晉江方言、龍溪方言、揭陽方言、永春方言等不同的資料，本文在異中求同，以簡略爲事，止取廈門方言點的資料，以王力（1985）先生的「廈門方言的聲母及韻部」作爲基本的依據，另外又參酌了楊秀芳女士（1982）的一些資料❾略加整理修訂，定下以下的一個音韻系統，茲抄列如下：

㈠ 聲母系統

脣　音：p	p′	b		m	
舌尖音：t	t′			n（ŋ）l	
ts	ts′	dz	s		
舌根音：k	k′	g		ŋ	
喉　音：φ			h		

㈡ 韻母系統：

1.文讀系統：

i	ui	iŋ	in		im	Ĩ	ik	it		ip
e	ue									iet
a ia ua au iau ai uai		aŋ	an ian uan	am iam	ã	ak	at	uat ap iap
ɔ		ɔŋ iɔŋ			ɔ̃	ɔk iɔk
o						
u iu		un				
ŋ̩						
m̩						

2. 口語系統：

i ui	iŋ in	Ĩ	i? ui? ik it
e	ue			e? ue?
a ia ua au iau ai	aŋ an am iam	ã iã uã uaĩ	a? ia? ua? ak at ap iap
ɔ			
o io			o? io?
u iu	un	iũ	u? ut
ŋ̩			
m̩			

　　㈢　聲調系統：

　　　　陰平：□ ˥44（朱蘇釵低）

　　　　陽平：□ ˧˥24（迷蹄牌言）

　　　　陰上：□ ˥˩53（晚領表轉）

　　　　陰去：□ ˩11（旦慣化課）

　　　　陽去：□ ˧33（料慢硬汗厚蕩丈坐）

　　　　陰入：□ 22（帖甲答得）

　　　　陽入：□ 44（墨臘敵莫）

四 聲韻比較

　　旣然有人揣測：認爲閩語的主要淵源是東漢三國時期的吳語❿，因爲福建的漢人主要是在這一時期開始從浙江一帶遷入的。而丁邦新先生也認爲⓫：吳語與閩南語有着親密的親屬關係。則在吳語與閩語之間，在現有的活語言之中，應該可以找出一些相關而明顯的痕跡才是。但是事實上現代的閩北及閩南方言與吳語却有着很大的差別。這個差別的原因，我們唯一的解釋是：現代的吳語已受唐宋以來的中原語言交流影響，起了很大的變化了；而閩語則大部尚停滯在隋唐以前的「古代吳語」境界，因此與現代的吳語便有着很大的差別了。

　　麗水，在前清雖是處州府的首縣，是府城之所在地，但終因僻處東南丘陵地帶的山區之中，旣不臨海，交通也極不方便，直到民國二十年後才有公路交通，因此，麗水方言雖爲吳語方言之一，却是屬於吳語區域中的邊緣地帶，還保留了比較古老的吳語。若以此來與閩語比較，也許可以發現一些有關於它們相互之間的眞正的親屬關係。

　　筆者爲「麗水西鄉方言的音位」一文的作者，嫻於麗水的音韻；且目前身居台灣，地屬閩南語區，亦嫻於閩南語的音韻。因此把麗水方言與閩南方言的音韻來作一比較，而閩南方言則取厦門方言點的資料爲據，一則因厦門方言的文字資料較多而易得，再則因厦門方言爲閩南方言的「標準點」之故。

　　下表所列，儘量以「口語音」爲準，因爲兩處方言的「文讀音」都明顯地受近代官話的影響，而變得失去其原來應有的本眞，

所以「口語音」是比較更重要的。爲便於掌握聲韻的類屬起見，在聲母方面，比較表中除排列麗水方言與廈門方言的聲韻之外，復配以切韻時代的「字母」，而以王力先生（ 1985 ） ＜漢語語音史＞中「歷代語音發展總表」的擬測音爲比較基點，王氏總表中分歷代語音爲「先秦」、「西漢」、「東漢」、「南北朝」、「隋唐」、「五代」、「宋」、「元」、「明清」、「現代」等十個時期，而我們所需要的是「東漢」「三國」時期的資料，「三國」近於「東漢」，也許單取「東漢」就夠了，但本文怕只限於「東漢」一點，侷促於一個時期，與移民陸續分批南徙，語音慢慢變遷的事實不能密切符合，因此擴而大之，加上王氏總表中的「三國」語音。而隋唐則爲一般研究漢語聲韻者的據點，學者往往以「切韻系」的聲韻爲基本據點，上測上古語音，下推近世語音，因此，附「隋唐」期語音於表中是不可或缺的一格。在韻母方面，除了採用王力先生的「歷代語音發展總表」的擬測音值以外，復參考王先生＜漢語語音史＞卷上「歷代的音系」第二章、第三章的內容，再配以切韻系的資料來排列，使對照顯示的效果更能清晰。茲分別列表比較如下：

聲母＼語別	東漢	南北朝	隋唐	麗水	廈門	例　　　　字
幫	P	P	P	P	P	巴播百拜貝報迫本板杯邊
非	P	P	P	P P′ f P′	P P P h	糞 飛瘤 夫捕斧楓放方婦封。 扉非匪廢

					f	h	風粉奮方夫脯封
滂	p′	p′	p′	p′		p′	怕派配拋判盼披
敷	p′	p′	p′	p′	b	p′	孵
					h		霏妃菲費肺柿
					f	p′	蜂芳縫襆
並	b	b	b	b		p	婆旁排朋盤平屏
						p′	抱被鼻簿
						p	部步爬辦便白伴
奉	b	b	b	b		p	肥吠縛
					v	p	浮婦房扶飯縫馮
					v	h	犯凡範伏復伐罰佛奉
明	m	m	m	m		b	磨眉帽滿門忙米面民明母
微	m	m	m		m	b	微尾未霧襪亡物文萬
					v		無

比較說明：

(1)　表中的麗水音，在「非敷奉微」四母中，還有很多字是讀重脣音的，尤其是「微」母字，幾乎完全還是讀重脣的。但「非敷奉」三母的字則是「輕」「重」脣各半的情況。其中讀重脣音的部分，單純地只出現在「口語音」中；讀輕脣音的部分，則是「口語音」和「文讀音」共有的現象。因此我們可以看得出來，「口語音」是保留古代吳語可資考據的語料，「文讀音」則是受中原官話南徙影響之後的後期吳語，對考證東漢三國的語音，價值較遜。所以，表中所列，以「口語音」的資料為主，口語音中所沒有的，則求其次而用「口語」與「文讀」相同的資料，純「文讀」的發音，則儘量不取。

　(2)　表中廈門語「非系」諸母的發音，明白地顯示是以重脣爲主，少數以喉音〔h－〕發音的「非敷奉」三母字，也是在「口語」與「文讀」相同的情況下出現的，單純的「文讀音」也爲本表所不取。其所以發爲〔h－〕的音，是因由重脣塞音弱化爲雙脣擦音〔φ－〕〔β－〕，再由雙脣擦音放鬆雙脣的摩擦程度，最後只剩喉擦音〔h－〕❷，而雙脣的摩擦系數也就完全消失了，但無論如何，這個〔h－〕必然是一個「脣化」的喉擦音❸。

　(3)　後期吳語是古代吳語受北音南徙的影響之後所形成的，後期吳語中的「微」母字都讀〔v－〕音，麗水音中的「微」母字，無論「口語」與「文讀」都讀「明」母〔m－〕音，單獨有一個「無」字讀〔Vu〕，與後期吳語中全讀脣齒濁擦音相吻合，這不應是塞音弱化後的產物，而是從「文讀音」中移到「口語音」中來的；因爲，若由「明」母弱化，不可能只弱化一個字，應該有相當多的一個數量才是。

　(4)　前此，筆者曾發表過一篇論文，名爲「中古敷微二字母之音值再擬測」❹，其中特別強調「微」母字的音應是從古代的「明」母〔m－〕消失了鼻音而變成了〔b－〕，然後再由〔b－〕弱化爲〔v－〕，到近代官話中，則又因〔v－〕弱化成〔v－〕，到最後終至消失了全部的摩擦系數而成爲「無聲母」的字音了。這個演變的過程，在上表中頗可看出一些端倪。高本漢的把「微」母字擬成脣齒鼻音〔ɱ－〕是不對的，因爲「幫滂並」變爲〔f－〕〔v－〕是弱化，而由「明」到「微」變成了〔ɱ－〕却是由雙脣鼻音變爲脣齒鼻音，絲毫沒有弱化，與三個重脣母弱化爲四個輕脣母❺的平行變化規例不合，所以，高本漢的擬

音是有問題的。

2. 舌尖塞音

聲別＼語別	東漢	南北朝	隋唐	麗水	廈門	例　　　　字
端	t	t	t	t.	t	打得到丁當都多東多斗
知	t	t	t	t	t	蛛株拄轉張豬竹帳摘桌卓
知				ts		知蜘眞楨質站珍鎭
知				tɕ		朝忠柱展追轉哲沾
透	t'	t	t'	t	t'	湯偸鐵討毯塔通疼土天透
徹	t'	t	t'	tɕ'	t'	徹抽暢畜
定	d	d	d	d	t	特代道豆但大彈投堂逃
定					t'	頭痰糖亭騰
澄	d	d	d	d	t	長場
澄				t	t	澄瞪
澄				dʐ	t'	程儲傳蟲錘
泥（娘）	n	n	n	n	l	農奴能男南內怒納腦
泥（娘）				ȵ	l	念褥
泥（娘）				n	n	耐惱
泥（娘）				ȵ	(ȵ)	年你尼女娘
來	l	l	l	l	l	郎勞力懶賴盧魯來論老漏
來				ȵ		兩（斤兩）領籃
日	ȵ	ȵ	ȵ	n	l	日人
日				ȵ		熱柔任仁染肉饒認忍擾讓入
日				zʐ		人然燃如
日				ȵ		耳而兒二
日				φ		潤閏

比較說明：

（1）　在本表的麗水方言中，有不少中古的舌上音被讀成了舌尖塞音，儘管其中有許多已衍化爲舌尖或舌面的塞擦音〔ts 一〕和〔tɕ 一〕〔dẓ 一〕，但其所保留下來的舌尖塞音，已足夠證明其爲東漢至三國時期之早期吳語而無疑義了。

（2）　麗水方言音當中的「定」「澄」二母尚能保留全濁而不變，這也可看出它們至少是中古或中古以前的音質現象。

（3）　廈門語中的「知、徹、澄」三母字均讀舌尖塞音，這自然也是中古以前的語音現象，與其淵源於早期吳語的歷史背景完全相侔。

（4）　廈門語中的「泥」「來」二母字是一個互補的音位，在當地的口語中，很難區分明顯的界限，這應該是積久形成的地區習慣，跟淵源於早期吳語的歷史背景無關。

（5）　「來」母字無論麗水方言或廈門方言都仍保持早期吳語所遺下來的習慣，仍爲舌尖邊音。廈門方言中偶有少數幾個字把「來」母讀爲「娘」母的，那與前條說的互補音位有關，與傳承古音無關。

（6）　「日」母字在麗水方言中絕大部分都讀爲「娘」母〔nɕ 一〕的舌面鼻音，因爲「日」母字在宋元韻圖中只有三等韻；另有「日人」二字的「口語音」讀「泥」母，而「泥」「娘」「日」互補而成爲一個音位，從古音的傳承上來看，麗水方言正顯示了傳承痕跡。另有少數幾個字讀舌面擦音〔ʑ 一〕、鼻音〔ŋ〕及無聲母〔yn〕，那是例外的變化，不必特別留意。

（7）　廈門方言的「日」母字一律讀爲舌尖邊音〔l 一〕，這

與〔1－〕〔n－〕爲一個互補的音位有關，事實上新近調查的「新派廈門語」，整體的聲母音位中已沒有了〔n－〕母，只一個〔1－〕母便代替了所有可能出現的「日」「泥」「娘」「來」諸母所屬的字音了。

3. 舌尖塞擦音、舌面塞擦音及擦音

聲母＼語別	東漢	南北朝	隋唐	麗水	廈門	例　　　　　　　　　　　字
精	ts	ts	ts	ts ts tɕ	ts	子則早走宗祖資作做卒 進晉姐祭劑 酒井將卽足借接精津
清	ts'	ts'	ts'	ts' ts' tɕ'	ts'	操忽倉蒼刺翠采村錯雌 七親漆柒侵寢砌妻 千清請切淺取倩靑趣遷
從	dz	dz	dz	dz z z z z zʑ zʑ dʑ dʑ	ts	從贈昨 造自族罪在 曹糟才材財存叢慈崇饡 齊薺（荸薺） 盡集 全泉牆晴情前 聚籍絕截 疾寂 潛錢
心	s	s	s	s ɕ s ɕ	s s s s	私桑孫鬆司蘇三叟送 歲 西犀辛徙璽心信細 相星荀仙先宣消蕭修小

				tɕ	tsʿ	笑
邪	z	z	z	z	s	辤詞祠
				z		飼似寺頌
				ʑ		松隨俗邃
				ʑ		邪斜序象夕席習
				ʑ		囚
				dʑ		詳祥
照（莊）	tʃ	tʃʿ	tʃ	ts	ts	莊臻爭爪札裝榨盞窄
				ts̀		責簪阻緇詛
				tɕ		壯庄莊
穿（初）	tʃʿ	tʃʿ	tʃʿ	tsʿ	tsʿ	初釵叉楚抄鈔差
				tsʿ	tsʿ	策冊測廁
				tɕʿ	tsʿ	窗揣
				tɕʿ	tʿ	窗
牀（崇）	dʒ	dʒ	dʒ	tsʿ	tsʿ	餐
				dz	ts	驟
				dz	ts	查槎
				z	ts	助
				z	ts	鋤柴豺愁巢崇
				z	s	士仕事
				ʑ	tsʿ	牀
				ʑ	ts	狀
審（疏）	ʃ	ʃ	ʃ	s	s	疏梳師衰山刪生衫數省 所瑟色嗇穡森嗽索 屣莘 崽
照（章）	tɕ	tɕ	tɕ	tɕ	ts	照鍾朱珠征正周詹主隻織諸
				ts		只紙旨止支之炙
				ts		眞振枕針震汁執
穿（昌）	tɕʿ	tɕʿ	tɕʿ	tɕʿ	tsʿ	穿川充吹春車昌稱廠尺出赤
				tsʿ		侈齒蚩

				ts′		瞋嗔
牀				ẓ	ts	船脣乘
				ẓ	ts	蛇
(神)	dẓ	dẓ	dẓ	ẓ	s	射述術蝕食
				z	s	神示
				z	s	晨
				dẓ	s	舌繩秫
審(書)	ɕ	ɕ	ɕ	ɕ	s	舒書升勝收水舍陝賞少首手
				s		濕失試身弛申審詩尸屍始世
禪(常)	ẓ	ẓ	ẓ	ẓ		勺石十涉授禪裳署豎樹善
				ẓ		城承成禪蟬嬋嘗
				z	s	時侍豉視是氏匙腎
				z		辰臣垂
				dẓ		植殖酬常雠

比較說明：

(1) 中古「精系」字的聲母，在麗水方言中視其有無介音〔－i－〕而分爲兩大類，凡沒有介音〔－i－〕的字，仍全部保留舌尖齒齦塞擦音及擦音；而有介音〔－i－〕的字，則其聲母一律顎化爲舌面塞擦音及擦音。唯獨「從」母字的變化比較複雜，雖仍保留了東漢以來的全濁，但很多字卻由塞擦音變成了擦音，不過它們的發音部位倒並未超出舌尖齒齦及舌面，從音變的線索來看，應該還是相當合理的。

(2) 廈門語則比較單純，仍然像東漢南北朝那個時期一樣，依舊是舌尖齒齦音，不過濁音已經清化了。廈門語以外的其他閩南語，細音部分有許多顎化爲舌面前顎塞擦音及擦音的，但因與

舌尖音相去不遠，許多方言家的描寫，仍以比較簡單的音位記音，而以舌尖音記錄音位，儘量不別出一系舌面音來。

　　(3)　屬中古「照系二等」諸字母的字音，在麗水方言中明顯地看得出來，大部分都讀舌尖齒齦塞擦音及擦音，偶有少數幾個有介音〔－i-〕的字，則顎化爲舌面前顎塞擦音及擦音，但眞的是爲數極少，不能代表全面有系統的語音演化現象。

　　(4)　「照系二等」的字音在廈門語中尤爲單純，一面倒地全部都是舌尖齒齦塞擦音及擦音，且中古的濁音在廈門語中全部清化，所逞現的現象就顯得更爲單純了。唯一有一個例外的字是在「口語音」中出現的「窗」字讀爲〔 t'ɔŋ 〕，是舌尖的閉塞音，除此之外，並無其他的例外現象。

　　(5)　中古「照系三等」諸字母所屬的字音，在麗水方言中以經過顎化的舌面前顎塞擦音及擦音爲主，這與王力「歷代語音發展總表」中的「南北朝」「隋唐」音相吻合，但與「總表」中的「東漢」音不合。這種現象我們可以說王力「總表」的擬音可能不正確，但也可以說麗水音不能代表「東漢」音，而是在「南北朝」「隋唐」時的漢人南徙的一種語音。這個現象仍需求證於其它資料，才能下定論。

　　(6)　中古「照系三等」諸母所屬的字音，在麗水方言中有相當大一部分字是讀舌尖齒齦塞擦音及擦音的，尤其是那些以舌尖元音發音的字，如「支旨止紙只侈齒蚩尸屍詩弛試匙氏視豉恃時是……」等，都不是舌面聲母；另又有些不用介音〔－i－〕的字，也都以舌尖上齒齦的塞擦音及擦音作爲聲母的。如果我們說〔 tɕ－〕〔 tɕ'－〕〔 dʑ－〕〔 ɕ－〕〔 ʑ－〕是早期吳語的實

際聲母的話，那麼是否也可以說那些為數不少的「舌尖齒齦」塞擦音及擦音聲母，是因缺了介音〔－ｉ－〕而由舌面前顎塞擦音及擦音變成的。這一來就形成了一個語音變化上的循環現象了，舌尖音因有〔－ｉ－〕介音而顎化為舌面音，舌面音又因缺了〔－ｉ－〕介音而囘復為舌尖音，對這種現象的推測，本文實在不敢作肯定的結論。

（7）「照系三等」諸母所屬的字音，在廈門語中依然顯示其一貫的單純性，仍然像「照系二等」諸母所屬的字母一樣，全部是舌尖齒齦的聲母，即使有介音〔－ｉ－〕的字音也一樣，在閩南人的發音習慣裡，儘可有很多的「尖音字」，却很少有舌面的塞擦音及擦音的，即使偶有某些閩南方言發為舌面音，調查方言的人也總是把它們記入「舌尖音」這個類別中去的。

4.舌根音及喉音：

語別 聲母	東漢	南北朝	隋唐	麗水	廈門	例　　　　　　　字
見	k	k	k	k k(i) k tɕ ts(ɿ) i	k	公歌該官貫高瓜光怪古歸隔 狗鈎溝媾構夠勾 居踞家加架幾講皆間交街 居君均巾軍斤堅肩句經 飢肌基譏幾箕羈機雞稽弉 箕
溪	k'	k'	k'	k' k'(i) k'	k'	科空枯墟開看可康坑關課 肯叩扣口 去巧敲嵌恰

				tɕ		區牽去丘頃卿犬輕欠乞
				ts(1)		欺溪棄啓豈起器氣汽契
				h		恢恢
群	g	g	g	g	k	共
				g	k	葵狂逵匱
				g(î)	k	近健
				dʑ	k,k'	儉臼懼健近舅眷轎
				dʑ	k,k'	芹勤群乾琴禽拳求強權橋
				dz(1)	k,k'	期奇歧祈其
疑	ŋ	ŋ	ŋ	ŋ	g	牙眼我吳悟顏鵝午
				ȵ	g	疑宜業驗銀遇玉月元
				ȵ	g	牛逆虐孽齧霓倪
				φ	ŋ	外言岸衙雅
				ȵ	ŋ	迎
				ŋ	ŋ	硬藕偶五午吳我娥
				ŋ	φ	瓦
影	φ	φ	φ	φ	φ	愛歐恩亞威溫污汪屋
						影衣於因烟焉妖央憂淹
曉	×	×	×	h	h	烘麾灰呼訶虎荒花海火
				ɕ	h	曉虛薰宣囂香休
				ɕ	k'	許
				tɕ'	k'	迄
				s	h	羲犧戲僖喜僖希唏
匣	ɣ	ɣ	ɣ	ɦ	h	骸含函猴何豪黃紅話
				ɦ	h	鞋學
				φ	h	下奚玄刑形行縣穴
				φ	φ	禍胡何話後壺劃畫
				φ	φ	下鞋
				ɦ	φ	匣
				φ	φ	丸完

				ɦ	ŋ	黃
				ɦ	k	猴
				ɸ	k	寒汗
				ɸ	k	行縣
				g	k	厚
爲	ɤ	ɤ	ɤ	ɸ	ɸ	位爲圍王遠運員雲永右
					h	雄雲雨園遠
喻	ʎ	j	j	ɸ	ɸ	以也搖游洋姨漁郢異亦維惟
						喻容余勻勇予用孕悅育

比較說明：

(1) 中古「見系」諸母所屬字音，在麗水方言中，屬於洪音部分的，仍然爲〔k－〕〔k′－〕〔ŋ－〕，只是吳語音系的習慣，屬於濁塞音的都是送氣音，與閩南方言中不送氣的讀法有些出入，不過根據一般語言學家的實驗，認爲吳語濁音的送氣，其強度稍弱於淸送氣音，因此有人以爲可不必視爲送氣，只是濁塞擦音和濁塞音的一股「濁流」，但筆者親辨的感覺是：吳語濁塞擦音和濁塞音的氣流與閩南語中「鼻音口化」的不送氣濁塞音顯然有別，因此在拙著「麗水西鄕方言的音位」⑯一文的調查報告中仍標作送氣音，但因其無相對的不送氣音，所以本文未標送氣符號。

「見系」細音在麗水方言中大部顎化爲舌面塞擦音、擦音及鼻音，但在「口語音」中仍有少數幾個細音而不顎化的字，「肯口扣寇」「近健」「狗鉤構溝勾」等是。別有一部分字則更顯特殊，

既不顎化又不保留原本的舌根音，竟出現了一些用「舌尖元音」為韻母的舌尖齒齦塞擦音，如「飢幾基雞」「欺溪起器」「期奇歧祈」等是。

(2) 中古「見系」諸母字在廈門語中可說十分單純，「見」「溪」二母不論洪細，一律讀為〔k－〕〔k'－〕；「群」母清化，有一部分送氣，大部分不送氣，送不送氣的條件不以「平」「仄」為區界，而是以當地的語言習慣為準的。「疑」母字則大部消失鼻音而變為「口化音」〔g－〕，但也有部分仍保留舌根鼻音〔ŋ－〕的。

(3) 中古「影系」諸母字，在麗水方言和廈門方言中的變化情況都比較地複雜。「影」「喻」「為」三母字在兩種方言中都大部變成了無聲母字，只有少數「為」母字在廈門語的「口語音」中有〔h－〕母出現，如「雄雲雨園遠」等是，這正反映了「為」母於古代是「匣」母的淵源關係，不過這個音在閩南語中已經清化為〔h－〕了。

中古「曉」母字在麗水方言中洪音為〔h－〕，細音則顎化為〔ɕ－〕，但也像「見系」一樣出現了一些以舌尖元音為韻的舌尖擦音聲母字，如「義戲希喜」等是。廈門語則不論洪細大部為〔h－〕母，在「口語音」中偶出現幾個塞音聲母的字，如「許迄」等是，「迄」字受形聲字諧聲偏旁的影響，在麗水方言中是讀〔tɕ'－〕母的，這應該是一個例外的現象。

中古「匣」母字因為在古代的來源是屬於全濁的喉擦音或舌根擦音，而濁音是一種「軟化音」，加上發音部位在喉頭的緣故，一軟化的結果，就很容易衍變成無聲母的字音。因此「匣」母字

不論在麗水方言或廈門方言，都有很多字是讀無聲母的，又有更多的字是既讀有聲母也讀無聲母的。

(4) 古「牙音」字，現代語音學謂之為「舌根音」，清錢大昕氏有「古喉牙雙聲說」❶，章太炎先生也有「喉牙二音，互有蛻化」的說法❶，在上列的比較表中可以看出來，中古「匣」母字在廈門語中大部衍變成「清化」的喉擦音，但也有部分字的聲母是〔k－〕，甚至在「口語音」中還有一個「黃」字是單以「舌根鼻音」不加元音而獨自成一音節的；在麗水方言中則大部保留了古音中的全濁喉擦音，但在「口語音」中居然也出現一個「厚」字是讀舌根濁塞音的，這個現象正可說明這是早期吳語經浙江南部漸次徙入福建後的遺留痕跡，當然，後期吳語及現代吳語已是今非昔比，經過幾個時期政治重心南遷的朝代之影響而有了很大的改變了。至於「厚」字在麗水音中是〔g－〕，而在廈門語中卻是〔k－〕的原因，則因為廈門語大部濁音清化後的必然現象。

(二) 韻母比較：

1. 陰聲韻：

語別　韻類	東漢	南北朝	隋唐	麗水	廈門	例　　字
		ie⌣	i	i	i	宜披移離椅倚罷義皮被
				ʅ	i	支施匙寄奇是枝
		iue⌣	iui	uɛi	ui	為規虧萎麾危
				i	ui	糜縻

韻						字例
支				y	ui	吹炊
	ie	ie	i	y	e	吹炊
				i	e	皮被糜
	iue	iue	iui	uɛi	ue	隳
脂	iei	iei	i	i	i	比眉姨伊利地
				i	e	地
				ɿ	e	姊
				ɿ	i	暹指姊矢棄器視治稚四死
				ɿ	u	次死師資姿四
	iuei	iuei	iui	uɛi	ui	葵翠雖萎推
				y	ui	季櫃遂位水醉墜鎚追龜
之				i	i	理李裡以已疑
	əi	əi	i	ɿ	i	之詩時其旗欺起齒止子思司
				ɿ	u	子慈詞史思駛使
微	iəi	iəi	iəi	i	i	微尾未衣依
				ɿ	i	既氣幾豈希
				ai	i	幾
	iuəi	iuəi	iuəi	i	ui	飛非匪肥費痱
				uɛi	ui	威輝圍慰歸
				i	e	飛尾未
魚				y	i	除汝煮徐書
				i	i	煮
				y	u	除渠魚如
	ɔi	ɔi	oi	u	ɔ	鋤助爐初阻疏所
				uo	ɔ	鋤
				ɨ	i	去
				ɿ	i	箸鼠
				i	i	豬
				y	u	株拘愚輸
				u	u	夫扶符膚

韻						例字
	iuɔ	io	iu	u	ɔ	夫麩脯
				y	ɔ	廚
模	ɔ	o	u	u	ɔ	模土魯古普
齊	iei	iei	iɛi	i	i	批米芘啼弟剃
				i	e	迷啼帝低麗第體禮黎
				ɿ	e	妻西溪洗細計契系濟雞
				y	ui	桂
				uɛi	ui	閨桂慧惠
佳	e	eɑi	ai	ɒ	ai	牌擺買釵柴街鞋矮解派
				ɒ	ue	釵買賣稗街
				ɒ	a	柴
				uo	a	佳
	ue	oɑi	uai	uo	ua	媧卦掛蛙娃畫
				uɒ	uai	拐柺
				uɒ	ue	話畫
祭	e	eɑi	ai	ɿ	i	世勢
				i	e	幣例勵藝
				ɿ	e	滯世祭製勢
				i	ue	藝
	ue	uɑi	uai	y	ue	贅稅歲
				uɛi	ue	衛綴總贅
				uɛi	ui	脆嘬
泰	eɔi	eɑi	ai	ɑi	ai	蓋害
	ɔ			ɒ	ai	帶泰蔡大太賴奈
	ooi	oɑi	uai	ɒ	ue	外
				ɛi	ue	貝
				uɛi	ue	會最
皆	ei	eɑi	ai	ɒ	ai	階皆排埋界介豺
	iuei	iui	iui	uɒ	uai	乖歪㓦怪淮槐
				ɒ	ai	敗邁蠆塞

夬	ɔi	ɤi	ɑi	ɯ	ai	快
灰	uɛi	uɤi	uɑi	iɜ	ue	杯培陪背佩配頦退內罪
				ai	iu	玫梅罪
				iɜ	ui	堆崔推雷
				uɛi	ue	灰恢回悔滙
				iɜu		塊
哈	əi	iɤ	ɑi	ɑi	ai	台開臺哀災才
廢	uɛi	uɤi	uɑi	i	ui	肺吠刈柿廢
				i	ue	廢
				uɛi	ue	穢
蕭	io	iou	iæu	uɑi	iau	雕調條聊寮堯蕭
宵	io	iou	iæu	uɑi	iau	朝蕉焦超霄燒嬌橋苗照漂搖
肴	eo	eou	ɑ̃u	ɑu	au	包拋交膠巧絞吵炒效孝校豹
					a	拋飽豹炒吵罩教巧跤鉸孝斅
豪	o	ou	ɑu	ɑu	au	糟操高豪毛勞曹號刀寶桃老
					o	褒刀糟操搔好考嫂老惱倒帽
歌(戈)	a	a	a	u	ɔ	歌多荷可娑駝鍋玻梭
	ua	ua	uɑ	uo		瘥禾窠科
麻	ea	ea	æ̃	uo	a	蟆加巴爬麻牙茶
				uo	e	麻馬罵爬把牙茶
	oa	ɔa	uã	uo	ua	麻寡瓜華花瓦
	iɑ	iɑ	iã	io	ia	爹車遮蛇斜
尤	iu	iu	iou	iɛu	iu	留流憂求柔囚泅州周
				ɛu	iu	愁
				iɛu	au	流劉留
				ɛu	ɔ	牟謀鄒搜騶
				u	u	負婦富
				u	ɔ	浮
侯	u	u	ou	ɛu	ɔ	頭斗樓奏漏鬥豆
				ɛu	au	偷頭透斗樓走鉤豆鬥溝

				iɛu	au	口狗溝藕垢厚寇夠
幽	i͡u	i͡u	i͡ou	iɛu iɑu	iu	幽糾幼 彪髟

比較說明：

(1) 陰聲韻是純粹以元音（Vowel）組成的韻，所以，從東漢以來，直到現在的麗水方言及廈門方言，都有着相當大的變化。一般的情況是：韻頭、韻腹、韻尾的組合，都大體還能保持原來的結構，變化較大的固亦偶有出現，但元音前後高低及圓唇展唇的情況都還大致能保得住，只是略有移位而已。

(2) 若自東漢以來源就是「無尾韻」的字音，到麗水音、廈門音中也大部仍爲無尾韻，如表中的「支之魚虞模歌麻」等韻類中的一些字是。

(3) 開口合口有別的韻類，仍大體能保持原來的開合口，小的變化是有的，但不如不變的多。

(4) 〔－i〕尾韻於廈門語中有些會變爲〔－e〕而消失了韻尾，如「地飛未尾迷低妻西計系……」等是，因〔e〕與〔i〕都是舌面前較高的元音，舌位少有移動卽生此種變化，這是很可以理解的。

(5) 部分的下降複元音〔－ai〕的韻，在麗水方言中變成了〔－ɒ〕，如「外牌買釵柴階界排乖怪淮槐……」等是，這在舌位上的變化較大，但主要元音〔－a〕的本質未變，只是由展唇變爲圓唇罷了。

(6) 部分以〔－a〕〔－o〕〔－u〕收音的字，在廈門語

中變成了以〔－ɔ〕爲主要元音收音，如「鋤助爐初所……」「模土魯古普……」「歌多何可梭……」「牟謀鄹搜……」「鬥豆斗漏樓……」等字是，因爲這些音都是後元音，互有蛻變，也是很自然的現象。

2.陽聲韻：

韻類＼語別	東漢	南北朝	隋唐	麗水	廈門	例　　字
東	oŋ	oŋ	oŋ	oŋ	ɔŋ	東通樓蔥聰公工空烘翁同叢
				oŋ	aŋ	東通樓蔥聰公工空烘翁同叢
				oŋ	ŋã	馮蓬豐鳳風
				ioŋ	aŋ	蟲
	iuəŋ	ioŋ	ioŋ	oŋ	ɔŋ	宮弓躬隆
				ioŋ	ioŋ	終充中忠絨蟲窮熊雄
				oŋ	iŋ	弓宮
				ioŋ	iŋ	窮雄
冬	uŋ	uŋ	uŋ	oŋ	ɔŋ	冬農膿宋鬆統宗
					ŋã	冬農膿宋鬆
鍾	ioŋ	iuŋ	iuŋ	oŋ	ɔŋ	封縱逢濃奉捧縫
				oŋ	ioŋ	恭供恐從松
				ioŋ	ioŋ	容病庸壅衝
				iuŋ	ioŋ	鍾鐘龍寵種腫勇胸用椿松
				iuŋ	iŋ	重龍腫種用胸鍾
江	eoŋ	euŋ	ɔŋ	ŋã	ɔŋ	邦江講港絳降項巷胖
				iŋã	ɔŋ	雙窗
				ŋã	aŋ	邦江降項巷
				iŋã	aŋ	雙窗
				iaŋ	iaŋ	腔

韻						例字
眞	ien	ien	in	ɨŋ	in	眞珍親新辰神秦診陳信陣進
				iŋ	in	因引緊賓民敏銀巾鄰印認忍
				yn	in	津
				iŋ	un	巾銀引蚓忍韌
				ɨŋ	un	伸震陣
諄				yn	un	春均勻純筍舜順閏俊準蠢
	iuen	iuen	iuin	uẽ	un	倫輪遵侖
				iŋ	in	輪
臻⑲						
欣	iuən	iuən	iuəi	ɨŋ	un	文聞問紋分芬紛焚粉奮墳
				yn	un	君軍群運訓薰裙雲
				ɛ	un	糞
				iŋ	in	斤筋勤芹謹近
	iən	iəi	in	iŋ	un	斤筋勤芹謹近
				iɛ̃	un	近
元	iɐn	iɐn	iɐi	iɛ̃	ian	言掀建健憲獻偃
	iuan	iuan	iuai	yɛ̃	uan	冤園猿遠苑願原元勸劵
				ɑŋ	uan	番翻煩繁樊反飯萬晚
				ɑŋ	an	萬
				ɑŋ	uã	販
				yɛ̃	ŋ̍	園勸阮遠
				ɑŋ	ŋ̍	飯晚
魂	uən	uɐn	uən	ɨŋ	un	門悶頓盾奔
				uɨŋ	un	困混渾滾昆昏
				uẽ	un	遁婚寸損穩魂溫坤孫村遵
				ɛ	ŋ̍	本
				uẽ	ŋ̍	村孫損
				ɨŋ	ŋ̍	頓門
				uɨŋ	ŋ̍	昏
				ɛ	un	吞根恩恨

韻						例字
痕	ən	en	ɐn	iŋ	in	墾痕
寒	an	an	ɑŋ	aŋ	an	單灘餐彈蘭難殘懶旦看傘奸
				uɛ̃	an	安肝竿乾寒韓漢案岸汗
				aŋ	ã	坦
				aŋ	uã	單灘彈檀殘欄炭看竿寒汗乾
				uɛ̃	uaĩ	稈
桓	uɑn	uɑn	uɑn	uɑn	uan	官冠寬歡管款碗貫灌觀
				uɛ̃	uan	端團孿酸暖短鍛鑽算
				ɛ	uan	般潘盤鰻滿半判
				yɛ̃	ua	丸完
				uɑn	uã	官冠歡觀款換
				ɛ	uã	盤潘般半伴判瞞滿
刪	ean	ean	ɐn	aŋ	an	班攀刪姦鑾顏版慢雁
				uɑn	uan	關彎還慣患
				uɑn	uaĩ	關彎還慣
山	ean	eæn	an	aŋ	an	山間閑眼產簡限辦揀
				uɑn	uan	鰥
				aŋ	iŋ	間閑眼揀
				aŋ	uã	山產
先	ien	iæn	iæn	iɛ̃	ian	邊天顛千先堅眠田前賢見電
				yɛ̃	ian	淵眩懸玄縣
				iɛ̃	ĩ	天絃見扁麵片
				iɛ̃	an	牽
				yɛ̃	uaĩ	懸縣
仙	iuen	iuæn	iuæn	iɛ̃	ian	仙鞭甂遷乾蟬展淺演賤線
				iɛ̃	iã	燃件
				yɛ̃	uan	專穿宣全拳權傳輾轉卷眷員
陽	iɑŋ	iɑŋ	iɑŋ	iɑi	iɔi	張昌將槍相商羌香牆良腸羊
				iɔi	iɔi	霜牀瘡王壯狀
				ɑŋ	ɔŋ	壯創放望訪防芳方爽妝裝亡

韻						例字
				iaŋ	ŋ	長兩丈腸
				ioŋ	ŋ	霜
				ɒŋ	ŋ	方裝妝甌
				ãĩ	iũ	長量兩
				iaŋ	iũ	張香鄉羊唱漲章梁搶想丈
唐	uaŋ	uaŋ	uaŋ	ɒŋ	ɔŋ	當倉桑光岡荒藏皇黃葬蕩鋼
				ɒŋ	aŋ	幫茫芒黨朗
庚	ĩeŋ	ĩeŋ	ĩɐŋ	iŋ	iŋ	兵京荆卿英迎平明丙景命病
				ãĩ	iŋ	生庚坑亨行棚猛冷省更撐孟
				ãĩ	ɔŋ	盲孟
				ioŋ	iŋ	榮永
				ɒŋ	ɔŋ	蝗礦
				yŋ	iŋ	永
				ãĩ	ĩ	生牲坑庚更羹鯁猛澎棚盲
				iŋ	ĩ	驚京平坪
耕	eŋ	eŋ	ɐŋ	ãĩ	iŋ	棚爭耕諍硬幸倖
				iŋ	iŋ	櫻鶯鸎
				oŋ	ɔŋ	閎宏紘宏
清	ĩeŋ	ĩeŋ	ĩɐŋ	iŋ	iŋ	征精聲輕纓名程情成營井
					ĩ	精清嬰楹晴井姓鄭靜
	iueŋ	iueŋ	iuɐŋ	yŋ	iŋ	傾頃瓊
青	ĩeŋ	ĩeŋ	ĩɐŋ	iŋ	iŋ	丁聽青星經屏銘亭零形螢頂
				iŋ	ĩ	青星冥櫺經醒徑
蒸	ĩəŋ	ĩəŋ	ĩəŋ	iŋ	iŋ	蒸稱升興應承菱凝繩澄剩勝
				iŋ	in	憑澄繩承稱剩應
登	əŋ	əŋ	əŋ	iŋ	iŋ	登增能等贈發肯恒
				iŋ	iŋ	燈曾
				ãĩ	iŋ	藤
				ãĩ	in	藤
				oŋ	iŋ	崩朋

					oŋ	ɔŋ	弘
侵	iəm	mei	mei	mẽi	ɨŋ	im	心針侵深森尋沈浸枕審甚滲
					əŋ	im	金今音陰琴禽林臨禁錦任蔭
					iŋ	in	稟品
					ɨŋ	iam	碪沈枕滲
					iŋ	iam	臨淋陰
覃	ɑm	ɑm	ɑm		ɛ̃	am	探簪貪男南堪庵含潭感暗坎
					əŋ	am	耽參慘龕
談	ɑm	ɑm	ɑm		əŋ	am	擔談痰籃三膽毯覽暫
					ɛ̃	am	甘柑蚶敢
					əŋ	iam	暫
					əŋ	ã	三擔談籃膽
					ɛ̃	ã	敢
鹽	i..m	mẽi	mẽi		ĩ̃/iẽ	iam	詹尖籤閻廉黏鹽染閃檢漸豔
					iẽ	iã	饜
添	iɑm	mẽi	mẽi		ĩ̃	iam	添拈兼謙甜嫌點簟店念
					əŋ	iam	嫌
咸	eɑm	eɑm	am		əŋ	am	杉碞鹹喊斬陷
					iẽ	am	咸
					əŋ	iam	鹹減喊
					iẽ	iam	歉
銜	eɑm	eɑm	am		əŋ	am	衫監巖銜懺鑑
					əŋ	ã	衫監銜
嚴	iɐm	mɐi	mɐi		iẽ	iam	醃嚴劍欠
凡	iuɐm	iuɐm	iuɐm		əŋ	uan	凡帆泛犯範范梵

比較說明：

(1)　陽聲韻各韻中，廈門方言大體尚能保留古代的〔－ŋ〕

〔-n〕〔-m〕三個鼻音韻尾；在口語音中，有少數鼻音韻尾消失，而殘留有鼻化元音，如「塞、桓、刪、山、先、仙、陽、清、青、談、鹽、銜」等韻類中的小部分字音是。

(2) 廈門方言收〔-m〕鼻音韻尾的小部分脣音聲母字，其鼻音韻尾已受聲母之影響而產生「異化作用」(Dissimilation)，而變作舌尖鼻音的韻尾了，如「稟品」「凡帆泛犯範范梵」等字是。

(3) 在麗水方言中，雙脣鼻音〔-m〕的韻尾已完全變為舌尖鼻音〔-n〕。

(4) 麗水方言中的鼻音韻尾以〔-ŋ〕為主，舌尖鼻音偶有出現，但與舌根鼻音同屬一個互補的音位之中，所以，舌尖鼻音在麗水方言中只是一個偶而出現於〔-ŋ〕音位中的「同位分音」而已。

(5) 麗水方言中有若干細音的韻母已消失了鼻音韻尾，如「諄、文、欣、元、魂、痕、寒、桓、先、仙、陽、庚、耕、登、談、鹽、添、咸、嚴」諸韻類中的小部分字音是。其中有一部分尚殘留有「鼻化元音」，另有一小部分甚至連「鼻化成分」也消失了。

(6) 元音的變化只在舌位的前後上下之移動，及脣狀之圓展變異而已，不易歸納出一個具體的條例規則來。不過，大體來說，古代的洪音、細音，到現代的麗水、廈門兩方言中，也大致是原來的洪、細音；古代的開口、合口，到現代的麗水、廈門兩方言中，也大致都能保留。小的變化是有的，但變化不大，不作細述。

3. 陽聲韻：

韻類\語別	東漢	南北朝	隋唐	麗水	廈門	例　　　　字
屋	ɔk	ok	ok	oʔ	ɔk	卜禿速宿讀族鑿
				uʔ	ak	陸目木讀獨屋
				uʔ	ɔk	穀谷沐目木獨鹿族哭
	iuk	iok	iok	ioʔ	iɔk	逐
				ioʔ	ɔk	縮啄
				uʔ	ɔk	福複伏服腹
				iuʔ	iɔk	竹畜粥叔菊育熟肉六陸戮
				iʔ	ɔk	啄
沃	ɔk	ɔk	uk	uʔ	ɔk	篤督毒
				oʔ	ɔk	酷
				uʔ	ak	毒
燭	iɔk	iuk	iuk	ioʔ	iɔk	燭足觸曲綠褥俗續局玉欲浴
				oʔ	iɔk	促粟
				ioʔ	ik	燭觸曲綠玉浴
				oʔ	ik	促
				ɛʔ	ik	粟
覺	eɔk	euk	ɔk	oʔ	ɔk	駁齪
				oʔ	ak	學剝角握岳樂（音樂）
				ioʔ	ak	覺濁
				ioʔ	ɔk	桌濁
				ioʔ	oʔ	桌
				oʔ	oʔ	學
				iʔ	it	必畢筆匹密一乙
				iʔ	it	質七失姪實
				ɛʔ	it	日

質	iet	iet	it	iʔ	ik	室悉栗
				ɨʔ	ik	漆膝
				iʔ	at	密栗
				ɨʔ	at	實漆膝
術	iuət	iuət	iuit	yʔ	ut	秫術尤述橘
				yɛʔ	ut	出郵恤
				ɨʔ	ut	夯卒
				iʔ	ut	律
櫛	et	et	it	iʔ	ik	蟋
				ɨʔ	ik	瑟蝨
				ɨʔ	at	蝨
物	iuət	iuət	iuət	yʔ	ut	鬱熨掘
				uʔ	ut	拂荊佛勿物
				yɛʔ	ut	屈厥
月	ɑt	ɑt	ɑt	iɛʔ	iat	歇謁竭揭
				ɒʔ	iat	襪
	iuɑt	iuɛt	iuɛt	yɛʔ	uat	蕨闕月越
				ɒʔ	uat	發髮伐罰閥拔
				yɛʔ	eʔ	月蕨
				ɒʔ	eʔ	襪
沒	uat	uɛt	ʊɛt	uɛʔ	ut	骨窟忽笏
				ɛʔ	ut	突沒勃兀
				yʔ	ut	掘
				uɒʔ	ut	滑
				ɨʔ	ut	卒
曷	ɑt	ɑt	ɑt	ɒʔ	at	達辣
				ɛʔ	at	葛遏曷
				uɛʔ	at	割渴喝
				uɛʔ	uaʔ	割渴
				ɒʔ	uaʔ	辣喝癩

韻						字
末	uat	uat	uat	ɛʔ	uat	鉢撥抹末奪脫
				uʊʔ	uat	跋拔活豁括闊
				ɨʔ	uat	脫捋
				ɛʔ	uaʔ	撥鉢抹末捋
				uʊʔ	uaʔ	括闊活
黠	et	eat	at	ɒʔ	at	札察殺拔黠煞
				ɒʔ	ueʔ	八
鎋	eat	eat	at	ɒʔ	at	轄瞎䫉
	oat	oat	uat	uʊʔ	uat	刮
				yɛʔ	uat	刷
屑	iet	iet	iæt	iɛʔ	iat	撇鐵節切竊屑楔結潔篾挈截
				yɛʔ	iat	穴血
	iuet	iuet	iuæt	yɛʔ	uat	玦訣決闋缺
				iɛʔ	at	節結
				iɛʔ	iʔ	鐵篾
				iɛʔ	ueʔ	節楔潔截
				yɛʔ	ueʔ	血缺
薛				iɛʔ	iat	鼈瞥哲徹設別滅列熱舌傑孽
	iat	iæt	iæt	yɛʔ	iat	薛
				yɛʔ	uat	雪說刷缺悅閱絕
				ɛʔ	uat	劣
	iuat	iuæt	iuæt	yɛʔ	eʔ	雪說缺絕
				iɛʔ	uaʔ	熱
藥				iɔʔ	iɔk	灼鵲削脚却約著掠弱藥爵鑰
	iɔk	iak	iak	oʔ	ɔk	縛
				oʔ	ak	縛
				iɔʔ	iaʔ	削掠
				iɔʔ	ioʔ	脚 約著略藥鑰
鐸	ak	ak	ak		ɔk	泊博作各郭惡薄莫落樂托鶴
	uak	uak	uak	oʔ	oʔ	粕 作落鶴薄箔

				uʔ		托拓
				aiʔ	ik	伯迫百柏魄拍格客擇宅額骼
				oʔ	ik	索
陌	eak	ek	ɐk	iʔ	ik	劇逆
				aiʔ	aʔ	百拍
				aiʔ	eʔ	伯百白宅格骼客
				oʔ	oʔ	索
	ek	ek	ɐk	aiʔ	ik	擘責策冊隔革麥脈
				oʔ	ik	獲
麥	oa	oek	uɐk	uɛuʔ	ik	核
				aiʔ	eʔ	擘冊隔麥脈
				uɑiʔ	uiʔ	劃
	iek	iek	iɐk	iʔ	ik	璧僻脊隻赤昔釋益籍石席亦
昔				iʔ	iaʔ	僻癖脊隻赤跡益亦譯石席夕
				iʔ	ioʔ	尺惜蓆石
	iuek	iuek	iuɐk	yʔ	ik	役
	iek	iek	ik		ik	壁的剝糴績戚析激敵笛歷寂
錫				iʔ	iaʔ	壁剝錫
					ioʔ	糴
				iʔ	ik	逼織即息識式直力蝕食極翼
				ɛʔ	ik	測色穡
職	iək	iək	iək	aiʔ	ik	測
				iʔ	it	即鯽職職式息熄
				iʔ	at	力
				ɛʔ	ik	德則塞刻克墨特北
	ək	ɐk	ək	uɛʔ	ik	或
德				aiʔ	ik	賊
				ɛʔ	ɔk	北
	uək	uɐk	uək	uɛʔ	ɔk	國
				uʔ	ɔk	覆

韻						字
				ɛˀ	it	得
				ɛˀ	at	塞尅
				aiˀ	at	賊
				ɛˀ	ak	北墨
緝	iə̭p	iə̭p	iə̭p	iˀ	ip	急級吸及入輯揖邑緝立
				yˀ	ip	十拾習
				ɨˀ	ip	執汁集濕溼
				ɛˀ	ip	粒
				iɛ̃	ip	廿
				ɨˀ	iap	汁溼
				ɛˀ	iap	粒
				iɛ̃	iap	廿
合	əp	ɑp	ɑp	ɛˀ	ap	合盒雜蛤
				ɐˀ	ap	答踏沓
				ɛˀ	aˀ	盒合
				ɐˀ	aˀ	答
盍	ɑp	æp	ɑp	ɐˀ	ap	搨榻塔閘臘蠟
				ɛˀ	ap	盍磕
				ɐˀ	aˀ	搨榻塔臘蠟
葉	iɑ̭p	iæ̭p	iæ̭p	iɛˀ	iap	接摺妾睫獵涉葉
					iˀ	接摺
					ia	睫葉
帖	iɑp	iæp	iæp	iɛˀ	iap	帖貼諜疊協牒
				ɐˀ	iaˀ	筴莢頰俠挾
				iɛˀ	aˀ	疊協
洽	eəp	ɛɑp	ap	ɐˀ	ap	插霎箚掐恰
					iaˀ	夾霎
					əˀ	插
狎	eap	eæp	ap	ɐˀ	ap	甲胛鴨壓押匣呷
					aˀ	甲胛鴨壓押匣

業	iɑp	iɐp	iɐp	iɛʔ	iap aʔ	却脅業 脅
乏	iuɑp	iuɐp	iuɐp	ʊʔ	uat	法乏

比較說明：

(1) 在麗水方言中的入聲字，韻尾完全用喉塞音〔－ʔ〕，這一點是和後期吳語完全相同的。早期的〔－k〕〔－t〕〔－p〕明顯區分的現象，在麗水方言中已不復存在，如欲在「入聲韻」的韻尾中去尋覓早期吳語的痕跡，已經不可能了。

(2) 廈門方言中的入聲字，在「文讀音」中的〔－k〕〔－t〕〔－p〕仍然有很明顯的區分，唯一發生變化的，只有「乏類韻中的「法乏……」等字，從古代的〔－p〕尾變爲現今的〔－t〕尾，那是因爲湊巧這些字的聲母都是「唇音」，而韻尾又用唇音，於是發生了「異化作用」（Dissimilation）而變爲舌尖塞音了。這種現象也出現於陽聲韻中的「凡、范、梵」韻。

(3) 廈門方言入聲韻的「口語音」中，有許多字已變爲喉塞音〔－ʔ〕的韻尾了，而且這種現象不限於某一種韻尾都有這種現象，這與後期吳語的合〔－k〕〔－t〕〔－p〕爲一個〔－ʔ〕的情況頗爲相似，因爲〔－ʔ〕這個音只是語音煞尾時的一個「緊喉作用」（glottalisation），比明顯地必須區分〔－k〕〔－t〕〔－p〕要簡易得多，所以，這種現象可以說是一種語言發音由繁趨簡的自然現象，也是漢語入聲韻尾發生音變的一種自然趨勢。

(4) 開口、合口的變化，在兩種方言中，大體都尚能與古代

的開合銜接，小的變化當然是有一些，只消見前表所列，即可知其詳情，此處就不一一列述了。有一部分合口音的字，在麗水方言中都變作一個圓脣的〔—ɒ—〕主要元音，而以〔—ɔ—〕本身的圓脣來代替合口音的圓脣介音，與開口韻中的〔—ɒ—〕主要元音合為一流，如「月、沒、曷、末、黠、轄、藥、合、盍、帖、洽、狎、乏」諸韻中都有一些這樣的現象。

(5)　元音的變化，只在舌位的高低前後及圓脣展脣的移位而已，比較不易找出一個可循的軌跡。不過，無論如何，洪音細音的源流仍大體能夠保留，大的界限不致完全泯滅。

4.聲　調

調類 ＼ 語別	東漢	南北朝	隋唐	麗　　水	廈　　門	例　　字
平聲	平	平	平	陰平 35	陰平 44	姜中東宗窗
平聲	平	平	平	陽平 213	陽平 24	強除魚侯裴
平聲	平	上	上	上聲 22	陰上 53	享頂統總狗
上聲	上	上	上	上聲 22	陽去 33	弟動厚是市
平聲	平	去	去	陰去 51	陰去 11	慶控頌去震
上聲	上	去	去	陽去 31	陽去 33	願事壽舊妙
長入	長入	去	去	陰去 51	陰去 11	意謚肆悴逝
長入	長入	去	去	陽去 31	陽去 33	異敗大會害
短入	短入	入	入	陰入 4	陰入 22	速篤的答谷
短入	短入	入	入	陽入 23	陽入 44	族毒合木鹿

比較說明：

(1) 本文以王了一先生的「歷代語音發展總表」中的東漢至隋唐聲調變遷表資料，作爲比較的依據，從聲調方面看來，無論麗水方言或廈門方言，都與「東漢」時期的資料有着很大的距離，而與東漢以後的各期資料倒反而比較接近得多。不僅是聲調方面的情況如此，就是前文所列舉的聲母和韻母資料也是如此。如果以這種情形去推測吳語南遷的時代的話，似乎得稍稍地往後挪一個時期。

(2) 在調類方面，不但列舉了「平上去入」四個調類，同時也舉出清濁聲母之異的陰聲調與陽聲調之比。以此來看，可以看出廈門方言與麗水方言的調類大體是相當的。比較的差異是：麗水方言的上聲調，無論字音聲母的清濁，都讀相同的一個調值，而無陰陽之別；廈門方言則全濁陽上歸入陽去，清聲母與次濁聲母合爲一個不分陰陽的上聲，而與麗水聲調大別。這是兩種方言在聲調方面的最大不同處，其餘則可以說是完全無異的，只是調值的表現不同罷了。

(3) 在調值方面，各地方言自成系統，根本無法比較，前表雖也列了調值資料，但並不足爲追尋聲調源流之資，只是列爲備考而已。

五　結　論

如果我們假設閩語的主要淵源是東漢末年三國時期的吳語，因爲根據歷史資料所顯示，福建的漢人主要是在這一時期開始從江浙一帶遷入的，那麼閩語與吳語自必有其非常密切的親屬關係

❷。但是，有一點我們必須注意到的，就是現今在長江三角洲的江南地區的吳語，却因在南北朝以後北方漢人的遷入，如東晉之偏安江南，南朝之連續建都建康，南宋之建都臨安等，而促使吳語與北方漢語的混合而起了莫大的變化，以是而言，則當今的吳地方言已非昔時東漢三國的早期吳語了。但是早期吳語之移入福建，是經由浙江南部進入的，因此從浙南方言中去考查早期吳語與閩語的關係，是一個值得試探的途徑。

　　浙南地區，地處偏鄙，為浙閩丘陵所分布的地帶，山地綿延，交通、文化、經濟、政治都較落後，教育尤不普及，因此至今仍少有「方言家」去作普遍性的調查當地各州縣的方言，在研究資料上來看，浙南方言的資料極少。筆者於前年紀錄了一套「麗水方言」，發覺與江南吳地的方言頗有出入，而與閩語却有許多相似之處。浙南方言是「吳語方言區」的邊區方言，只因向來與外界交流較少之故，所以相信它可能保留了較多的早期吳語語音。而與東漢三國的漢人由浙入閩正相符合。即因如此，乃就目前寓居地所得當地語料之便，而決定把麗水方言的聲韻與閩南語的音韻作一比較。

　　關於兩種方言的「聲」「韻」「調」之比較，其相互間的密切關係，已詳細地顯示在前文的「聲母比較」、「韻母比較」及各比較表後的「比較說明」之中，此處不再重複贅述。不過在比較表中除了排列「麗水」與「廈門」兩種方言的音韻之外，另又列有「東漢」「南北朝」「隋唐」三個時期的擬測音值，那是根據王力先生＜漢語語音史＞一書第十章「歷代語音發展總表」❸中所擷錄出來的。王氏總表中的資料是王氏本人對漢語歷史音韻

研究的總成績，因本文曾提到閩語是漢末三國時期的早期吳語遷入福建而形成的，而王氏的歷代語音分期有「東漢」而無「三國」，他的「東漢」之下緊接着的就是「南北朝」，因此本文列表只好把「東漢」和「南北朝」都列進去以作為比較考察之用；又列「隋唐」一期，則是因為這一期是切韻時代的語音期，也是一般音韻學者研究漢語歷史音韻時所採以作為研究之基本根據，而後據以「上推上古，下推近世」的重要資料，所以表中特別把它列入，以作比較觀察之用。

可是，非常可惜的是，研究漢語的歷史音韻，以目前來看，以兩漢的語料最為缺乏，而且自明清以來，乃至現代為止，對於隋唐音韻的研究，因語料之豐而特具成績；對先秦古音的研究，也因明清古音學家的輩出，兼又發現了古韻語及諧聲偏旁的歸納而成就非凡。唯獨兩漢語音的欠缺，而用力在這一時期的學者也不多，而形成沒有什麼可觀的成績。近年以來，已有部分的學者開始注意到這一時期的音韻問題，如丁邦新先生的＜魏晉音韻研究＞（ Chinese Phonology of the Wei‑chin Period：Reconstrction of the Finals Aa Reflected in Poetry ）、于海晏的＜漢魏六朝韻譜＞、王力的＜南北朝詩人用韻考＞、王越的＜漢魏南北朝之脂支三部及東中二部之演變＞、日本坂井健一的＜魏晉南北朝字音研究＞、林烱陽先生的＜魏晉詩韻考＞、何大安先生的＜南北朝韻部演變研究＞等數家，不但具體的成績不能算多，且大部是漢以後的材料，真正屬於漢代的材料真是少之又少。王力先生的＜漢語語音史＞，於漢代語音的整理，止限於歸納「韻語」一個方面，除此以外，並無其他資料。漢代沒有韻書，沒有

韻書，沒有切語標音的資料，形聲字的諧聲偏旁之歸納，也只能用於研究上古音，因此研究漢代的語音就顯得很困難了。所以，王力先生的「歷代語音發展總表」，對韻部方面的歸納，運用了兩漢的碑銘辭賦及詩歌，有比較具體的成績；對聲母方面的列舉，竟是一籌莫展，只簡單地以數語交代說 ㉒：

> 關於漢代的聲母，我們沒有足夠的材料可供考證，這裡缺而不論。可以假定，漢代聲母和先秦聲母一樣，或者說變化不大。

卽因如此，所以在王氏總表中的漢代聲母是和先秦完全相同的，這種結果，只是一種「紙上作業」的推想，與可信的理想還頗有一段距離。在這方面，筆者個人有一個構想，我們必須把許多屬於浙南、閩北地區的方言逐一地調查出來，在這一地區也許可以找出一些漢代語音的遺跡；另一方面，則必須從兩漢的文字資料中去整理兩漢的語音，使與調查方言所得的資料兩相印證，這對漢代語音的擬測，可能會有更好的成績的。在文字資料方面，如：簡取漢代人所創的形聲字，歸納它們的諧聲偏旁；歸納漢代字書中可以代表漢代語音的重文讀若；歸納以漢代語音爲訓詁的「音訓」辭語。無論如何，重點在注意所取的資料必須是可以代表漢代語音的材料，若一涉及先秦，便須捨去。這一層判別的工夫是很難的，但必須要做，不容忽視。

附　註

❶　參見「方言與中國文化」PP. 15 — 26 。

❷　1988 年 12 月 27 日於台北的國立中央圖書館 306 會議廳演講，
講題為「華語研究的展望」。

❸　本文作者的麗水方言調查報告名為「麗水西鄉方言的音位」中華
學苑 38 ，國立政治大學中文研究所，1989 ，台北。

❹　參見「中華學苑」38 ，PP. 1 — 68。

❺　音值的詳細說明請參見「麗水西鄉方言的音位」PP. 1 — 7 。

❻　見王力（1957）＜漢語音韻學＞PP. 624—639 。

❼　見王力（1985）＜漢語語音史＞PP. 446 — 459 。

❽　見拙著（1987）＜中國聲韻大綱＞PP. 56 — 57 。

❾　參見楊秀芳＜閩南語文白系統的研究＞PP. 162—163 。

❿　同註❶。

⓫　同註❷。

⓬　參見拙作＜閩南語輕脣音音值商榷＞，台灣師大校友論文集，（
中冊）PP. 1325 — 1349 。

⓭　參見拙著＜語音學大綱＞「脣化作用」，PP174 — 175 。

⓮　發表於中央研究院第二屆國際漢學會議論文集。

⓯　參見＜中古敷微二字母之音值再擬測＞，實際上是「幫滂」變〔
f-〕，「並明」變〔V-〕，只變作輕脣二母，而不是四母。

⓰　參見＜麗水西鄉方言的音位＞，國立政治大學＜中華學苑＞38
期。

⓱　參見＜潛研堂文集＞卷十五中之「音韻答問」十二。

⓲　參見章氏＜國故論衡＞上。

⓳　「臻」類韻均為罕僻字，故從缺，不錄例字。

⓴　參見周振鶴等著＜方言與中國文化＞P. 15 。

㉑　參見＜漢語語音史＞PP . 490 — 525 。

㉒　見王氏＜漢語語音史＞P. 82 。

參 考 書 目

丁邦新

  1975 魏晉音韻研究（ Chinese phonology of The Wei -Chin
        Period : Reconstrucrion of The Finals As Refle-
        cted in Poetry ） 中央研究院歷史語言研究所專刊
        之 65　台北

  1982 漢語方言區分的條件　清華學報新 14·1,2：257−
        274　台北

大鳥正健

  1931 漢音吳音の研究　第一書房　日本東京

于海晏

  1936 漢魏六朝韻譜　北平

王　力

  1936 南北朝詩人用韻考　清華學報 11：783−842　北平

  1957 漢語音韻學　中華書局　上海

  1985 漢語語音史　中國社會科學出版社　北平

王　越

  1933 漢魏南北朝之脂支三部及東中二部之演變　國立中山
        大學文史學研究所月刊 1：2−4　廣州
        又見東方雜誌 31.7：159−161　1933　上海

李壬癸

  1978 語言的區域特徵　屈萬里先生七秩壽慶論文集 475−
        489　台北

1978　語音變化的各種學說述評　幼獅月刊44.6　台北

坂井健一

1975　魏晉南北朝字音研究　汲古書院　日本東京

北大中文系

1962　漢語方言字滙　文字改革出版社　北平

1964　漢語方言詞滙　文字改革出版社　北平

李　榮

1956　切韻音系　中國科學院專刊　北平

何大安

1981　南北朝韻部演變研究　台大博士論文　台北

1988　規律與方向：變遷中的音韻結構　中央研究院史語所
　　　專刊之90　台北

吳守禮

1963　台灣方言研究文獻目錄　台北文獻6：67－89　台北

李永明

1959　潮州方言　中華書局　北平

林金鈔

1980　閩南語探源　竹一出版社　新竹

林烱陽

1972　魏晉詩韻考　台灣師大國文所集刊16：1105－1302
　　　台北

周振鶴等

1986　方言與中國文化　人民出版社　上海

周辨明

周辨明

　1920　廈門語入門　廈門

袁家驊

　1960　漢語方言概要　文字改革出版社　北平

許雲樵

　1961　十五音研究　星洲書局　新加坡

張盛裕

　1979　潮陽方言的文白異讀　方言4：241－267　北平

董同龢

　1957　廈門方言的音韻　中研院史語所集刊29：23－
　　　253　台北

　1959　四個閩南方言　中研院史語所集刊30：729－
　　　1042　台北

詹伯慧

　1958　萬寧方言概述　武漢大學人文科學學報1：87－
　　　107　武漢

　1959　潮州方言　中華書局　香港

楊秀芳

　1982　閩南語文白系統的研究　台大博士論文　台北

潘茂鼎等

　1963　福建漢語方言分區略說　中國語文127：475－495
　　　北平

鄭良偉・謝淑娟

　1977　台灣福建話的語音結構及標注法　學生書局　台北

謝雲飛

1985　閩南語輕脣音音值商榷　台灣師大校友論文集（中）：
1325－1349　水牛出版社　台北

1987　語音學大綱　台灣學生書局　台北

1987　中古敷微二字母之音值再擬測　中央研究院第二屆國際漢學會議論文集　台北

1987　中國聲韻學大綱　台灣學生書局　台北

1989　麗水西鄉方言的音位　政治大學中華學苑38：1－68　台北

1989　麗水西鄉方言的詞彙　中華民國聲韻學會　台北

羅常培

1930　廈門音系　中研院史語所單刊甲種之4　北平

羅常培・周祖謨

1958　漢魏南北朝韻部演變研究：第一分冊　北平

從圍頭話聲母Φ說到方言生成的型式

雲惟利

一　圍頭人與圍頭話

　　香港新界居民所說的方言大別有兩種，一屬粵語，一屬客家話。其中操粵語的人自稱圍頭人，其方言則叫圍頭話。

　　《說文》：「圍，守也。」❶《公羊傳》莊公十年云：「圍不言戰。」何休注云：「以兵守城曰圍。」❷圍的本義當是防守。後來引申爲土木築成的防守壁壘，俗稱圍子，也叫土圍子或墻圍子。築圍當是爲了防備外來侵略。古代的城墻也便是因此而建的。

　　從明末到清末，廣東南部，山賊海盜十分猖獗。❸新界九龍一帶多山地，又處海濱，盜賊更加橫行不法。當地居民因而築圍以防盜。所以，屈大均的《廣東新語》中說：「路徑之險要，立爲寨圍，俾之戮力固守。」❹這寨圍的格局卽原自古城池。圍墻呈四方形如城墻。四角有炮樓和譙樓，墻外有一條壕溝如護城河。圍頭之名卽由此而來。

　　圍頭的頭字，於地名中甚常見，多用於小地方名，如河南嵩縣有潭頭，偃師有二里頭；江西泰和有橋頭，吉安有圳頭；福建漳州有東頭，晉江有圍頭；廣東東莞有南頭，惠東有澳頭，潮州有汕頭。頭字在粵語中甚常用，其用於地名尤其常見。就以新界來說，各處有不少村子便是以頭字來命名的，如：荃灣有油柑頭，青龍頭，屯門有井頭，流浮山有東頭，屏山有坑頭、橋頭，錦田

有水頭，沙田有黃泥頭、排頭，西貢有沙頭、屋頭、牛頭、樟木
頭、澳頭，粉嶺有簡頭，大埔有圍頭、大埔頭，上水有坑頭，沙
頭角有木棉頭、石橋頭，坑口有大環頭等。頭字的意義猶處也，
邊也。圍頭的本義當是泛指寨圍處，久而久之，便成爲專名了。
因而住在寨圍裏的人便稱爲圍頭人，所說的話便稱爲圍頭話了。

　　圍頭人的人口究竟有多少，目前并無確實的統計。新界地區
約有六百多條村子，其中絕大部分都是圍頭村，只有一小部分是
客家村。所以，圍頭人口當在幾十萬之數。

　　圍頭人和客家人都是從別的地方遷徙來新界的。圍頭人移居
新界的時間最早約在北宋末年，而客家人則晚至清朝康熙初年，
因爲圍頭人來的早，所以，新界的平原地區多給圍頭人佔據了。
客家人遲來，所以，多聚居山地。彼此界限分明，大有河水不犯
井水之勢。而早期更互相對立，時有紛爭。至今只有極少數圍頭
人和客家人雜居的村子。這不止是因爲彼此移居新界遲早不同所
致，更是因爲彼此的風俗習慣、歷史傳統和方言都不同的緣故。

　　圍頭人和客家人移居新界的時間雖然先後不同，而遷移路線
却大致相同，主要都是從北方南下的。

　　圍頭人中有七個大族❺。從其族譜看來，其移居新界的路線
有三條：

　　其一，北線從江西南下新界。七大族中勢力最大的是錦田鄧
族。其先在江西吉安府吉水縣，後移居廣東北部南雄縣，於北宋
崇寧年間移居錦田。新田和大埔的文族，先人原居四川成都，五
代後唐莊宗時移居江西廬陵（吉安）縣；南宋景炎年間移居廣東
惠州，不久卽避亂至新界。屯子圍一帶的陶族，祖先原居江西九

江，元朝末年南遷潮州，再遷入新界。

其二，東線從福建及粵東移居新界。粉嶺彭族，其先人在南宋末年淳祐年間原居福州，後移居潮州揭陽縣，再移居新界。上水的廖族，原居福建，元末南遷入新界。元朗的林族，也原居福建，後移居新界。

其三，西線從附近各縣份移居新界。七大族中的侯族，原籍廣東番禺，於宋朝移入新界，散居在河上鄉、燕岡，丙岡、金錢村一帶。

另外，有一些較小的姓氏，如上村黎族，元朗田心村陳族，羅湖村袁族，都是從東莞移居新界的。又如元朗吳族及鳳池鄉陳族，則是從粵北南雄移來新界的。

這三條移民路線之中，北線是最主要的。從其他兩線來的圍頭人，如能細考其本原，可能也都來自江西。

雖然圍頭人的先祖或都是從外省移居新界的，但是，今天的圍頭人所說的土話却是屬於粵語。雖屬粵語，其語音系統却是別具一格的，跟其他縣份的方言各不相同。到底這圍頭話是怎麼來的呢？至今尚未清楚。

新界地區，在唐朝的時候，歸東莞縣管轄，而隸屬於廣州府。宋元兩代因之。那個時候，新界地方荒涼，人烟稀少。明朝洪武年間，由東莞縣分出新安縣，新界地區則歸新安縣管轄。清代大抵如此❻。民國初年，改新安爲寶安，界域不變。從歷史沿革看來，圍頭話的形成，當和寶安話、東莞話、廣州話有關，而影響較大的可能是東莞話。今日的圍頭話和這三種方言都不一樣。不過，却大致可以通話。

　　圍頭話的語音有一些特別的地方。這裏只想就其聲母 Φ 來說一說，幷由此說到方言生成的型式，再囘過頭來看圍頭話，或更可進一步了解其來歷。

　　本文中所說的圍頭話以新界北部新田村的爲準。村中居人全姓文，是文天祥家族的後人。又自稱所說土語爲新田話❼。

二　圍頭話聲母 Φ 的來源

　　圍頭話的聲母 Φ 是個雙脣清擦音，而別的粵語方言，如廣州話、東莞話、寶安話中，與此相應的却是個脣齒音 f。圍頭話旣屬粵語，又在粵語區內，何以有此獨異之聲母，頗可疑問。這個問題當從歷史和地理兩方面來考察。

　　先從歷史方面來考察。

　　圍頭話中從 Φ 的字實比別的粵語方言中從 f 的字爲多。兩者並非完全相應的。如與中古音相比較，可見兩者的來源幷不完全相同。以下先把圍頭話中從 Φ 的一些常用字，依所屬之中古聲韻列成一表，再加以說明。

	平	上	去	入
非 虞〔遇合三〕	夫	府		
廢〔蟹合三〕			廢	
微〔止合三〕		非飛	匪富	
尤〔流開三〕				法髮發
凡乏〔咸合三〕				
元月〔山合三〕		反		
文物〔臻合三〕	分	粉	糞	
陽藥〔宕合三〕	方		放	福蝠複
東屋〔通合三〕	風楓			
鍾燭〔通合三〕	封			
敷 廢〔蟹合三〕			肺	
虞〔遇合三〕	俘孵		泛	
凡乏〔咸合三〕				發
元月〔山合三〕	翻			
陽藥〔宕合三〕	妨	紡		
東屋〔通合三〕	豐			覆
鍾燭〔通合三〕	蜂鋒	捧		
奉 虞〔遇合三〕	符扶芙	父	附	
廢〔蟹合三〕			吠	
尤〔流開三〕	浮	婦		
凡乏〔咸合三〕	凡帆	范範犯		
元月〔山合三〕	煩		飯	罰
文物〔臻合三〕	枌憤	憤念	份	佛
陽藥〔宕合三〕	房防			
東屋〔通合三〕	馮	鳳		服復
鍾燭〔通合三〕	逢縫			

溪	戈	〔果合一〕	科棵		課褲	
	模	〔遇合一〕		苦	褲	
	咍	〔蟹開一〕	開		塊	
	灰	〔蟹合一〕	恢			
	寒曷	〔山開一〕				渴
	桓末	〔山合一〕		款		闊
曉	戈	〔果合一〕		火	貨	
	麻	〔假合二〕	花		化	
	模	〔遇合三〕		虎		
	灰	〔蟹合一〕	灰			
	微	〔止合三〕	揮輝			
	寒曷	〔山開一〕			漢	
	桓末	〔山合一〕	歡			
	魂沒	〔臻合一〕	昏婚			
	文物	〔臻合三〕	薰		訓	
	唐鐸	〔宕合一〕	荒慌			
匣	模	〔遇合一〕	胡壺乎	戶	護	
	咍	〔蟹開一〕		旱	害	
	寒曷	〔山開一〕	寒	旱	汗	

　　從上表中所列各字的來源看來，有三個較顯著的特點：

　　㈠　屬於非敷奉三個輕脣音的字，現代方言一般多讀 f ；別的粵語方言也是如此，而圍頭話則讀相應的Φ。

　　㈡　屬於溪曉兩母的字，廣州話合口的讀 f ，開口的讀 h ；寶安話和廣州話一致，只有「漢」字讀 f ，算是例外；東莞話則一律讀 f ；❽圍頭話一律讀Φ，與東莞話正相應。

　　㈢　屬於匣母的字，廣州話合口的讀 w ，開口的讀 h ；寶安話合口的讀 f ，開口的有的讀 f ，有的讀 h ；東莞話一律讀 f ；❾圍頭話則一律讀Φ，也正與東莞話相應❿。

　　就二三兩點看來，圍頭話和東莞話之間應有較密切的關係。然而，圍頭話的聲母Φ却與衆不同，跟別的粵語方言并不一致。這樣看來，圍頭話在形成之初，粵語之外，應該還受了別的方言的影響，并不是單單由一種方言土語變來的。

　　現在再從地理方面來考察。

　　溪曉匣三母的合口字和非敷奉三母所屬的字，北方方言大多能分別，而南方的湘、贛、閩、粵、客方言大多混而不分。這是南北方言一大差異。

　　跟圍頭話相毗鄰的，除了東莞和寶安這兩種粵語方言之外，還有新界的客家話。表面上看來，圍頭話也可能受了客家話的影響。不過，圍頭人和客家人歷來并不和睦，互不往來，圍頭話即使有受客家話的影響，恐怕也微不足道。

　　跟粵語區較近的，客語區而外，便是閩南語區了。閩南語區中有些地方的土語（如文昌話）也有聲母Φ。但是，畢竟離開新界較遠，又缺歷史淵源，圍頭話大概也不會受閩南話影響的。

　　圍頭人在定居新界之前，有一些曾居留粵北南雄縣。此處與江西接壤，是贛、粵、客三種方言交會之地。境內方言複雜奇特。似較近於贛方言❶。由南雄南下的圍頭人，其原本的土語可能就受過贛方言的影響，并且隨後也影響了圍頭話。

　　據新田村文氏族譜，其先祖於宋朝末年率領族人經惠州（客方言區）到寶安，直到明初宣德年間才移居新界。在寶安經歷了五世，約一百五十年，是否已改說寶安話，不得而知。南下惠州之前，文氏家族定居江西吉安縣富田鎮，經歷了約三百五十年。吉安縣屬於贛方言區，而縣南則與客方言相連❶。贛方言以南昌話為代表，而南昌話中正有聲母Φ❶。文氏的先人在吉安時是否已改說贛語，當然也無從推考。不過，圍頭人的祖先既有好些是從江西移來的，那末，圍頭話的聲母Φ便很可能是從贛語來的了。

三　方言生成的型式

　　從圍頭話聲母Φ的來源聯想到另一個問題，即方言生成的型式問題。

　　圍頭話是由外地移民定居新界以後才生成的。實則所有的方言都是因移民而生成的。其生成的經過繁複綿長，不是一朝一夕的事。其中包含兩個根本因素，一是時間，一是地域。時間太短，不足以形成一種新的方言；沒有地域分隔，新方言也無從產生。所以，方言生成的型式問題也可以從歷史和地理兩方面來考察。

　　先從歷史方面來考察。

　　究竟古代方言是在何時形成的，今已無可稽考。但是，可以

想見,早在商周之前,各地便應該有不同的方言了。因為語言是會在不知不覺間起變化的。即使中原人本來只說一種話,但是,後來散居各地了,各有方言便在所難免。按方言生成的歷史,可分為三種類型。

㈠ 自生型

方言都有自生的能力。如無外來的強大影響,方言都能自存。遠古時代,各地的方言應都是自然生成的。說同一種話的人,或因人口增多了,居住的地方不足,或因天災人禍,而向外分散。生活環境不同了,所見所遇都不一樣。於是,生活的習慣漸漸變了;說話的習慣也漸漸的變了;舊的花樣減少了,新的花樣增多了。又不相往來,原本是同一種話,遷移各地後,變化不同,快慢有別,久而久之,便各自成為不同的方言了。所以,即使是在上古時代,中原地區的方言也一定不少。

方言自生,須有適當的分隔。小國寡民,老死不相往來的社會,不受外來的影響,或是部族之間雖偶有接觸,而彼此間的影響極小,方言最易自然生成。

中國古代,人民安土重遷,性格較保守。也沒有一個地方的人會無緣無故的歡迎外族人來共居的。方言有團結同族人的力量。所以,客家人的祖先有兩句遺訓說:「能賣祖宗田,不忘祖宗言。」人與言是互相依存的。人亡則言亡,言亡則人亡。方言可以增強同族人的內聚力,也正因此,方言有極強的自生能力。

愈到後來,各地人的交往愈多,方言所受的外來影響愈大,純是自生的方言便愈來愈少了。新出的方言大多是他生型的。但

自生力仍是方言生成的主要因素。沒有了自生的力量，方言便會絕滅。客家人南遷之後，客家話便全靠這自生的力量而得以保存下來。今天的客家話，以粵北、贛南、閩西一帶爲大本營。此外，又隨客家人散佈各地。星羅棋布，如海中孤島，例如，四川華陽涼水井客家話，海南儋縣客家話，廣東中山縣五桂山客家話等，不勝其數。這許許多多個地方的客家話都因爲彼此分隔，變化不一，而各自生成不同的方言了。既與粵北梅縣的客家話不同，也和中原老家的古語今言不一樣了。其他方言中也有分散各地的。如海南儋縣和崖縣的官話，廣東中山縣三鄉和隆都兩地的閩南話，四川達縣的長沙話等。這類離鄉別井的方言，都全靠其自生的能力而不至於滅絕。同一個方言區中的各種大大小小的方言土語，也多是因爲分隔久了而自然生成的。

各種方言中，最足以代表中國民族和文化的，莫過於客家話了。雖四出流徙，而祖先的語言仍然保存不絕。從客家話的自存正可以看出中國民族和文化的堅韌性來。

㈡　**他生型**

方言也如生物一樣處於物競天擇，適者生存的世界。彼此競爭，互相影響。其關鍵仍在於移民。無論是移進或移出，都能影響方言。其影響之大小則隨時間之長短與人數之多少而定。人數多，影響自然大，時間長了，便會生出新的方言來。

移民到了新的地方，當然也帶來原居地的方言。跟移居地的方言相接觸後，難免互相影響，而逐漸形成新的方言。這新方言跟原居地的方言當然不同，跟移居地的方言也不盡一樣。至於這

新生的方言到底跟原居地的方言相近些，還是跟移居地的方言相近些，那就要看所受移居地方言的影響有多大了。依照這影響的大小，新方言產生的方式又可以分爲兩種：

其一，娶進型。

如果移民的人數衆多，或者文化和經濟的力量較強，其內聚力大，足以自成一個社會，那末，其方言便不易受移居地土語的影響，而可以在新地方生根。但是，因爲和本地人雜居一處，受其土語的影響，便在所難免，只是并不爲其所同化，而仍保存原居地方言的面貌。不過，這點點滴滴的影響，時間久了，積少成多，再加上自然的變化，便跟原居地的方言不一樣了。這樣的例子甚多。如：四川東北的儀隴縣，清朝初年有湖南永州零陵縣人移居於此，形成一個小型的湘方言區。但是，四周給四川官話圍住，因而儀隴的湘方言便漸被同化了。不過，至今新城鄉一地居人仍操湘語，自稱其方言爲永州腔（也叫新城話）。這永州腔也受了四川官話的影響，但仍然保存湘方言的特徵。當然跟其祖籍的方言已不一樣了❶。又如湖南西部受到從湖北和廣西來的官話入侵，形成了一個官話區。但是，區內有些地方的官話帶有湘語的特徵，如黔陽和會同兩縣的官話便是。這顯然是外來的官話受本地的湘語影響所致。湖南東部與江西交界，自宋代以來就有大批江西人移入湖南各地，而湘東尤多，形成一贛語區。區內好些地方的贛語，如今都有湘語的特徵，如臨湘、岳陽、平江、瀏陽、醴陵各縣的贛語便是。這當然是外來的贛語受本地湘語的影響所致❷。

除了受本地方言的影響之外，有的地方可能還受外族語的影

響。如海南島的閩南話就很可能受過黎語的影響。實則南方幾種主要方言，如吳、湘、閩、粵語，其形成之初，可能都受過外族語的影響。

其二，嫁出型。

如果移民的人數不多，或者文化和經濟的力量較弱，其內聚力小，不足以自成一個社會，那末，其方言便易受移居土語的影響，而難於在新地方生根了。其抵抗力弱的，便會為移居地土語所取而代之，不留痕跡；其抵抗力稍強的，則可以給移居地土語一些影響。雖然最終還是融入本地話之中了，却也留下一些痕跡，或多或少改變了本地話的面貌。這一類例子也很多見。如：杭州話原本屬於吳語。自南宋定都臨安後，有大批北方人移居杭州。不過，這些北方移民都聚居城中，城外四周都是吳語範圍。北方移民所帶來的方言終於敵不過杭州話，而為杭州話所同化。但是，北方話的語詞并未消失。所以，現在的杭州話，語音是吳音，而詞匯則與官話大致相同。這樣一來，外來的官話雖然給本地的杭州所同化，却使杭州話變的跟別的吳語方言不很一致了。這類不同方言間的融合現象，在湘方言區內尤其常見。如湘北的湘陰和寧鄉兩縣，湘南的新化和綏寧兩縣，湘東的汝城縣，都受贛語侵略。這幾處的方言，湘語和贛語的特徵便大致相當。湘北的沅江縣，湘南的邵陽和新寧縣，湘西的漵浦和通道兩縣，湘東的寧遠、道縣和永明三縣，都受官話侵略。這幾處的方言，湘語和官話的特徵也大致相當 ⓰。這是因為外來的方言力量不夠強大，不足以同化本地方言，而本地方言的抵抗力大，始終守住自己的地盤。最後則平分秋色，兩相融合了。有的地方話還是由三種方言

融合而成的。如湘南的湘鄉，湘東的常寧、資興、藍山等地的方言，都有湘語、贛語、官話的特徵，不相上下。其中湘語是本地話，贛語和官話都是外來的。官話和贛語都無法同化這些地方的土語，最後便合而爲一了；使到這些地方的土語有了新的面目，跟別處的湘語不一致了。

　　方言之間的融合，是嫁是娶，得看站在哪一邊來說。上文是站在移民原居地方言這一方來說的。這是關聯雙方的事，在這一方是嫁，那一方是娶；這一方是娶，那一方便是嫁了。無論是娶進還是嫁出，這融合而成的方言都不是自然生成的，而是本地話受外來方言影響後生成的。自生型方言有賴適當的分隔，他生型方言則依靠融合。他生型的方言仍可見方言自生的能力，而分隔也還是一個重要的因素。就是兩種或三種方言接觸後，共處一地，與別處的方言分隔開來，而最終相融合了。如無適當的分隔，則不同的方言就是接觸了，也不易有持久的影響，而新的方言也就難於產生了。如現在交通方便，人口移動頻繁，方言間的接觸也愈多，但是，沒有適當的分隔，再加上遷移的人口不易集中一地，而方言不同的人又可用國語交談，新的方言便難得一見了。

(三) **轉生型**

　　所謂轉生，是指一個地方原有的土語消失了，轉而通行另一種方言。這關鍵也是在於移民。要是移民的人數眾多，文化、政治、經濟的力量又超過移居地人，那末，外來的移民便會反客爲主，其方言則勢必取本地話而代之。如南京和鎮江一帶地方，本屬吳方言區。自西晉末年永嘉之亂後，有大批北方人移居南京一

帶，其中有許多是士族。南京隨後成爲新的首都。南下的北方人
比本地人還多，而又財雄勢大，本地人終敵不過而被同化了。官
話也就取本地話而代之。又如湖南，本屬湘語區。自唐代中葉安.
史之亂後，有大批中原人移居湘西。澧水流域諸縣，安鄉、澧縣、
臨澧、石門、慈利、大庸、桑植、龍山，以及沅江下游的漢壽、
常德、桃源三縣，官話都取湘語而代之。再往南，沅江中上游
地區，官話的力量稍小，而湘語才得以和官話融合。這都是外來
方言仗移民之勢以取代本地土語的例子。

　　有時，外來方言取代本地土語，并非倚仗移民的力量，而是
通過教育和文化來滲透，逐步吞沒本地話。例如香港歷來屬於東
莞縣和寶安縣，其主要的方言原是東莞話和寶安話；澳門本在中山縣
內，其主要方言原是中山話（石歧話）。此外，港澳兩地原本有
不少閩南移民，澳門的歷史和閩南人關係尤其密切。可是，現在
港澳兩地通行的方言都是廣州話。原來的各種方言都給吞沒了。
廣州話之所以通行港澳兩地，主要是因爲廣州是廣東省的首府，
是政治和文化的中心，廣州話便成了省內的雅言。港澳兩地的學
校都以廣州話教學，電影、戲曲、廣播都用廣州話。所以，廣州
話便漸漸成爲港澳兩地的通語了。這種情況在同一方言區的城市
中最易見。

　　外來方言取代本地土語，其實只是方言向外擴大其地盤，而
并不是生出新的方言來。不過在向外擴張之後，卻可能在移居地
和原居地分別演變成不同的方言。

　　在外來方言取代本地土語之前，應有一個雙語并用的時期。
大約得經過一兩代人之後，本地土語才會漸漸消失的。不過，雙

語幷用倒不一定會導致本地話消失。比方湖南東南方諸縣受官話侵略，這些地方都湘語和官話幷用。如臨武縣，本地人説街頭話，跟外地人則説官話❼。至於官話最終會不會取代湘語呢？那很難説。也許會融合爲一的。

有時，外來方言幷無能力取代本地土語，而只能自存。這情形也會雙語並用。如四川達縣的湘語移民，對內説長沙話，對外則説白話（四川官話）❽。達縣的湘語，人少地盤小，爲官話所包圍。所以，湘語移民也得説官話以圖存。如果有一天，這裏的湘語和官話融合成一種新的方言，那便屬於上文所説的他生型了。

現在香港新界居民也是雙語幷用的。新界的圍頭人，在家裏説自己的方言，出門則説廣州話。目前，新界正快速城市化，廣州話的力量太強大了。就目前的趨勢看來，只消再過一兩代，新界的圍頭話和客家話就會完全爲廣州話所取代了。

這種雙語幷用的情況，純是出於自然演變和實際所需，而非由於政策；但是，有時政策也可能導致一種方言取代另一種方言，或生出新的方言來。例如新加坡提倡以華語取代方言。所謂華語，就是中土的國語。新加坡的華人祖籍多在長江以南，以閩粵客人居多。通常也都會説兩三種方言。所説華語便難免帶南方口音。這口音不是個別的，也不是少數人的，而是相當普遍而穩定的。要是這口音能代代相傳的話，新加坡的華語便會成爲新的官話方言了。

其實，中國各地人所説的國語都帶口音。這口音又隨方言而異。只要方言仍然存在，口音便不會消滅。説標準國語的人，只是絕少數。所以，帶不同口音的國語，代代相傳，實在是不同的官

話方言了。這樣子產生的官話方言，跟上文所說的他生型方言并沒有什麼差別。

　　他生型的方言，如果其語音是融合他種方言而來的，則形成之初，必是出於口音。通常所說的口音都是個別的，或少數人的，短暫而不穩定。在他種方言的範圍內，口音很難維持到第二代。如五十年代初，有不少上海人移居香港。他們的文化和經濟力量都很大，但是，人數遠比本地人少。所以，上海話在香港不通行，而上海人也都得學香港話。他們所說的香港話都帶很濃重的上海口音。但是，他們在香港出世的子女，便都說地道的香港話了。從其他地方移居香港的人，情形也都如此。如果這些外來移民，人數衆多，又自成一區，那末，他們口音濃重的香港話便能代代相傳，而成爲新的方言了。圍頭話便應是這樣形成的。

　　以上是從歷史方面來考察方言生成的型式。以下再從地理方面來考察。

　　方言的地理型式是按其分佈地域的形態來說的。大致說來，也可分爲三種。

㈠　孤立型

　　這個類型，通常人口少，而集中在一小塊地方，四周爲別的方言所包圍，呈點狀分佈。當初由外地移民帶來。移民自成一個社會。其方言也得以保存，獨處一隅，如海中孤島，四川境內的客家方言便都是這樣分佈的。散落各地，有幾十處之多。人口多少不等，少的如威遠縣的石坪鄉，只有幾百人，多的如隆昌縣，有二十幾萬人⑩。客家人除了在粵北贛南閩西一帶人口較多，地

盤較大之外，在其他地區多是分散而居，其方言多屬於孤立型。
別種方言也都有孤立型分佈的。如廣西境內約有十幾萬閩南人，
散居在東南北部十餘縣，其人口較多的是桂平和平南兩縣之間，
約六萬人，其人口較少的如南方的合浦、博白、玉林、欽州、邕
寧、賓陽、來賓諸縣，北方的融安、南丹兩縣，都不足一萬人❹。
全屬孤立型。

在同一個方言區內，土話向外擴大其地盤，也可能成孤立型
分佈。如廣州話侵佔了香港和澳門，但港澳兩地的周圍地區的方
言都和廣州話不同。雖然香港人口有幾百萬，澳門也有幾十萬，
但就其方言的地理形態來看，却是屬於孤立型。

㈡ **斷續型**

這個類型的範圍比上述孤立型土語要大的多，實由許多土語
組成。通常人口都不少，但并不集中在一處，而是斷斷續續的呈
虛線狀分佈。連起來如串珠，成一條方言帶。在多山地或少數民
族聚居的地區，方言往往成斷續型分佈。如廣西省境內，既多山
地，又有少數民族聚居。各種方言雜處交錯。其中，官話和平話
都是斷續型分佈的。官話主要分佈在桂北，集中於城鎮。從興安
南下，經靈川、桂林、臨桂、陽朔，直到柳州，再西轉到河池。
幾乎是沿着公路和鐵路線分佈的。平話則分幾條線。其中一條北
起靈川，沿鐵路線南下，經鹿寨、柳州、直到南寧，是貫穿南北
的主線。此外，從桂林沿公路線向東南，經陽朔、平樂、鍾山，
直到賀縣和富川，是一條支線。從柳州沿融江北上融水和融安，
也是一條支線。從南寧沿水路往東南西，成三條支線。往東沿邕

江到橫縣；往南沿左江到龍州；往西沿右江到百色。平話的地理形態是最有代表性的斷續型❹。雲南貴州兩省屬西南官話區。境內也多山地，也有其他民族聚居。西南官話主要集中在城鎮，也多是沿鐵路公路線而斷續分佈的。散佈於西北的官話，情形也大致相同。

斷續型的方言帶，可以延伸甚長。最突出的是閩南方言帶。從閩南地區，經韓江流域，沿廣東海岸南下，到雷州分兩條支線，一條南下海南，一條西入廣西東南地區。另一頭也分兩條支線，一條向東過海到台灣，一條向北到浙江南部平陽、蒼南、洞頭、玉環等幾個縣。這條方言帶南北長達三千里，但并不是連續的，中間爲粵語和客家話所切斷。分佈的地方，小者如珠，近看是孤立的，遠看實在方言帶上，如中山縣內的三鄉、南蓢、隆都等處；而大者成片，較可觀的有五片。其中三片較大，最大的是從閩南伸延到粵東韓江下游這一片；其次是台灣和海南兩片。另外兩片較小，一片在陽江縣西南至電白縣，一片在雷州半島東南部。至於浙江南部和廣西東南部的閩南話，分佈較零散。雖然整條閩南方言帶看來支離破碎，其間實在是一線牽連的。

㈢　**連綴型**

這個類型，人口衆多，而又集在一區，其中包括許多方言土語，連綴成一大片如網，呈面狀分佈。幾個大方言區便都如此。官話之在江北，吳語之在江浙，贛語之在江西，湘語之在湖南，閩語之在福建，客語之在粵北贛南，粵語之在兩廣，都各自形成一大片，是各大方言的大本營。

　　大方言區內雖然分化成許多方言土語，但是，仍有共同的方言特徵。再加上區內居人都有相同的歷史傳統，風俗習慣，所以，其內聚力大，對外的抵抗力強，不易爲外來方言所侵略，比較穩定。還可以藉移民向外拓展，如閩語之向浙南、台灣、雷州、海南等地擴張。不過，要是外來方言的力量強大，則連綴型方言區也還是會被侵略的，如湘西和湘東之受官話和贛語所侵略。至於斷續型和孤立型，其抵抗力較薄弱，較易爲近鄰別的方言所同化。

　　現在再說囘新田村的圍頭話。

　　新田文氏的祖先從成都移入江西吉安後，定居了三百多年才南遷廣東。這三百多年雖不是很長的歷史，却足夠讓一種方言起很大的變化，也足夠改變一族人的方言習慣而有餘。雖然這些從成都來的移民，是否放棄成都話，改說贛語，不得而知，但是，即使他們有很強的內聚力，足以使成都話在贛語區內成一孤島，也難免受贛語的影響。不管文氏的先人遷居新界時說的是何種方言，後來却是和東莞話融合了。但并不是完全改說東莞話，而是帶自己的口音的。這口音代代相傳，便成爲圍頭話。現在圍頭話的聲母 ɸ 并不見於鄰近的粵語方言，應就是這口音的痕迹。其來源則可能是贛語。

四　餘　論

　　方言因分隔而生成，因接觸而融合。每一種方言都有自存的能力，但在與別種方言接觸後，能否自存，就要看其內聚力和抵抗力的大小了。不同的方言同處一地，接觸頻繁，相互融合，在

所難免，而結果總是力強者勝。內聚力和抵抗力小的方言極易於被同化。

各地大大小小的方言共有多少，至今無法確知。鄉村地方，每隔一二十里，方音便往往有別。各地方言之所以如此繁多複雜，便是由於分隔與融合而生出種種變化所致。圍頭話便是外來方言與本地粵語相融合而成的。但是，其粵語的特徵多，而外來方言的特徵少。可以想見，其形成之初，粵語的力量甚強大，而外來方言勢單力薄，寡不敵眾，因而給粵語同化了。不過，新界的客家人其人數比圍頭人要少的多，而客家話却能自存，不爲粵語所同化，正可見客家話的內聚力和抵抗力要大的多。

歷來不知道有多少力量單薄的方言，在跟別的方言融合後消失了。有的在融合後還留下一些痕迹在新的方言，如圍頭話；有的給淘汰了而無影無踪。圍頭話自形成以來，少說也有幾百年了。然而，往後還能自存多久呢？這就很難說了。

廣州話仗其政治、文化、教育各方面的力量侵佔香港和澳門兩地。現在再借助港澳兩地的經濟力量，日漸同化鄰近各縣的方言。新界地區早就通行廣州話了。不過，新界多鄉村，圍頭人也還能維持自己的社會、風俗習慣和方言。對內說圍頭話，對外說廣州話。然而，這個雙語幷用的局面還能維持多久呢？廣州話的力量日益強大。正所謂形勢比人強，年輕一代的圍頭人已不怎麼願意說圍頭話了。再加上新界鄉村經濟基礎日漸改變，再也不能獨立了，得依賴市區；而近年來新界正逐漸城市化，許多鄉村都給破壞了。圍頭人的社會、風俗習慣和方言也不能不改變了。這些都是廣州話將會取代圍頭話的先兆。看來，只需再過一代，圍

頭人便難於維持自己的社會了。圍頭話之給廣州話所取代也只
是遲早的事。

附　註

❶　段玉裁《說文解字注》二八一頁。台北藝文印書館一九六六年版。

❷　《春秋公羊傳注疏》，《十三經注疏》本二二三一頁。北京中華
　　書局一九八〇年版。

❸　見《新安縣志》卷四和十三，《東莞縣志》卷三十二，及《大淸
　　聖祖仁宗皇帝實錄》卷十。

❹　《廣東新語》卷七《人語》二十三條《盜》二四九頁。香港中華
　　書局一九七四年版。

❺　參看陳毓《圍頭之歷史及其社會特點》五至九頁。澳門東亞大學
　　碩士學位論文。

❻　參看李吉甫《元和郡縣圖志》卷三十四嶺南道一，《宋史》志第
　　四十三地理六，王存《元豐九域志》卷九廣南路，《大淸一統志》
　　卷百六十四廣州府，陳伯陶《東莞縣志》卷一沿革，王崇熙《新
　　安縣志》卷一沿革志。

❼　去年暑假到新田村調查圍頭話時，得文權醮和文幸福兩位先生的
　　幫忙，謹此致謝。文權醮先生時年七十一，文幸福先生時年四十。
　　兩人都是在新田村出世的。

❽　參看詹伯慧等編的《珠江三角洲方言字音對照》第九、二四、三
　　四、三五、四七、六〇、六二、一二〇、一二一、二〇六、二三
　　七頁。香港新世紀出版社一九八七年版。

❾　見同注❽，三五、三六、六二、二〇六、二〇七頁。

❿　溪曉匣三母所屬的開口字，無論廣州話、東莞話、寶安話、圍頭
　　話，都以讀 h 爲正例。這二三兩個特點中所說的開口字，只限於
　　表中所列的幾個字，并非泛論。

⓫　參看易家樂《南雄方言記略》，《方言》一九八三年第二期，一
　　二三至一四二頁；梁猷剛《廣東省北部漢語方言的分佈》，《方

言≫一九八五年第二期，八九至一〇四頁。北京中國社會科學出版社出版。

⑫ 見顏森≪江西方言的分區≫，≪方言≫一九八六年第一期，十九至三八頁。北京中國社會科學出版社出版。

⑬ 見袁家驊等的≪漢語方言概要≫一二八至一三二頁。北京文字改革出版社一九六〇年版。

⑭ 見崔榮昌≪四川方言的形成≫，≪方言≫一九八五年第一期，六至十四。北京中國社會科學出版社出版。

⑮ 參看周振鶴與游汝杰的≪湖南省方言區畫及其歷史背景≫，≪方言≫一九八五年第四期，二五七至二七二頁。北京中國社會科學出版社出版。楊時逢≪湖南方言調查報告≫，台北中央研究院歷史語言研究所一九七四年版。

⑯ 見同注⑮。

⑰ 見同注⑮。

⑱ 見同注⑫。

⑲ 見同注⑭。

⑳ 參看楊煥典等的≪廣西的漢語方言≫，≪方言≫一九八五年第三期，一八一至一九〇頁。北京中國社會科學出版社出版。

㉑ 見同注⑳。

閩客方言與古籍訓釋

羅肇錦

一 前 言

　　方言是有別於「雅言」（中夏正聲）的方音，也是政教中心所用的「共同語」之外的地方語言。在漢以前，雖然有人看不起方言（如孟子稱楚語「南蠻鴃舌」），沒有留下方言的著作，但從典籍的記載可以知道，周秦時候就已經有官方派「輶軒使」到民間採集方言俗諺的風氣，而且採集回來後，都由政府派人登錄珍藏。可惜「秦火」之後，都「遺棄脫落」，無一存焉❶。從此以後，由官方蒐集方言的風氣就蕩然無存了。

　　因此，方言著作的第一部，當推漢揚雄的《輶軒使絕代語釋別國方言》，簡稱《方言》，我們從他的〈答劉歆書〉可以知道，他是用假借（用同音字記方言）的方式，記下來自全國各地的孝廉和衛卒的口頭詞彙，然後加以整理，成就這本方言詞彙的比較集❷。不過，我很懷疑揚雄早就擁有不少「秦火之餘」的方言資料，然後趁在「天祿閣」校書之便，加上一些當時用「漢字記音」的方式所蒐集的資料，滙編而成的。否則書中所記，包括秦、晉、韓、魏、趙、燕、齊、魯、衛、宋、陳、鄭、周、楚、吳、越等國、又跨幽、冀、幷、豫、青、兗、徐、揚、荊、雍、涼、梁、益等州，不但地域廣潤、記錄詳細令人嘆服，而且說明詞彙流行區域時，語多肯定。依其說明，已經可以畫出分布圖了，這些成

果，光靠一人記錄似乎有困難。

　　除了揚雄《方言》算是第一部私人的方言著述而外，傳統方言學的其他著述，也都是私人著作，而且時代都延後到清代才開始，從杭世駿的《續方言》到章太炎的《新方言》《嶺外三州語》都是傳統方言學的時期❸，接著是一九二○年到一九五○年之間，用西方描寫語言學方式描寫記錄各地方言，拿它來和切韻音系做比較，尋找從古到今的音變規律。這階段著述的第一部是趙元任先生的《現代吳語的研究》，其後有《湖北方言調查報告》（1948年）是一部最大部頭的方言記錄，而且有詳實的方言地圖之後陸陸續續的出版許多不同地域方言的研究著作❹。一九五○年以後的方言著作，大都拿方言與「國語」（普通話）做比較，北京大學還把以往記錄的資料，加以分詞分類，編成了《漢語方言詞彙》《漢語方音字彙》，以及袁家驊的《漢語方言概要》更是數十年方言調查資料的綜合性研究。一九七○年以後，方言研究進入與非漢語做比較的階段，如漢語與傣語，漢語與藏語的比較❺，而且在語音、詞彙和語法也各有進展，如語音的連調變化，方言構詞與詞彙和語法也各有進展，如語音的連調變化，方言構詞與方言語法的研究，都蓬勃地進行分析，使方言研究成爲中國語言的顯學。

　　台灣這幾年來，方言問題也因解嚴而漸受重視，但是外行的人往往誤解方言的意義，有的甚至站在泛政治的立場，對強調方言重要的人，加以撻伐，認爲重視方言就有製造分裂的嫌疑。持這種觀點的人，主要是沒有把方言放在文化的層次來論斷，才會提出那麼偏頗的看法。因此本文就以台灣現有語言環境中，閩客

兩大方言爲基礎，來看這些方言與古籍訓釋有什麼關連？從而讓
忽視方言的人，了解閩客方言在文化上有不可磨滅的價值。當然，
這些證明的認同，可能要略懂閩客方言的人，才能深刻的體會，
而且要對文化的現象有所了解的人更能認同，筆者不敢奢求大家
對本文觀點的贊同，只希望藉著本文的鋪陳，替閩客兩大方言做
個見證，

二　方言在訓詁中的意義

　　佛教從東漢傳入中國，歷魏晉唐宋而不衰，如今已深深融入
民間，因此到處都可以看到「南無阿彌陀佛」的標示，然而我們
如果以「國語」來唸它就不合它的誦法，必須以閩南話 nam bo
（南無），客家話 nam mo（南無）才切合它的本音，尤其客家
音是東晉到唐宋間的中原音，正是佛教盛行的年代，當時的翻譯
音自然與客家話不謀而合了。白居易的詩「晚來天欲暮，能飲一
杯無。」（問劉十九），其中的「無」字，唸 mo ，與閩客方言
的語尾疑問虛詞 mo 相同。像這種保留中古音的方言，可以輕易
的解釋一些「官話」所無法辦到的問題。

　　日本話中，漢語詞彙的讀音有三個來源：一個是吳音，一個
是漢音，一個是唐音。這三個系統的不同是因爲傳來的地區和傳
入的時代不同所造成的。吳音是唐以前的南方音，如「京都」的
「京」唸作ぎょう ；漢音是模仿唐代中原一帶的音，如「京畿」
的「京」唸けい；唐音是模仿宋、明、清時代的語音，如「南京」
的「京」唸きん ❻。以台灣閩客方言比對，閩方言接近吳音，客
方言接近漢音，主要是時代使然，而漢語在古代（中古以前）的

入聲都以收 - p - t - k 三個塞音尾爲主，所以今天日本語中，凡是收っ尾的字就是漢語收 - t 的字（如「殺」日語唸ちっ，「質」唸しっ），收く尾的字就是漢語收 - k 尾（如「學」日語唸かく「木」唸ふく），收ふ尾的字就是漢語收 - p 的字（如「答」日語唸たふ，「級」唸ぎふ），這種現象，如果以今天北平話去唸這些漢字，就完全沒有入聲韻尾，但是以閩客方言唸它則與日語的現象如出一轍：

	日語	閩語	客語	北平
殺	ちっ	sat	sat	sa
質	しっ	tsit	tsət	tsi
學	かく	hak	hok	ɕye
木	もく	bok	mɯk	mu
答	たふ	tap	tap	ta
級	ぎふ	kip	khip	tɕi

換言之，如果今天所有東南方言（粵閩客）都消失了，大家只會說共同語（北平話）時，日語與漢語早期的密切關係，就無從印證了。

茶，原產於我國西南一帶，早在詩經《邶風》篇就有這樣的記載「誰謂荼苦，其甘如薺」，這個「荼」字，就是今天通用的「茶」字，後來「荼」字變成「荼毒」之意，才有「茶」字的產生（有人說在唐代中期陸羽的《茶經》出現之前，「茶」一直寫成「荼」）。然而北平話「荼」與「茶」，一個唸 thu，一個唸 tsha，兩個聲韻完全無關，如果我們從北平話出發，就無法從

音韻上看出「茶」與「荼」的同源關係。但是從閩南話出發，「荼」唸 to，「茶」唸 te，聲母完全相同，聲調也符合，只是韻母由 o→e 而已。「茶」，宅加切，澄母字，澄母在閩南話仍唸定母 d-，清化後，閩南唸不送氣的 t-，而北平話濁聲母發送氣清音，唸成 tsha₃₅，客家話中古濁聲母，清化後都唸送氣清音，所以唸 tsha。「荼」，同都切，定母字，閩南唸不送氣清音 t-，客語唸送氣清音 th-，北平話唸送氣清音 th-，比較如下：

	上古	中古	閩南	客語	北平
茶（定）	d-	d-	t-	th-	th-
荼（澄）	d-	d-	t-	tsh-	tsh-

認清了「茶」與「荼」的變化，我們可以深深體會到，如果沒有閩南方言「澄母歸定」的古音現象，光從官話或客語的語音，就無法看出他們是同源的。另外現代英文「茶」叫 tea，法語叫 thé，德語叫 tee，都是源於閩南方言「茶」的讀音〔te〕，這也說明歐洲的茶葉是從福建輸送過去的。

以上「南無」唸 nam₁₁ mo₁₁，須借助方言的讀音，才能唸得正確；日本話促音的韻尾つくふ與漢語入聲相對應，須借助方言讀音，才能加以印證；「茶」「荼」本來同指一樣植物，須借助方言的讀音，才能了解它們同源。諸如此類的事例，可謂俯拾即是，在推行「共同語」的同時，我們不可忽略方言在與古文化銜接上的重大意義，否則沒有這些方言，就無法讓古今文化銜接在一起，也就是說沒有了這些方言，中國文化將發生斷層。

三 方言與古代典籍

目前通行的方言，除了官話之外，吳、湘、粵、閩、贛、客都是宋以前的漢語，它們保存了很多古聲韻成分，也保留了很多古漢語詞彙，甚而保有古漢語語法現象。根據這些方言，我們可以拉近語言與文字的距離，可以拉近語言的時代，讓現代人了解古代文籍的意義，讓現代人會念古代的字音，從而解決許多懸而未解的疑難。

例如現代人讀北朝的《木蘭辭》，開頭四句「唧唧復唧唧，木蘭當戶織；不聞機杼聲，唯聞女嘆息。」其中「唧唧」兩字，是指「織布機的聲音」，還是「嘆息聲」一直懸宕難解。如果解成「織布機聲」，那麼原文明明指出「不聞」機杼聲，解讀的人還認爲是機杼聲，未免玩笑開得太過；如果解成「嘆息聲」，那麼又與現實語言中的嘆息不符合，因爲今天不可能有人嘆息聲是 tɕi₅₅tɕi₅₅（唧唧）又 tɕi tɕi（唧唧）的。這個困惑的癥結在於大家都從「官話」（國語）的立場出發，所以無法接受 tɕitɕi 這種嘆息聲。如果我們從方言出發，一切疑惑就可迎刃而解，例如客家話形容一個人心情煩躁不安時不自覺發出的聲音叫做 tsit tsit tsut tsut，其中的 tsit tsit 就與「唧唧」非常吻合，因爲客語「卽」這個字就唸 tsit，與「嘖嘖」的「嘖」唸 tsit 同音，嘖嘖是一種狀聲詞（吸入音），唧唧也是同樣的狀聲，兩者有異曲同功之妙。加上客語是東晉後開始向南遷，唐末宋初才定名的方言，正好與＜木蘭辭＞的時代相等，我們可以確定「唧唧」是嘆息聲是可信的。而且北朝典籍如《洛陽伽藍記》常用「

唧唧」表示嘆息❼，唐代的儲光義❽，孟郊❾，張祐❿等的詩也都出現以「唧唧」表示嘆息的，大家耳熟能詳的白居易，他的＜琵琶行＞就說「我聞琵琶已嘆息，又聞此語重唧唧」，更清楚的證明「唧唧」是嘆息聲了。因此方言的存在，可以讓我們用活的語言去印證死的典籍，不容我們輕視。

又如中國文字的最重要典籍，許慎的≪說文解字≫，在他替六書所下的定義中，如果懂得閩客方言的人，可以更明確的看出許慎強調的重點在哪裡？他的定義是這樣的：

象形者，畫成其物，隨體詰屈，日月是也；
指事者，視而可識，察而見意，上下是也；
會意者，比類合誼，以見指撝，武信是也；
形聲者，以事為名，取譬相成，江河是也；
轉注者，建類一首，同意相受，考老是也；
假借者，本無其字，依聲託事，令長是也。

首先，每一個定義的末字都是押韻的，如果不懂方言光從「官話」出發，就無法了解「物」「屈」的韻是 - ut，「識」「意」的韻是 - ĭ，「誼」「撝」的韻是 - i，「名」「成」的韻是 -ang「首」「受」的韻是 - u，「字」「事」的韻是 - ï。其次「視而可識」的「識」在閩南方言有「熟悉」的意思，在客家話裡有「〔sət〕和〔tsï〕兩種唸法，唸〔tsï〕時等於「志」是記的意思，與「意」同韻；唸 sət 時是認識和曾經的意思，是入聲字，與「意」不同韻，所以「視而可識」是說看過後記住，再體察更清楚的意思，

所以說「察而見意」。從這樣的立場出發，我們才能眞正掌握古籍的用韻，古詞的深意，否則從浮面推測，終究有所不及。

又如《戰國策》在齊策中有一句「狗馬實外廐，美人充下陳」，其中「下陳」兩字，唐宋以後的學者，大都解成「下列」，以爲是「美人充斥在下面的行列中」，直把「陳」解爲「行列」。但是從閩南話出發，所得的結論可能就不一樣了。首先，我們要從修辭的立場出發，了解「外廐」與「下陳」是很工整的對偶，「外」和「下」是方位詞，「廐」和「陳」是處所詞，李斯〈諫逐客書〉說「飾後宮，充下陳」也是「後宮」與「下陳」相對言，可見「下陳」是指處所，而非指行列。其次，「下陳」所指的是什麼處所？我們可以從閩南語出發，「陳」字唸 tan$_{24}$，是「墀」或「除」的通假字，「墀」與「遲」同音，閩南唸 ti，「除」與「墀」同音也唸 ti，古辭所謂「丹墀」（如文選西京賦「靑瑣丹墀」，是指宮庭的台階），所謂「庭除」（如朱柏廬治家格言「黎明卽起，洒掃庭除」，除是指庭前台階）都是「台階」的意思，因此「下陳」應該是台階下面的意思，「美女充下陳」是指台階下充滿載歌載舞的美女，與「外廐」裡飼養許多肥碩的馬相對偶❶，從這樣的立場解讀古籍，我們可以想見古時有所謂「除……知縣」，今人所謂「眞除…」的「除」也就不必用「除舊官，任新官」來解它，只要解成「到達台階，接任新職」就更爲符合「除」的本意。

以上用客語解「嘽嘽」，可以肯定它是「嘆息聲」；用閩南或客家話解「六書」，可以清楚的知道它的押韻，又可以了解「視而可識」的「識」是別有見地的字；再用閩南「陳」「墀」「

除」的同音通假,可以明瞭「下陳」與「外廄」指的都是處所,
使我們對古籍的解釋有明確的方向,這是在古籍訓釋時不可不多
予注意的。

四 閩客方言與古籍訓釋的關係

前文略舉了閩客方言在古籍訓釋中的一些實例,目的是強調
這兩個方言,對古籍解讀有不可忽視的深意,下面就從字形,字
音,字義三方面,分別類舉閩客方言在這三方面,做古籍解讀時,
所扮演的關鍵角色,從而突顯出這兩個方言,在文籍解讀的重要,
並點出這兩個方言在文化上的積極意義。

1.閩客方言用字的解讀

漢字的結構,是世界現有文字中非常獨特的,它一直保存了
高度的形義關係,也就是說「六書」結構,都離不開「形」和「
音」兩個條件互用,它們結構的次序是「語言→圖畫→象形→指
事→會意→形聲→假借→轉注」,可以分成五個層次:

第一層:音形分立(語言→圖畫)

第二層:音形結合(語言+圖畫→象形)

第三層:加形造字(加半形→指事,加全形→會意)

第四層:借音造字(借半音→形聲,借全音→假借)

第五層:音義互用(音義綜合→轉注)

這五個層次中,第一到三層是較基本的造字法,四、五層則
運用廣變化多,後代會發生歧義或混同,就出在這兩層,尤其時
代久遠,字音改變以後,就難以辨別。閩客方言裡的用字,往往
停留在前三個層次,所以混淆借用的情況沒有官話那麼嚴重,我

們可以抓住這種特色，來幫助我們解讀印證古籍。例如「必」這個字，本形就是「四分五裂」的樣子❷，所以閩南話「必一孔」「必開」，客家話「必壢（皸裂）」，都是取其「分裂」的原義，說又「必：分極也，從八弋，八亦聲。」閩客用「必」字，合乎「說文」本義，比用官話「必須」「必然」的引伸義，更能切中原義。

「奀」，客家話唸 tse31，指醜陋不好看，從不從大，是加全形的會意字，意謂「不大」則不好看，與「羊大」爲美成對比。另外「奀」又可以唸 tsï，指幼小的意思，如水果未成熟稱tsï31（奀），孩子發育未成熟也稱 tsï31（奀）❸。

「鼻」，客家話「鼻」除了以「鼻公」表示鼻子而外，又可以單獨用「鼻」phi55 來表示「聞」的動作，這是用文字本形轉用爲動作。這種用法在古籍中常常出現，如≪公羊≫莊公十三年「曹子手劍而從之。」是以手指物叫手，≪法言≫：「子胥抉目東門曰眼之。」是以眼視物叫眼，＜西京賦＞「鼻赤象」是以鼻聞物。

「頷」，客家話「頷」ngam31 是點頭的意思，從頁含聲，≪左傳≫「逆於門者頷之而已。」即指「點頭」的意思，所以從「頷」字形旁就可知道它是頭部的動作。

其他如「羴」客語唸 hien，指氣味，≪說文≫「羴，羊臭也，從三羊」段注「臭者，氣之通于鼻也。羊多則氣羴，故從三羊。」可見「味道」是從羊多而產的臊味所引伸出來的。「麤」客家話唸 peu24 是「跳」的意思，≪說文≫「麤，行超遠也，從三鹿。」段注「三鹿齊跳，行超遠之意」鹿膽小易受驚，驚則跳起奔逃，

客語「蟲等走」就是「跳著跑走」的意思。而「嬲」唸 liau₅₅，指「休息」「聊天」從兩男一女共同閒聊而來的加形造字。閩南的「迌迌」是「蹓躂」之意，唸 thit tho，也是加形的會意字，我們很容易從字形明白其本義。「屘」指滿子，「冇」「有」「有」唸 phang₅₅ tsin₂₄ iu₂₄，指穀字「空」「實」「有」三種意義，是加半形的指事，都是可以從字形體悟意義的方言字。

2.閩客方言字音的解讀

字音的變化和應用特別多而複雜，但是閩南方言多上古音，客方言多中古音，利用這兩方言的中古、上古音特徵，可以幫助我們更深入的體悟古籍的字義。例如《荀子・勸學篇》：「強自取柱，柔自取束。」楊倞注：「凡物強則以為桂而任勞，柔自見束而約急，皆其自取也。」這個解釋，王引之在《讀書雜誌》中加以反駁，認為「柱」是「祝」的通假字。他的理由是「柱」和「束」是對文，所以「柱」不應該解成屋柱的柱：

《公羊哀公十四年》：天祝余。何注：祝，斷也。

《穀梁哀公十三年》：祝髮紋身。范注：祝，斷也。

《大戴禮》：「強自取折」，可見「柱」之意為折。

《南山經》：「招搖之山有草焉，其名曰祝餘。」祝餘或作柱餘，是柱與祝通也。

「祝」「柱」兩字，一個是屋韻 - uk，一個是虞韻 - u，如果與它的對文「束」字燭韻 - uk 比較，應該是「祝」字才符合，而且有「斷」的意義，「柱」只是取其音近而代用的通假字。「

祝」「柱」「束」的識別，用閩語、客語都可以明顯的分辨開來，但用「國語」則統統爲 - u 韻， 無以識別了，所以根據方言的語音特色，可以幫助我們解釋古文。下面分聲訓、古今音、通假、合音、反切、押韻、音變五個部分，舉閩客方言的訓詁釋例加以說明：

(1)　閩客方言與聲訓

所謂「聲訓」是根據詞與詞之間的聲音關係去推求其意義的訓詁方法。這種訓詁方法必須解釋詞與被解釋詞之間有音同或音近的現象，如「徹者徹也」（本字爲訓），「士者事也」（同音字爲訓），「羊者祥也」（形聲字爲訓），「多者終也」（同聲旁爲訓），「哲者知也」（双聲爲訓），「水者準也」（疊韻爲訓）。以上所舉聲訓例，除了「多者終也」用「國語」唸時聲母有別而外，其他都同聲母（但「多」「終」的韻母相同），可見聲訓的要求，在訓釋字與被釋字之間一定有聲韻上的密切關連。然而一個時代有一個時代的語音，有的聲訓，在某一個時代的語言而言有密切的聲韻關係，但時過語改以後，另個時代的人唸起來就變成毫不相干的兩個字了，這時，勢必要借助保存那個時代語音的方言來理解。例如：

①「嚼，削也」（釋名釋飲食）　　　　- k

②「食，殖也」（釋名釋飲食）　　　　- t

③「天之爲言鎮也」（白虎通義天地）　t -

④「拙，屈也」（釋名釋言語）　　　　- t

⑤「臺，持也」（釋名釋衣服）　　　　t -

⑥「火，燬也」（釋名釋天）　　　　　- ue

⑦「皮，被也」（釋名釋形體）　　　　- i

⑧「吉，實也」（釋名釋言語）　　　　- t'

⑨「筆，述也」（釋名釋書契）　　　　- t

⑩「男，任也」（釋名釋長幼）　　　　-m

　　這十個釋名爲主的聲訓，如果以今天的北平話來讀，已經不容易找出解釋字和被解釋字之間的音韻關係，但是用閩南話唸，差不多可以完整的看出它們的「聲同」所在，用客家話唸則除了③⑤⑥以外，也都可以一眼看出聲韻的關係，由於閩語接近漢音，客語接近唐音，所以≪釋名≫等漢代典籍，用閩南音去理解是最方便的。

　　(2)　閩客方言與古音

　　閩南話客家話保有上古及中古音，所以在解讀上古中古典籍時，可以借助這兩個方言的讀音，順理成章的說明古籍的用意。例如：

＜詩召南行露＞：「何以速我獄」毛傳：「獄，确也。」

　　這個傳注毛亨沒有解釋「獄」是訴訟的地方，而用同音字「确」來說明「獄」的語源，是用來確定是非曲直的地方，所謂「治獄」「辨獄」都是指審理訴訟的事，可見「獄」是判案的「法院」，不是監獄。所以「何以速我獄」是爲何那麼快就把我送到法院的意思❶。毛傳的解釋如果用「國語」唸，根本看不出它們

的音韻關係，但是用閩南話唸「獄」－ak，「確」－ak，客家話
唸「獄」－ok，「確」－ok，比較如下：

	閩南	客語	國語
獄	ŋak	ŋok	y
確	khak	khok	ye

　　像這樣的典籍訓釋，閩客方言的能力是不可少的，今天台灣
的閩客方言已沒落到文字與語言分離，有些人雖然本身母語是閩
客方言，但只會說一般的應酬語，稍一涉及文字與語音的關係就
盲然無所知，這種方言的保存，事實上，已沒有多大的文化意義。
筆者曾寫過一些時論性的文字，舉過不少簡單的字例加以說明，
但當我把這些字例拿來訓詁學課堂上問本省籍的學生，大都一問
三不知，可見閩客方言與文字分離的嚴重性，也可見我們的語文
教育已有很大的偏差，茲舉幾個對應字如下：

	國語		閩南話		客家話	
不對	pu₃₅ tui₅₁		m̩₁₁ tioʔ₂	（唔著）	m̩₁ tshok₅	
中餐	tsung₅₅ tshan₅₅		tiong₁₁ tau₁₁	（中晝）	tong₁₁ tsu₅₅	
胖子	phang₅₁ tsɤ₂		tua₁₁ kho₅₅	（大箍）	thai₅₅ khieu₂₄	
每天	mei₁₁ thien₅₅		tak₂ lit₅	（逐日）	tak₂ n̩it	

　　這四個例子中「著」「晝」「逐」，都是知系字，閩南音聲
母都是 t－，是「古無舌上」的顯例，客家音聲母，只有「逐」字
是 t－，其餘的是 tsh－，已是中古音系統，如果與國語音比對就

成了：

	國語	閩南	客家
著	ts-	t-	tsh-
畫	ts-	t-	ts-
逐	ts-	t-	t-

「大箍」的「箍」，在聲母上，閩南唸 kh-，算是一個變例（見母在閩南應唸 k-），但韻母的變化，與國語對應整齊則可以確定，舉凡「箍」「祖」「虎」「姑」「路」…等模韻字國語都唸 -u，閩語都唸 -o，與「晝」「狗」「樓」「走」「口」…等候韻字，國語都唸 -ou，閩南都唸 -au 的對應一致。比較如下：

	箍	祖	虎	路	晝	狗	樓	走
國語	-u	-u	-u	-u	-ou	-ou	-ou	-ou
閩南	-ɔ	-ɔ·	-ɔ·	-ɔ	-au	-au	-au	-au

可見閩南「大箍」的「箍」與國語「金箍棒」的「箍」都是大而圓的東西，所以胖子叫「大箍」，一塊錢叫「一箍」，依此更可推知「金箍棒」是圓形武器，而「緊箍咒兒」也必須是圓形的束頭。客語與國語差異不如閩語，但也可以找到很好的定位，就以「箍」字而言，客家話有唸 khieu24（如大箍、一箍），又可以唸 ku24（如茶箍、豆箍），唸 khieu 的音是古韻保留，唸 khu 的韻則是近官話的痕跡。

誰如此類由於古今音變而不易辨識的字詞，可謂俯拾即是，

如果熟習閩客方言，又懂得古今音變的人，可以輕而易舉的訓解出切當的詞義。例如「洒」和「洗」兩個字，在《說文水部》「洒」訓滌，而「洗」訓洒足，內涵不盡相同，而在語音上「洗」是「穌典切」唸 sien （與「洗馬」的洗同音），「洒」是「先禮切」唸 si，這兩個字，如果以閩南音去反切，「洒」應唸 se₃₁，正符合「滌」的原義，而後期的「灑」字從麗得聲，也是 se 無疑，我們從古籍可以清楚知道古時的「洒」用閩南唸 se， 才是真正的「洗」的通用詞。如：

> 「寡人恥之，願比死者壹洒之」(孟子梁惠王)
>
> 「滌，洒也；沬，洒面也；浴，洒身也；澡，洒手也；洗，洒足也」(說文水部)

從《孟子》和《說文》的文意，可以看出古時的「洒」就是今天的「洗」，閩南音、客家音唸 se，事實上指的是「洒」字，而不是「洗」。何況「西」「禮」「麗」在閩南都唸 - e ，更可以證明《說文》的解釋是正確，但是用國語來理解《說文》就大異其旨趣了。

其他，在客家話「浮」這個字，有四個唸法，都代表不同的意義：

①「浮」唸 pheu₁₁，意指漂起來的意思，如漂來漂去叫 pheu₁₁ 來 pheu₁₁ 去。

②「浮」唸 pho₁₁，指用熱油去炸物，如 pho₁₁ 菜（油炸物」，或用為動詞，如 pho₁₁ 藩薯（炸甘薯）。

③「浮」唸 pho_{24}，等於「泡沫」，因為「泡」在客語只用做動詞，如 $phau_{55}$ $tsha_{11}$（泡茶），指泡沫的意思用的是「pho_{34} 音，如「起 pho_{24}」（起泡沫），茶箍 pho_{24} (肥皂泡。)

④「浮」唸 feu_{11},意指不平穩，如木板因潮濕而變形叫枋子 feu_{11} feu_{11}，牙齒因虛火而不適叫牙 feu_{11} feu_{11}。

以上「浮」有 ph - 與 f - 兩種聲母，代表的是上古和中古兩時代的音，其中 ph - 是由 b - 清化而來（中古濁聲母字清化後在客家一律變送氣），而「浮」是奉母字（縛謀切），現在唸 ph - 是清化形成的。我們可以用中古詞「浮屠」這個「浮」來證明，「浮」當時就唸 b - ，因為「佛」的梵文是 Buddha，早期譯作「浮圖」或「浮屠」「佛圖」。

從以上「獄，確也」的傳注，閩客都唸 ak 或 ok，可以知道,閩客古韻可幫助解經。從「著」「晝」「逐」的閩客讀音，可以知道古今音義的關係，再從「洒」的閩客讀音，它就是古代洗的意思，從「浮」的聲母客語有 ph - 也有 f - ，可以證明「佛圖」Buddha 的翻譯並不唐突，這是閩客方言保有古聲韻，對訓釋古籍有幫助的顯例。

(3) 閩客方言與通假

所謂「通假」是在使用漢字的時候，利用音同或音近的關係，以甲字代替乙字（即以甲字當乙字使用），這種情況，甲字就是乙字的通假字 ⓭。由於這些通假字多出現於秦漢古籍中，所以談通假中所謂「音近音同」，就應以秦漢古音為主，而今天的閩南話大都是漢代的語音特徵所保留下來的，所以用閩南話來訓讀古籍中的通假，比較切近音義，容易解讀通假關係。例如：

①《論語，述而》「亡而爲有，虛而爲盈，約而爲泰，難乎有恒矣。」陸德明釋文「亡，一音無」。今客語「無」讀爲mo（微母唸m- ），「亡」唸mong，可知「亡」是「無」的通假。

②《詩汝墳》「未見君子，惄如調飢。」毛傳「調，朝也。」閩南語「調」唸tiau，「朝」唸tiau ，兩字同音通假，若以國語、客語則無法解釋其通假關係。

③《易繫辭》「古者庖犧氏之王天下也。」釋文「孟京作伏戲」客家話「伏」唸phuk，「庖」唸phau，音近可通假。客語中保有上古重唇音如「吠」唸phoi，「腹」唸phuk ，「覆」唸phuk，「浮」pho，pheu。

④《詩經邶風北門》「王事敦我。」毛傳「敦，厚也。」鄭箋「敦猶投擲。」這裡的「敦」是「堆」的通假字，意指王命勞役都堆在我身上。閩語「敦」唸tui ，「堆」唸tui同音字，可以通假。

以上通假事例可以了解閩客方言在聲韻相近或相同上有其時代語特徵，解決國語所無法解釋的通假現象。

(4)　閩客方言與反切

反切的拚法，以今人粗淺的推求讀法，往往只知「上字取其聲，下字取其韻」，但聲調如何，則容易混淆。不知者以反切上字聲調爲其聲調，知者雖以下字聲調爲聲調，但陰陽調的關係如何又不得其詳，甚而陰陽調與聲母清濁關係很清楚了，也要借助聲紐的類別，才能分辨其清濁。但懂得閩客方言的人，則可以借助方言的語音，輕而易舉的推斷它的反切上字是清？是濁？例如「通」與「同」，「太」與「大」，「曲」與「局」，我們只要

比較國語、客語、閩語就可以知道它的反切上字是清是濁？先列表如下：

	東	通	同	太	大	曲	局
國 語	tuŋ	thuŋ	thuŋ	thai	ta	tɕhy	tɕy
閩 語	taŋ	thɔŋ	tɔŋ	thai	tua	khiuk	kik
客 語	tuŋ	thuŋ	thuŋ	thai	thai	khiuk	khiuk

從表上可以歸納出下列四個原則：

①凡是國語、閩南、客家都聲母相同的，一定是中古全清或次清（如「東」端母全清，「通」透母次清，「太」透母次清，「曲」溪母次清）。

②凡是閩南與客家聲母送氣與不送氣相對（客家送氣，閩南不送氣），一定是中古全濁聲母（如「同」和「大」是定母，閩南為 t - ，客家為 th - ，「局」是群母，閩南為 k - ，客家為 kh - ）。

③凡平聲字，國語與客語都送氣，閩南不送氣，一定是中古濁聲母（如「同」國語 th - ，客語 th - ，閩南 t - ）。

④凡仄聲字，國語與閩南都不送氣，客語送氣，一定是中古濁聲母（如「大」國語 t - ，閩語 t - ，客語 th - ）。

下面以＋代表送氣，－代表不送氣分析其徵信：

	全 清	次 清	全濁（平）	全濁（仄）
國 語	－	＋	＋	－
閩 語	－	＋	－	－
客 語	－	＋	＋	＋

有了這個表，然後以閩客方言的聲母去推測，可以不用借助韻書就很清楚的掌握這個字的中古聲紐。例如「東」字，國語 tuŋ，閩語 taŋ，客語 tuŋ，都是不送氣的 t-，可以推斷是全清的端母；「太」字，國語 thai，閩語 thai，客語 thai，都是送氣的 th-，可以推斷是次清的透母；「同」字，國語 thuŋ，閩語 tɔŋ，客語 thuŋ，國語客語都是送氣的 th-，閩語是不送氣的 t-，可以推斷是中古濁音定母平聲；「大」字，國語 ta，閩語 tua，客語 thai，國語閩語都是不送氣的 t-，客語是送氣的 th-，可以推斷是濁聲母定母仄聲。

(5)　閩客方言與押韻

古詩押韻，以現代音讀去理解，常常會不得要領，但囘溯那個時代的語音，用那個時代的古音來唸，自然能夠合韻合律。例如《古詩十九首・明月皎月光》詩中有「壁、歷、易、適、翮、跡、軛、益」等八個押韻字 ⓰，用國語唸則有 - i，- ï，- ə 三種韻。用閩南語唸只有 - iək，非常合韻，自然讀之鏗鏘有聲，用客家話有 - ak，- it兩類，不盡相合，但入聲短促音則合於原來的韻尾，而從閩客音的差別可以看出這些韻字，在客家是由 - ak → it 的不同走向。

又例如，我們讀白居易＜長恨歌＞，裡面「國、得、識、側、色」前五個押韻字，用客家話唸除「識」唸 - ət，其餘都唸- et，非常物合唐宋音，但國語有 - uo，- ə，- i 三種韻，不查韻書不易看出它的押韻。接下來「池、脂、時」可以國客閩都合韻；「搖、宵、朝」客語為 - ieu，國語是 - iau，閩語 - iou，都合韻但唸法各異；「暇、夜」國語 - ia 與 - ie，不太合韻，客語- a

與－ia合韻，閩南－a與－ia合韻；「人、身、春」閩語有－in
與－un（合韻），客語－ən與－un（合韻），國語－ən與－un
也合韻；「土、戶、女」閩語－u全合韻，客語－u也合韻❿，國
語有－u與－y兩主要元音。「雲、閩」閩客國都合韻，都押－un；
「竹、足、曲」閩南唸－iək與－iuk，客語唸－uk，國語則－u
和－y。 統計起來＜長恨歌＞押韻字二十四個之中，用客語唸合
於押韻的有二十三個，閩南話唸合韻的有二十一個，用國語唸合
韻只有十五個，統計如下表：

	國	得	識	側	色	池	脂	時	搖	宵	朝	暇	夜	人	身	春	土	戶	女	雲	閩	竹	足	曲
國語	－	－	－	－	－	＋	＋	＋	＋	＋	＋	－	＋	＋	－	＋	＋	－	＋	＋	＋	＋	＋	－
閩語	－	＋	＋	＋	＋	＋	＋	＋	＋	＋	＋	＋	＋	＋	＋	＋	＋	－	＋	＋	＋	＋	＋	－
客語	＋	＋	＋	＋	＋	＋	＋	＋	＋	＋	＋	＋	＋	＋	＋	＋	＋	－	＋	＋	＋	＋	＋	＋

可見唐詩以客語唸最合於押韻，閩南次之，國語則多不合韻
的地方，因此用閩客方言去傳釋古詩，比較能進入古詩的堂奧。

以上閩客方言可以幫助我們在字音上做解讀，粗略地從聲訓、
古音、通假、反切、押韻五個方向去了解閩客方言在古籍訓釋時
比國語扮演了更積極更有意義的角色。這些語音上的特徵，對一
個只會說國語的人而言，是完全無法體會的，當然在訓釋古籍時
也就沒有這方面的能力了，因此，今天方言的保存（尤其保有古
音成分的吳、湘、粵、閩、贛、客）和研究是刻不容緩的事實。

3.閩客方言字義的解讀

由於閩客方言詞義保有古義成分，所以古籍中許多與今天官
話不合的字義，可以借助閩客方言的用法，順利的解決從國語訓

讀無法解釋的問題。如大家耳熟能詳的「棄甲曳兵而走」的「走」
（孟子梁惠王），訓爲「跑」的意思，原字形🏃也是跑的形狀，
與閩語 tsau₃₁（走），客語 tseu₃₁（走），都是跑的意思完全吻
合。其次，「對」「應」兩字，古時除了用在成雙爲對之外，常
用在囘答時寫成「對曰」「應曰」，今日國語卻用在「對錯」「
應該」爲多，而閩客方言談對錯不用「對錯」兩字，而用「著」
與「唔著」，使「對」字仍保留成雙的意思。客家話更保留「應
曰」的本義，所以有「應聲」 en₅₅ sang₂₄，「大聲應」（大聲囘
答）等用法。這都是閩客方言保留古義的淺例。在古典籍上也有
很明顯的實例可援，例如＜豔歌羅敷行＞中有一段說：「行者見
羅敷，下擔捋髭鬚。」後代的注解家，都把「捋」解釋成「捻」，
頗令人費解，爲何「捋」變成「捻」，《詩經周南芣苢》「采采
芣苢，薄言捋之。」詩經補註「一手持其穗，一手捋取之。」注
家解成「以指歷取之」，依這個注解看來，「捋」應該是手掌托
物，用手指由上而下順拉過去的動作，用之於捋鬚則如美髯公捋
美髯的動作，與捻鬚動作大相逕庭，而客家話「捋」唸 lot，就
是以手指歷取的動作，而「捋鬚」一詞也是以手把鬚由上向下順
理整齊的意思，可見「捋髭鬚」的「捋」不應解成「捻」，而應
該用客家詞義「捋鬚」來解，更合乎行者得意捋鬚的神態。

　　其次方言保存古義，可以對古今詞義關係，找到很好的線索
去搭連。如「鬥」這個字，現在國語裡只有「打鬥」「鬥爭」等
意思，但在閩客方言中卻有「鬥接」「湊合」的意思。常用的客
家話有「鬥起來」（湊合起來），「鬥共下」（聚合在一起），
「鑿孔鬥榫」（恰巧契合）。閩南話也有「鬥入榫」「鬥門」「

鬥陣」等詞，也都是兩個以上東西湊近拚合的意思。這些方言詞義正好和≪說文≫的本義相符合。≪說文≫「鬥，遇也」段玉裁注「凡今人之鬥接者是遇之理也。」是最有力的證明。

諸如此類方言字例的研究，歷來學者投入深究者不少，閩南話方面從連雅堂（1958）、董同龢（1959）、孫洵侯（1964）、黃敬安（1977）到林金鈔（1980）❸、陳冠學（1981）、張振興（1981）、亦玄（1977），客家話方面從溫仲和（1898）、黃香鐵（1909）、羅翻雲（1922）、羅香林（1933）、黃基正（1967）到羅肇錦（1984）❹他們的研究詳略不一，但我們可以借助這些方言的研究，來與古籍接合，當掌握了正確的原字義以後往往會有意想不到的收穫。例如洪惟仁先生在＜談鶴佬語的正字與語源＞（1988）一文中❹，考證閩南語的 kau₁₁（到）的本字應該是「各」，這個字與甲骨文「王其各于…伐……不遘雨？」（甲編633）相等，又與金文「徦」「格」（師虎簋）通，更與＜堯典＞「格于上下」傳「格，至也。」，≪說文≫「徦，至也。」，≪方言≫「徦，格：至也。」相當。另外，閩南語「落」可唸 lau（如落頭毛），又可唸 lak（如落頭毛），可以知道「各」「格」「徦」「落」是同音字，都有「到」的意思。像這種從方言與古典籍連索求解的工作，其最原始的條件就是要懂得這些保有古音的方言。下面引幾則閩客通解且又能與古籍共通的詞例加以說明：

① 才 調

「才調」這個詞，今天國語已不用，但閩南有 bo tsai tiau（無才調），客家話有 mo tshoi thiau （無才調），意指一個

人沒有能力沒有格調，又專好表現的諷刺語。但這個詞在古籍中非常普遍，而且意思是專指「有才華又有格調」的意思。如李商隱＜賈生＞：

　　　宣室求賢訪逐臣，賈生才調莫與倫；

　　　可憐夜半虛前席，不問蒼生問鬼神。

　　這裡的「才調」是指賈誼才華格調無人能比的意思。另外，《隋書・許善心傳》：

　　　「徐陵大奇之，謂人曰『才調極高，此神童也。』這個「才調」是指有本領能力的意思。因此會說閩客方言的自能體會古籍中「才調」的意義。

②　噍

　　「噍」字，《廣韻》「噍，嚼也，才笑切。」效攝三等去聲從母。客家話唸 tsheu₅₅（咀嚼），閩南話 tsio₁₁（咀嚼）。《荀子・榮辱》「亦呥呥而噍。」注「噍，嚼也。」從反切來推擬「才笑」切的語音正合於客閩的發音，而且意思也是一般咀嚼的動作，如閩南話「tsio₁₁ png₃₃（嚼飯），客語 tsheu₅₅ pi₃₁mien₁₁（嚼爛）。

③　橫

　　「橫」字，在閩南話是形容一個人不講理的樣子，客家話也稱專斷蠻橫的人為橫，例如很狠心的人，客語 sim₂₄ han₁₁ van₁₁（心很橫）。這個專橫不講理的語意，在國語除了「蠻橫」以外幾乎都不用了，然考諸史漢則常有以「橫」當形容詞或動詞來說

明不講理。如《漢書・袁盎》「上弗用淮南王益橫。」就是說皇上不許，淮南王更不講理（橫）的意思。

④　跔

「跔」字，在廣韻是「舉朱切」，意指手足寒，是遇攝虞韻見母三等字，在客家話唸 kiu₂₄，閩南話唸 kiu₅₅。客語常用的詞有「跔起來」「跔骹跔手」，客家常用詞有「冷得頸跔跔」「脚跔跔」，查對《說文》「跔，天寒足跔也。」《玉篇》「跔，寒凍手足跔不伸也。」

以上所舉「才調」「噍」「橫」「跔」都是閩客方言中常用的詞彙，而今天國語大都不用了，因此在解讀古籍時必須加上方言的辨識功能，才能讓我們古今文物得以明暢的溝通。由此可知，閩客方言在字義上的了解，有其不可磨滅的現實意義。陳永寶（1987）在《閩南語與客家話會通研究》也舉了「承」「面」「走」「細」「顛倒」「有身」「總」「所在」「地動」「外家」「青盲」「晝」「糜」「食酒」「起」「企」「燒」「必」…等詞，且列出古籍出處，更是前面說明的豐富注脚。

五　結　論

歸結閩客方言在古籍訓中所扮演的角色，最重要的是它們的語音帶有中古以上的特色，可藉著這些語音，與古代典籍拉近距離，從而深切的了解古籍的本義，這種語音特色是千百年來所保留下來的，我們沒有理由讓它失傳。而閩南方言詞彙所保留的古義成分，更可以在今天官話變化很大的情況下，讓我們經由閩客方言詞彙的現存詞義，試著去解讀古籍，才可以使我們的文化得

以承先啓後。由於字音部分在古籍訓釋中占非常重要地位，所以本文特別從聲訓、古音、通假、反切、押韻五方面舉方言與古籍相互印證，在諸多舉證闡述以後，我們可以發現，某一個方言是某一個時代的語言，那麼那個時代的典籍就應用那個時代的語言去訓釋，才能抓到古傳注的本義，從而解讀古籍，如前舉閩客方言與通假（四2(3)），解釋＜經典釋文＞中的通假時，用客語比較合適，因爲＜經典釋文＞是唐陸德明所著，而客語保有較完整的唐宋音韻，所以用客語解讀唐宋作品，當然比用其他方言合適同理，＜毛傳＞是漢時作品，自然用保有較多漢音的閩南話去解讀較爲合適。

　　總之，本文不憚其煩的舉證說明，閩南方言與古籍訓釋的關係，最終目的是爲方言與古典籍的密切關係，做更進一步的展示，讓關心文化但卻忽視方言的人，能經由本文的展示，深切的體認到方言的重要性，從而關心方言文化。當然本文的解說，採用了閩客共有語音及詞義來與古典籍相印證，也呈現了現階段台灣又閩客方言的語音語義特徵，爲這個時代的語言現象做個見證。

附　註

❶ 應劭在《風俗通序》中說：「周秦常以歲八月遣輶軒之使，求異
代方言，還奏籍之，藏于秘室。及嬴氏之亡，遺棄脫漏，無見之
者。」

❷ 楊雄在＜答劉歆書＞上說：「雄常把三寸弱翰，齎油素四尺，以
問其異語，歸即以鉛摘次于槧，二十七歲於今矣。」

❸ 楊雄《方言》對詞彙差異的說明，非常肯定又細膩，尤其分布的
地域，幾乎可以畫成等語綫。例如卷七「脏、餁、亨、爛、糮、
酋、酷，熟也。」自關而西秦晉之郊曰脏，徐揚之間曰餁，嵩嶽
以南陳潁之間曰亨，自河以北趙魏之間火熟曰爛，氣熟曰糮，久
熟曰酋，穀熟曰酷。

❹ 元周德清的《中國音韻》是以十四世紀北方口語寫成，有其價值
而外，就要到清代的學者，才有編錄方言的著作。如杭世駿的《
續方言》，戴震的《續方言稿》，程際盛的《續方言補正》，張
慎儀的《續方言新校》，胡文英的《吳下方言考》，孫錦標的《
南通方言疏證》，毛奇齡的《越語肯綮錄》　茹敦和的《越言釋》，
劉家謀的《操風瑣錄》，詹惠慈的《廣州語本字》，羅翽雲的《
客方言》，錢大昕的《恒言錄異語》，翟灝通的《俗編》，章炳
麟的《新方言》，王樹枏的《畿輔方言》，翁輝東的《潮汕方言》，
謝璿的《方言字考》，陳正訓的《甬句方言脞記》，吳予的《天
方言注商》，楊恭恒的《客話本字》。

❺ 如李方桂先生的泰語研究，如張琨、周法高、龔煌城的藏語研究。

❻ 說例取自周振鶴《方言與中國文化》頁 255。

❼ 見《洛陽伽藍記》卷四「法雲寺，四月初八日，京師女多至河間
寺，觀其廊廡綺麗，無不嘆息，以爲蓬萊仙室亦不是過。…見…

咸皆唧唧…，雖梁王兎園，想之不如也。」

⑧　儲光義＜同王十三維偶然作十首＞「想見明膏煎，中夜長唧唧。」

⑨　孟郊＜吊盧殷＞「唧唧復唧唧，千古一月夜；新新復新新，千古一花春。」

⑩　張祜＜捉溺歌＞「門上灰，牆上棘，窗中好聲唧唧。」

⑪　說參見陸宗達《訓詁學簡論》頁 98 — 99 。又「陳」唸 tan，與「墀」「除」唸 ti，韻尾不同，但漢代常有「西，遷也」「殷，衣也」「洗，滌也」，也是 -i 與 -n相諧爲訓的情形，所以「陳」與「墀」「除」兩字，非音同即音近，是不容否認的。

⑫　必字金文作 （鄺惠鼎）， （古鉢）， （張仲簠）說文小篆寫成 。說文「必，分極也。」段注「極猶準也，凡高處謂之極，立表爲分判之準故曰分極。」

⑬　客語兩讀音中有不少字的韻是 -i 與 -e 並行的，如「世」字，在「世界」時唸 si，「前世」時唸 se；「勢」字，在「勢力」時唸 si，「靠勢頭」時唸 se；「事」字，在「事情」時唸 si，「做事」時唸 se；「奀」字，在「很奀」時唸 tsï（幼小），在「恁奀」時唸 tse（醜）。都是一爲 -ï，一爲 -e 對比出現的異讀現象。

⑭　說見陸宗達《訓詁學簡論》頁 101 — 102 。

⑮　通假有三個條件；①兩字同時並存。②兩字同音或音近。③要有足夠證據。見趙振鐸《訓詁學綱要》頁 122 。

⑯　＜明月皎月光＞「明月皎月光，促織鳴東壁；玉衡指孟冬；衆星何歷歷；白露霑野草，時節忽復易；秋蟬鳴樹間，玄鳥逝安適；昔我同門友，高舉振六翮；不念携手好，棄我如遺跡；南箕北有斗，牽牛不負軛；良無盤石固，虛名復何益。」

⑰　「女」字，客語唸 ng，其實與 ngu 同音，所以與「土」thu，「戶」fu 合韻。

⑱ 這些著作有連橫的≪台灣語典≫，董同龢的≪四個閩南方言≫，孫洵侯的≪台灣話考證≫，亦玄的≪台語溯源≫，黃敬安的≪閩南話考證≫，陳冠學的≪台語之古老與古典≫，張振興的≪台灣閩南方言記略≫，林金鈔≪閩南語探源≫。

⑲ 客語探源書籍不多，除了≪客法大字典≫，≪客英大字典≫，≪廣東客家語詞典≫之外，楊恭桓的《客話本字》有溫仲和的≪嘉應州志方言篇≫，黃釗的≪石窟一徵≫，羅翽雲的≪客方言≫，羅香林的≪客家研究導論≫，黃基正的≪苗栗縣志語言篇≫，羅肇錦的《台灣的客家話》、《客語語法》、《講客話》等書。

⑳ 原文見≪台灣風物≫第三十八卷第一期， 1988 。

論客家話的〔V〕聲母

鍾榮富

　　客家話的音韻裡，有一個很有趣的現象，那就是高元音〔i〕和〔u〕起頭的零聲母音節，其前通常會有個摩擦音〔j〕和〔V〕。然而，過去研究客語音韻的書或論文，如楊時逢（1957，1970），楊福綿（Yang 1966），橋本萬太郎（Hashimoto 1973），余秀敏（Shiou-min Yu 1984），羅肇錦（1984），丁邦新（1985），千島和桶口靖（1986），袁家驊（1960），北大（1962）等，都一致把〔V〕看成聲母，但是上面諸作中，只有楊福綿（1966），北大（1962）和楊時逢（1957－按該書用〔з〕代替〔j〕）把〔j〕看成聲母。連最近出版的何大安（1989），也只列〔V〕為聲母，而剔除〔j〕。

　　本文擬從衍生音韻學（generative phonology）的非單線音韻的理論架構（non-linear framework），來探討客語〔V〕聲母的本質，從而指明它在音韻學上的地位，應該和〔j〕一樣，都不是音位性（phonemic）的音素，而是來自音節形成的過程（Syllabification）。

　　本文由底下四節所組成。第一節是文獻的回顧，從分佈上，音質上，標音上和音位上的觀點，看過去文獻對〔v〕和〔j〕的誤解。第二節談音位說的問題－把〔v〕和〔j〕看成音位，會有那些問題。第三節談我個人的分析，認為〔v〕和〔j〕分別從〔w〕和〔y〕強化而來。而〔w〕和〔y〕則分別源於音節成形中，經由〔高〕（〔high〕）特徵（feature）的漂移（spreadng）。最後一節是簡短的結論。

一 文獻的回顧

首先我們且看幾個客語研究對〔v〕和〔j〕的標音：

(1)

作　　品	方言	兒	醫	烏	屋
北　大 1962	梅縣	j	ji	vu	vuk
橋　本 1973	梅縣	ji	ji	vu	vuk
袁家驊 1960	梅縣	i	i	vu	vuk
MacIver 1926	梅縣	yi	yi	vu	vuk
楊時逢 1957	海陸	ʒi	ʒi	vu	vuk
千　島 1986 和樋口靖	六堆	i	i	vu	vuk

仔細觀察上面的語料，我們發現了幾個問題：(1)北大（1962）別有〔i〕「兒」和〔ji〕「醫」的最小配對，而其他則無。這種配對只出現在梅縣客家呢？還是其他客家方言也有？(2)在〔i〕為始的零聲母前，有三種不同的標音：〔y〕（MacIver 1926），〔j〕（橋本萬太郎 1973，楊時逢 1957）和空白（袁家驊 1960，千島和樋口靖 1986）。另方面，在〔u〕為始的零聲母之前，各家都一律用〔v〕。為什麼有這種不平衡的語音分佈呢？這種分佈在語言學上有什麼重要性？更明確地說，是否客語在以高元音（〔i〕和〔u〕）為始的零聲母前，都有摩擦音？如有，這個音含有怎麼樣的語音特質（Phonetic properties）？

這節主要來談這些問題。

1.1 〔ji〕和〔i〕的最小配對（minimal pair）

在客語研究的文獻上，北大（1962）是唯一載有〔ji〕和〔i〕的最小配對的書（即使是北大（1964）也無）。在其他以梅縣客家為本的著作中，標音或有不同，但却沒有發現〔i〕和〔ji〕，〔yi〕或〔ʒi〕之間的最小配對。如楊福綿（1966）就宣稱梅縣客家沒有〔i〕為首的音節，MacIver（1926）也持相同的論點。在MacIver（1926）裡，除了表示痛苦的摹聲語（Onomatopoeic words）像i-i-o-o「伊伊哦哦」有〔i〕為首的音節外，沒有別的例子。而且，其他客家方言，也沒有〔i〕和〔ji〕的最小配對（請參考黃雪貞1987），我懷疑北大（1962）裡的〔i〕音節，要不是錯誤就是為北京話的讀音的誤導。

客語「兒子」一般唸〔lay yi〕，而／i／是名詞後綴，一如北京話的「子」字，試比較如下❶：

(2) a. 客　　語　　　　　　　　　b. 北京語

　　tsok ki　（←／tsok　i／）　　桌子

　　pi　yi　（←／pi　　i／）　　杯子

　　ten　ni　（←／ten·　i／）　　橙子

由於北京話的「子」也可指「兒子」的「子」，這可能使北大（1962）誤以為客語的名詞後綴／i／，也可指「兒子」。事實上不然，即使在文讀上，客語的「兒子」的「子」也唸〔tɕi〕，而不唸〔i〕如❷：

(3) a.　tɕi　ja　　　子爺　（即父子）

　　b.　tɕi　sun　　　子孫

　　c.　tɕi　ŋ　　　子女

另外值得注意的是，北大（1962）的〔i〕音節，就只有「子」
一個字，再沒有別的例字。基於上面的討論，我認爲客語中並沒
有〔ji〕和〔i〕的最小配對❸。底下要討論的是，以〔i〕爲
首的零聲母前，是否有擦音。

1.2　擦音的考察

　　我們先看文獻上的看法。橋本萬太郎說，在客語零聲母音節
裡，如果元音是〔i〕，其前有個清楚的〔j〕音。易言之，該
音節有個柔和的元音音質（soft vocalic ingress）（p.89）。
楊福綿（1966：329）說，在〔i〕零聲母前，有個擦音〔j〕。
袁家驊（1960：151）則說，在〔i〕爲首的音節裡，有個短
促的摩擦音，其音值是〔ji〕或〔ji-〕。上面諸家之說，均
以梅縣客家爲本。除外，以六堆客語爲本的千島和樋口靖（1986）
也說在〔i〕爲首的音節前，有擦音〔j〕。以苗栗客家爲本的
余秀敏（1984：50）也說〔i〕零聲母前有輕微而不完整的〔
j〕擦音。最後，楊福綿（1957：3）以海陸爲本，說〔i〕零
聲母前有輕微的擦音〔j〕出現，如此輕微，以致在快速說話中，
常常聽不清楚。

　　另方面，董同龢（1948：157），認爲四川涼水井的客家話，
其〔i〕零聲母之音值，正如北京話一樣，沒有擦音。依我自己
採收到的廣東常樂客家話，以〔i〕爲始的音節，如「衣」〔i〕，

唸法和北京話的「衣」完全一樣，沒有擦音❹。

我的結論是，客家話的高元音零聲母，在方言裡有兩種唸法，一種方言帶擦音，另一種方言不帶擦音。這個結論，更由底下的個案獲得佐證。楊時逢先生有兩本客語記音的研究，其中楊時逢（1957）記的是桃園客家話，該方言的高元音零聲母是帶擦音的，因而「衣」記成「ʒi」。而楊時逢（1970）記的是高元音前不帶擦音的美濃客家方言，故把「衣」記爲〔i〕。

至於高元音〔u〕爲始的音節，在我所蒐集到的文獻中（高本漢之後），均有〔v〕聲母。這表示〔u〕前的擦音，普遍爲大家認同。

1.3 標　音

高本漢（1926）反對在零聲母之前加任何音標，因此，他把「衣」標成〔i〕，「烏」標成〔u〕，理由有三。第一，由於介音都不帶擦音，因而在零聲母前加〔j〕或〔w〕，會喪失韻母的認同，如：

(4) a. jon　　　養　　　cf.（4'）a. ion
　　b. hion　　　香　　　　　　　b. hion
　　c. van　　　彎　　　　　　　c. uan
　　d. kuan　　　關　　　　　　　d. kuan

其中（4a）和（4b）的韻母都是／ion／，而（4c）和（4d）的韻母都是／uan／，如果像（4'）那樣來標音，則這種關係就很瞭然，可是（4a）變成了 j＋on，乍看之下，以爲是聲母〔

〔j〕＋韵母〔on〕。　這樣的標音，容易產生對韵母型式（pattern）的混淆。

第二個理由是，在高元音之前加〔j〕或〔w〕（v），主要是爲了高元音前的磨擦成份，然而西方語言學裡，〔y〕（〔j〕）或〔w〕（〔v〕）的使用並不一定含有摩擦。如他說（頁187）他從未聽到法語中〔yi〕的第一個音帶擦聲。

第三個理由是，如把客語（高本漢指漢語）的〔ua〕中的〔u〕標成〔w〕或〔v〕，那表示〔u〕是輔音，而高本漢認爲漢語的双元音如〔ua〕，〔ia〕中，那個元音才是主要元音，並不容易認定。

高本漢的標音方式，除了使韵母型式有個完整的概念外，另一個好處是，很容易把現代漢語方言的韵母，和《切韵》音系上的韵母，理出親屬關係，這點尤爲近代中國語言學者所接納。

然而高本漢的方法也有其短處。比如說，這種標音法無法分辨客語與北京語的區別：前者之高元音在零聲母時帶擦音，而後者沒有。依高本漢的標法，客語和北京話的高元音零聲母，一律如下：

(5)　北京話　　　　客家話

i	i	衣
in	in	印
u	u	烏
un	un	溫

對一個素無漢語基礎的外國人而言，這個問題更形嚴重，因爲標音相同，他必然以爲客語和北京語的「衣」，「烏」等，唸法完全相同。

而且，高本漢用以支持他的標音方法的理由，用現代音韻學的觀點來看，也站不住腳。首先，我們如果把語音看成具有二層結構：表音結構（ phonetic representation ）和深層結構（ underlying representation ），那麼韻母的形式仍然很一致。因爲我們知道（ 4′ ）是深層結構，只是語音上，我們唸的是（ 4 ）而非（ 4′ ）。 這樣的觀念，一者忠實地抓住了表音的唸法，再者規律地反應韻母的型式，因而兼收兩益。

另外萬國音標（ IPA ）的〔 j 〕，在語音學上，本就可表兩個音值。有時，它是帶音的擦音（ Voiced fricative ）（ Pike 1943 ），有時它是滑音（ glide ），一如英語 you 的第一個音（ Ladefoged 1975 ），後者在美國語言學中，更常用〔 y 〕來表示（見 Hill 1988：143 ）。換言之，〔 j 〕的使用，並不如高本漢所說的，一定要表擦音。另外，高本漢的時代，客語是否有〔 v 〕的音值，不甚明朗。依高本漢之說，當時的客語記音，有兩股傳統：一股由 Piton（ 1880 ）爲首，後爲 Rey（ 1901 ）沿用，認爲〔 u 〕起首的零聲母有〔 v 〕的音值。另一股傳統，爲 Parker（ 1880 ）所持，後爲 Vömel（ 1913 ）沿用，認爲客語沒有擦音，故用〔 w 〕。趙元任等的高本漢譯本，有個附註說「據譯者調查，客家話有 v 音，不過是很軟的」（頁172 ）。後世客語之記音，可能本於這個註解，進而把〔 v 〕看成客語的聲母之一。

　　高本漢最後一個理由是，漢語的双元音如〔ua〕，〔ia〕等，很難判定那個是主要元音。這個看法也不可取。依響度的普遍層次（ universal sonorous hierarchy ）（ Kiparsky 1979，Levin 1985 ）低元音比高元音的響度大，卽在〔ua〕，〔ia〕中，〔a〕的響度高於〔i〕和〔u〕。音節的主要元音就是響度最高的元音，職是之故，在〔ua〕和〔ia〕中，主要元音是〔a〕，其理甚明。早期之學者，如袁家驊也早已注意到這個觀念。

　　上面我反駁了高本漢反對把〔j〕或〔v〕標在〔i〕和〔u〕之前的理由，同時也指出了高本漢標音的缺點。因此，我認爲該把客語高元音之前的擦音標出來，如此不但可以區分客語與北京話唸法之不同，更可掌握客家方言間，帶不帶擦音的區別。

1.4　音　位

　　現在，我們已經討論了客語某些方言的高元音之前有摩擦成份，同時我們提出論證，以明標出擦音的重要性。接著而來的問題是：這個擦音是不是音位（ phoneme ）？關於這個問題，〔j〕和〔v〕的際遇迥然不同，因爲所有的文獻（高本漢以降）一致認爲〔v〕是音位，而〔j〕則妾身不明。因前者有辨義功用，如 fa「花」，與 va「使」。

　　文獻上，就帶擦音的客家方言，如梅縣客家而言，〔j〕的標音和音位的關係如下：（＋表是音位或有標音，一表非音位或無標音）。（參見下頁(6)）

　　就音值而言，客語的〔j〕游移在〔j〕（帶音的擦音）和〔y〕（滑音）之間。〔v〕的音值也介於〔w〕（滑音），〔β〕（双唇擦音）和〔v〕（唇齒擦音）之間。這是各家都共同

(6)

		標 音	音 位
北　大 （1962）		+	+
楊福綿 （1966）			
袁家驊 （1960）		－	－
詹伯慧 （1981）			
王　力 （1935）			
橋本萬太郎 （1973）		+	－

持有的看法。

　　前面我們已從分佈上，標音上，和音值上說明了〔j〕和〔v〕的地位。我們初步的結論是，〔j〕和〔v〕在音韻上的地位應該完全相同，因此，只把〔v〕而不把〔j〕看成聲母，是客語記音及研究上，一再重複而不自覺的錯誤。

二　音位説的問題

　　表面上看，把〔v〕和〔j〕看成音位並沒有錯，因爲〔j〕和〔v〕都可出現在任一元音之前，如：

(7)　a.　ja　　爺　　　b.　va　　娃

　　　　je　　撒　　　　　ve　　苦叫聲

　　　　ji　　衣　　　　　vi　　位

　　　　jo　　鷄　　　　　vo　　禾

　　　　ju　　有　　　　　vu　　烏

然而音位說却無法答覆底下的問題：(A)爲什麼客語只有非高元音起首的零聲母，而沒有高元音爲首的零聲母？如(8)所示。這種語音分佈，很不自然。而且，爲什麼高元音不能單獨成音節呢？

(8)　a.　en　　恩　　　b.　＊in　（jin　印）

　　　　　an　　恁　　　　　　＊un　（vun　溫）

　　　　　ɔn　　安

(B)如果〔v〕和〔j〕是聲母音位，爲什麼它們絕不能在含有介音的韻母之前呢？而其他聲母則可，如(9)：

(9)　a.　pia　　跑　　　b.　＊via

　　　　　n̠ian　　年　　　　　＊vian

　　　　　kio　　踮　　　　　　＊vio

(10)　　　客　語　　　閩南語　　　北京語

　　　　　vi　　　　　ui　　　　　wei　　　　　胃

　　　　　vuk　　　　ok　　　　　wu　　　　　屋

　　　　　vun　　　　un　　　　　wun　　　　　溫

　　　　　ji　　　　　i　　　　　　yi　　　　　醫

　　　　　jin　　　　in　　　　　yin　　　　　印

(C)客語沒有＊uam，＊uap，＊iei等韻母，爲什麼〔v〕和〔j〕正好不能在＊ap，＊am之前呢？　(D)漢語各方言本就有親

疏關係，而客語〔ｖ〕和〔ｊ〕為首的音節，湊巧也是北京話和
閩南語的零聲母音節。如上頁的⑽所示。

三　我的分析

3.1　理論背景

　　衍生音韻學從Goldsmith（ 1976 ）以來，由單線（ linear）
的音韻走向多線（ non - linear ）的架構。其主要的理論是說，
整個音的表示（ representation ）由好幾個架（ tier ）所組成，
架上都是獨立自主的音段（ autosegment ），因此這個理論又稱
為自主音段的音韻（ autosegmental phonology ）。架與架之間，
由連接線（ association line ）連接起來，而以支構架（skeleton
tier ）為中樞。如客語的 han 「閑」整個音韻表示如下：

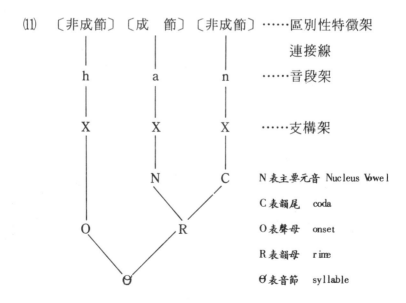

⑾　〔非成節〕〔成　節〕〔非成節〕……區別性特徵架

　　　　　　　　　　　　　　　　　　　　連接線

　　　　　h　　　a　　　n　　……音段架

　　　　　X　　　X　　　X　　……支構架

　　　　　　　　　N　　　C　　　N 表主要元音 Nucleus Vowel

　　　　　　　　　　　　　　　　 C 表韻尾　　coda

　　　　　O　　　　R　　　　　　 O 表聲母　 onset

　　　　　　　　　　　　　　　　 R 表韻母　 rime

　　　　　　　σ　　　　　　　　 σ 表音節　 syllable

在區別性特徵架（ distinctive feature tier ）上，元音的區別性特徵是：

⑿　i　e　a　o　u

　　　+　+　+　　　　成　節（ syllabic ）

　　　—　—　—　　　　非成節（ Consonantal ）

也就是說，高元音的區別性特徵是空的（ underspecified），因爲高元音在表音上（ phonetics ），可爲滑音也可爲主要元音，依它在音節上的位置而定。因此，高元音之爲滑音和主要元音的表示如下：

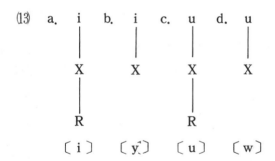

其中（ 13 a ）和（ 13 c ）的主元音，在音節上都是主要元音，因爲它連在 R（ rime －韻母 ）上。而（ 13 b ）和（ 13 d ）的高元音、由於不連韻母，因而成了滑音。

　另外，我認爲客語（乃至整個漢語），每個音節的支構架只有三個位置，因爲元音韻尾從不與輔音韻尾同時出現❺。因此，

客語的音節支構架是❻：

⑭　X X X
　　　　｜　　　　　　　　（Ｎ表主要元音）
　　　　N

　　簡言之，我的分析奠基於衍生音韻學的自主音段理論，區別性特徵論，和音節理論。

3.2　〔ｖ〕和〔ｊ〕的分析

　　由於客語的高元音之前都有滑音，因此我認爲客語文法有底下的規則：

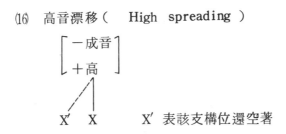

⑯　高音漂移（　High　spreading　）

$$\begin{bmatrix} -成音 \\ +高 \end{bmatrix}$$

　　X′　X　　　X′表該支構位還空著

　　這個規則和上面一小節所談到的理論，其運用情形例證於下：（UR表深層結構）

⑰　a.　yi　「衣」　　　b.　ya　　「野」

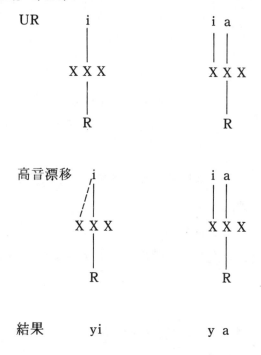

結果　　　　yi　　　　　　　　y a

　　這個結果只是解釋了高元音零聲母不帶擦音的方言。由〔
y〕到〔j〕，〔w〕到〔v〕，尚須要底下的規則：

　　⒅　聲母擦音規則

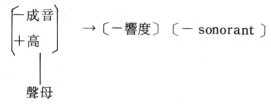

　　這個規則使〔y〕，〔w〕分別變成了〔j〕和〔v〕。這

個分析意味著〔ｊ〕和〔ｖ〕均不是音位性的聲母，而是來自高元音在音節中的投射情形。要注意的是，(18)的規則，其條件只限用於聲母，如果是介音，則不變成擦音，這點爲文獻上之研究所一致贊同。

我的分析，答覆了上一節所提出來的疑問。首先，客語沒有只有高元音的音節，因爲「高音漂移」是強制性（obligatory）的規則。其次，〔ｊ〕和〔ｖ〕絕不可在介音之前，因爲它們在深層結構裡，就是元音（或是介音），因而不可能在介音之前。第三個問題是 ＊uam，＊uap是不可能的韵母，因此，〔ｕ〕→〔ｗ〕→〔ｖ〕後，自然也不能有 ＊vam，＊vap的表層音。最後，我們說明了客語由〔ｊ〕和〔ｖ〕爲首的音節，底層上本就是來自於零聲母，因此和北京語、閩南語的零聲母成了應證。

從前的客語研究，把〔ｖ〕看成音位聲母，所持的理由是，〔ｖ〕和〔ｆ〕成最小配對。然而，這點並不可取。從語音型式（patrern）來看，〔ｆ〕〔ｖ〕和元音（或韵母）配對的情形，並不一致，這點可由底下的表例看出來。

(19) a.

	eu	am	et	aŋ	ap	ok	ak
f				*		*	*
v	*	*			*		

b.

feu	浮		vok		鑊
fam	犯		vak		畫
fet	或		vet		垣
fap	法		vaŋ		隉

c. * faŋ   * veu

     * fok   * vam

     * fak   * vap

* veu，* vam，* vap 之不可能，我們說過，是因爲客語沒 * ueu，* uam，* uap 等韵母。因此，把〔 f 〕和〔 v 〕看成最小配對，進而宣稱〔 v 〕是音位聲母者，顯然疏於對音韵的驗證。

四 結 論

本文從語音分佈，音質考查上，說明了客語〔 j 〕和〔 v 〕的語音地位，應該完全相同。另外，我從現代語音理論，分析〔 j 〕和〔 v 〕，分別來自零聲母的〔 i 〕和〔 u 〕，因而，〔 j 〕和〔 v 〕，都不是音位性的聲母。

＊本文之作，最先應謝謝我的指導教授鄭錦全先生，沒有他一再的逼問，我不可能會去深思這個問題。再者，應感謝五月廿五日，在輔大研討會上及會後，與我熱烈討論的前輩先進。特別是李壬癸先生和丁邦新先生，他們的督促及意見，使我受益良多，特此申謝。

附　註

❶ 本文用／　／表深層結構（ underlying representation ），而用〔　〕表示表音結構（ phonetic representation ）。客語的名詞後綴，某些方言用／e／。如果後綴是／i／，其在詞尾的唸法，也異於〔i〕為始的零聲母。質言之，詞綴沒有擦音，而零聲母前則有，標音上應是：

lay	yi	（ ←／ lai i／)	兒子
say	ji		晒衣

更詳盡的討論，請參閱 Chung 1989 。

❷ 有些方言用〔tɕɨ〕。〔ɨ〕是高中元音，但比北京話的〔ü〕（注音符號的ㄩ）還前，一如北京話的「斯」的元音。

❸ 因文獻上，沒有〔ｖｕ〕和〔ｕ〕的最小配對，故不討論。另方面，沒有〔ｖｕ〕及〔ｕ〕的記載，正好說明我的看法是可信的。

❹ 董同龢（ 1948 ）雖說〔i〕之前，沒有擦音，却又列了〔ｖ〕聲母。因手頭上沒有其他談四川涼水井的客語研究，估從之。但常樂客家話（ 我的發言人，是前台大醫學院院長邱仕榮先生的女兒），絕沒有〔ｖ〕聲母，因為「芋」在該方言唸〔ｕ〕，與北京話的「務」〔ｕ〕同音。

　　常樂，今改稱五華，在廣東省內。它的方言，與焦嶺、平遠、與寧合稱四縣客家話。

❺ 漢語中的閩北方言，如福州話，有可能元音韵尾和輔音韵尾同時出現，如 pein「變」，但福州話的元音韵尾，却不能與介音同時出現（ 見 Chan 1985 ，Chung 1989 ）。

　　本文在研討會宣讀後，洪惟仁先生說，閩南話中也有像 tiuʔ（ 疛 ），ŋiãuʔ（ 撓 ）的音節（ 我手邊的閩南話研究却沒有這類例子 ）。我想，這種情形，也可把ˋ、ʔ看成韵尾，表示如下：

這種問題的討論，請參見 Chung（ 1989 ： 154—158 ）。在此謝
謝洪先生寶貴的意見及資料。李壬癸先生的《閩南語喉塞音尾性
質的檢討》（ 1990 台語文摘 8：197—202 ）認爲閩語的喉塞音？
其實不應看成輔音，而只是入聲的徵性而已。如果這個看法正確，
則我的分析更獲有力的支持。

❻　因篇幅有限，不詳談客語支構架的問題，有興趣者，請參閱
Chung（ 1989 ）。

參 考 書 目

楊時逢．1957．台灣桃園客家方言。中央研究院歷史語言研究
　　所單刊第二十二本。

　　　　1970．台灣美濃客家方言。中央研究院歷史語言研究
　　所集刊34。405 - 465。

羅肇錦．1984．客語語法。台灣：學生書局。

丁邦新．1985．台灣語言源流。台灣學生書局（再版）。

千島和樋口靖．1986．台灣南部客家方言概要。日本麗澤大學
　　紀要42．95 - 148。

袁家驊．1960．漢語方言概要。北京：文字改革出版社。

北　大．1962．漢語方音字彙。北京：文字改革出版社。

　　　　1964．漢語方言詞彙。北京：文字改革出版社。

何大安．1989．聲韻學的觀念和方法。台北：大安出版社（再
　　版）。

黃雪貞．1987．客家話的分布與內部異同。北京，《方言》2
　　：81 - 96。

董同龢．1948．華陽涼水井客家話記音。中央研究院歷史語言
　　研究所集刊19。81 - 210。

高本漢．1926．漢語音韻學。李方桂、趙元任和羅常培中譯．
　　上海：中華書局。

詹伯慧．1981．現代漢語方言。湖北：人民出版社。

王　力．1935．漢語音韻學。上海：中華書局。

Chan，Marjorie.1985.*Fuzhou Phonology* : A Non - linear
　　Analysis of Tone and Stress.Doctoral dissertation，
　　University of Washington，Seattle，Washington.

Chung，Raung - fu.1989.*Aspects of Kejia Phonology.*
　　University of Illinois at Urbana - Champaign
　　dissertation.

Goldsmith，John.1976.*Autosegmental Phonology.* Doctoral
　　dissertation，MIT，Cambridge，Mass.

Hashimoto，Mantaro.(橋本萬大郎)1973.*The Hakka Dialect.*
　　Cambridge : The Princeton University Press.

Hill，K.C., 1988. "Review on Pullum & Ladusane's Phonetic
　　Symbol Guide." *Language*，64 : 143 - 144。

Kiparsky，Paul.1979. "Metrical Structure Assignment is
　　Cyclic,"*Linguistic Inquiry* 10,421 - 441。

Levin，Juliette.1985.*A Metrical Theory of Syllabicity* .
　　Doctoral Dissertation，MIT，Cambridge，Mass.

Ladefoged , Peter.1975. *A Course in Phonetics.* New
　　York:Harcourt Brace Jovanovich Inc.

Parker，Edward H..1880. "Syllabary of the Hakka language
　　or dialect,"*China Review* 8,205 - 217.

Pike,K.L.1943.*Phonetics.* Ann Arbor:The University of
　　Michigan Press.

Piton，Charlies.1880. "Remarks on the syllabary of the
　　Hakka dialect by Mr.E.H.Parker,"*China Review* 8 ,

316.

Rey, Charlies. 1901. *Dictionnaire Chinois-Francais*, *Dialecte* Hakka ka. Hongkong. Revised in 1926, Hongkong.

Vömel, Johann. 1913. "Der Hakka Dialect - - Lautlehre, Silbenlehre und Betonungslehre (als Dissertation einer hochwurdigen philosophischen Fakultat der Universitat Leipzig zur Erlangung der Doktorwurde vorgelegt. von J. H. Vömel), "Tongbao 14, 597 - 696.

Yang, Paul. (楊福綿) 1966. "Elements of Hakka Dialectology, " *Monumenta Serica* (Journal of Oriental Studies), Vol. XXVI. 305 - 352.

Yu, Shiou - min. (余秀敏) 1984. *Aspects of the Phonology of Miaoli Hakka.* M. A. Thesis, Fu Jen Catholic University, Taipei, Taiwan.

漢語的連環變化

李壬癸

一 研究漢語語音史的條件

研究漢語語音史所須具備的知識包括以下幾方面

1. 對聲韻學的認識

韻書、韻圖都是原始材料。研究漢語史的人不僅要熟悉這些原始材料，而且要吸取明、清等韻學家的研究成果。比韻書更原始的材料，就是直接研究各時代詩人如何用韻。這一方面民歌的用韻要比文人的用韻更有參考價值。

2. 對漢語方言的認識

漢語方言常保存古語的現象，不同的方言往往保持不同的古語特徵。因此，方言調查得愈多愈好。調查人最好對古音系統有一些認識，碰到有持殊意義的現象時才不會錯過，也才知道該方言是否值得做更進一步和深入的調查研究。

3. 對與漢語有親屬關係或長期接觸的語言的認識

已確定和漢語有親屬關係的語言是藏緬語。對藏緬語多一分了解，會對解決古漢語問題有很大的幫助。有些語言歷史的問題不是單靠同支系的材料就可以解決，有時要參考相關支系語言的現象，也就是需要更古的材料。此外，和漢語有長期接觸的語言，例如在南方的傣語系和在北方的阿爾泰語系，它們和漢語彼此相互影響。對這些語言加以研究，會

有助於解決漢語歷史的問題。例如，李方桂先生（ Li 1945)
就曾利用泰語早期借的漢字，提出訂正高本漢上古音的意見。

4. 對歷史語言學的認識

　　語言的演變有一定的軌跡，大致都有一定的方向。懂得
音理，懂得哪些演變是可能，哪些不可能，要處理漢語史的
問題才不致迷失方向。歷史語言學成為一門科學是十八、十九
世紀西方印歐語言學者經一百多年累積的研究成果發展而成。
利用他們的研究經驗和方法來治漢語史，可以得到更好的成
績。

　　凡是對漢語語音史有傑出貢獻的學者，如高本漢、李方
桂、王力諸先生，都具備了以上幾個條件。

　　本文試從歷史語言學的觀點來探討漢語方言的一種重要
演變現象—連環變化。

二　語音變化的類型

　　語音變化包括以下幾種類型：㈠增添，㈡消失，㈢分裂，㈣
合併，㈤轉移。

　　從無中生有在語言歷史上很少見，所以增添音位不是語音變
化的主要方式；增添多因受外來語的長久影響而引進的。整個音
位的消失也不多見，常見的只是部分消失，即在某些語境才消失，
例如國語丟失ŋ-，但ŋ仍然保存。我們也可以說，疑母和零聲母
合併了。

　　語音系統發生變化，最常見的是分裂和合併兩種變化。例如，
上古只有舌頭音 *t ， *th ， *d ， *n 一套，到了中古卻因

語境的不同而分裂成三套：㈠端系 t，th，d，n，（二） 知系 t，th，d，n，㈢照三系 ts，tsh，dz，nz。上古的 *k，*kh，*g，*ŋ 和 *kw，*khw，*gw，*ŋw，*hw 到了中古合併成爲一套聲母，即見系 k，kh，g，ŋ，x，只是來自 *kw的中古多爲合口（參見李 1971 ）。

　　然而，一個語言的音位總是保持有限的幾十個。假使只有分裂，音位會愈變愈多；反之，若只有合併，音位會愈變愈少。這兩種可能性都不會發生。最常見的演變方式是分裂之後部分語音和其他語音合併了。例如，從上古 *t 系三等字演變成中古照三系 ts 和由上古 *k 系（介音 *rj 前）演變而來的顎化音 tś 系合併。因此聲母總數雖略有增減，但上古和中古聲母數目還是差不多。同樣地，從中古到現代各種漢語方言，其演變結果也都相近。

　　另一種演變，音位數目大致維持不變，但發音方法卻改變了，我們管這種變化叫做「語音轉移」（ phonetic shifts ）。這種演變方式雖不如分裂或合併之常見，但卻是重要的演變方式，對語音系統有深遠的影響。本文主旨在檢討漢語音史上的各種語音轉移所構成的連環變化現象。

三　連環變化

1. 日耳曼支系的連環變化

　　從古印歐語到日耳曼支系，聲母有一連串的變化是連環的：

古印歐		日耳曼❶
1. *p，*t，*k	＞	f，s，x
2. *b，*d，*g	＞	p，t，k
3. *bh，*dh，*gh	＞	b，d，g

　　從清塞音變成清察音，造成清塞音的空檔。這個空檔就由原來的濁塞音清化而成的清塞音來遞補，濁塞音清化以後又造成濁塞音的空檔，而這個空檔正好由原來送氣濁塞音失去送氣成分而成的濁塞音來填補。發音的部位都沒有改變，只是發音的方法變了點。演變的次序也一定如上面所說的依1，2，3的順序。不可能倒過來依3，2，1的順序，因為那樣一來，三套聲母都會合併成為只有一套聲母了。除非這三套聲母同時演變，不先不後，才無所謂次序，但這種可能性似乎不大❷。

　　從古英語到現代英語，元音系統也有連環的變化，也就是「元音大轉移」（ the Great Vowel Shift ）：

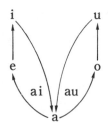

從低元音升高為中元音，中元音升高為高元音，高元音卻下降成為複合元音 ai 或 au。元音演變的順序應由高元音先變，次由中元音升高去遞補原來高元音的空缺，而後再由低元音升高去填補中元音的空檔。

2. 漢語的連環變化

漢語語音史上有沒有類似印歐語系的連環變化？閩南語的（例如廈門）連調變化正是如此（Bodman 1955：41）。除去入聲字以外，其他平上去舒聲調出現在上字的變調情形如下：

1.　　陽去┤ ── 陰去┘例如：樹根，父母

2a．　陰平┐ ── 陽去┤例如：山水

2b．　陽平／　　　　　例如：危險，流水

3.　　上聲＼ ── 陰平┐例如：水流，考試

4.　　陰去┘ ── 上聲＼例如：教訓，桂花

以上變調的現象正好成爲一個連環：由中平調變低平調，由高平或高升調變中平調，由下降調變高平調，由低平調變高降調，演變的次序依1，2，3，4，而不會是4，3，2，1，否則這五種舒聲調都會合併爲一個了。固然以上的變調只是平面的現象，但根據近年來一些學者的研究（如Ting 1982，Hashimoto 1982 ），所謂的"變調"存古"本調"才是後起的。如果變調存古這一看法是正確的話，那麼上面所列從本調到變調的四條規律，方向正好相反，其次序也要倒過來。也就是說，歷史上的演變次序應該是依4，3，2，1才對。

聲調已有連環變化的例子，那麼聲母和元音有沒有呢？海南島擔州村話白話音（參見丁1986：137）的舌尖音正有以下的連環變化：

1.　　　t　　 ── d

2.   s   ── → t

3. a   z   ── → s

3. b   dz   ── → tsh，ts

4.   tsh   ── → s

其變化次序正如丁先生所說的依1，2，3，4的順序，否則中古清、從、邪、心、端到今日儋州村話都要混了，而事實並不全混，只有清、從、邪三母混了（參見丁1986：149）。

儋州村話的四條演變規律，前三條從1到3a 的關係是「減損的次序」（bleeding order），也就是前頭的規律所產生的結果不能為後頭規律所用；而從3b（dz→tsh）到4的關係卻是「增益的次序」（feeding order），也就是前一條規律所產生的結果（tsh）正好後面條規律也可以用上。一般說來，語言演變的規律次序都傾向增益的次序，而非減損的次序（參見Kiparsky 1968）。

舌尖音這一連環變化，不僅儋州村話如此，凡是海南島地區的閩南方言也都有同樣或類似的演變現象（例如，參見張1976，何1981）。同一地區非漢語如黎語、Be語、以至鄰近的越南語也都有同樣的 t→d，s→t 的連環變化。詳見何（1988：35，105） 的討論及其所引相關參考書目。

和日耳曼支系不同的是：海南島地區漢語方言只有舌尖音起了連環變化，而日耳曼支系卻是唇音、舌尖音、舌根音都起了連環變化。其實，正如何（1988：105）所提到的，

海南島漢語方言也有(1) b → p，(2) p → ʔb 唇音的連環變化。

在浙江景寧方言（吳語）雙唇及舌尖塞音就有過連環變化（參見袁 1983：58）：

1. b-，d- ＞ bh-，dh-
2. p-，t- ＞ b-，d-

也一定是依 1，2 的次序先後發生演變。有趣的是，景寧的演變方向正好和日耳曼支系相反。景寧是由原來的濁塞音變送氣，而後原來清塞音濁化。❹ 不知何以舌根塞音 k，g 沒有一起演變，舌尖塞擦音 ts，dz 和舌面塞擦音 tɕ，dʑ 似乎也沒有受到影響。因此，景寧方言的連環變化既與日耳曼支系不同，也與海南島的漢語方言不同。不同的語方或方言，演變不會完全雷同。

梅祖麟先生指出，漢語語音史上也有聲母連環變化的例子：

1. 喻四 *1- ＞ ź- ＞ ji-
2. 來母 *r- ＞ 1-

從漢藏比較的觀點來看，上古音裡喻四的音值是 *1-，來母是 *r-（參見龔 1989（待刊稿），Bodman 1980）。1 的音變發生在 2 之先，否則喻四與來母會合併。喻四 *1- ＞ ź- 在東漢時期已經發生（參見 Coblin 1983，Bodman 1954），由此可知來母 *r- ＞ 1- 發生在東漢以後，也就是在喻四 *1- ＞ ź- 音變完成以後。

越南語漢語借字的證據也支持上面音變次序的看法。越南語中有兩套漢語借詞。古漢越語是漢代借入的，漢越語是

唐代借入的，有些來母字在越南語裡有兩讀，如

龍　　　簾

古漢越語（越音）　　rong　　rem

漢　越　語（漢音）　　lɔng　　liem（參見 Bodman 1980，

王 1948 ）

由此可見來母漢代借入越南語是 r-，在唐代 1，2 這兩種音變發生以從，借入越南語的音值是 1-。

　　漢語方言有沒有元音系統起連環變化的例子？早在 1930 年代趙元任先生就發表了他那篇不朽的名著「音位標音法的多能性」（Chao 1934）。文中他提到了福州話元音系統很特別：元音之高低會因受聲調的影響而起變化。根據《漢語方言概要》（袁 1983：286-87）的描述：「升調、降升調和升降調都能影響元音的音質，使單元音複化，使半高半低的單元音或複元音變得低些開些，使低元音變得後些。」有這四類的變化：

(1)　i，u，y　　　　＞　　ei，ou，øy

(2) øy，ou，ei　　　＞　　ǝy，au，ai

(3) e，ɔˈ，œ，ɛ　　＞　　eᴛ，ɔ，œᵀ，æ

(4) a　＞　ɑ

也就是說，福州話元音由高元音降低為中元音，由中元音降低元音，低元音就向後移（也就是降得更低些）。

　　福州話元音的轉移可以圖示如下：

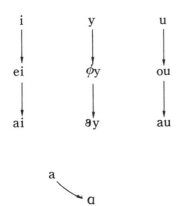

如同變調的現象，福州話元音變化雖是平面的現象，但同時也反映了歷史的演變過程。

　　拿福州話和英語比較，前者元音向下降而後者元音卻向上升。前者在降無可降時就往後移，而後者在升無可升時卻往下降。兩者雖逆向而行，卻有異曲同工之妙。

　　在漢語語音史上，似乎元音也有逐漸升高的現象。根據王力先生（1985：530 — 31 ）的說法，上古魚部開口一等字"姑"類字先秦時是低元音 a，到漢代升高爲ɔ，到南北朝再升高爲 o，到中古隋唐又升高爲 u。然後有如英語元音變化一樣，高元音 u 下降爲複合元音，「例如"圖"字，現代蘇州話讀 deu，漢口、廣州讀 tʻou」（王1985：531）。又如"曹"類字，它們的元音由先秦的 u 到漢代下降爲 o，到了南北朝轉變爲複合元音 ou ，隋唐五代更降低爲 au，宋以後再變爲 au 。 但照王先生的說法，由低元音 a 升高爲 u，由高元 u 降低到複合元音 au，都會經過後中元音 o 的階段，

　　兩者豈不是會碰在一起混而爲一嗎？這是第一個疑問。第二，漢語史上元音有的升高，而有的下降，同時有兩種完全相反的方向。而英語的前元音和後元音的發展卻都是平行的，一致的向上升高。漢語的演變史果眞如王先生所說，難免令人起疑，也許是王先生擬音系統的問題。誠然，不同的語境或不同的方言，演變的方向是可以不同的（參見何 1988 ）。

四　研究連環變化的意義

　　聲調、聲母和韻母的連環變化都顯示變化次序有先後，也就是規律的應用在歷史上必定有先後的次序。這一點在研究語言歷史是非常重要的課題。有些規律的先後次序不易判斷，但連環變化的次序卻非常確定。所以連環變化的探討，對漢語史的研究應該有重大的意義。

　　只要我們留心，應該還可以找到更多的漢語方言連環變化的例子。我們也可以藉此解決更多的漢語史方面的問題。但我們也知道，連環變化的例子不會太多，因爲這種演變並非語言演變的常態，因其次序是「減損的次序」。

參 考 書 目

丁邦新

    1986　《儋州村話》。中央研究院歷史語言研究所專刊之八
          十四。台北，南港。

王　力

    1948　漢越語研究，《嶺南學報》，9.1：1 - 96。又收入《
          漢語史論文集》，290 - 406（1958）。北京：科學
          出版社。

    1958　南北朝詩人用韻考，《漢語史論文集》，1 - 59。

    1958c　《漢語史稿》。北京：科學出版社。

    1985　《漢語語音史》。北京：中國社會科學出版社。

何大安

    1981　澄邁方言的文白異讀，《中研院史語所集刊》52.1
          ：101-152。

    1988　《規律與方向：變遷中的音韻結構》。中央研究院歷
          史語言研究所專刊之九十。台北，南港。

李方桂

    1971　上古音研究，《清華學報》，新九卷一、二期合刊，
          1 - 61。

袁家驊等

    1983　《漢語方言概要》（第二版）。北京：文字改革出版
          社。

張賢豹（張光宇）

　1976　　《海口方言》。台灣大學中文研究所碩士論文。

董同龢

　1968　　《漢語音韻學》。台北：廣文書局。

詹伯慧

　1981　　《現代漢語方言》。漢口：湖北人民出版社。

周法高

　1970　　論上古音和切韻音，《香港中文大學中國文化研究所
　　　　　學報》3.2：321 - 450。

龔煌城

　1990　　從漢藏語的比較看上古漢語若干聲母的擬測，《中研
　　　　　院史語所集刊》61.4。

Bodman，Nicholas

　1954　　*A Linguistic Study of the Shih Ming : Initials
　　　　　and Consonant Cluster*. Cambridge : Harvard
　　　　　University Press.

　1955-58 *Spoken Amoy Hokkien*. Kuala Lumpur : Governm-
　　　　　ent of Federation of Malaya.

　1980　　*Proto-Chinese and Sino-Tibetan*. In Frans van
　　　　　Costem and Linda Waugh，eds.，Contributions
　　　　　to Historical Linguistics 34 - 199. Leiden : E. J.
　　　　　Brill.

Chang，Kun

　1972　　*The Proto-Chinese Final System and the Ch'
　　　　　ieh-yun*. Institute of History and Philology，

Academia Sinica Monograph Series A26. Taipei.

Chao，Yuan-ren

1934 *The non-uniqueness of phonemic solutions of the phonetic systems.* BIHP 4.3 : 363-398.

Coblin，W.South

1983 *A Handbook of Eastern Han Sound Glosses.* Hong Kong : The Chinese University Press.

Hashimoto，Mantaro

1982 *The so-called "original" and "changed" tones in Fukienese.* BIHP 53.4 : 645 - 659.

Karlgren，Bernhard

1954 *Compendium of Phonetics in Ancient and Archaic Chinese.* BMFEA22 : 211 - 367.

King，Robert

1969 *Historical Linguistics and Generative Grammar.* Englewood Cliffs : Prentice Hall.

Kiparsky，Paul

1968 *Linguisstic universals and linguistic change.* In Emmon Bach and Robert Harms，eds., Universals in Linguissic Theory，pp.170 - 202. New York : Holt，Rinehart & Winston.

Li，Fang Kuei

1945 *Some old Chinese loan words in the Tai languages.* Harvard Journal of Asiatic Studies.8 : 333 - 342.

Ting，Pang - hsin

　1982　　*Some aspects of tonal development in Chinese dialects*. BIHP　53.4 : 629 - 644.

Wang，William S - Y.

　1968　　*Vowel features，paired variables，and the English vowel - shift*. Language 44.4 : 695 - 708.

附　註

＊本文初稿曾於 1990 年 2 月 15 - 17　日在美國加州大學柏克萊分校所辦的「中國語言學座談會」作口頭報告，全文於同年 3 月 24 - 25 日在台北舉辦的「中國聲韻學國際學術研究討會暨第八屆全國聲韻學研討會」上宣讀。稿件承丁邦新先生惠閱，並提供許多寶貴的改進意見，梅祖麟、何大安、張文彬、董忠司幾位先生也都先後提供修訂意見，特此一併誌謝。

❶ 事實上，從古印歐語到日耳曼支系，其對應關係並非如此單純。例如，從古印歐語 ＊ p，＊t，＊k　到日耳曼支系，因語境的不同而分成三套：㈠擦音 f，s，x，㈡清塞音 p，t，k（接在擦音旁），㈢濁塞音 b，d，g（非重音節）。本文只舉其演變大要，略去細節問額。

❷ 近二十年來也有學者討論這一類的連環變化是「推」（ push ）還是「拖」（ drag ）的力量。若是推，就是「推的連環變化」（ push chain）；若是拖，就是「拖的連環變化」(drag chain)（參見 King 1969：194）。本文不擬作進一步討論何者為是。

❸ 沈鍾偉指出，根據他研究過的三十多種吳語方言的塞音資料來判斷，景寧方言的 b-、d- 有可能是吸氣音（ implosives ）ɓ-、ɗ-，而袁等人所謂的 bh-、dh - 實際上是清化的濁音，也就是趙元任先生標寫的 b̥-，d̥-，其實並不送氣。一般吳語方言的工作者受了趙先生清音濁流說法的影響，常把吳語來自中古並、定的兩個聲母寫成 bh-、dh -。果若如此，那麼景寧方言也就沒有真正的連環變化了。

從聲學角度看國語三聲
連調變化現象

蘇宜青
張月琴

一 引 言

關於國語三聲連調變化現象的研究，最早有趙元任先生（19 48 ）所觀察到的規律：當一個三聲的字出現在另一個三聲的字之前時，第一個三聲字會變成二聲，卽

$$／214／→〔35〕／—二／214／$$

這個看法一直爲多數中國語言學家所接受。其後王士元和李兩位先生（ 1967 ）所做的聽覺實驗，結果也支持這個看法。但是，Zee（ 1980 ）使用語圖儀所做的研究卻發現在上述語境中，變調後的三聲在語音上與二聲並不等同，且得到兩條規律：

$$①／214／→〔34〕／\genfrac{}{}{0pt}{}{C}{〔+asp〕}\ \underline{\quad}—二／214／$$

$$②／35／→〔215〕／\genfrac{}{}{0pt}{}{C}{〔-asp〕}\ \underline{\quad}—二／214／$$

第一條規律說明只有當三聲調的聲母爲送氣輔音時，在此語境中才會變成類似二聲調的揚調，但其尾端上揚的程度比二聲調稍低。第二條規律是當聲母爲不送氣輔音時，原爲二聲的字若後頭接三聲的字，會變成類似三聲調中間有凹下（ dip ）的調形。此外，Kratochvil （ 1984 ， 1985 ）也分別以相聲錄音帶及自發性言談的錄音爲分析資料，得到的結果顯示，卽使有些變調後的三聲

調形與二聲相似，這樣的例子也很有限，因此他認爲傳統三聲連調變化現象的描述仍有待商榷。

　　但是，如Kratochvil　在自己文中指出的，以一般言談爲分析的語料時，聲調可能會受語調與重音的影響。另外，Zee　和Kratochvil　的語料數量都不大（Zee選用非末位字分別爲二聲調與三聲調的二字詞詞組共五組，每組念四次，因此共有四十筆語料；Kratochvil（ 1985 ）使用自發性言談爲語料，其中符合三聲連調變化語境的只有四十五處），所得結果可能不具有統計上的代表意義。基於以上兩個理由，我們在這次實驗中選用大量語料，並以二字詞詞組單獨出現和出現在句子中不同位置(句首、句中、句尾)的方式，從聲學角度來比較國語三聲連調變化中變調後的三聲和二聲之間的差異。

二　實驗方法

　1.語料：

　　本次實驗共分兩部分，第一部分實驗所用的語料主要是四十組非末位字分別爲二聲調和三聲調對照的二字詞詞組（附件一）❶。在這一部分實驗裡，四十組對照詞組分別以單獨出現及出現在句子中不同位置的方式讓發音人念。以句子型式出現時使用的框句（ carrier sentence ）分別是：在句首時，如「＿＿ 這兩個字我認識」；句中時，用「我認識 ＿＿ 這兩個字」；句尾時，用「他說這兩個字是＿＿」。這樣的設計使所有詞組在句子中的語境都一致，以避免上下文的影響。

　　第二部分的實驗一共選用十四組對照詞（在第一部分的語料

中選用了其中九組，另五組是重新設計的）（附件二）。這十四
組對照詞也分別以句首、句中、句尾的方式出現。不同的是，每
一組對照詞所用的句子不同，以使它們更接近平日言談所說的話。
但同一組對照詞都使用相同的框句，如：句首時，像「馬臉／麻
臉很不好看」；句中時，「我覺得　馬臉／麻臉　很醜」；句尾
時，「他長得一副　馬臉／麻臉」（附件二）。

2.發音人：

第一部分實驗的發音人黃同學，男，二十一歲，台灣省台中
市人，為大學三年級學生，他的母語是閩南語，但自就學後，平
日使用的主要語言為國語。

第二部分實驗的發音人陳同學，男，二十四歲，安徽省人，
母語為國語，錄音時為研究所二年級學生。

3.錄音過程：

在第一部分實驗裡，共分詞彙、句首、句中和句尾四部分，
每部分包含八十個詞組或句子（即四十組對照詞）。這四部分的
詞組或句子都分別寫在卡片上，然後以隨機的次序出現請發音人
念。

在第二部分實驗裡，同樣將設計的句子寫在卡片上，再以隨
機方式排列次序。與第一部分不同的是，因只有十四組詞，故句
首、句中、句尾三部分的句子都混在一起排到，共有八十四個句
子。

錄音的工作在一間有隔音設備的靜室進行。使用的器材包括
盤式錄音機STELLAVOX（ record unit mono － 7.5 ips
NAB ），及麥克風Beyerdynamic M8 8N（ c ）。 第一部分錄音

時，請發音人以平常說話速度依序念詞彙、句首、句中和句尾的部分。每一部分錄音結束時，讓發音人稍事休息，才進行下一部分的錄音。第二部分錄音時，句首、句中、句尾的八十四個句子則讓發音人一次錄完。錄音時每個詞或句子都念三次，（但第一位發音人有時因疏忽，有些句子只念了兩次）。若有念錯或遲疑的情形發生時，我們會要求發音人重念。

4.分析方法：

在分析語音時，首先用 Sonagraph Kay －5500 來分析。Sonagraph Kay －5500 可以將錄得的語音以波形圖（Wave form）和窄頻（narrow－band）呈現在螢幕上，我們即根據波圖及相對照的窄頻，切割出所需音節中的聲調部分（即韻母，the tone - carryihg part ）❷。隨後再經由與 Sonagraph 聯線的 Visi - pitch 取該韻母的調形（pitch contour），由電腦算出該韻母的調長（duration），並根據調長將該段音平分五等分，而得到六個點，稱之為 p_1、p_2、p_3、p_4、p_5、p_6，在此六點上取該音的調高（frequency）和振幅（amplitude），因此每一個音共可得到十三個數值。

以上述方法，由於第一位發音人有些句子只念兩次，所以在第一部分實驗中，我們取所念三次中的兩次作分析。第二部分由於語料較少，三次都作分析。但其中有些音因 Visi - pitch 取的情形不好，以致電腦根據所取數值重建的調形與原來差距太大，故捨棄不用。

取得所有欲分析之語音的十三個數值後，再以 Statgraphics 統計軟體，Student t - test ，two - sample analysis的方法，

分別算出各部分中非末位字為二聲調和三聲調的這十三個數值之
間的差異情形。所得結果見表一到表十五。

三 結 果

1.送氣／不送氣聲母與聲調

　　首先我們比較送氣與不送氣音對聲調的影響。由於我們的語
料有限，只做了前字聲母為塞擦音時的比較（見表一到表四），
結果如下：（T_2表本調為二聲調，T_3表本調為三聲調）

　　(1) T_3 的調長多半比 T_2 長

　　(2) T_2 的調高多半比 T_3 高

與 Zee 所得的兩條規律都不盡符合。由第一位發音人所得的結果，
不論聲母為送氣或非送氣塞擦音，得到的都是上揚的類似二聲的
調形，但聲母為送氣音時，不管是二聲還是三聲，其調高結尾時
都會稍微下降。同時我們也發現：開始時都是三聲的調高稍高，
但後來則二聲的調高較高。若分別比較二聲的送氣與不送氣，和
三聲的送氣與不送氣，則可發現：送氣音時，有調長較長，調高
較高（尤其在尾端時）的傾向。由第二位發音人所得的結果和第
一位發音人的不太一樣。此時不論聲母送氣與否，二聲與三聲得
到的都是中間有凹下的類似三聲的調形。至於同一聲調中送氣與
不送氣音之間的比較則沒有明顯的趨向❸。

2.　韻母成份與聲調

　　有些學者認為三聲調字的韻母若由三成份組成，雖後面接三
聲調字，聽覺上仍保有本調而不變調。本節即探討韻母構成成份
個數不同時對變調的影響。由表五到表七可以看出，不管韻母成

份爲單元音，或是由雙成份、三成份組成的，大致有如下的結果：

(1)調形基本上都是中間有凹下（ dip ）的。

(2)調長方面，雖然單元音和三成份時都是二聲比三聲長，但差異很小（分別爲 0.63 ms. 和 0.96 ms. ）；雙成份時，三聲的調長則比二聲長得多些（ 9.09ms. ）。

(3)調高都是二聲比三聲高些，但雙成份和三成份時，結尾（ P_6 ）的調高三聲比二聲稍高。

(4)振幅二聲比三聲大的情形較多。

儘管如此，這些差異在統計上都不顯着❸。由此可見，韻母的組成成份個數不能破壞三聲連調變化的規則。

3. 二聲調與變調後三聲的比較

在表八到表十一，及表十二到表十五中分別是第一位發音人和第二位發音人在詞彙、句首、句中、句尾等部分，所有句子的二聲調與三聲變調的平均值及使用 t - test 比較的結果。

由第一位發音人所得到的結果，一般而言相當一致：

(1)T_3 的調長比 T_2 長。

(2)T_2 的調高多半比 T_3 高（只有在句中時，T_3 的後半比 T_2 高）。

(3)T_2 的振幅多比 T_3 大（只有在句尾時，T_3 的 A_3、A_5、A_6 比 T_2 大）。

(4)調形都是類似二聲的上揚調形（只有在句首時，T_3 的尾端稍微下降）。

雖然有這些傾向，然而它們之間的差異在統計上除了句尾時 P_1、P_2 的 F_0 值外，都不顯着。因此，我們似乎可以說二聲調與三聲

變調是相同調。

但第二位發音人所得的結果卻沒有那麼一致：

(1)在詞彙和句尾部分，結果和第一位發音人稍類似，即調長 T_3 比 T_2 長，調高 T_2 比 T_3 高。

(2)在句首和句中時，則 T_2 調長比 T_3 長，T_3 調高比 T_2 高。

(3)振幅方面，四部分都是 T_3 比 T_2 大的情形多。

(4)調形方面，詞彙和句尾時的 T_3 中間有凹下，句首時 T_2 和 T_3 尾端都稍有下降，其餘則是上揚的調形。

這些差異在統計上也都不顯着。

Tone	D	P_1 F_0	P_2 F_0	P_3 F_0	P_4 F_0	P_5 F_0	P_6 F_0
二 〔12〕	181.33 (29.35)	102.73 (5.11)	105.25 (4.73)	110.69 (6.89)	122.45 (8.39)	136.85 (8.17)	134.2 (9.21)
三 〔12〕	188.67 (35.33)	102.96 (5.37)	102.16 (2.60)	107.95 (3.26)	117.56 (5.40)	133.75 (11.05)	129.82 (11.23)
S.L.	0.59	0.91	0.06	0.23	0.10	0.44	0.31

六組前字聲母為送氣塞擦音的詞組，二聲調與三聲調前字的調長、調高和振幅的平均值。

D 表調長，單位 ms（毫秒）

F_0 表調高，單位 Hz

（ ）內的數字表標準差（S.D.）

〔 〕內的數字表語料個數

S.L. 為顯着水準（Significance Level），凡 S.L.值大於 0.05，表示

其差異性不顯着。

表一　（黃姓發音人）

Tone	D	P_1 F_0	P_2 F_0	P_3 F_0	P_4 F_0	P_5 F_0	P_6 F_0
二 〔16〕	150.25 (24.20)	99.98 (9.61)	103.87 (10.93)	111.49 (11.45)	120.66 (14.91)	126.68 (12.73)	128.74 (17.55)
三 〔16〕	168 (31.81)	102.68 (5.82)	105.84 (6.23)	110.71 (5.43)	117.28 (7.66)	124.68 (8.75)	125.74 (12.10)
S.L.	0.09	0.34	0.54	0.81	0.43	0.61	0.58

八組前字聲母為非送氣塞擦音的詞組，二聲調與三聲調前字的調長、調高和振幅的平均值。

D 表調長，單位 ms（毫秒）

F_0表調高，單位 Hz

（ ）內的數字表標準差（ S.D.）

〔 〕內的數字表語料個數

S.L. 為顯著水準（ Significance Level），凡 S.L.值大於 0.05 表示
　　 其差異性不顯著

表二　（黃姓發音人）

Tone	D	P_1		P_2		P_3		P_4		P_5		P_6	
		A_1	F_0	A_2	F_0	A_3	F_0	A_4	F_0	A_5	F_0	A_6	F_0
二 〔12〕	253.75 (34.32)	18.67 (3.89)	121 (9.73)	29.92 (4.17)	114.58 (5.57)	32.67 (3.52)	114.42 (5.40)	32.75 (4.56)	123.25 (6.77)	32.75 (4.16)	136.58 (5.73)	23.58 (3.23)	140.08 (10.45)
三 〔12〕	250 (25.58)	19.33 (2.81)	119.99 (6.44)	30.5 (4.74)	116.13 (5.67)	33 (2.34)	113.77 (7.05)	33.67 (2.02)	123.63 (6.57)	35.17 (2.89)	135.83 (7.32)	25.75 (3.65)	141.08 (12.45)
S.L.	0.76	0.64	0.77	0.75	(0.51)	0.79	0.80	0.53	0.89	0.11	0.78	0.14	0.83

六組前字聲母為送氣塞擦音的詞組，二聲調與三聲調前字的調長、調高與振幅的平均值

　　D 表調長，單位 ms （毫秒）

　　F_0 表調高，單位 Hz

　　A 表振幅，單位 dB

　　（ ）內的數字表標準差（S.D.）

　　〔〕內的數字表語料個數

　　S.L. 為顯著水準（Significance Level），凡 S.L. 值大於 0.05，

　　表示其差異性不顯着。

表三 （陳桂發音人）

Tone	D	P₁		P₂		P₃		P₄		P₅		P₆	
		A_1	F_0	A_2	F_0	A_3	F_0	A_4	F_0	A_5	F_0	A_6	F_0
二〔16〕	238.75 (17.84)	17.56 (5.14)	115.83 (9.97)	33.75 (3.15)	111.5 (4.62)	35.75 (2.91)	113.67 (5.94)	37.13 (4.01)	121.72 (7.97)	38.06 (4.61)	136.76 (12.05)	24.44 (4.02)	142.23 (17.46)
三〔16〕	256.88 (33.61)	18 (4.76)	115.48 (10.69)	34.69 (5.82)	112.14 (7.97)	35.31 (3.09)	112.3 (5.89)	36.31 (3.30)	120.93 (7.52)	38.63 (3.54)	134.99 (7.28)	25 (4.58)	139.16 (10.55)
S.L.	0.07	0.80	0.92	0.58	0.78	0.68	0.52	0.54	0.78	0.70	0.62	0.71	0.55

八組前字聲母為非送氣塞音的詞組，二聲調與三聲調前字的調長，調高及振幅的平均值
D 表調長，單位 ms（毫秒）
F_0 表調高，單位 Hz
A 表振幅，單位 dB
（）內的數字表標準差（S.D.）
〔〕內的數字表語料個數
S.L. 為顯著水準（Significance Level），凡 S.L. 值大於 0.05，
表示其差異性不顯著

表四 （陳姓發音人）

Tone	D	P_1		P_2		P_3		P_4		P_5		P_6	
		A_1	F_o	A_2	F_o	A_3	F_o	A_4	F_o	A_5	F_o	A_6	F_o
二 〔32〕	244.69 (36.10)	17.53 (7.53)	115.28 (9.43)	32.5 (3.77)	112.69 (5.24)	35.06 (3.23)	115.05 (6.77)	36.72 (4.01)	123.68 (7.55)	37.69 (5.04)	138.66 (9.97)	25.88 (6.77)	143.42 (14.74)
三 〔32〕	244.06 (28.04)	16.94 (7.89)	113.70 (10.88)	32.66 (5.45)	110.85 (7.47)	34.59 (4.11)	112.68 (6.44)	36.66 (4.05)	123.65 (6.50)	38.88 (3.62)	137.34 (7.86)	27.78 (7.86)	141.68 (12.78)
S.L.	0.94	0.76	0.54	0.89	0.26	0.61	0.16	0.95	0.99	0.28	0.56	0.30	0.62

十六組前字韻母成分為單元音的詞組，二聲調與三聲調前字調長、調高和振幅的平均值

D表調長，單位ms（毫秒）

F_o表調高，單位Hz

A表振幅，單位dB

（ ）內的數字表標準差（S.D.）

〔 〕內的數字表語料個數

S.L.為顯著水準（Significance Level），凡S.L.值大於0.05，

表示其差異性不顯著

表五　（陳姓發音人）

Tone	D	P$_1$		P$_2$		P$_3$		P$_4$		P$_5$		P$_6$	
		A$_1$	F$_o$	A$_2$	F$_o$	A$_3$	F$_o$	A$_4$	F$_o$	A$_5$	F$_o$	A$_6$	F$_o$
二〔22〕	261.82 (23.58)	18.14 (6.99)	116.36 (9.40)	34.27 (4.43)	111.02 (5.58)	35.09 (4.49)	111.61 (3.98)	34.91 (5.14)	118.46 (4.91)	35.32 (4.12)	132.07 (6.96)	27.91 (5.14)	141.18 (10.13)
三〔22〕	270.91 (24.67)	16.64 (5.09)	112.05 (7.91)	32.86 (5.72)	110.36 (3.70)	34.55 (3.91)	111.59 (3.53)	35.18 (4.72)	118.46 (4.48)	35.18 (4.65)	131.55 (5.24)	26.36 (5.09)	142.91 (8.68)
S.L.	0.22	0.42	0.11	0.37	0.65	0.67	0.98	0.86	1	0.92	0.78	0.32	0.55

十一組前字韻母成分由雙成分組成的詞組，二聲調與三聲調前字調長、調高和振幅的平均值。

D 表調長，單位 ms（毫秒）

F$_o$表調高，單位 Hz

A 表振幅，單位 dB

（ ）內的數字表標準差（S.D.）

〔 〕內的數字表語料個數

S.L.為顯著水準（Significance Level），凡 S.L. 值大於 0.05，
表示其差異性不顯著。

表六 （陳姓發音人）

Tone	D	P₁		P₂		P₃		P₄		P₅		P₆	
		A_1	F_0	A_2	F_0	A_3	F_0	A_4	F_0	A_5	F_0	A_6	F_0
二 [26]	275.96 (27.64)	17.04 (5.26)	112.73 (10.96)	34.23 (3.72)	111.15 (6.00)	35.62 (4.34)	111.73 (4.86)	34.12 (5.44)	121.89 (7.07)	33.69 (5.45)	134.54 (7.56)	24.77 (5.47)	142.62 (11.25)
三 [26]	275 (35.47)	19.42 (6.60)	112.28 (6.76)	33.65 (3.89)	111 (5.35)	35.5 (3.66)	111.05 (5.89)	33.92 (3.26)	120.15 (6.23)	33.46 (4.27)	133.6 (8.92)	25.5 (4.59)	143.14 (12.25)
S.L.	0.91	0.16	0.86	0.59	0.92	0.92	0.65	0.88	0.35	0.87	0.68	0.60	0.87

十三組前字韻母成分由三成分組成的詞組，二聲調與三聲調前字調長、調高和振幅的平均值。

D 表調長，單位 ms（毫秒）

F_0 表調高，單位 Hz

A 表振幅，單位 dB

（）內的數字表標準差（S.D.）

〔〕內的數字表語料個數

S.L. 為顯著水準（Significance Level），凡 S.L. 值大於 0.05，

表示其差異性不顯著。

表七　（陳姓發音人）

Tone	D	P_1		P_2		P_3		P_4		P_5		P_6	
		A_1	F_o	A_2	F_o	A_3	F_o	A_4	F_o	A_5	F_o	A_6	F_o
二 〔78〕	173.77 (42.41)	39.46 (2.82)	103.03 (6.50)	43.60 (3.57)	105.20 (6.66)	45.70 (3.48)	110.39 (7.57)	46.96 (3.69)	120.15 (10.97)	47.73 (3.95)	130.73 (13.07)	44.04 (4.06)	130.97 (13.34)
三 〔80〕	183.4 (38.99)	38.60 (2.38)	102.61 (5.72)	42.60 (3.07)	104.81 (5.88)	44.75 (3.12)	109.52 (6.95)	46.12 (3.16)	117.53 (9.72)	46.66 (3.37)	128.26 (11.30)	42.93 (3.08)	129.01 (11.15)
S.L.	0.14	0.04	0.66	0.06	0.70	0.07	0.45	0.13	0.11	0.07	0.20	0.05	0.32

四十組詞以詞彙方式念時前字調長、調高和振幅的平均值。

D表調長，單位 ms（毫秒）

F_o表調高，單位 Hz

A表振幅，單位 dB

（ ）內的數字表標準差（S.D.）

〔 〕內的數字表語料個數

S.L.為顯著水準（Significance Level），凡 S.L. 值大於 0.05，表示其差異性不顯著。

表八　（黃姓發音人）

Tone	D	P₁ A₁	P₁ F₀	P₂ A₂	P₂ F₀	P₃ A₃	P₃ F₀	P₄ A₄	P₄ F₀	P₅ A₅	P₅ F₀	P₆ A₆	P₆ F₀
二 〔79〕	136.85 (31.92)	41.90 (3.79)	101.1 (6.97)	46.00 (4.24)	106.51 (9.10)	48.45 (4.36)	116.14 (11.60)	49.29 (4.61)	128.35 (12.45)	48.52 (4.61)	138.06 (12.28)	44.86 (4.65)	139.03 (13.34)
三 〔79〕	140.11 (35.61)	41.15 (2.56)	100.9 (6.05)	44.93 (3.01)	105.86 (8.10)	47.43 (3.47)	115.62 (10.73)	48 52 (4.11)	128.33 (11.59)	47.98 (4.16)	138.32 (11.90)	43.85 (3.34)	136.14 (12.18)
S.L.	0.54	0.15	0.85	0.07	0.64	0.11	0.77	0.27	0.99	0.44	0.89	0.12	0.16

四十組詞在句首當前字時的調長，調高和振幅的平均值。

D表調長，單位ms（毫秒）

F₀表調高，單位Hz

A表振幅，單位dB

（ ）內的數字表標準差（S.D.）

〔〕內的數字表語料個數

S.L.為顯著水準（Significance Level），凡S.L.值大於0.05，表示其差異性不顯著。

表九 （黃姓發音人）

Tone	D	P_1		P_2		P_3		P_4		P_5		P_6	
		A_1	F_o	A_2	F_o	A_3	F_o	A_4	F_o	A_5	F_o	A_6	F_o
二 〔80〕	131.15 (32.41)	42.19 (3.48)	102.05 (5.43)	45.20 (3.43)	102.62 (5.272)	46.94 (3.70)	106.72 (6.34)	48.03 (4.25)	114.76 (7.70)	47.87 (4.46)	124.28 (8.48)	43.99 (3.71)	126.10 (9.87)
三 〔79〕	134.99 (34.65)	42.09 (4.12)	100.43 (5.50)	44.95 (4.05)	101.66 (5.274)	46.42 (3.88)	106.71 (6.38)	47.40 (3.91)	115.15 (7.46)	47.14 (4.00)	124.94 (8.16)	42.88 (2.99)	126.27 (8.92)
S.L.	0.47	0.87	0.06	0.67	0.25	0.39	0.99	0.34	0.74	0.28	0.62	0.04	0.91

四十組詞在句中時前字的調長、調高和振幅的平均值。

D 表調長，單位 ms（毫秒）

F_o 表調高，單位 Hz

A 表振幅，單位 dB

（ ）內的數字表標準差（S.D.）

〔 〕內的數字表語料個數

S.L. 為顯著著水準（Significance Level），凡 S.L. 值大於 0.05，
表示其差異性不顯著。

表十　（黃姓發音人）

Tone	D	P_1		P_2		P_3		P_4		P_5		P_6	
		A_1	F_o	A_2	F_o	A_3	F_o	A_4	F_o	A_5	F_o	A_6	F_o
二 〔80〕	150 (42.91)	40.38 (3.27)	95.75 (4.10)	43.04 (4.34)	95.82 (3.44)	43.85 (4.47)	96.78 (4.17)	44.81 (5.22)	101.53 (5.25)	44.69 (5.32)	107.88 (7.16)	41.12 (3.62)	108.62 (8.62)
三 〔81〕	151.25 (45.11)	40.08 (2.85)	94.00 (3.54)	43.02 (3.77)	94.62 (3.53)	44.03 (4.04)	95.87 (4.27)	44.79 (4.24)	100.31 (4.58)	45.27 (4.69)	106.85 (6.45)	41.75 (3.56)	108.48 (10.10)
S.L.	0.86	0.54	0.004	0.98	0.03	0.79	0.17	0.98	0.12	0.47	0.34	0.27	0.93

四十組詞在句尾時前字的調長、調高和振幅的平均值。

D 表調長，單位 ms（毫秒）

F_o 表調高，單位 Hz

A 表振幅，單位 dB

（ ）內的數字表標準差（S.D.）

〔〕內的數字表語料個數

S.L. 為顯著水準（Significance Level），凡 S.L. 值大於 0.05，表示其差異性不顯著。

表十一　（黃姓發音人）

Tone	D	P_1		P_2		P_3		P_4		P_5		P_6	
		A_1	F_0	A_2	F_0	A_3	F_0	A_4	F_0	A_5	F_0	A_6	F_0
二	259.56 (32.87)	17.54 (6.65)	114.75 (9.93)	33.55 (3.99)	111.73 (5.57)	35.25 (3.93)	113.03 (5.70)	35.38 (4.90)	121.66 (7.01)	35.74 (5.18)	135.51 (8.81)	26.08 (6.00)	142.54 (12.39)
三	261.50 (32.81)	17.66 (6.83)	112.78 (8.84)	33.04 (5.03)	110.76 (5.89)	34.88 (3.89)	111.85 (5.58)	35.36 (4.13)	121.08 (6.25)	36.10 (4.72)	134.53 (7.92)	26.65 (6.22)	142.49 (11.49)
t	-0.37	-0.12	1.32	0.71	1.07	0.61	1.32	0.02	0.55	-0.46	0.74	-0.59	0.03
P	0.8	1.0	0.2	0.5	0.3	0.6	0.2	1.0	0.6	0.7	0.5	0.6	1.0

四十組詞以詞彙方式念時前字調長、調高和振幅的平均值。

　D 表調長，單位ms（毫秒）

　F_0表調高，單位Hz

　A 表振幅，單位dB

　（ ）內的數字表標準差（S.D.）

表十二　（陳姓發音人）

Tone	D	P_1		P_2		P_3		P_4		P_5		P_6	
		A_1	F_0	A_2	F_0	A_3	F_0	A_4	F_0	A_5	F_0	A_6	F_0
二 〔41〕	111.27 (27.97)	44.17 (3.62)	117.7 (9.57)	48.03 (4.59)	124.16 (11.45)	50.73 (5.31)	134.93 (11.18)	52.42 (5.58)	141.79 (10.81)	52.47 (5.70)	146.60 (8.19)	47.77 (4.87)	145.37 (8.74)
三 〔42〕	104.76 (27.26)	44.77 (3.68)	120.41 (9.31)	48.55 (4.21)	127.07 (10.61)	50.91 (4.60)	135.11 (10.58)	52.39 (4.61)	144.24 (10.02)	52.51 (4.57)	148.67 (9.69)	48.78 (4.77)	148.01 (9.42)
S.L.	0.29	0.46	0.20	0.59	0.23	0.87	0.94	0.97	0.29	0.97	0.30	0.34	0.19

十四組詞在句首時首字的調長、調高和振幅的平均值。

D 表調長，單位 ms（毫秒）

F_0表調高，單位 Hz

A 表振幅，單位 dB

（）內的數字表標準差（S.D.）

〔〕內的數字表語料個數

S.L. 為顯著水準（Significance Level），凡 S.L. 值大於 0.05

表示其差異性不顯著。

表十三　（陳姓發音人）

Tone	D	P$_1$		P$_2$		P$_3$		P$_4$		P$_5$		P$_6$	
		A$_1$	F$_o$	A$_2$	F$_o$	A$_3$	F$_o$	A$_4$	F$_o$	A$_5$	F$_o$	A$_6$	F$_o$
二 〔41〕	119.81 (36.07)	43.79 (2.90)	113.46 (7.78)	46.73 (4.15)	115.63 (7.63)	48.38 (4.99)	120.15 (7.74)	49.35 (5.16)	127.89 (7.70)	49.11 (4.77)	133.13 (7.28)	44.93 (3.47)	133.26 (7.74)
三 〔37〕	116.38 (33.39)	43.51 (3.26)	113.31 (7.42)	46.78 (4.55)	115.69 (7.07)	48.69 (5.29)	120.78 (7.95)	49.66 (5.50)	126.995 (6.88)	49.67 (5.46)	133.41 (7.00)	45.50 (3.85)	133.77 (6.68)
S.L.	0.67	0.70	0.93	0.96	0.97	0.79	0.73	0.80	0.59	0.63	0.86	0.50	0.76

十四組詞在句中時前字的調長、調高和振幅的平均值。

D 表調長，單位 ms（毫秒）

F$_o$ 表調高，單位 Hz

A 表振幅，單位 dB

（）內的數字表標準差（S.D.）

〔〕內的數字表語料個數

S.L. 為顯著水準（Significance Level），凡 S.L. 值大於 0.05，表示其差異性不顯著。

表十四 （陳姓發音人）

Tone	D	P₁ A₁	P₁ F₀	P₂ A₂	P₂ F₀	P₃ A₃	P₃ F₀	P₄ A₄	P₄ F₀	P₅ A₅	P₅ F₀	P₆ A₆	P₆ F₀
二〔41〕	138.83 (40.90)	42.12 (3.46)	102.95 (5.37)	45.05 (4.50)	103.06 (6.46)	46.21 (4.89)	105.69 (7.65)	46.68 (5.74)	110.85 (6.97)	46.55 (6.21)	116.24 (6.90)	42.75 (3.90)	117.88 (7.08)
三〔36〕	139.36 (30.78)	43.11 (3.39)	101.94 (5.24)	45.77 (3.64)	100.54 (5.31)	47.13 (3.90)	103.66 (6.93)	47.78 (4.31)	108.60 (6.47)	47.93 (3.97)	115.46 (7.61)	44.31 (3.63)	116.73 (7.34)
S.L.	0.95	0.21	0.41	0.44	0.07	0.37	0.23	0.35	0.15	0.25	0.64	0.08	0.49

十四組詞在句尾時前字的調長、調高和振幅的平均值。

D 表調長，單位 ms（毫秒）

F₀表調高，單位 Hz

A 表振幅，單位 dB

（　）內的數字表標準差（S.D.）

〔　〕內的數字表語料個數

S.L. 為顯著水準（Significance Level），凡 S.L. 值大於 0.05，表示其差異性不顯著。

表十五　（陳姓發音人）

四 結 論

　　由以上所得的結果可以看出，國語三聲連調變化的聲學現象比原先我們所認爲的要複雜多了。雖然變調後的三聲與二聲在統計上的差異並不顯着，但有些現象是不能忽略的。在第一位發音人所有的語料中，可以發現幾乎所有 T_2 的調高都比 T_3 高，且 T_3 的調長都比 T_2 長，而在第二位發音人的詞彙和句尾部分，也可觀察到相同的現象。這種差異上的一致性或許可以說明，說話者在調值上不作區別，但調類上仍有分辨，如同我們看到「淺水」一詞時，會意識到它是由兩個三聲字組合而成，雖然我們知道它的讀音與「潛水」是相同的。

　　然而第二位發音人用來區辨二聲調與三聲變調這兩個調類時，所採取的方法並不一致。在句中和句首時，T_3 的調高反而比 T_2 高，且 T_2 的調長比 T_3 長。因此，我們認爲，在統計上 T_2 與 T_3 是相同的聲調，它們之間的差異最多 7 Hz，是人耳所無法區辨的。這些差異雖會因人而異，或三聲比二聲高，或二聲比三聲高，但也許正可反映出說話者仍將此調值極相似的兩個調看成分屬於兩個不同的調類。

附 註

❶ 這四十組對照詞組是由許蕙麗同學收集的。

❷ Howie（ 1974 ） 認爲只有韻（ 主要元音＋韻尾 ）這部分的聲調 是一個音節中眞正的聲調，而非整個韻母部分。換言之，韻首（ 即主要元音前面的半元音 ）的音高不包含在聲調之中，它只是聲 調的準備期。我們同意 Howie 的看法，但由於切音上的困難，我 們將韻首也算入帶聲調的部分中。

❸ 第二位發音人的這部分實驗結果，及下面有關韻母與聲調的部分， 是在本次實驗之前由許蕙麗同學所做的。 她使用 Sonagraph Kay- 7800 以窄頻畫出後，對照波形圖切割出所要分析的音，再將此 音平分爲五等分，於所得的六個點上取第十個諧音（ harmonic ） 的調高和振幅。所用的語料卽第一部分實驗的四十組對照詞組。

※感謝許蕙麗同學所收集的語料並做了部分分析，以及 Laurent Sagart 對本文初稿的建議。

參 考 書 目

1. Chao，Y.R.，1948，*Mandarin Primer*，Cambridge，Mass.。

2. Howie，J.M.,1974，"*On the Domain of Tone in Mandarin，Some Acoustic Evidence*"，Phonetica，30，3，pp.129 — 148。

3. Kratochvil，P.，1984，"*Phonetic Tone Sandhi in Beijing Dialect Stage Speech*"，Cahiers de Linguistique Asie Orientale，Vol. X Ⅲ，No.2，pp.135 - 174。

4. ···················· 1985，"*The Case of the Third Tone*"，Papers Presented to Wang Li on His Eightieth Birthday，Hong Kong。

5. Wang，W.S—Y. and K.P.Li，1967，"*Tone 3 in Pekinese*"，Journal of Speech and Hearing Research 10，pp.629 - 636。

6. Zee，E.，1980，"*A Spectrographic Investigation of Mandarin Tone Sandhi*"，UCLA Working Papers in Phonetics 49，pp. 98-116。

附件一

白馬 百馬	白米 百米	讀馬 賭馬	甜嘴 舐嘴	國手 裏手
扶手 俯首	含有 罕有	湖口 虎口	活口 火口	懸好 選好
十組 始祖	神曲 審曲	熟眼 首演	擊鼓 幾股	夾板 甲板
執筆 紙筆	着火 找火	竹筆 主筆	竹槳 主講	築好 煮好
族長 組長	齊口 啓口	潛海 淺海	潛水 淺水	強取 搶取
牆首 搶手	纏好 剷好	牢警 老井	糧口 兩口	流體 柳體
隆起 壟起	麻臉 馬臉	鹽裡 眼裡	搖筆 咬筆	搖好 咬好
紋手 吻手	兒語 耳語	吳女 舞女	吳曲 舞曲	彌果 米果

附件二

1. $\begin{cases} 虎尾 \\ 狐尾 \end{cases}$ 很好玩

   我覺得 $\begin{cases} 虎尾 \\ 狐尾 \end{cases}$ 很好玩

   我不喜歡 $\begin{cases} 虎尾 \\ 狐尾 \end{cases}$

2. $\begin{cases} 舉起 \\ 掬起 \end{cases}$ 這些水來

   他要我 $\begin{cases} 舉起 \\ 掬起 \end{cases}$ 這些水來

   他要我把這些水 $\begin{cases} 舉起 \\ 掬起 \end{cases}$

3. $\begin{cases} 啟口 \\ 齊口 \end{cases}$ 很不容易

   要他們 $\begin{cases} 啟口 \\ 齊口 \end{cases}$ 很難

   他們很難得 $\begin{cases} 啟口 \\ 齊口 \end{cases}$

4. $\begin{cases} 馬臉 \\ 麻臉 \end{cases}$ 很不好看

   我覺得 $\begin{cases} 馬臉 \\ 麻臉 \end{cases}$ 很醜

他長得一副 ⎰ 馬臉
　　　　　⎱ 麻臉

5. ⎰ 米果　很好吃
　 ⎱ 彌果

　　我覺得 ⎰ 米果　很好吃
　　　　　⎱ 彌果

　　我不喜歡吃 ⎰ 米果
　　　　　　　⎱ 彌果

6. ⎰ 咬筆　是壞習慣
　 ⎱ 搖筆

　　他因為 ⎰ 咬筆　而挨罵
　　　　　⎱ 搖筆

　　老師不准我們 ⎰ 咬筆
　　　　　　　　⎱ 搖筆

7. ⎰ 剷好　這些東西很費時
　 ⎱ 纏好

　　他要我 ⎰ 剷好　這些東西
　　　　　⎱ 纏好

　　這些東西還沒 ⎰ 剷好
　　　　　　　　⎱ 纏好

8. ⎰ 吻手　會讓人難堪
　 ⎱ 紋手

　　他不喜歡 ⎰ 吻手　的那個人
　　　　　　⎱ 紋手

我最討厭別人 { 吻手
{ 紋手

9. { 場景　好壞影響很大
{ 長景

他擅用 { 場景　表達意念
{ 長景

這個導演不會利用 { 場景
{ 長景

10. { 組長　命令他們工作
{ 族長

他要求 { 組長　幫他忙
{ 族長

大家都不願意當 { 組長
{ 族長

11. { 耳語　不容易聽懂
{ 兒語

他說 { 耳語　說得不清楚
{ 兒語

在公共場合應避免 { 耳語
{ 兒語

12. { 假筆　很不好使用
{ 夾筆

買到壞的 { 假筆　很討厭
{ 夾筆

儘量避免買 ｛ 假筆
夾筆

13. ｛ 眼裡　有沙很難受
鹽裡

我不喜歡 ｛ 眼裡　有沙吹進去
鹽裡

風把沙吹進 ｛ 眼裡
鹽裡

14. ｛ 買狗　花了他很多錢
埋狗

我覺得 ｛ 買狗　很不划算
埋狗

我昨天去山上 ｛ 買狗
埋狗

附　錄
中國聲韻學國際學術研討會紀要
竺家寧

　　民國79年3月24、25日在臺北縣新莊輔仁大學召開了國內首度的「中國聲韻學國際學術研討會」，與會學者一百多位，除本地外，分別來自美國、日本、韓國、香港、澳門。這次會議與「第八屆全國聲韻學學術研討會」合併舉行，規模之大、討論之熱烈，成爲近年學術上之盛事。

　　3月24日在輔仁大學野聲樓谷欣廳舉行研討會開幕式，由名譽主席羅光校長及中國聲韻學會理事長陳新雄教授共同主持。

　　這次提會的論文共十九篇，分爲三個主題：「漢語古音學」九篇、「現代漢語方言」六篇、「聲韻學與文學」四篇。若依學校分：高雄師大三篇、中正大學二篇、輔仁大學二篇、美國柏克萊大學二篇、香港浸會學院、日本東京大學、韓國蔚山大學、澳門東亞大學、中研院、師大、清華、政大、北師、彰師各一篇。

　　會議研討的第一場討論由張孝裕先生擔任主席，宣讀兩篇論文：陳新雄先生的「毛詩韻三十部諧聲表」和丁邦新先生的「聲韻學知識用於推斷文學作品時代及眞僞之限度」，分別由丁邦新、張以仁兩位先生擔任特約討論。

　　陳新雄先生的論文採用表格的形式，列出各韻部的諧聲偏旁各部諧聲偏旁之末再註明變入廣韻的韻目名稱。諧聲偏旁收錄之標準，以出現於詩經韻脚者爲限，其中較難一覽而知的，則引說文、沈兼士廣韻聲系說明之。字之篆籀形體有異，也在附註中加

以說明。若諧聲偏旁與階聲字間古韻不同，收入何部則以詩經押韻字爲主。

　　接著由丁邦新先生發言討論，他特別推崇陳先生領導聲韻學會的貢獻，而且也能不斷發表文章，從事著述研究，正與其鍥不舍齋的精神一致。陳先生不但能發揚師說，也能把老師的說法作一些修正，推陳出新。至於陳先生這篇論文本身，是一個表的性質，是供學者查考之用。因此，丁先生提出幾點意見供參考：第一，凡例中提到表的排列次序依據古音學發微一書，不妨再用一點篇幅把三十部的先後重列一下，使讀者不必費事再找原書。第二，每一部的聲符次序若依筆畫安排，在檢索上應更爲方便。第三，諧聲狀況與押韻不同時，最好在表中顯示出來。

　　接著是丁邦新先生發表論文。由聲母、聲調、韻母三方面分別討論如何應用聲韻知識於推斷文學作品的時代與眞僞，他強調韻母是最有用的一環，因爲從詩經以來，韻文與詩歌一直是我國文學的主流之一，而古人用韻通常都代表自然的語音，後代人通常無法僞造古代的語音。接著丁先生又討論了文學作品本身的性質問題，其性質往往影響推斷。一是方言性，如果文學作品本身有特殊的方言音韻現象，可以使研究者把握可靠的證據，作出有力的判斷。例如羅常培、周祖謨「漢魏晉南北朝韻部演變研究」比較崔駰、崔瑗的文章以及焦氏易林的用韻，發現兩者押韻非常接近，都有方言性的相同特點，從而證明易林確爲崔篆所作。一是時代性，亦卽利用語音史分期中韻母的演變來推斷作品的時代。一是體裁與用韻的寬嚴。例如杜甫的近體詩用韻嚴，古體詩用韻寬，這也是供我們推斷的一個特徵。

　　張以仁先生在特約討論的發言中指出，丁先生的論文有幾個
長處：第一，從方法上來檢討聲韻學的知識，類似的論文還不多
見，此文確有開創之功。第二，作者經過精密的思考，使條理清
晰，特別是提出作品地域性、時代性、體制上諸因素，頗能指引
同道一個明確的方向。第三，作者善用其音韻分期的知識，使本
文格外多彩多姿，具可讀性。此外，張先生也提出，聯緜詞是可
以討論的一項，其中也有不同的時代和不同的聲音變化，可供辨
析時代。其次，以丁先生的飽學，在押韻的例證上還可以更充實，
比如宋詞不受考試的影響，更能顯示眞實的韻母。

　　第二場研討由羅宗濤先生擔任主席，宣讀的兩篇論文是：李
三榮先生的「庾信小園賦第一段的音韻技巧」、莊雅州先生的「
聲韻學與散文鑒賞」。分別由簡宗梧、陳新雄兩位先生擔任特約
討論。

　　李三榮先生在論文中指出，庾信小園賦第一段在全文中的地
位問題，歷來學者從押韻與否上有兩派不同的意見。一派以爲押
古韻，所以是全文的開端；一派以爲不押韻，所以是賦前的序文。
李先生認爲以庾信處在齊梁聲律學說極盛的時代，以及他在駢文
上的崇高地位，他應該不會疏忽這一段的聲律設計。因此李先生
試圖透過聲母與韻母在音樂性及呼應性的作用，說明庾信在音韻
技巧上的駕御能力，已經達到出神入化的造詣，進而肯定他在文
學上的成就。

　　這篇論文由簡宗梧先生擔任特約討論。他認爲這篇論文的重
點不在探討第一段是不是押韵或是不是序的問題，而是在於討論
此段的語言架構、音樂性、以及可能的含意與象徵。但這種分析

也易使人產生疑慮，即作者在創作時，是否想了那麼多，是否這樣去揣摩。論文所分析的，是否即庾信所刻意講求的。這一點，簡先生倒覺得無妨，因爲精密的批評分析往往可以跨越作者所不曾思慮的範疇，這是文學批評或鑑賞時常有的一種現象。因此有人說，文學的詮譯是一個再創作的歷程。這樣的分析，可以使讀者獲得更豐富的美感。惟一可惜的是聲調的問題在六朝是十分重視的，所謂四聲八病，而本文却輕輕帶過，未及予以深論。

莊雅州先生提出的論文由六個方面分析聲韻學對散文鑑賞的效用：一、明通假。古代散文多假借字，須以聲求義，才能得其確解。二、辨韻語。散文中有散韻兼行的現象，透過聲韻學才能欣賞韻語中蘊含的感情。三、察詞彙。複詞往往有雙聲疊韻的關係，尤以聯緜字爲然，明聲韻始能知其妙用。四、鑒修辭。修辭格中的摹寫、雙關、感嘆、析字、藏詞皆與聲韵有關。五、析音節。平仄、節奏的變化可使口吻調和，由聲韻更能領略其音節之美。六、審文氣。因聲求氣可以覘見散文作者的才性、作品的藝術性。

特約討論是陳新雄先生，他指出作者所列六方面的分析，對散文有用，對駢文、韻文是否也有關？也許不必限於散文，對任何文體都有關。其次，在引用他人說法時，應特別考慮其說法有無問題，例如其中提及左傳周鄭交質，其中並未押韻，却誤爲押韻。至於文中所謂「審文氣」一項，可惜未舉出實例，看看哪一段的散文，其聲韻與聲氣有關，否則由所引各家言論來看，難免有空泛之感，若能再拿出證據來，證明這些言論的確是有道理的，也許論文會顯得更有力量。

接著張以仁先生也針對莊先生的文章提出看法，認為其中有些例子是未必依賴聲韻知識也能判斷的，似乎沒能運用到「聲韻學」的「學」字，這點可以再考慮。

第三場研討會由應裕康先生擔任主席，宣讀論文三篇：耿志堅先生的「中唐詩人用韻考」、羅肇錦先生的「閩客方言與古籍訓釋」、陳光政先生的「述評鏡花緣中的聲韻學」，分別由王忠林、林英津、柯淑齡三位先生擔任特約討論。

耿志堅先生的論文經由歸納、系聯中唐詩人之用韻，把中唐詩人分為三期，分別指出其用韻通轉的情形，全文共討論八項：一、江韻字。二、魚虞模。三、齊韻字。四、欣韻與文韻。五、元魂痕。六、歌戈麻。七、蒸登。八、陽聲韻母。耿先生認為中唐為唐代各期中，用韻變化最大的時期。大曆時，近體詩用韻不出盛唐規模，古體與樂府通轉範圍較盛唐寬了許多。貞元時，各韻合用通轉現象增加，例如多鍾合用、支脂之微合用、魚虞模合用、真諄文合用、寒桓刪山合用、庚耕清青合用、-n 類字也隱約形成兩個合用的字羣。元和時，元、白、李賀 -n 類字完全分為兩系，有厚、宥候的一部分字與語虞姥、御過暮合用、職德歸入陌麥昔錫。

這篇論文的特約討論是王忠林先生，他肯定耿先生對唐代詩人用韻能作全面而有系統的研究，所得結果必客觀。且其分期分段細緻，也是優點。此外，他能把古體詩和近體詩分成兩部分處理，也是比較精密的做法，一般而言，兩者用韻的寬嚴是有不同的。其次，韻部的通轉現象，他也能做分期觀察，每一個階段有不同的情況，並能指出每位詩人通轉的特徵，這些都是可取之處。

至於文中有一些值得進一步斟酌的，例如文中只列出研究的結果而不能看到所用的一些原始資料，使讀者閱讀時，沒有一個客觀的資料供判斷。其次，文中提到某些通轉有方音的影響，却沒有具體的分析，恐怕還需作更仔細的研究。

接著是陳光政先生宣讀論文，他認爲鏡花緣一書敢以令人却步的聲韻學知識作爲小說的題裁，實在是曠古之大膽。陳先生認爲，我國在未引入音標之前，雖已有韻書、韻圖，然而一般讀書人之音學辨微能力仍相當有限，少數知曉音律的聰穎人士，簡直被奉爲天人看待。甚至錯誤的叶韻說，也得到不少信徒。李汝珍心目中的義理之學似乎遠重於小學，文人在小學上的缺失，僅被比擬爲不拘小節而已，故李氏特別推崇朱子，而不計較其小學上的弱點。

李汝珍託「歧舌國」大談反切，表現了李氏審音上的獨到工夫，至今其所謂「空谷傳聲」，依然不失爲學子練習中古聲、韻、調的簡要圖表。陳先生的論文中又指出鏡花緣一書中，最令人贊佩與深省的，是故事情節的趣味化與等韻圖表的實用化，這些都是值得今日聲韻學傳授者參考。

柯淑齡教授在特約討論中，提及其中某些字有許多不同的念法，陳先生認爲是方音的緣故，但是我們可以發現鏡花緣中所舉的這些字都是出自於古籍之中，而古籍多通假，這是我們都知道的，如果以方音解釋，應該只是音不同，意義則同，但是這些出自古籍的字，字形雖同，意義却不相同，是否以假借解釋更妥。至於空谷傳聲圖，柯教授認爲很有意義，它橫列字母，縱列韵母，使人一目瞭然。但橫列的聲母都取陽唐韵的字，其中可能有一些

問題，例如「羌」字，是溪母，「康」字也是溪母；另外「姜」是見母字，「岡」也是見母；「藏」是精母，「將」也是精母，這些都重複出現，是否有方言的因素，或是有其他緣故，也可以加以探討。

羅肇錦先生的論文強調了閩客方言在文化上有不可磨滅的價值，藉本文的鋪陳，替閩客兩大方言做見證。例如「南無阿彌陀佛」以國語念就不合，必須以閩客方言才切合其本音。又如木蘭辭「唧唧」是嘆息聲，客家話心情煩躁為 tsit tsit tsut tsut，正與「唧唧」吻合。又引洪惟仁先生「談鶴佬語的正字與語源」一文，考證閩南語的 kau（到）的本字應是「各」，正與甲骨文「王其各于……」、金文「佫」、「格」相合，更與堯典：「格于上下」傳：「格，至也。」相當。本文從聲訓、古音、通假、反切、押韻五方面列舉例證，闡述了閩客方言字音解讀的問題。

擔任特約討論的是林英津教授，他指出羅先生所引白居易詩「晚來天欲雪，能飲一杯無？」把「雪」改為「暮」，不知所據如何？且此詩若以國語朗讀，有何不能押韻或不可解的地方？似乎未必完全要依賴方言。又「視而可識，察而見意」的「識、意」羅先生認為古音念〔 i 〕，林教授提醒一點，「識」固然有去聲一讀，在客語中可能應讀入聲，因此方言也未必能讀出韻來。其次，「下陳」一詞羅先生認為由閩南語看「陳」字是「埕」或「除」的通假，林教授也持懷疑的態度。此外，羅先生認為「臺灣的閩客方言已沒落到文字與語言分離」，這句話林教授認為需要再思。林教授強調隨便拿一個現代方言作為古代語言的正宗代表，這個觀念需要斟酌。

　　第四場研討會由黃啓方先生主持，共發表論文三篇：林慶勳先生的「刻本圓音正考所反映的音韻現象」、竺家寧的「近代音史上的舌尖韻母」、李添富先生的「古今韻會舉要疑、魚、喻三母分合研究」，分別由梅廣、董忠司、孔仲溫三位先生擔任特約討論。

　　林慶勳的論文針對一八三〇年的刻本圓音正考做音韻分析。歸納了書中四十八組音節，得知共有十六組韻母。又從書中所記滿文對音考察，得知聲母、韻母的順序是依照滿文十二字頭排列。林先生又從全書一六五〇字的中古音做分析，得知聲母顎化的條件，除細音外，還有江等三十四個韻的二等牙喉音字，而舌尖前音二等字則絕不顎化。另外還有許多演化有異的字音，林先生認爲是受同諧聲「類化」而來。至於聲調，受編排體例影響，已無得確實分析。

　　梅廣先生在特約討論中說，林先生的考證和擬音都十分合情合理，其中只有幾個問題可以提出來討論，就是舌面音聲母的產生到底可以早到什麼年代，可以確定的是中原音韻的時代還沒有舌面音。十八世紀的圓音正考顯然已經有了。如果往更早一點看，像蘭茂的東風破早梅詩，也可以看到舌面音。再看利馬竇的資料，也能找到舌面音的痕迹，那麼，可以說，十七世紀已經發生了。王力的研究也提到圓音正考有舌面音的問題。此外，林先生的論文提到圓音正考反映的顎化條件，與國語所反映的並無不同，因此，似乎圓音正考並未增加我們對顎化條件的認識。

　　竺家寧的論文探討了三種舌尖韻母的形成過程，包括舌尖前元音（如資、司）、舌尖後元音（如知、師）、舌尖半高元音（

如兒、耳）。透過宋代至清代的有關語料進行分析，得到這樣的結論：一、北宋時代舌尖韻母還沒有產生。二、南宋初（十二世紀）的精系字之後已有舌尖前韻母出現。三、元初（十三世紀）有一部份知照系字開始產生舌尖後韻母。四、十四世紀的元代，舌尖後韻母的範圍逐漸擴大，剩下沒變舌尖後韻母的，多半是入聲字（如實、石、食、直、射、秩、質、隻、織、室、濕、日……）。五、十五世紀的明代，舌尖後韻母的字繼續增加，範圍已接近國語了。六、十六世紀末的明代，舌尖半高元音終於誕生了（爾、二、而）。

　　竺家寧論文中考察的資料包括：吳才老韻補、邵雍聲音唱和圖、朱熹詩集傳、司馬光切韻指掌圖、熊忠古今韻會舉要、周德清中原音韻、蘭茂韻略易通、徐孝等韻圖經、樊騰鳳五方元音。

　　董忠司先生在特約討論中，認為竺氏的論文引用了豐富的材料來考證舌尖韻母，在敍述上又能簡明扼要。不過，其中也有幾個地方值得討論，例如結論強調北宋時代舌尖韻母還沒有產生，而所依據的只是「聲音唱和圖」和「韻補」兩項資料，似乎不能因而推論北宋一百六十七年間都沒有舌尖韻母。其次，竺氏研究的重點應是在舌尖後高元音的演化上，而竺氏所統計的數字上似乎與實際稍有出入。韻略易通由於入聲另外排列，在考慮舌尖韻母產生的比例時，也應納入計算。由統計數字看語音演化還應注意所比較的兩部資料可能收字的範圍有不同，有的只收常用字，有的可能也包括了罕用字。

　　李添富先生的論文指出，在切韻系統中，「魚母」並不存在，「疑、喻、為」三母在韻會切語中則承切韻而並列。其中有淆亂

者，乃當時語音重新整合，分立爲「疑、魚、喻」之故。李先生依卷內所注七音清濁考校，認爲中古疑母一等開、合口，二、三等開口，以及喻三開口字屬韻會之魚母；中古疑母四等開口，以及喻四之全部屬韻會之喻母。這個結論和董同龢先生漢語音韻學、竺家寧古今韻會舉要的語音系統稍有不同。

孔仲溫先生擔任本文的特約討論，他指出李先生的論文對於韻會作了地毯式的搜索，分析、歸納的步驟十分的嚴謹。孔先生也提出了一些意見，首先在方法上和材料上，應該敍述的更清楚一點，例如前言中所提到的開合等呼，所據的是哪本韻圖。其次，孔先生又把「疑、魚、喻」三母出現的情況重作統計，印成一表供大家參考，以了解董同龢、竺家寧、以至李添富諸先生研究的異同。其中，有一些「疑二等」的字，孔先生特別提出討論，由統計上重新檢討某些字「疑、魚」歸屬的問題。

以上爲 3 月 24 日的四場研討，第五場至第八場研討則安排在 25 日。第五場由李鍌先生擔任主席，論文發表有朴萬圭先生的「試析帝王韻記用韻，並探高麗中、末漢詩文押韻特徵」、金鐘讚先生的「大般涅槃經文字品字音十四字理、釐二字對音研究」，分別由曾榮汾、徐芳敏兩位教授擔任特約討論。

朴萬圭先生的論文針對 1287 年李承休作的帝王韻記一書探討。此書以七言韻文敍述中、韓歷代帝王事蹟，其中有不少漢字借音的材料。由此可觀察十三世紀高麗人創作詩文用韻寬嚴的尺度，並由韻腳字的系聯，了解十六攝體系的變動。由於韓語無聲調，故其漢詩作品上、去聲往往通押、平聲則多半獨用，但也有平、上、去通押的。所以在高麗時代十三世紀的作品，四聲可以

視爲同一個調。

　　曾榮汾先生在特約討論中，提出幾點看法，首先是論文架構的問題。題目是「帝王韻記」，可是文中對這本書的介紹很有限，使讀者閱讀時印象仍十分模糊，是不是可以對此書的體例、編制情形作一描述，如果能附上書影，更爲理想。其次，韻例應移至引言部分說明，而不只是隨文附注而已。在方法、用語上，朴先生沒有提及「帝王韻記」時代，韓語的語音環境如何，韓國應該有很多這方面的資料，不妨引用。做異國語音比較時，這個條件是很重要的。其次，在今日韓語中，對漢語聲調的分別是否全然模糊，或者是入聲部分仍能辨識，如果仍有對立存在，那麼論文中所強調的韓人對聲調的感覺，就應稍作補充、修訂。

　　金鐘讚先生在論文中提到中國和尚譯經，由於各家對梵文的認識不同，故產生了各種「根本字」的說法，或用 51 字，或用50字。至於 ṛ、r̄、ḷ、l̄ 各音，學者意見紛歧，甚至有人不把它們當成母音來看。因爲玄應在其「一切經音義」中對「理、釐」二字並無明確說明，所以引起不同的看法。金先生在全盤調查羅常培先生的「四十九根本字諸經譯文異同表」，發現關鍵在於較爲特殊的 ṛ、r̄ 等八音。金先生研究的結論認爲「大般涅槃經文字品字音十四字」理釐二字所對譯的一定是 ṛ、r̄ 二音。

　　徐芳敏教授在特約討論中，對於金先生的論文表示同意，其中只有一些建議：本文利用漢語和梵語的比較，來看梵語的情形，而不是羅常培先生過去從事的，以漢、梵對應來看漢語的情形（如「知徹澄娘四母考」），是否金先生作這篇文章還可以參考更多一點的梵文資料，了解梵文的傳統。金先生依據了 R. P. Goldman 的 " Introduction to the Sanskrit Language ",却沒能引用W.D.惠特尼1889年的「梵文文法」,這是一部梵文的經典之作,若能參考,可能對金先生的論文更有幫助。

第六場研討會由龔煌城先生主持,論文有三篇:何大安先生的「論達縣長沙話三類去聲的語言層次」、謝雲飛先生的「麗水方言與閩南方言的聲韻比較研究」、雲惟利先生的「從圍頭話聲母表說到方言生成的型式」,分別由姚榮松、楊秀芳二位先生擔任特約討論。

何大安先生的論文探討了四川境內的一種湘方言──達縣長沙話,這是明末清初由湖南遷居四川的一系方言。何先生認爲這個方言的遷移,分三個階段,與之相應的則有四個語言層:一、入湘前(元末)屬贛語層;二、在湘(元末至明末)屬湘語白話層、湘語文讀層;三、入川後(明末至今)屬西南官話層。何先生詳細的剖析了其間聲調的變動情況,並提出這樣的結論:方言接觸所帶來的語言層的交替,以及種種出人意表的演變方向,不能僅僅從音韻條件的「規則性」來加以考慮。拋開了「社會」和「系統外」的角度,我們恐怕無法完整地了解語言歷史的眞象。

姚榮松先生擔任本文的特約討論,他指出幾個何先生論文的特點:第一,何先生運用方言材料,做歷史語言的分析,這是他近來在漢語方言學上一系列的工作之一。第二,本文依據大陸學者對達縣方言的調查資料做進一步的探究,何先生以其敏銳的觀察,看出了語言層次,設想了它可能的變遷模式。此外,姚先生指出新版方言概要中陰去、陽去在湖南長沙話中有合併的趨勢,這和達縣長沙話中古去聲的清濁都有變爲入聲的情形並不平行,

而何文中達縣入聲已混入其他調，認爲變得比湖南長沙話要快，
這點還值得討論。

謝雲飛先生在論文中說明福建的漢人是在東漢三國時由浙江
遷入，所以，早期吳語與閩語有淵源上的關係，而麗水地處浙南，
麗水方言正好保存了許多早期的吳語，因此本文把麗水方言和閩
南方言作了一個「聲」、「韻」、「調」三方面的比較，以考察
其關係。謝先生並強調在音韻學上，漢代語音的資料最爲缺乏，
因此沒有什麼可觀的成績。因此，我們必需把許多屬於浙南、閩
北地區的方言逐一調查，找出一些漢代語音的遺跡，另外，則必
需從兩漢的文字資料中去整理，使與方言調查所得的資料相印證，
這樣，對漢代語音的擬測，可能會有更好的成績。

謝先生論文的原定討論人缺席，故未進行特約討論。

接著，由雲惟利先生宣讀論文，他說明香港新界居民所說的
方言大別有兩種，一屬粵語，一層客家話，其中操粵語的人自稱
「圍頭人」，其方言卽「圍頭話」。圍頭人的先祖由外地移入，
今天的圍頭人所說的土話却是粵語，其語音系統別具一格，與其
他縣份的方言不同。其中，雲先生特別討論了聲母亞的來源，接
著又談到另一個相關的問題－－方言生成的型式。雲先生分成了
自生型、他生型、轉生型三類。又由地理方面考察，也分三種：
孤立型、斷續型、連綴型。

楊秀芳教授在特約討論中，特別推崇雲先生多年來所從事的
方言研究，正由於他長時間對方言的觀察，才有可能對於漢語方
言進行討論其生成形式。方言的生成，必有其時、空的條件，雲
先生從歷史和地理兩方面進行考察，有效的把握了主題，爲每一

類生成形式做了有力的說明。楊教授也提出了幾點質疑，首先在論文中說溪、曉、匣三母合口字與非、敷、奉三母字，北方方言大多能分，南方的湘、贛、閩、粵、客方言則大多混而不分。實際上，閩語的白話音並未把溪、曉、匣讀得和非、敷、奉一樣，其他南方方言也不盡混二系而不分。另外，雲先生沒能把圍頭話的音韻系統先作一介紹，使人缺乏憑藉去了解圍頭話的淵源，例如圍頭人由江西移來，其中保存了多少江西話的特徵，這是值得交代的。

　　第七場研討會由林炯陽先生主持，發表論文兩篇：金周生先生的「宋詞與 -m 尾韻母的演化——以咸攝字爲例」、鍾榮富先生的「論客家話的〔V〕聲母」。分別由林平和、李壬癸兩位先生擔任特約討論。

　　金周生先生的論文認爲從唐、宋開始，漢語 -m 尾韻母演化爲 -n 尾的現象，陸續有了蛛絲馬跡的記載，但遲至明代才見於民間自編的韻書、韻圖中。金先生的論文歸納宋人詞韻，發覺使用到 -m 尾咸攝字的四百五十七個韻例中，計有三百四十九個韻例和收 -n 尾的山攝字合押。根據學理，押韻的條件是主要元音和韻尾需完全相同，所以金先生認爲宋代某些地方 -m 韻尾的字已經變讀 -n 尾了。宋詞用韻在此爲漢語 -m→-n　音變現象提供了一些重要線索。

　　林平和先生在特約討論中，說金先生在如此多的宋詞作家中，能歸出韻例，的確很不容易。在題目方面，林先生認爲如改成「從宋詞用韻論析 -m 韻尾的演變」較清楚。其次，林先生認爲早、晚各期詞人用韻反映實際語言的程度不同，如柳永詞較俚俗，往

往用口語入韻，至蘇東坡或後來格律派的詞人，押韻求典雅，離口語就遠些，這點需作考慮。此外，金先生引用詞作都未標詞牌名，只引各詞首兩字，也值得商榷。林先生又提到韻字認定的問題，韻腳字認定不同，就會影響結論。例如論文中沈端節「燈夜」詞，如果認爲上片（收 -n 尾）與下片（收 -m 尾）各自押韻，則這首詞就無法作爲 -m 已讀 - n 的例子。

鍾榮富先生的論文指出客家話的高元音（指〔ｉ〕和〔ｕ〕）零聲母前，有〔ｊ〕和〔ｖ〕的擦音現象。然客家話研究的文獻，一致主張〔ｖ〕是聲母之一，而對〔ｊ〕是否爲聲母，則諸說紛紜。鍾先生以衍生音韻學內的非單線理論，分析出〔ｊ〕和〔ｖ〕的音韻地位應該是完全相同，而且都不得視爲音位性的聲母，而是來自「音節的成形」（ Syllabification ）。

李壬癸先生擔任特約討論，他說，客家方言的研究論文並不多，通常致力於斯者多屬能使用此母語者，鍾先生正具備這樣的條件，所以他的研究必然有許多值得參考的地方。李先生提出幾個問題：第一，鍾先生認爲客語，乃至整個漢語的音節構架只有三個位置（聲母、元音、韻尾），那麼介音應置何位？屬聲母或屬元音？第二，參考書目有許多遺漏的，前面提到，而後面書目沒能找到。另外，文中提到的作者名和後面書目也有不一致之處，如文中提及「橋本」，書目中却書爲 Hashimoto，此類情形最好在文中注明譯名。又鍾先生太過於依賴別的學者所調查的資料，論題既是作者的母語，很多問題就可以由自己的語言中印證。

第八場研討會，也是最末一場，由包根弟教授主持，發表論文兩篇：李壬癸先生的「漢語的連環變化」、張月琴和蘇宜青的

「從聲學角度看國語三聲連調變化現象」。分別由張文彬、傅一勤兩位先生擔任特約討論。

　　李壬癸先生在論文中列舉了西方語言的連環變化，如古印歐語的 p、t、k 變日耳曼語的 f、s、x，b、d、g 變 p、t、k，bh、dh、gh 變 b、d、g； 又如古英語到現代英語的「元音大轉移」（the Great Vowel Shift），即 i、e、a、o、u 幾個元音的循環互變。接著，李先生討論了漢語的類似現象。他舉出閩南語的連調變化、海南島儋州村話白話音的舌尖音、浙江景寧方言（吳語）雙唇及舌尖音、福州話的元音系統等例證，都發生連環變化的情形。李先生在結論中指出，只要我們留心，應該還可以找到更多的漢語方言連環變化的例子。我們也可以藉此解決更多的漢語史方面的問題。

　　張文彬先生在特約討論中，用棒球跑壘的比喻說明了李先生「連環變化」的主要論點。同時指出幾個這類變化的特性:第一，音位的數量不增加。第二，方向有一定的軌迹。第三，其變化有一定的次序。張先生又強調古音值的擬訂必需十分謹慎，如果擬音本身有疑問，整個音變的理論就失去了依靠。例如論文中以喻四為 1－（＞Z-＞ji），來母為 r-（＞1-）。若由諧聲看，喻四與定母有密切關係，而不與來母接觸，到底我們的擬音應根據本土的資料判斷，還是應由藏語的情況來決定喻四和來母的音值，如果這項爭論還沒有肯定答案，是否這樣的例證可以做爲連環變化的說明呢？

　　蘇宜靑小姐的論文由聲學角度探討國語三聲連調變化中，變調後的三聲與二聲之間語音上的差異。實驗分兩部分：第一部分

使用四十組對照詞組，分別以詞彙及句子中不同位置的呈現方式讓發音人朗讀；第二部分使用十四組對照詞組，也以句子中不同位置的方式呈現，但每組詞使用的框句不同。實驗結果顯示：變調後的三聲與二聲在調長、調高、振幅三方面的差異統計上均不顯著，但有一些一致的傾向，兩發音人之間也有些許不同。因此，蘇小姐認爲在統計上變調後的三聲與二聲是相同調，它們之間的差異，人耳無法區別，而這些差異，可能是因說話者把這兩個調值極相似的調，看成分屬於兩個不同的調類，用不同的方法加以區辦的結果。

傅一勤先生在特約討論中強調用實驗語音學的方法來重新驗證前人利用傳統方法所做的研究，的確有其價值。蘇小姐（本文與張月琴教授聯合具名）所做，又比前人規模更大。傅先生又提出幾個看法，認爲聲調的調值只有相對值，故數值是可以變化的，並不妨碍辨義。單獨調與連讀調是有區別的，由三聲連調變化看來，變調是一種異化作用，讓兩個保持一點距離，才發生變動的現象。本文最大的作用就是用實驗語音學的觀點來說明傳統說法的確當性。在實驗技術上，傅先生認爲選幾個雙音節詞叫人念，這樣會意識主導作用太強，亦即照字念的力量很強，因此結果可能會有問題。

研討會於 3 月 25 日下午五點圓滿結束，閉幕式由陳理事長與輔仁大學文學院張振東院長共同主持。這次會議的順利完成，付出心力最多的，是負責籌畫的輔仁大學中文系師生，特別是包根弟主任、黃湘陽主任、以及金周生教授、李添富教授，他們一個月來不眠不休的努力，在時間安排、場地商借、交通膳食、會

議資料等工作上力求做到盡善盡美，使中外來賓很方便的共聚一堂，互相切磋。藉著這次會議，不但達到了聯誼的目標，更大幅促進了聲韻學研究的水平，爲發揚中國文化作出了巨大的貢獻。

國立中央圖書館出版品預行編目資料

聲韻論叢·**第三輯** / 中華民國聲韻學學會·輔仁大學
中國文學系所主編 -- 初版 -- 臺北市：臺灣學生，民80
16,519 面；21 公分 --（ 中國語文叢刊；12 ）
　ISBN　957-15-0229-4（ 精裝). -- ISBN　957-15
-0230-8（ 平裝 ）

1.中國語言 - 聲韻 - 論文，講詞等
802.407　　　　　　　　　　　　　　　　　　80001160

聲 韻 論 叢 第三輯（ 全 一 冊 ）

主編者：中 華 民 國 聲 韻 學 學 會
　　　　輔 仁 大 學 中 國 文 學 系 所
出版者：臺 灣 學 生 書 局
本書局登
記證字號：行政院新聞局局版臺業字第一一〇〇號
發行人：丁 　 　 文 　 　 治
發行所：臺 灣 學 生 書 局
　　　　臺 北 市 和 平 東 路 一 段 一 九 八 號
　　　　郵 政 劃 撥 帳 號 0 0 0 2 4 6 6 ～ 8 號
　　　　電 話：3 6 3 4 1 5 6
　　　　FAX：(02)3636334
印刷所：常 新 印 刷 有 限 公 司
　　　　地址：板橋市翠華街8巷13號
　　　　電話：9524219·9531688
香港總經銷：藝 文 圖 書 公 司
　　　　地址：九龍偉業街99號連順大廈五字
　　　　樓及七字樓　電話：7959595
　　　　　精裝新台幣四七〇元
定價　　平裝新台幣四二〇元
中 華 民 國 八 十 年 五 月 初 版

80255　 版權所有·翻印必究
ISBN 957-15-0229-4（精裝）
ISBN 957-15-0230-8（平裝）

臺灣學生書局出版

中國語文叢刊

①古今韻會舉要的語音系統　　　　　　竺　家　寧　著

②語音學大綱　　　　　　　　　　　　謝　雲　飛　著

③中國聲韻學大綱　　　　　　　　　　謝　雲　飛　著

④韻鏡研究　　　　　　　　　　　　　孔　仲　溫　著

⑤類篇研究　　　　　　　　　　　　　孔　仲　溫　著

⑥音韻闡微研究　　　　　　　　　　　林　慶　勳　著

⑦十韻彙編研究（二冊）　　　　　　　葉　鍵　得　著

⑧字樣學研究　　　　　　　　　　　　曾　榮　汾　著

⑨客語語法　　　　　　　　　　　　　羅　肇　錦　著

⑩古音學入門　　　　　　　　　　　　林　慶　勳　著
　　　　　　　　　　　　　　　　　　竺　家　寧

⑪兩周金文通假字研究　　　　　　　　全　廣　鎭　著

⑫聲韻論叢　　第三輯　　　　　中華民國聲韻學學會
　　　　　　　　　　　　　　　輔仁大學中國文學系所　主編